KB261683

리무

정 해 리 장 편 소 설

리무

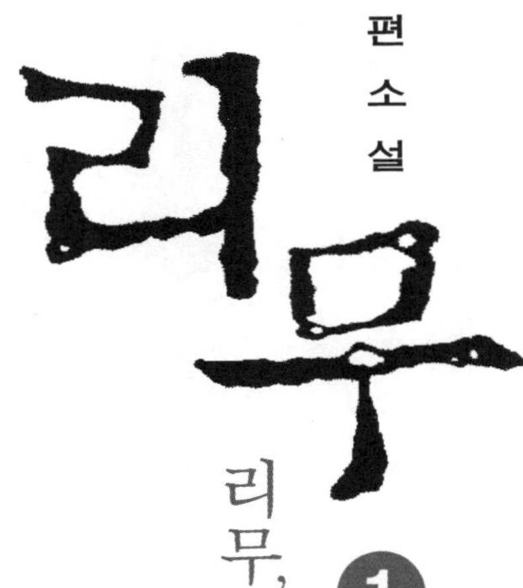

리무, 영원의 소녀

①

북하우스

| 차 례 |

프롤로그　7

1장 왕의 아들　15

2장 인연의 시작　45

3장 '처음'을 느끼다　81

4장 아즈나　111

5장 선택받은 자　129

6장 재회　147

7장 왕자들의 무예시합　163

8장 머리가 둘인 새　173

9장 그림자 연극　199

10장 아비뉴아와 아즈나　233

11장 결전　261

12장 유년기의 끝　293

심사평 이인환 서영채 박상준 송경아　319

작가의 말　325

프롤로그

모든 생명들이 가장 두려워하고 받드는 세 존재가 있으니 무에서 유를 창조한 창조의 신 브라흐마, 세계를 유지하는 유지의 신 비슈누, 멸망과 파괴의 신 시바이다.

그 중에서도 파괴의 신 시바는 성질이 급하고 화를 잘 내어, 모든 천신들은 파괴의 신 시바를 가장 두려워하였다. 세 개의 눈을 가진 파괴의 신의 노여움은 상상조차 할 수 없을 만큼 두려운 것이었다.

냉혹한 폭풍의 신 루드라조차 시바의 노여움을 대했던 순간을 떠올리면 생각만으로도 한기를 느낄 정도였다. 그 일은 루드라가 성스러운 리무 강의 한복판에서 조용히 휴식을 취하고 있을 때 일어났다. 난데없이 루드라의 감은 눈 위로 시퍼런 삼지창의 칼날이 번뜩이더니 성난 고함 소리가 귀를 찔렀다.

"루드라! 아무런 예고 없이 폭풍을 풀어놓다니. 자네의 폭풍 때문에 나주거 숲이 엉망이 되었지 않나. 그 숲은 나의 부인 사티가 특별히 아끼는 것이었거늘!"

　기겁을 하고 일어난 루드라의 눈앞에 파괴의 신 시바가 화가 머리 끝까지 난 얼굴을 하고 서 있었다. 시바는 그의 아들 아비뉴아까지 대동하고 있었다.

　조용한 낮잠도, 기분 좋은 휴식도 순식간에 사라졌다. 평소 냉혹하고 성마른 성격으로 눈 하나 깜짝 안 하고 폭풍을 보내어 인간을 몰살시키던 폭풍의 신 루드라였으나 시바의 노여움 앞에서는 그저 머리를 조아리며 서둘러 변명을 할 수밖에 없었다.

　"오, 존귀하신 시바여. 잠시만 화를 멈추시고 저의 해명을 들어주십시오. 그 폭풍은 제가 원한 폭풍이 아니었습니다. 제 막내딸 수와얌프라바의 실수로 인해 일어난 일로서 저는 이미 제 딸에게 충분한 벌을 주었습니다."

　루드라는 조마조마한 마음을 억누르며 이야기를 풀어놓기 시작했다.

　"수와얌프라바는 제가 가장 귀여워하는 딸입니다. 다소 장난기가 있긴 하나 성품이 상냥하고 마음이 착한 아이지요. 인간에 대한 동정심 또한 깊어 제가 폭풍을 일으킬 때면 물에 빠진 선원들에게 나뭇조각을 밀어주곤 했습니다. 저는 평소 아무리 화가 나더라도 그애의 미소를 대하면 모든 화가 스르르 풀리곤 했답니다. 그애 덕분에 많은 인간들이 목숨을 건진 셈이지요. 그러나 그애가 얼마 전, 큰 실수를 저질렀습니다. 제가 잠시 낮잠을 자는 동안에 사람들에게 미풍을 보내준다는 것이 그만 폭풍을 풀어놓아버렸습니다. 그로 인해 많은 인간들이 물에 빠져 죽은 것은 물론, 강을 건너던 봄의 신 바산타조차 그의 발길을 되돌려야 했습니다."

　루드라는 한숨을 쉬며 말을 이었다.

　"그 폭풍이 사티 님이 아끼시는 나주거 숲조차 망쳐놓았을 줄은

8

미처 몰랐습니다. 저는 잠에서 깨어나 수와얌프라바가 저질러놓은 실수를 보니 화가 치밀어 소리쳤습니다.

'아수라들이 존재하는 암흑과 어둠의 세계로 당장 꺼져버려라.'

그애가 눈물로 애원했으나 저는 치민 화를 풀 수가 없었습니다. 그러자 그애의 형제들이 누이를 변호하겠답시고 우르르 몰려와 저에게 애원을 하더군요. 제 자식들이지만 서로를 감싸고 도는 게 그렇게 괘씸할 수가 없었습니다. 혼날 짓을 했으면 벌을 받는 것이 당연한 것이거늘……. 그래서 내친 김에 그 녀석들도 한꺼번에 인계로 내쫓아버렸지요. 그러자 수와얌프라바는 마지막 수단으로 제 맏딸 리시프얀을 찾아갔더군요."

루드라는 자신이 말해놓은 이름을 음미라도 하듯 몇 번 더 되풀이했다.

"리시프얀…… 리시프얀, 그애는 너무도 오랫동안 히말라야 깊숙한 곳에서 홀로 지내왔고, 영원히 그리 살 듯싶었지요. 그래서 수와얌프라바가 리시프얀을 찾아간 것을 알았을 때 저는 리시프얀이 과연 제 앞에 모습을 드러낼지 심히 궁금했습니다. 그러나 아시다시피 리시프얀은 끝없이 착하디착합니다. 동생의 눈물을 모른 척하지 못하더군요. 리시프얀은 우선 봄의 신 바산타를 찾아 예고에 없던 폭풍에 대해 동생을 대신해 사죄하고 예정대로 사라유 지방으로 떠나주길 청했습니다. 바산타는 웃으며 선선히 그애의 말에 따랐지요. 그리고 그애는 인드라 님을 찾아 폭우로 죽은 자들의 영혼을 모두 천상에 올려줄 것을 부탁하였습니다. 인드라 님 역시 기꺼이 그애의 부탁을 들어주었지요. 그애는 마지막으로 저를 찾아왔습니다.

'아버지, 폭풍의 신 루드라여, 부디 저의 사랑스러운 동생 수와얌프라바를 용서해주세요. 비록 큰 실수를 저지르긴 했지만 평소 그애가 행한 많은 선행을 생각한다면 그애에게 떨어진 처벌은 너무도 가혹합니다. 만일 꼭 처벌하시겠다면 저 또한 동생과 함께 처벌을 받아 그애의 고통을 덜겠습니다.'

아무리 아비인 저라 해도 리시프얀의 말에는 응하지 않을 수 없었습니다. 저뿐 아니라 그 어떠한 천신이라 할지라도 리시프얀의 부탁에는 응하지 않을 수 없습니다. 아시다시피 저를 비롯한 모든 천신들은 리시프얀에게 빚이 있으니까요. 저는 수와얌프라바의 지옥행을 면하게 해주고 대신 인간 세계로 일정 기간 동안 추방하였습니다. 그러자 리시프얀이 저에게 감사를 표하며 말하더군요.

'감사합니다, 아버지. 그러나 역시 수와얌프라바 혼자 낯선 곳에 보낼 수는 없으니 저 또한 그애의 곁에 있으려 합니다.'

그리하여 저의 맏딸 리시프얀 또한 수와얌프라바와 함께 인계로 내려가게 되었습니다."

여기까지 이야기를 하다 말고 루드라는 다시 한번 눈앞에 시퍼런 기운이 번뜩이는 것을 느꼈다. 또다시 시바의 삼지창이 코끝에 닿을 듯하자 루드라는 떨리는 가슴을 진정시키며 입을 열었다.

"위대한 시바여. 그러니까…… 나주거 숲의 일은……."

루드라의 말을 자르며 파괴의 신의 벼락같은 불호령이 떨어졌다.

"아니 누가 숲에 관해 물었더냐, 루드라! 어째서 죄도 없는 리시프얀까지 인계에 떨어지게 했단 말이냐. 그리 성격이 급하다니!"

루드라는 혼이 떨어져나갈 듯 두려움에 떨었다. 그때 갑자기 누군가 킥킥 웃는 소리가 났다. 바로 시바의 아들 아비뉴아였다. 이제껏 조용히 있었으나 아버지의 말에 웃음을 참지 못한 것이었다.

"그럼요. 성미가 급한 것은 탈이 되지요."

은근히 누군가를 빗댄 말이었으나 시바는 아비뉴아의 목소리를 들은 순간 갑자기 떠오르는 생각이 있었다. 그는 그때까지만 해도 아비뉴아의 존재를 까맣게 잊고 있었던 것이다.

"마침 잘됐다. 아비뉴아, 너도 인계로 가서 리시프얀을 돌봐주거라. 그리고 때가 되면 그녀와 함께 천계로 돌아오도록 해라."

다짜고짜 이 한 마디를 던지고 시바는 아비뉴아를 지상으로 휙 던져버렸다. 그러고 나자 파괴의 신은 갑자기 모든 화가 풀려 기분좋게 폭풍의 신에게 입을 열었다.

"안심하여라, 루드라. 내가 아비뉴아를 보냈으니 이제 리시프얀의 일은 걱정할 것이 없다. 이 얼마나 좋을 일이냐. 하하하."

"크나큰 배려에 깊이 감사드립니다. 시바여."

조마조마했던 가슴을 쓸며 루드라는 고개를 숙일 따름이었다.

한편, 시바가 던진 힘이 얼마나 세었던지 아비뉴아는 땅을 지탱하고 서 있는 코끼리 디가자들이 있는 곳까지 떨어져버렸다. 아버지의 생각없는 행동에 화가 난 아비뉴아는 홧김에 옆에 있는 마슈데하 산의 뿌리를 힘껏 걷어찼다.

"왜 애꿎은 나까지 인계로 던져버리신 거야!"

어쨌든 일이 이렇게 돼버린 이상 그는 도대체 앞으로 어디서 태어나야 좋을지 한참을 궁리해야 했다. 그러다 그는 결국 대국 사라마유 왕국을 선택했다. 그곳의 왕은 라자수야까지 개최한 이유시크였다. 라자수야는 왕 중의 왕인 자만이 신에게 지낼 수 있는 최고의 제사! 현존하는 최강자인 이유시크 왕에게 마침 아들이 없는 것이 아비뉴아가 사라마유 왕국을 택하게 된 결정적인 이유가 되었다.

한편 애꿎게도 아비뉴아에게 걷어차인 마슈데하 산은 얼마나 아픈지 며칠간 쉬지 않고 울어대었고 결국 주위의 천신들은 이를 참지 못해 신들의 왕 인드라에게 달려가 하소연을 했다. 이에 인드라는 겨울의 신을 마슈데하 산으로 보내 그의 입김으로 산을 얼려버리도록 명했다. 그 후, 얼어버린 마슈데하 산은 험난한 절벽을 자랑하며 점점 교만해졌고, 아수라나 락샤사같이 사악한 존재들의 터전이 되어버렸다.

그 일이 있고 나서 얼마 후, 시바의 부인 사티가 자신의 아들 아비뉴아를 찾다 못해 남편을 찾아가 하소연을 했다.

"시바여, 도대체 우리 아비뉴아가 어디 있는지 모르겠습니다. 천계를 전부 뒤져도 보이지 않으니 혹 인계나 마계에 있는 건 아닌지. 아까 우연히 계율의 신 슈칸데를 만났는데 아비뉴아가 마지막으로 당신과 함께 있었다더군요. 그 아이 도대체 어디에 있는 거지요?"

갑자기 침묵의 여신 이크락처럼 되어버린 시바는 무불응답, 좀처럼 입을 열려 하지 않았다. 시바의 침묵과 함께 사계의 문조차 닫혀버려, 죽기 직전에 이른 많은 생물들이 모두 신음조차 내지 못하고 고통스러운 시간을 보내야 했다. 남편의 반응을 이상히 여긴 사티는 더더욱 남편을 추궁했고 할 수 없이 시바는 입을 열었다.

"사티, 우리의 다른 아이들은 모두 착하고 얌전한 반면, 아비뉴아는 그대의 속을 많이 썩이지 않소."

의심이 생긴 사티는 또 남편이 충동적으로 무슨 일인가 저질렀음을 눈치챘다.

"물론 그 아이가 속을 썩이긴 해도 그애만큼 훌륭한 아이도 없지요. 다만 훌륭한 배우자를 맞으면 더 좋겠지만요. 경솔한 행동은 하지 않으니 틀림없이 천계에 있을 거라 믿습니다만, 그렇겠지요?"

시바는 우물쭈물 답했다.

"사티, 아비뉴아는 내가 시킬 일이 있어 잠시 인계로 보냈소만."

순간 어찌나 기가 막힌지 사티는 잠시 입술을 떨었다.

"뭐라 하셨습니까? 우리 아이들 중에 가장 용맹하며 무예에도 특출나며, 뛰어난 생김새에 슬기로운, 또 브라흐마 님께서도 총애해 마지 않으셨고, 비슈누 님마저도 벗으로 즐겨 부르시던 그 아비뉴아를 인계로 보내버렸단 말입니까? 무슨 시킬 일이 있으셨습니까? 혹 그애가 무슨 잘못이라도 해 벌을 주신 겁니까? 아니지요. 그 아이는 인계로 쫓겨갈 만큼 나쁜 짓을 할 아이가 아니지요. 대답해보세요. 어이하여 저에게 일언반구도 없이 그애를 인계에 보냈단 말입니까? 이번에 또 충동적으로 무슨 일을 저지르셨는지 말씀해보세요!"

그러자 심히 난처해진 시바는 아내를 달랬다.

"물론 약간 충동적으로 한 일이긴 한데……. 사티여, 그애가 내려가서 좋은 일이 생기면 생겼지 결코 해 될 일은 없을 거요. 나에게도 생각이 있소이다. 아비뉴아가 다시 천상에 올라올 때쯤에 그는 루드라의 장녀이자, 마음 곱고 지혜롭고 총명한 리시프얀과 함께일 테니까. 아시다시피 사티여, 리시프얀은 히말라야 깊숙이 있는 자신의 거처에 머물며 좀처럼 얼굴 대하기가 어렵지 않았소. 천상계에서 그 애들을 맺어주는 일은 사랑의 신인 카마라 할지라도 어려워할 일이오. 아비뉴아가 인간계에서 한번 인연을 맺으면 그 인연이 천계까지 이어질 테이니 얼마나 좋소."

사티는 다소 마음을 안정시켰다.

"리시프얀에 대해서는 저도 알고 있습니다. 듣자니 그녀는 총명한 지혜를 지닌, 무엇보다 아름다운 마음의 소유자라 들었습니다. 하지만 시바여, 아비뉴아가 인계에 내려간 이상 어떤 고초를 겪을지 모르는 일입니다. 저는 지금부터 여러 신들께 우리 아비뉴아의 안전을 부탁드리러 떠나겠습니다."

사티는 곧장 길을 떠났고 상당 기간 동안 시바와 만나지 못했다. 그러나 시바는 이를 별로 유감스러워하지 않았다.

1장 왕의 아들

태초에 이 땅에 리무가 있었으니, 그것은 깊은 땅에 뿌리박은 나무 뿌리처럼 대륙을 꿰뚫은 듯한 형상을 한 강이었다. 리무는 잔다라, 마호다니, 다나, 아반티, 아디토야, 사바르니 이렇게 여섯 줄기로 갈라져서 대륙 곳곳에 잔뿌리처럼 작은 지류들을 무수히 뻗고 있었다. 이 성스러운 강은 대륙을 흐르며 농업을 발전시켰고, 사람을 모이게 해 도시를 형성케 했다. 그리고, 도시가 모여 나라가 만들어졌으니, 강은 인계를 번영시키며 흘렀다.

그 여섯 개 큰 줄기 사이의 비옥한 토양에서 무수한 도시들이 나타나고 무수한 왕국이 생겨났다 사라졌다.

그 중 처음으로 리무 강을 소유한 왕국의 이름은 파우라바. 리무를 차지하는 영광을 누렸으나 또한 그만큼의 대가를 치르게 된 왕국이었다. 리무를 소유한 그 순간부터 파우라바 왕국은 끝없는 외침에 시달렸다. 몹시 비옥한 강 주위의 땅 때문만이 아니라 성스러운 리무 강 자체가 제왕의 권위를 나타내는 상징이었던 것이다. 끊임없는 외침에 파우라바의 국력은 점점 쇠약해져갔고 결국 왕조의 피는 끊기고 파우라바는 멸망했다.

그러나 물통의 물이 조금씩 말라들어가듯 그렇게 조용히 사라져 간 것은 아니었다. 공교롭게도 파우라바 왕국의 최 전성기는 파우라바 왕조의 마지막 왕에 의하여 이루어졌다. 마지막 왕의 이름은 쉬카르데. 그는 최고의 전사들로 이름 높았던 역대 파우라바 모든 왕들의 명성을 뛰어넘었고, 그의 이름은 왕이라기보다는 무신(武神)으로 기록되었다. 인간의 것이라기에 그 힘은 너무나 절대적이라고 사람들은 생각했다.

어쩌면 제왕 쉬카르데의 그 강함이 파우라바를 멸망으로 이끌었을지도 모른다. 파우라바는 쉬카르데 개인의 절대적인 힘에 너무나 많이 의지했다. 그렇기에 쉬카르데의 돌연한 죽음은 바로 파우라바의 멸망으로 이어졌다. 제왕 쉬카르데는 파우라바 그 자체였고 왕을 잃어버린 파우라바 왕조는 역사 속에 그 이름을 감추고 말았다.

최강의 파우라바 왕국이 멸망한 후 리무는 핏물이 흐르는 강으로 기록되었다. 리무를 차지하려는 여러 왕국들의 싸움은 강물이 핏물로 바뀌고, 비옥한 옥토가 황무지로 바뀔 정도로 치열했다. 한때나마 리무를 차지했던 수십 왕국이 바로 외침으로 멸망하였고 그 싸움은 영원히 끝나지 않을 것처럼 보였다. 결국 어느 왕국의 왕도 리무를 완전히 차지하겠다는 생각은 버려야만 했고 리무는 그 어느 나라의 영토에도 속하지 않는 중립지역으로 암묵적으로 결론지어졌다. 그리고 '리무'라는 이름이 갖고 있는 피와 눈물을 떨구기 위해 '타마사'로 이름도 개명하였다.

물론 그렇다고 해서 전쟁이 끝난 것은 아니었다. 수가 줄고 규모가 줄었을 뿐 전쟁은 알게 모르게 계속되었다. 동시에 전쟁을 멈추려는 노력도 계속되었다.

리무 강을 둘러싸고 무수한 왕국이 공존하였는데 특히 번영한 대국은 다마코, 이노아, 사라마유, 스얌바라, 탄타마사, 하바라, 이렇게 여섯 개였다. 북에서 남으로 흐르는 리무 강을 사이에 두고 동쪽으로는 이노아, 다마코, 사라마유가 위치했고 서쪽으로는 스얍바라, 탄타마사, 하바라가 위치했다. 그 밖에도 강의 여섯 줄기 사이사이에 크고 작은 여러 왕국들이 존재했다.

이 모든 나라 중에 초기에 패권을 잡고 있던 나라는 다마코였다. 그 나라 왕들은 대대로 사냥을 좋아하고 전쟁터에서 용맹하기 짝이 없어 다른 나라들의 경계심을 사곤 했다. 다마코에는 독특한 선전포고가 있었는데 이 역시 사냥과 관련된 것이었다.

"내가 그 땅에서 사냥을 하려 하니 숲을 비워라. 아니면 전쟁이다."

그러나 왕 중의 왕만이 지닐 수 있는 라자수야 제사를 지내며 기세등등하던 다마코 왕국 역시 오래지 않아 멸망하고 말았다. 이웃 나라 이노아와의 오랜 전쟁이 그 원인이었다. 이노아는 그다지 군사력이 강한 나라는 아니었지만 여러 이웃 왕국들의 뒷받침에 힘입어 다마코를 멸망시켰다. 그러나 그 후 이노아 자신도 쇠약해져 다마코의 영토 대부분을, 새롭게 패권국가로 떠오른 사라마유에게 빼앗기고 말았다.

사라마유가 처음으로 본격적으로 무대에 오른 것은 라바 왕이 즉위하면서부터였다. 라바 왕은 즉위할 때부터 마음속에 커다란 야망을 품고 있었다. 최강의 왕만이 지닐 수 있는 라자수야 제사를 자신이 지내리라는 소망이 그것이었다. 그런 그에게 다마코와 이노아의 전쟁이라는 천재일우의 기회가 다가왔다. 라바 왕의 군대는 다마코가 멸망한 후 전쟁으로 쇠약해진 이노아를 기회를 틈타 침공하였다. 그 결과, 다마코의 영토 절반 이상이 사라마유에 넘어오게 되었다.

그 후로도 라바 왕은 수없이 많은 전쟁을 치렀고 그 전쟁의 대부분을 승리로 이끌었다. 라바 왕은 그의 재위 기간 동안 사라마유의 국토를 두 배 이상 늘렸으나 끝내 라자수야 제사를 지내지 못하고 전쟁터에서 전사하고 말았다. 그의 죽음과 동시에 그의 재위 중 마지막으로 점화된 전쟁은 사라마유의 패배로 돌아갔다. 주변의 나라들은 사라마유의 전성기가 라바 왕의 죽음과 동시에 막을 내렸다고 생각했다. 그러나 그것이 완벽한 착오였음을 깨닫기 되기까지 불과 3년의 세월밖에 걸리지 않았다.

라바 왕의 뒤를 이은 사람은 그의 아들 이유시크였다. 그는 누구의 관심도 받지 못했고, 눈길도 끌지 못하던 변변치 못한 왕자였다. 각 나라의 왕자들이 모여서 벌이는 무예시합에서도 그는 형편없는 실력을 보일 정도였다. 강하지 않은 모든 것을 경멸하는 라바 왕은 그가 자신의 아들임을 창피하게 여겼다. 많은 사람들이 모인 자리에서 아버지는 공공연하게 이 아들을 무시했다. 좋은 성적을 낸 여러 다른 아들들은 따뜻이 환대했으나 이유시크를 보는 왕의 눈은 냉랭했다. 그 눈은 '나의 이름을 욕대게 하는 네가 수치스럽다' 라고 이야기하고 있었다.

그 시합에서 이유시크는 본 실력을 내보일 수 없었고 아무도 그걸 알지 못했다. 라바 왕의 세번째 부인이었던 그의 어머니는 그를 낳다가 죽었다. 먼 나라에서 볼모나 다름없이 오게 된 왕비였기 때문에 이유시크에게는 그를 뒷받침해줄 외가 세력도 전무했다. 그는 이런 사실을 뼈저리게 느끼며 자랐다. 자신이 혼자라는 사실을 너무도 잘 알고 있었기에 그는 괜히 다른 형제들의 눈에 띄어 암살당할 만한 일은 하지 않았다. 그는 혼자였지만, 강했으며 영리했다.

사실 왕위는 이유시크에게까지 돌아오기 힘든 것이었으나 신은 이유시크를 선택했다. 라바 왕은 자신의 자랑스러운 아들들을 모두 데리고 전쟁터로 나갔고, 그 전쟁에서 후퇴하면서 자랑스런 아들들과 함께 전쟁터에서 전사했다. 라바 왕의 자랑스러운 아들에 이유시크는 포함되지 않았으나 라바 왕의 대를 이은 것은, 바로 그 이유시크였다.

즉위 후 3년간, 이유시크는 왕실 내부의 적과 싸워야 했다. 그 이후엔 치열한 각축장에 당당하게 입성했다. 이유시크는 남 모르게 오랫동안 왕의 자리를 위해 준비하고 자신을 갈고 닦았다. 그 결실로 라자수야 제사를 지내게 되었다. 라바 왕이 그토록 원했으나 끝내 얻지 못한, 바로 그것을 이유시크는 획득했다. 형제들이 모두 죽어 그가 왕이 되기까지는 운이 그에게 따라준 것일지 모르나 그 후의 모든 일은 운이 아닌 그의 노력이었다. 행운도 노력하는 자의 편에 서는 것이다.

이유시크는 아버지 라바 왕에 대해 생각할 때마다 어린 시절의 동경과 자라서의 증오를 함께 기억했다. 한 번도 다정한 말을 건넨 적이 없는 아버지의 등은 히말라야같이 높고 가파르며 냉혹하게만 보였다. 다른 형제들에게 목숨을 위협받는 처지의 그에게는 아버지에게 재능을 선보일 기회도 없었고 그가 아버지로부터 받을 수 있는 것은 오직 냉대와 무시밖에 없었다. 무엇보다도 무예시합에서 형편없는 성과를 이루고 돌아온 그를 쏘아보던 아버지의 차가운 시선은 피를 얼어붙게 만들 정도로 심장에 사무치게 꽂혔다. 무슨 일이 있어도 왕이 되겠다고 생각한 것은 그때였다.

세상 사람 모두가 그를 경외할지라도 그가 인정받고 싶은 유일한 한 사람은 따로 있었다. 그가 자신이 라자수야 제사를 지낸 것을 보여줘야 할 단 한 사람은, 바로 그의 아버지였던 것이다.

그러나 남자는 누구나 다 아버지가 되는 운명을 타고난다. 이유시크 왕의 인생은 아버지에 의해 인생의 바퀴가 돌아가는 방향을 바뀌었듯이, 자신의 혈육인 아들에 의해 그의 인생은 또 한 번 전환된다.

이유시크 왕은 그의 유일한 부인 소마사 왕비가 아들을 낳았을 때 결코 싫은 건 아니었다. 그러나 그는 눈에 띄게 기뻐하지도 않았고, 기뻐할 수도 없었다. 첫 아이였지만 그는 남들처럼 기뻐할 수가 없었다. 전 나라가 경축하고, 그의 아내는 나라 안에서 가장 행복한 여인이 되었건만 그 흥분과 기쁨이 그의 것이 되지는 못했다. 이유시크는 자신이 누군가의 아들이었던 때를 상기했다. 아버지와 아들, 그 애증의 관계, 언제나 등을 보이던 아버지, 마주볼 수 없었던 그 등만 기억났다.

아들이 태어난 날, 주위의 모든 신하들이 앞다투어 축하를 올리며 빨리 아이를 만나볼 것을 왕에게 재촉했다. 이유시크는 내키지 않는 마음으로 왕비의 궁을 향했다. 갓 태어난 아기를 엉겁결에 안아들었다. 아기의 찡그린 빨간 얼굴을 보며 자신도 왕비도 닮지 않은 이 아기가 누구를 닮아 이렇게 못생긴 것인지 속으로 의심했다. 그는 갓 태어난 아기를 한 번도 본 적이 없었던 것이다.

아기는 점점 그를 닮아가고 있었다. 그의 자식임을 증명하듯이 날카로운 콧날 선이나 짙은 눈썹, 영민해 보이는 눈까지, 그의 아들임을 여실히 드러냈다.

그러던 어느 날 이유시크 왕이 아기를 보기 위해 평소처럼 왕비의 궁을 방문했을 때였다. 그가 갈 때마다 왕비와 왕비의 시녀들로 떠들썩한 궁이 그날따라 매우 조용했다. 오후 햇볕이 방 깊숙이 스며들어 금빛 먼지들이 공중에서 춤을 추고 오후의 나른함이 방 안에 가득했다. 그의 아내는 아기의 요람에 기대어 자고 있었다.

이유시크 왕은 깨우려 생각한 건 아니었지만 그가 들어온 순간 아기가 잠에서 깨어났다. 아비뉴아, 선택된 자라는 의미의 이름을 명명받은 아기가 요람 안에서 밤하늘처럼 까만 눈으로 이유시크 왕을 바라보았다. 왕 역시 눈을 피하지 않고 자신의 아이를 오랜 시간 동안 바라보았다. 그러다 아기가 손을 뻗어 허공을 향해 휘저어댔고 왕은 그 손을 가만히 잡았다. 그것이 전부였다. 곧 소마사 왕비가 깨어나 평소처럼 왕에게 차를 대접했다.

그러나 그날 이유시크 왕은 그 작은 얼굴에서 자신의 어린 시절 모습을 보았다. 모든 것이 서서히 변화된 것일 수도 있고 아니면 그 순간에 바뀌어버린 것이었을 수도 있다. 자신의 아이가 태어난 후 점점 사랑하게 되었는지, 아니면 아이의 흑요색 눈을 대한 그 순간에 사랑하게 되었는지 이유시크 자신도 알 수 없었다. 어쨌든 그가 깨달은 것은 아이에 대한 무한한 사랑이었다. 그것은 자부심이었으며 긍지였다. 또 애정이었으며 확신이기도 했다. 그러나 자신의 어린 시절에 대한 연민이며 보상이기도 하다는 것까지는 생각하지 못했다.

그는 아이의 손을 잡으며 마음속으로 맹세했다. '나는 이 아이에게 모든 것을 줄 것이다.'

그렇게 결심한 순간 모든 것이 바뀌었다. 라자수야 제사를 지낸 순간부터 목표를 잃고 정체되어버린 그의 인생이 새롭게 바뀌었다. 다시 이뤄야 할 목표가 생겼다. 그가 이루는 모든 것은 그의 아들 아비뉴아가 물려받게 될 것이다. 그는 아들과 처음 손이 닿았을 때의 전율을 생각했다. 그러자 왕이 되기를 처음으로 결심했던 때와 같은 흥분이 몸 안을 휘감았고 그는 자신이 그것을 이뤄낼 수 있음을 확신했다.

이유시크 왕은 모든 걸 점진적으로 바꿔나가면서 아들 아비뉴아를 위해 길을 닦기 시작했다. 권태로운 삶은 이제 과거의 것이었고 그의 온몸에 투지가 넘쳐 흘렀다.

아비뉴아는 건강하게 무럭무럭 자랐다. 새순이 돋기 무섭게 자라 버리는 대나무처럼 쑥쑥 컸다.

아비뉴아가 열세 살이 되었을 때 이유시크 왕은 본격적으로 그가 생각하고 혼자 준비해오던 일을 공개적으로 시작하기로 결심했다. 그는 모든 대신들을 불러 중대한 발언을 했다.

"나는 리무 강을 차지할 것이다."

이 청천벽력과도 같은 발언에 대신들은 모두 놀랐다. 모두가 앞다 투어 왕을 말리기 시작했다.

"왕이시여. 리무의 이름을 입에조차 담지 마시옵소서. 그 옛날 리 무의 이름을 차지하기 위한 전쟁으로 수많은 왕국이 멸망했나이다. 리무를 욕심낸 모든 왕들이 결국 죽음을 맞이한 것을, 이것만을 기 억해주시옵소서."

"왕께서는 최고의 왕만이 지낼 수 있는 라자수야 제사를 지내신 지상 최고의 왕이시옵니다. 새삼스럽게 리무 강을 차지한다고 하서 도 변하는 것은 아무것도 없을 것이옵니다."

그러나 이런 대신들의 전언은 왕에게 아무런 감흥을 주지 못하였 다. 왕은 아비뉴아가 태어난 그날부터 이 일만을 계획하며 살아왔던 것이다. 그가 왕이 되기 이전에 오로지 왕이 되는 것만이 그의 전부 였듯이, 이제 리무 강을 차지하여 제왕의 권위를 얻고 최고의 왕통 을 그의 아들에게 물려주는 것만이 그의 삶의 목표였다. 왕은 냉랭 하게 소리쳤다.

"다들 나라의 녹을 먹고 편하게 사는 삶에 익숙해졌는가? 강이 썩 지 않는 것은 멈추지 않는 물의 흐름 때문이다. 정체되고 고여버린 다면 썩을 수밖에 없는 것이 아닌가. 무사 계급 크샤트리아로 태어난 본분을 잊었다고 생각해도 좋은가? 나의 아버지의 희망은 라자수야를 지내는 최고의 왕이 되는 것이었다. 내가 지금까지 이루어놓은 것은 아버지의 희망을 이루어놓은 것에 불과하다. 이제부터 나는 나의 희망을 이루려 하겠다.

그대들에게 다시 나의 희망을 말하노니 저 리무의 권위를 얻음으로써 옛날 리무 강을 지배한 파우라바 왕통보다 빛나는 사라마유의 왕통을 이룩할 것이다. 나의 아비뉴아가 이 모든 권위를 이어받고 제왕으로서 이 세상에 군림할 것이다."

이유시크 왕이 누구인가. 사라마유의 왕들 중 가장 용맹했던 그의 아버지 라바 왕조차 얻지 못한 왕 중의 왕이란 칭호를 얻어낸 왕이다. 그는 태양과 같은 기백으로 달과 같이 냉정한 선언을 내렸고 대신들은 그 누구도 이유시크 왕의 결심을 막을 수 없음을 알았다. 그들은 일제히 왕에게 합장을 올렸다.

"왕이시여. 당신의 희망은 이루어질 것이옵니다."

그러나 모든 대신이 이유시크 왕의 기백에 설복된 것은 아니었다. 사라마유에서 가장 뛰어난 무예 실력을 자랑하며 현재 아비뉴아 왕자의 교육을 맡고 있는 라아크리는 왕의 뜻에 찬성할 수 없음을 분명히 밝혔다.

"왕이시여. 폐하는 왕 중의 왕이십니다. 그러나 분명히 말씀드리건대 폐하가 옛 파우라바 왕 쉬카르데와 같다면 리무 강을 차지하시옵소서. 쉬카르데와 같은 절대적 강함이 폐하께 있다면 주위 왕국을 모두 물리치고 제왕의 권위를 얻으시옵소서. 그러나 제 목을 걸고 말씀드리건대 폐하는 현재 모든 나라의 왕들 중 가장 강한 왕이긴 하오나 과거의 제왕 쉬카르데가 가진 절대적인 강함은 폐하의 것이 아닙니다, 왕이시여."

본디 라아크리는 바른 말 잘하기로 유명한 사람이었다. 그는 원래 사라마유 왕국 태생이 아니라 다마코 왕국 사람이었다. 뛰어난 무예로 전쟁터에서 많은 공을 세웠으나 워낙 바른 말을 잘해 다마코의 마지막 왕 수미마크의 눈 밖에 나 홀대를 당했다. 그 후 다마코가 이노아에 의해 멸망하게 되자 그는 깊은 숲속에 틀어박혀 수련에만 정진하며 오랜 세월을 보냈다.

그러다 몇 해 전 이유시크 왕이 라아크리의 뛰어난 무예를 보고 왕자의 스승으로 공손히 초빙한 것이었다. 라아크리는 마침 뛰어난 제자를 거두어 자신의 모든 무예를 물려주고 싶었던 터였다. 왕 중의 왕이라는 이유시크 왕의 아들이라면 분명히 가르치는 보람이 있을 것이란 생각이 들어 그는 왕의 초빙에 승낙하고 사라마유로 오게 된 것이었다.

주위 대신들은 라아크리가 원래 성격이 바른 것을 알고 평소 그를 존경하고 있었다. 하지만 라아크리가 왕의 희망을 거침없이 묵살하고 왕의 한계를 지적하자 모두들 두려움에 떨며 왕의 분노를 기다렸다.

그러나 이유시크 왕은 화를 내지 않았다. 도리어 그는 웃었다.

"라아크리, 그대의 말이 옳소. 나는 내가 옛 파우라바의 왕 쉬카르데의 명성을 뛰어넘을 수 있을 거라고 생각하지 않소. 사라마유 왕조를 통틀어 가장 강한 왕이었던 나의 아버지 라바 왕도 해내지 못하고 죽은 라자수야를 내가 지낼 수 있었던 이유는 단 하나, 내가 아버지와 달리 나의 한계를 알고 있었기 때문이오. 나는 내 한계를 모를 만큼 어리석지 않소."

미소를 띤 채 그는 말을 이었다.

"그러나 나는 나의 아들 아비뉴아가 옛 사람의 명성을 뛰어넘어 새로운 전설을 이룩할 수 있으리란 믿음을 가지고 있소. 언제까지 모든 사람들이 리무를 소유했던 유일한 왕국 파우라바의 전설만을 기억하고 파우라바의 마지막 왕 쉬카르데의 명성만을 기억해야 한다고 생각하오?"

라아크리는 속으로 한탄했다. 그는 이유시크 왕이 그의 아들에게 가지고 있는 믿음을 잘 알고 있었다.

"왕이시여. 이것은 기억해두십시오. 리무 강은 어머니의 젖과도 같은 강이지만 피의 강이기도 하고 눈물의 강이기도 합니다. 리무 강에 얼마나 많은 피와 눈물이 흘렀는지요! 리무를 차지하려 하신다면 주위 왕국들은 가만히 있지 않을 것입니다. 모두가 리무 강이 가진 제왕의 권위를 다시금 욕심낼 것이고 다시 한번 피의 전쟁이 일어날 것입니다."

그러나 이유시크 왕의 대답은 차가웠다.

"전쟁은 이제까지 내가 원하는 것을 얻어내는 유일한 방법이었소."

이제 모든 대신들이 왕의 뜻을 알게 되었다. 대신 쟈안이 조심스레 말문을 열었다. 그는 소마사 왕비의 아버지로 즉 왕의 장인이 되는 사람이었다.

"왕이시여! 다마코 왕국이 멸망한 후 라자수야 제사를 사라마유 왕국에서 지내게 된 일은 다른 왕국들도 순응할 수밖에 없는 일이었습니다. 그러나 리무 강을 차지하는 일은 다릅니다. 모든 나라들이 일제히 사라마유에 등을 돌릴지도 모릅니다."

왕은 오래 전부터 이 문제에 대해 골똘히 생각하고 있었다.

"그대의 말이 옳소. 우선 문제가 되는 것은 우리와 국경을 맞대고 있는 왕국 이노아요. 이노아는 과거 다마코 왕국과의 오랜 전쟁에서 쇠약해진 국력을 아직까지도 회복하지 못한 상태이지. 현 이노아의 국왕인 이노프와는 늙었고 그의 많은 아들들은 저희들끼리 왕위를 다투고 있소. 그러나 이 상태가 오래가지는 않을 것이오. 만일 이노아에 강한 왕이 들어서게 된다면 그 나라는 우리에게 가장 위험한 존재가 될 것이 자명한 일. 어차피 이노아와는 좋건 싫건 또다시 싸워야 할 운명이오. 하지만 지금 급한 것은 이노아가 아니오.”

쟈안은 물었다.

“그렇다면 왕께서는 탄타마사를 생각하고 계십니까?”

왕이 긍정하자 쟈안은 고개를 끄덕였다.

“그렇습니다. 현재 사라마유 다음으로 안정된 왕국을 꼽자면 단연 탄타마사를 들 수 있습니다. 현재 탄타마사의 왕인 아두르타자스는 세자 시절부터 지혜롭기로 이름이 높았습니다. 왕이 된 지금도 다르마에 충실하고 너그러운 정치를 펴서 백성들의 높은 지지를 받고 있습니다. 그 나라는 원래가 땅이 비옥하여 풍요롭고 인심이 좋은 나라입니다. 푸로차 왕 이후로 이웃 나라와도 사이가 좋아 탄타마사의 위쪽으로 위치하고 있는 스얌바라 왕국과는 사돈국이고 아래쪽에 위치하고 있는 하바라 왕국과도 좋은 관계를 유지하고 있습니다. 우리와도 줄곧 원만한 관계를 유지하고 평화를 지켜온 탄타마사는 어쩌면 왕께서 리무 강을 차지하는 일 또한 원만히 넘어갈지 모르는 일입니다.”

그러나 왕은 고개를 저었다.

“그 나라의 이름을 생각해보시오. 그 나라는 건국될 당시부터 자신들이 타마사 강의 주인임을 은근히 내세우며 나라 이름을 탄타마사라 지었소. 우리가 그 강을 차지하려 한다면 탄타마사와는 부딪칠 수밖에 없는 것이 현실!”

왕의 말에 쟈안은 걱정스럽다는 듯 고개를 저었다.

"왕께서 그 나라를 치기를 원하셔도 명분을 찾기 어려울 것입니다. 우선 탄타마사를 한번 시험해보시는 것은 어떠할까요?"

왕은 잠시 생각하다가 입을 열었다.

"그대들 중 탄타마사를 시험해볼 만한 계책이 있는 사람은 말해보시오."

그러자 한 신하가 나섰다.

"왕이시여. 수년 전 아비뉴아 왕자님의 성스러운 명명식 하마바가 열린 때를 기억하십니까? 그때 모든 나라에서 축하 사절을 보냈습니다. 그런데 유독 탄타마사만이 왕자의 탄생을 경축하는 사절을 보내지 않았습니다. 그 후, 탄타마사에서 온 사절이 변명하기를, 왕자의 탄생일과 같은 날 탄타마사 왕의 왕녀가 탄생하여 미처 타국의 일을 신경쓰질 못해 사라마유에 결례를 범했다고 사죄하였습니다. 그런데 탄타마사의 왕은 왕녀의 이름을 리무라 지었다고 하였습니다. 왕께서는 이 일을 추궁해보시는 것이 어떠하십니까? 왕녀의 이름을 리무로 지은 것을 추궁할 수도 있겠지만 그보다 아비뉴아 님의 탄생을 축하하지 않은 책임을 묻는 것이 좋을 듯합니다. 탄타마사에서는 분명 그때 탄생한 왕녀를 또다시 들먹일 것이고 그러면 왕께서는 그때 왕녀가 탄생한 증거를 보여달라 하십시오. 즉, 탄타마사 왕의 직계를 사라마유로 보낼 것을 요구하십시오. 만일 탄타마사가 우리와의 분쟁을 피하길 원한다면 왕녀를 보낼 것이고 우리에게 대항할 마음이 있다면 왕녀를 보내지 않을 것입니다."

왕은 긍정했다.

"확실히 탄타마사를 시험해볼 수 있는 계기가 될 것 같소. 그렇게 합시다."

이유시크 왕의 부인 소마사는 이제까지 남편의 뜻을 거슬러본 적이 없는 순종적이고 조용한 여인이었다. 그러나 전쟁에 관련된 소문이 어느 날 그녀의 귀에까지 날아들자 그녀는 참지 못하고 왕을 찾았다.

"왕이시여. 요즘 이상한 소문이 돌고 있습니다. 폐하께서 또다시 전쟁을 생각하시고 있다는 것이 사실인가요?"

남편의 대꾸는 간단했다.

"사실이오. 나는 전쟁을 생각하고 있소."

왕비는 남편을 이해할 수가 없었다. 라자수야를 지낸 왕 중의 왕인 그가 쳐들어오는 적을 막는다면 모를까, 앞장서서 전쟁을 일으킬 이유는 없지 않은가. 그녀는 만류했으나 왕의 생각은 확고했다.

"모든 것은 나의 아비뉴아를 위함이오."

"아비뉴아 때문에 다른 사람들의 피가 흐른다면 그것이 아비뉴아에게 있어 좋을 리 만무합니다."

"그 아이는 크샤트리아요. 크샤트리아란 원래가 전쟁을 위해 존재하지 않소?"

"그런 말로 얼버무리려 하지 마세요. 폐하는 아이를 이용하고 있을 뿐입니다. 아이를 위한다는 말로 모든 것을 정당화하고 계신 겁니다. 폐하께는 지금 당신의 야망 아래에 아이가 있는 것이지 아이가 있고 야망이 있는 것이 아니지 않습니까."

소마사 왕비가 강력하게 항의하고 나서자 이유시크 왕은 조금 당황했다. 그의 아내는 이제까지 자신이 하는 일에 일절 언급하거나 간섭하려던 일이 없었던 것이다.

"당신은 그렇게 이야기해선 안 되오. 아비뉴아에 대한 나의 애정을 당신이 잘못 이해하고 있소."

"왕이시여. 저는 잘못 이해하는 것이 아닙니다. 저는 당신께서 탄타마사의 왕녀를 볼모로 요구했다는 소식을 들었습니다. 잘못하셔도 크게 잘못하신 일입니다. 당신이 아들을 사랑하시듯 탄타마사의 왕도 자신의 딸을 사랑하겠지요. 왕녀를 빼앗으려 한다면 탄타마사의 왕 역시 참지 않을 것입니다."

그러나 왕의 대꾸는 냉랭했다.

"왕에게 있어 왕국의 영토는 자식과 같소. 탄타마사의 왕이 리무란 이름의 왕녀를 빼앗기려 하지 않는다면 리무 강 역시 다른 사람의 손에 넘어가는 것을 강 건너 불 구경하듯 바라보고만 있지는 않을 것이오. 하지만 하나의 리무를 건네줄 수 있다면 다른 리무 역시 건네줄 수 있지 않겠소. 나는 탄타마사를 시험해보고자 하는 것뿐이오."

소마사 왕비는 이에 포기하지 않고 말을 바꾸어가며 남편을 말렸으나 이유시크 왕의 뜻은 변하지 않았다. 결국 소마사 왕비는 한숨을 쉬며 말을 맺었다.

"좋아요. 만일 탄타마사의 왕이 공주를 우리에게로 보낸다면 저는 불쌍한 그 공주를 아비뉴아와 마찬가지로 제 아이처럼 돌보겠습니다. 그것만이 제가 할 수 있는 유일한 사죄의 뜻이 될 테니까요."

갑자기 생각난 듯 왕비는 말을 덧붙였다.

"처음으로 아비뉴아가 걸음마를 할 무렵, 그 아이가 제가 기르던 새들을 몽땅 놓아버린 일이 있었지요. 처음엔 어린아이의 장난이겠거니 생각했지만 어쩌면 그 아이는 새장에 갇힌 새를 동정했을지도 모르지요. 그 후 저는 새를 기르지 않게 되었지요. 아비뉴아는 착한 아이랍니다. 부디 당신께서 그 착한 아이에게 해가 되는 일을 하지 않기를 기도하는 바입니다."

사라마유에서 주시하고 있는 탄타마사 왕국은 아두르타자스라는 왕이 다스리고 있었다. 아두르타자스 왕은 슬하에 딸만 하나 있을 뿐이었다. 그래서 그는 동생 바수의 여섯 아들들을 그의 양자로 삼았는데 그들은 리무 강의 물줄기를 따서 잔드라, 마호다니, 사바르니, 다나, 아반티, 아디토야라 불리었다. 여섯 형제들은 같은 부모에서 태어났음에도 불구하고 그 성격들이 달라도 보통 다른 것이 아니었다.

우선 첫째 잔드라는 맏이다운 침착함과 통솔력이 있었다. 그는 항시 공정했기에 형제들은 자기들끼리 싸움을 하면 그에게 와서 시비를 가리곤 했다. 잔드라는 그런 면에서 매우 모범적인 장남이었으나 자신에게 주어진 위치를 지나치게 즐기는 경향도 없지는 않았다. 그는 형제들에게 잔소리하기를 즐겼고 형제들을 지나치게 걱정했다.

둘째 마호다니는 형제 중에서 가장 용감했다. 천성적으로 강한 힘을 가지고 태어난 그는 병기를 다루는 모든 무예에 능통했고 그의 형제들 가운데서도 단연 돋보였다. 다만 흠을 찾자면 성격이 몹시 급했다. 좀더 사실적으로 표현하자면 말보다는 주먹으로 해결하려는 경향이 없잖아 있었다. 욱하면 아무것도 보이지 않는 성질 때문에 문제를 일으킬 때도 종종 있었다. 그러나 그는 사실 급한 성질을 빼자면 맘이 곱고 정이 많은 아이였다.

셋째 사바르니는 모든 면에서 그의 형 마호다니와 좋은 대조를 이루었다. 그는 형제들 중 가장 영리했고, 혀에 기름이라도도 친 듯 매끈

하고 유창한 화술을 자랑했다. 힘은 형제들에 비해 보잘것없는지 모르나, 머리만큼은 가장 내세울 만했다.

넷째 다나와 다섯째 아반티는 쌍둥이였다. 그들은 태어나면서 줄곧 함께였기 때문에 잠시도 서로 떨어져 있으려고 하질 않았다. 무리해서 떼어놓으면 그날 하루는 궁이 온통 울음바다가 되곤 했다. 결국 그들의 어머니 야요드얀은 걱정이 되어 주위의 경험 많은 산파들에게 의견을 구했고 이에 산파들은 억지로라도 그들을 한 번은 떼어놓는 편이 앞으로 아이들의 성장에 도움이 될 것이라 충고했다. 그래서 넷째 다나는 둘째 마호다니와, 다섯째 아반티는 셋째 사바르니와 함께 지내게 되었다.

여섯째 아디토야는 얌전하고 느긋한 성격으로, 여러 형들의 영향을 골고루 받았다. 형들은 모두 착하고 말 잘 듣는 막내 동생을 매우 아꼈다. 그들의 어머니 야요드얀은 막내 아디토야를 낳을 때 몸이 약해져 잠시 요양을 떠났고, 그래서 아디토야는 어린 시절 수와얌프라바 왕비의 보살핌을 받으며 자라났다. 왕비의 내궁에는 아디토야에게 사촌 누이가 되는 한 소녀가 있었는데 그녀의 이름은 리무라 했다.

태어날 때부터 리무와 함께 지낸 막내 아디토야를 제외하고 형제들 대부분이 리무라는 사촌 누이와 친하게 지내지 못했다. 리무는 어머니 수와얌프라바 왕비를 닮은 예쁜 용모에, 특유의 조용하고 부드러운 소녀였다. 그러나 리무에겐 그들이 다가서기 힘든 부분이 있었던 것이다. 리무는 사색적이고 조용한 소녀로, 말이 별로 없고 감정 표현을 거의 하지 않았다.

사실 리무는 태어날 때부터 다른 사람들과 달랐다. 그녀의 어머니 수와얌프라바는 리무가 세 살이 되던 해 처음으로 자신의 딸이 보통 아이와는 다르다는 사실을 알게 되었다.

어느 날 그녀가 딸의 손을 잡고 온갖 꽃이 아름답게 피어 있는 들판에 갔을 때였다. 예쁜 꽃을 따서 딸에게 한아름 안겨주며 그녀는 활짝 웃었다.

그러나 어린 소녀는 어머니가 건네준 꽃들을 보며 기묘한 표정을 지었다. 마치 어머니의 미소를 따라하려는 듯 입술을 움직였으나 어떠한 감정도 아이의 얼굴에 나타나지 않았다. 그제서야 수와얌프라바는 걱정에 휩싸여 자신의 딸을 한참 동안 바라보았다. 그녀의 딸은 어딘지 모르게 다른 아이들하고는 달랐다. 그녀는 지금까지 자신의 딸이 행복에 겨워 웃거나 슬픔에 겨워 우는 것을 본 적이 없었다. 무서움에 떨면서 자신의 품에 안긴 일도 없었고 주체할 수 없는 화를 내거나 짜증을 내는 일도 없었다. 심지어 갓난아기였던 때도 거의 울지 않았다.

이후 수와얌프라바는 리무를 주시해서 살펴보았고 마침내 결론을 내렸다. 그녀의 딸 리무에게는 '처음'이라는 감정이 없었다.

사람이 처음 태어났을 때 그 사람의 마음은 마치 모서리가 지고 결이 거친 암석과도 같다. 살아가며 새로운 상황에 부딪칠 때마다 그 모서리가 깎이고 결은 부드러워진다. 처음 보는 것, 처음 대하는 상황, 이러한 처음이라는 감정을 겪을 때마다 마음이 깎이게 된다.

이를테면 어린아이는 어른보다 마음이 덜 깎여 있는 상태이기 때문에 어른에 비해 더 많은 '처음'이라는 감정을 느끼게 된다. 처음 대하는 모든 것들이 기쁨, 슬픔, 노여움, 분노 등등의 수많은 이름으로 불리게 되는 것이다. 설령 아무리 대단한 기쁨일지라도 그것이 반복된다면 그것이 기쁨인지도 알 수 없게 된다. 아무리 하찮것없는 슬픔이라도 그것이 처음이었다면 엄청난 고통으로 다가오게 되는 것이다.

리무의 마음은 마치 모서리가 전부 깎이고 결이 다 닳아버린 반들반들한 돌과도 같았다. '처음'이라는 감정이 없었기에 그녀가 느끼는 모든 감정은 몹시도 둔탁한 것이었고, 거의 반응을 보이지 않았다.

리무가 다섯 살이 넘을 때쯤엔 스스로가 자신이 다른 사람들과 다르다는 사실을 알게 되었다. 그녀가 어머니에게 이유를 묻자 그녀의 어머니는 몹시도 슬픈 얼굴로 이 사실을 설명해주었다. 어린 소녀는 어머니의 눈물을 닦아주며 담담히 말했다.

"어머니, 손가락이 여섯 개로 태어나는 사람도 있고, 손가락이 네 개로 태어나는 사람도 있어요. 사람들은 다 달라요. 다른 사람에겐 다 있는 것이 나에겐 없다 해도 나는 슬프지 않아요."

리무가 슬프지 않은 것이 바로 수와얌프라바가 슬프게 여기는 것이었다. 형제들은 곧 리무의 성품을 익숙하게 받아들였다. 리무가 감정 표현이 둔하건, 눈이 세 개 달렸든지 간에 그들 형제들에게는 하나밖에 없는 소중한 누이였다. 게다가 리무도 자라면서 조금씩 감정에 대해 배워갔기 때문에 종국에는 조숙하고 조용한 성격으로 받아들여지게 되었다.

아두르타자스 왕의 재위 스무 해를 맞이하던 때 대국 사라마유에서 자국의 왕자 아비뉴아의 탄생식에 축하 사절을 보내지 않았던 일을 따지고 나왔다. 십여 년 전의 일을 지금 와서 추궁받게 되자 탄타마사로서는 기가 막힐 따름이었다. 평소 이웃 나라와 원만한 관계를 유지해온 아두르타자스 왕은 황급히 나라 안의 덕망 높은 브라흐마나들에게 자문을 구했다.

사라마유의 왕자가 태어난 날이 공교롭게도 아두르타자스 왕의 딸 리무의 탄생식과 겹치는 바람에 대국 사라마유의 심기를 거슬린 일은 분명 있었다. 하지만 십여 년 전 당시에는 큰 문제 없이 넘어갔던 일을 지금 와서 들고나선다는 것은 황당한 일이었다. 무엇보다도 사라마유 쪽에서 탄타마사에게 사과의 뜻으로 요구한 조건은 실로 지나친 것이었다.

왕의 자문 역할을 맡고 있는 브라흐마나 사티마는 늘 신중한 성격으로 명성이 자자했는데 이번만큼은 사라마유 쪽의 전쟁 도발이나 마찬가지라고 단언했다.

"이유시크 왕의 뜻은 확실합니다. 그는 전쟁을 생각하고 있는 것입니다."

그러나 다른 의견도 있었다.

"사라마유의 이유시크 왕은 우둔한 사람이 아닙니다. 반발을 예상하면서까지 이런 지나친 요구를 해온 것은 분명 우리를 시험하기 위함입니다. 탄타마사의 힘이 너무 자랐기에 사라마유의 왕은 제왕으로서의 자신의 권위를 시험해보려 하는 것입니다. 우리가 이런 도발에 넘어간다면 그것이야말로 전쟁에 이르는 지름길이 돼버립니다."

결국 아두르타자스 왕은 어느 쪽의 의견이 옳은지 난감해했다. 며칠간 토론이 벌어졌고 결국 왕실의 식구들이 모인 자리에서 왕제 바수가 착잡한 심정으로 결론을 지었다.

"이 조건이 사라마유 왕국의 시험이든 아니든 간에 오늘의 결정이 전쟁으로 이어질 수도 있습니다. 결국 왕께서 이를 신중하게 결정하셔야 합니다."

왕은 무겁게 입을 열었다.

"모두들 알다시피 탄타마사의 무력은 사라마유에 미치지 못하오.

전쟁을 할 수는 없소.”

왕제가 이를 긍정했다.

“그것은 확실합니다. 그러나 만일 우리가 전쟁을 벌이게 된다면 외조부님의 나라 수얌바라가 우리를 도울 것입니다. 그리고 사라마유와 적대적인 이노아 역시 우리를 도울 확률이 높습니다. 사라마유의 의도를 어떻게 해석하느냐에 따라 우리는 더 많은 나라들을 우리 편으로 끌어들일 수도 있습니다. 리무 강 주위에 존재하는 여러 국가들 역시 더이상 사라마유의 힘이 커지는 것을 반가워하지 않을 것입니다. 우리는 이를 염두에 두어야 합니다. 과거 이노아가 라자수야를 지낸 대국 다마코를 멸망시킬 수 있었던 것 역시 주위 나라들의 도움을 얻었기 때문입니다.”

그러나 아두르타자스는 고개를 저었다.

“그렇게 다마코를 멸망시킨 이노아가 바로 사라마유의 침략을 받고 다마코 땅 대부분을 빼앗긴 것을 생각해보아라. 사라마유는 이노아와 다마코의 전쟁 당시 열성적으로 이노아를 지원했다. 만일 우리가 다른 나라의 도움을 얻는다 해도 사라마유를 쓰러뜨리기란 여간 어려운 일이 아니다. 만일 쓰러뜨린다 해도 우리 역시 국력이 쇠해 사라마유의 뒤를 이어 나타날 대국에게 쓰러질지도 모르는 일이다. 우리와 손잡을 나라 역시 사라마유를 쓰러뜨려야 할 강력한 동기가 있다면 모를까, 타국의 도움을 끌어들인다면 그것 역시 결국 우리를 망하게 할 것이다.”

왕의 말에 왕의 육촌이 되는 하바니가 적극적으로 긍정하고 나섰다. 그는 늘 호탕하고 대범한 척하나 사실 겁이 많은 소심한 성격이었다. 왕족으로 태어나 이제껏 호의호식하며 잘 살아왔는데 이번에 대국 사라마유가 전쟁 도발이나 마찬가지인 조건을 내세우자 두려움에 머리칼이 곤두설 지경이었다. 어떻게든 왕을 설득해 왕녀를 사라마유로 보내 이유시크 왕의 비위를 맞춰야겠다고 생각하고 있었다.

"왕의 말씀이 옳습니다. 현재 무어라 말해도 탄타마사에게 전쟁은 무리입니다. 잔혹한 이야기가 되겠지만, 우리는 사라마유에서 요구한 조건을 들어주는 수밖에 방법이 없습니다. 왕이시여. 감히 말씀드리지만 리무 공주님을 타국으로 보내십시오. 그것만이 수많은 백성을 희생시킬 전쟁을 막을 유일한 방법이 될 것입니다. 폐하께서 평범한 부모가 아닌 탄타마사의 왕이심을 잊으셔서는 아니됩니다."

하바니의 말에 모두가 편치 않은 얼굴을 했고, 왕은 묵묵히 침묵을 지킬 따름이었다. 그때 바수의 여섯 아들들이 알현을 허락받고 들어왔다. 잔드라를 선두로 들어온 여섯 형제들은 모두 사라마유 왕국에 대한 분노로 어쩔 줄 몰라하고 있었다. 마호다니는 들어서자마자 인사도 생략하고 고함을 지르듯 입을 열었다.

"폐하, 아버님, 사라마유에서 감히 우리의 왕녀를 요구하고 나섰다는 소식을 들었습니다. 사라마유 왕이 드디어 우리 탄타마사의 땅을 욕심내는 모양입니다. 라자수야까지 지낸 왕 중의 왕도 욕심은 주체할 수 없나 봅니다. 이렇게 된 바에야 어쩔 수 없습니다. 전쟁밖에는요."

아버지와 백부가 마호다니를 타이르기 전에 맏이 잔드라가 마호다니를 꾸짖었다.

"조용히 해라. 마호다니. 심정은 이해하지만 우리가 여기에 온 것은 이럴 목적이 아니지 않느냐."

그리고 잔드라는 입을 열었다. 그들 형제들은 왕을 알현하기 전에 자기들끼리 의논하고 이야기를 끝낸 상태였다.

"왕께 아뢰옵니다. 저희는 이번 사태를 어떻게 해야 슬기롭게 해결할 수 있을지 궁리하고 또 궁리하였습니다. 결국 저희가 낸 결론은 두 가지입니다. 하나는 전쟁은 절대 일어나서는 안 된다는 것입니다. 다른 하나는 리무 공주가 강을 건너는 일 역시 안 된다는 것입니다. 그래서 저희는 결국 합의점에 도달하였습니다. 최선의 방법은 저희 여섯 형제가 리무 대신 사라마유에 볼모로 가는 것입니다. 사라마유에서는 왕의 직계를 요구했습니다. 저희는 백부님의 조카이자 양자이기도 하니 저희 모두가 왕의 직계입니다. 요구했던 왕녀 하나 대신 왕자 여섯이 간다면 사라마유에서도 뭐라 불평을 하지는 않을 것입니다. 왕께서 부디 저희 생각을 받아들여주시기 바랍니다."

왕은 이에 감동해 형제들을 물끄러미 보았다.

"혈육을 생각하는 너희 마음이 기특하기 짝이 없구나. 그러나 그 역시 말도 안 되는 방법이다. 잔드라는 다음 왕위 후계자이고 너희 모두가 나의 귀한 아들들이다. 너희를 보낼 수는 없으니 물러가거라."

그러나 바수의 아들들은 물러서지 않았다. 사바르니가 입을 열었다.

"폐하, 다른 방법이 없음을 잘 알고 계실 겁니다. 누군가의 희생이 따를 수밖에 없습니다."

왕은 생각이 엇갈린 채 형제들을 외면할 따름이었다. 그러자 왕의 옆에 앉아 있던 왕비 수와얌프라바가 입을 열었다.

"왕이시여. 아들들의 의사를 들어보셨다면 딸의 의사 역시 들어보셔야 합니다. 이는 결국 그녀를 둘러싼 문제이잖습니까."

수와얌프라바의 말에 따라 왕녀 리무가 불리어졌다.

천상의 여신과 같은 아름다움과 기품을 타고난 리무 공주는 그때 탄생식으로부터 열세번째 해를 맞이하고 있었다.

그녀는 우선 부모님과 숙부님, 숙모님께 차례로 인사를 올리고 여러 오빠들에게도 순서대로 인사를 올렸다. 왕은 마음이 급한 나머지 인사를 받는 둥 마는 둥 하고 입을 열었다.

"나의 딸 리무 공주. 브라흐마의 가호가 언제나 너와 함께하길 바란다. 오늘 널 부른 것은 너의 의사를 물어보기 위함이다."

그러나 왕은 차마 다음 말을 잇지 못하고 머뭇거렸다. 열세 살밖에 먹지 않은 사랑하는 어린 딸을 눈앞에 두니 차마 입이 떨어지지 않았던 것이다. 그러나 그의 딸은 아버지의 마음속을 들여다본 듯, 자신이 먼저 입을 열었다.

"……제가 사라마유로 가겠습니다. 제가 세상에 태어났기 때문에 일어난 일입니다. 제가 태어남으로써 초래한 일의 결과는 당연히 제가 책임져야겠지요."

어린 소녀의 말은 그 자리에 있던 모든 사람들을 슬프게 만들었다. 특히 아까 리무를 사라마유로 보낼 것을 왕에게 권유했던 하바니는 이 자리가 가시방석과 같았다. 그는 리무를 잘 몰랐기에 원래 소녀가 희노애락을 잘 느끼지 못한다는 사실을 알지 못했다. 소녀의 담담한 목소리는 자신의 슬픔을 감추고 부모를 위로하기 위해 일부러 가장한 것이란 생각마저 들었다. 그러자 문득 의심까지 드는 것이었다.

'혹시 저 왕녀는 일부러 담담한 태도를 취해 부모를 더욱 슬프게 만들어 자신을 타국에 보낼 수 없게 하는 것은 아닐까.'

어린 소녀를 사지로 몰아넣어야 하는 일에 죄책감을 느끼자 그는 여러 가지로 자신을 변호할 말을 애써 생각한 후 입을 열었다.

"제가 악역을 맡아 그대에게 말하겠습니다. 그대의 생각이 옳습니다. 왕족이란 원래가 백성 위에 군림하며 온갖 특권을 누리는 대신 태어나면서부터 강요되는 의무를 져야 합니다. 그대 하나를 희생하시어 모든 백성을 구하게 된다면 선택의 여지가 없습니다."

그러나 그의 말은 사바르니에 의해 깨끗하게 묵살당했다.

"그렇게 말씀하시는 분께선 이제껏 왕족의 특권만을 누렸지 언제 의무를 수행하신 일이 있으셨습니까? 어째서 리무에게만 그 왕족의 의무가 강요된다고 생각하시는 겁니까. 열세 살 난 어린 소녀를 타국으로 보내 전쟁을 피하고 자신의 안위를 꾀하는 것도 의무입니까?"

그러자 맏형 잔드라는 동생의 말이 너무 건방짐을 꾸짖었다.

"사바르니! 어른께 그렇게 버릇없이 굴면 못쓴다."

잔드라는 하바니에게 대신 사과하였으나 그 역시 마음속으론 하바니에 대해 할말이 많았다. 그는 애써 온화한 표정을 지으며 사촌 누이를 바라보았다.

"리무. 너는 이 일을 걱정하지 않아도 돼. 우리 형제들이 너 대신 사라마유로 갈 거니까."

잔드라의 말에 어린 사촌 누이는 특유의 담담한 얼굴로 고개를 저었다.

"일단, 고마워요. 하지만 그럴 수 없는 이유가 세 가지 있습니다. 우선, 처음에 말씀드린 대로 이 일은 제가 태어남으로써 발생한 일입니다. 따라서 제가 해결할 수 없다면 모를까 제가 할 수 있다면 기쁘게 해결해야 하는 일입니다. 다음으로 손가락 하나가 부러짐으로써 해결될 수 있는 일을 손가락 여섯 개를 부러뜨려 해결해서는 안 된다는 점입니다. 마지막으로 사라마유에서 요구한 것은 처음부터 저였습니다. 하나의 시비를 어설프게 피하다가 다른 시빗거리를 주어선 안 됩니다. 그러니까 제가 사라마유로 가겠습니다."

리무가 말을 끝내자 한동안 침묵만이 그 자리를 맴돌았다. 그러다 침묵을 깬 것은 그녀의 아버지 아두르타자스였다. 그는 왕으로서 이토록 훌륭한 왕녀를 얻게 된 것을 기뻐하는 동시에 아버지로서 어린 딸에게 잔인한 말을 해야 하는 운명을 슬퍼했다.

"리무, 너는 태어남으로써 삼계를 내 것으로 하는 것보다 더 큰 기쁨을 안겨주었단다. 난 너를 자랑스러워하고 언제까지나 너를 사랑할 것이다……."

사랑하는 딸을 언제 언제 어떻게 될지도 모르는 타국에 보내야 한다는 고통이 새롭게 그를 엄습했으나 왕은 현명하게 그 슬픔을 억제하고 왕의 결정을 모두에게 공표했다.

"나의 딸 리무가 사라마유로 가게 될 것이다. 왕의 직계로서 앞으로 그녀 자신이 탄타마사를 대신할 것이다."

왕의 결정은 더이상 누구도 이의를 달 수 없는 확고한 것이었다. 왕이 물러갈 것을 명하자 모두들 어쩔 수 없이 그 자리를 떠나야 했다.

리무가 사라마유 왕국으로 떠날 것이 확실해지자 사촌들의 슬픔은 매우 컸다. 그들은 어전에서 물러난 후 리무에게 생각을 바꿀 것을 열심히 권유했다. 특히 잔드라는 몹시도 마음 아파하며 말했다.

"애당초 내가 혼자 사라마유로 가겠다고 했어야 했다. 혼자 타국에 가기 두려워서 동생들을 끌어들였고 결국 리무를 혼자 타국에 보내게 되었잖아."

처음엔 슬픈 얼굴로 생각을 바꿀 것을 권유하던 형제들은 나중엔 너무 마음이 아파 여동생을 윽박지르기에 이르렀다.

"너는 서열도 모른단 말이냐. 우리가 간다면 가만히 있을 것이지
왜 끼어드니."

그러나 이미 왕은 결정을 내린 상태였고 그들 모두 그 사실을 잘
알고 있었다. 모두들 슬퍼하며 자신들의 처소로 돌아갈 수밖에 없
었다.

어머니로서 수와얌프라바는 몹시 마음이 아팠다. 그녀는 그날 밤
새도록 잠을 이루지 못하고 그녀의 딸 리무에 대해 생각했다. 다음
날 태양의 신이 그의 모습을 나타냄과 동시에 왕비는 자신의 딸을
찾았다. 그러나 아침 일찍부터 소녀는 밖에 나가고 없었다. 소녀는
자신이 태어나서 자라온 곳을 찬찬히 둘러보고 있었다. 왕비가 딸을
찾았을 때 소녀는 마침 자신과 같은 해에 태어나 지금은 늙어버린
개를 쓰다듬고 있던 참이었다.

소녀의 얼굴은 담담했으나, 그 얼굴을 보는 왕비의 가슴은 찢기는
듯했다. 그녀는 간신히 자신의 슬픔을 감추고 딸을 껴안으며 이야기
했다.

"리무, 부디 나와 한 가지만을 약속해주렴. 너는 앞으로 탄타마사
의 모두를 위해 타국으로 떠나게 될 거란다. 그런데 너는 항상 다른
사람을 먼저 생각하며 살아왔고 너를 위하는 마음이 없구나. 게다가
'처음'의 감정을 가지지 못한 너가 삶의 의미마저 가지지 못하니, 이
엄마는 항상 그것이 슬펐단다. 그러니 약속해주렴. 일단 탄타마사를
떠난 후엔 너는 너 자신을 위해 살아야 한다. 너 자신의 행복을 위해
태어난 삶이라는 걸 잊어선 안 돼."

수와얌프라바는 딸을 껴안고 축복을 해주었다. 이때 어머니의 부
탁에 순순히 약속을 하면서도 소녀가 어머니의 말을 전부 이해했던
것은 아니었다. 그러나 어머니의 슬픈 얼굴과 따뜻했던 품은 리무에

게 깊은 인상을 남겼다. 동시에 이때의 약속이 마음속에 깊게 새겨져 훗날 그것이 그녀의 생을 지배하게 되는 것이었다.

리무가 탄타마사를 떠날 때 모두가 슬퍼한 것은 너무도 당연한 것이므로 그에 대한 자세한 언급은 피하겠다. 다만 가장 슬퍼했던 그녀의 오빠들에 대해 이야기하자면 그들은 끝까지 리무를 말리며 국경을 이루는 타마사 강까지 그녀를 쫓아갔다. 이런저런 일이 많았지만 결국 리무는 강을 건너게 되었다.

그때부터 몇몇의 신하들만이 왕녀를 호위했고 모두가 눈물로써 리무를 떠나보냈다.

2장 인연의 시작

리무가 자신의 이름과 같았던 강을 처음으로 대하게 되었을 때 강의 모든 생명들이 그녀를 환영했다. 배를 타고 강을 건널 때, 수면 위의 햇살은 부드럽게 소녀의 머리카락 사이로 미끄러지고, 배의 난간에 기대어 성스러운 강물에 기도하는 동안에는 물방울들이 그녀의 손끝에 닿으려는 듯 공중으로 튀어올랐다. 이곳에서 소녀는 한없는 익숙함을 느꼈다. 강물이 흐르는 소리는 뱃속에서 듣던 어머니의 고동처럼 다가왔고, 그 소리를 들으며 소녀는 깜박 잠이 들었다.

배가 강의 한가운데에 이르렀을 때 그녀는 자신에게 뜻밖의 손님이 하나 찾아왔음을 알고 눈을 뜨게 되었다. 그것은 몹시 단단해 보이는 새까만 등껍질을 가진 커다란 자라였다. 자라는 그녀의 발 밑에서 눈을 꿈벅거리며 그녀를 올려다보고 있었다. 그 생물은 놀랍게도 입을 열어 리무에게 말을 건넸다.

"왕녀시여. 저를 기억 못하시겠지요. 그것이 슬픈 것은 아니나 그대에게 들려드리고 싶은 이야기가 하나 있어 찾아왔답니다. 그대가 이곳을 찾으시기까지 짧고도 긴 세월이 흘렀군요. 좋으시다면 저의 이야기를 들어주시겠습니까?"

소녀는 아무래도 자신이 꿈을 꾸나 보다 생각하며 승낙했다. 이렇

게 해서 리무가 타마사 강을 건너는 동안 자라의 긴 이야기가 시작
되었다.

"먼 옛날, 지금의 탄타마사도 사라마유도 그리고 이 리무 강조차
파우라바라는 이름을 가진 한 왕국의 땅이었습니다. 현재 대국이라
칭해지는 사라마유 왕국조차 그 명성의 발끝에도 미칠 수 없는 대국
중의 대국이 파우라바였지요. 그 당시 파우라바를 다스린 왕은 당시
삼계를 통틀어 가장 강한 제왕 쉬카르데였습니다. 열세 살의 어린
나이에 왕위에 오른 이후, 그는 절대적인 강함으로 모든 왕국을 떨
게 만들었고 천신들조차 그를 두려워하게 만들었습니다. 모두가 그
를 두려운 시선으로 바라볼 뿐이었지요. 세상 천지에 누구도 그를
사랑하지 않았고 그 또한 누구도 사랑하지 않는 듯 보였습니다. 그
러나 이제부터 제가 하고자 하는 이야기는 모두가 알고 있는 흔한
이야기가 아닙니다. 그토록 강했던 쉬카르데가 어째서 열아홉의 나
이에 돌연 죽게 되었는지 인간들 중에는 아는 사람이 없습니다. 부
디 그대만은 이 이야기를 들어주십시오. 그대와 상관없는 이야기일
지라도 돌고 도는 물의 흐름처럼 언젠가는 그대와 연을 맺게 되는
것이 인간의 생입니다."

긴 서두로 자라의 이야기는 시작되었다.

"쉬카르데는 파우라바 왕조의 유일한 직계로 태어났습니다. 그의
아버지 카루슈 국왕은 전쟁중에 죽고 그는 그 뒤를 이어 어린 나이
에 왕위에 올랐습니다. 그 직후 파우라바는 존망이 좌우되는 대 전
쟁을 치르게 되었지요. 쉬카르데는 그 전쟁에서 열세 살의 어린 나
이에 절대적인 강함을 처음으로 만인에게 알리며 승리를 차지했습
니다. 그 후 계속되는 전쟁에서 그는 단 한 번도 패하지 않았고 그의

이름은 인간이라기보다는 전쟁의 신으로 알려지게 되었습니다. 모두가 그의 강함을 두려워하였고, 그의 발끝도, 심지어는 그림자조차 감히 쳐다보지 못했습니다. 그러나 제가 처음 그를 보았을 때, 제 눈에 비친 제왕 쉬카르데는 그저 어린 소년이었습니다. 전쟁으로 고아가 된 수많은 다른 아이들처럼 그 역시 전쟁으로 부모를 잃은 어린 소년일 뿐이었답니다. 모두가 떠들었지요. 최고의 전사들로 이름 높았던 역대 파우라바 모든 왕들의 명성을 쉬카르데가 뛰어넘어버렸다고, 그 강함은 신의 힘보다 더 강하다고.

네, 왕녀시여. 쉬카르데는 정말로 강한 인간이었습니다. 그러나 제가 그를 정말로 강하다고 느끼게 된 것은 그의 용기 때문이 아니었습니다. 그의 마음 때문이었습니다. 그는 진실을 직시하는, 사물을 꾸밈없이 보는 깨끗한 눈과 마음을 갖고 있었습니다. 그는 자신이 살아가고 있는 아비규환과 같은 세상을 있는 그대로 바라보았습니다. 어딘가에 항상 전쟁을 원하는 누군가가 존재하기 때문에 그가 원하지 않음에도 전쟁은 일어납니다. 쉬카르데가 강했기에 그 이유만으로 어딘가의 누군가가 그를 미워했습니다. 만일 그가 강하지 않다면, 전쟁에서 타국의 사람들을 죽이지 않는다면 죽임을 당하는 것은 파우라바의 백성들이 됩니다. 멸망시키지 않으면 멸망당할 그의 나라. 죽이지 않으면 죽는다는, 이 세상이 지니고 있는 약육강식의 양면성을 그는 항상 말없이 지켜보았습니다. 모든 생명은 브라흐마가 창조해낸 것, 하지만 생명은 태어나게 되면 언젠가 죽음을 맞이하게 됩니다.

그러나 모두가 너무나 당연스레 그것을 받아들입니다. 그저 그러려니 하고 맙니다. 쉬카르데 역시 그럴 수 있었습니다. 그러나 그는 결코 잊어버리지 않았습니다. 다른 모두처럼 죽이지 않으면 죽고,

이기지 않으면 먹힐 수밖에 없는 현실을 외면하고 망각해버리지 않았습니다. 그는 항상 이를 기억했고 그렇기에 마음속 깊이 온 세상을 미워했습니다. 이것이 그 누구도 사랑하지 않았던 쉬카르데의 진실입니다. 전쟁터에서 알지도 못하는 수천 수만의 인간을 죽일 것을 강요당한 어린 소년이 선택한, 살아가는 방법이었습니다. 모두가 적을 죽이기를 강요하며 쉬카르데에게 크샤트리아의 다르마를 이야기했습니다. 전쟁터에서 용감히 싸우다 죽은 크샤트리아는 죽어서 천국에 간다고요. 쉬카르데는 이렇게 말했습니다.

'살인자들이 천국에 모여서 무엇을 하겠습니까. 서로 싸우다 서로를 죽이겠지요. 크샤트리아의 지옥은 천국이라는 이름을 가졌나 봅니다.'

상처받고 상처받던 중 돌연 그는 더이상 상처받지 않게 되었습니다. 아니, 어떠한 일이 있어도 자기 자신을 상처입히지 않기로 한 것입니다. 자기 자신이 아파봤자 그 자신에게 있어 정말로 쓸모없는 일이며, 그 무엇도 바뀌지 않는다는 것을 깨달은 것입니다. 그는 태어난 이상 살아가야 했습니다. 어린 왕녀시여, 그대가 볼 수 있다면, 그대가 알 수 있다면! 처음으로 나간 전쟁터에서 수천 수만의 인간을 베고 피에 젖은 몸으로 돌아온 그의 모습을! 어려서부터 놀곤 했던 리무 강물에 이름 모를 누군가의 피와 함께 자신의 눈물까지 말없이 흘려보낸 소년의 모습을요.

사실 쉬카르데는 너무나도 세상을 사랑했던 것입니다. 너무나 사랑했기에 미워할 수밖에 없었던 것입니다. 그의 영혼이 너무도 순수했기에 다른 이들처럼 세상의 어두움을 외면해버릴 수 없었던 것입니다. 마음속으로 '상처입지 말자'고 말할 때마다 그는 상처에 피를 흘리고 있었습니다. 남의 손에 죽기보다 남을 죽이기를 택한 그는 그저 그에게 주어진 생을 죽지 않기 위해 살아가고 있을 뿐이었습니다. 하지만 처음으로 그에게 변화가 생겼으니 그것은 한 어린 소녀와의 만남 때문이었습니다.

그날도 쉬카르데는 아수라장과 같은 전쟁터에서 피에 젖어 돌아오고 있었습니다. 그가 걸어가는 모든 길목마다 사람들이 자취를 감추었고 외경심에 그 누구도 쉬카르데의 눈앞에 나타나려 하지 않았습니다. 홀로 이 리무 강변을 걷던 쉬카르데의 시야에 단 한 사람의 모습이 들어왔습니다. 그는 쉬카르데를 보고도 피하지 않을 자, 세상의 어떤 비참함과 추함이라 할지라도 외면치 않을 유일한 소녀, 바로 루드라의 어린 딸이었습니다. 언제까지나 어린 소녀의 모습으로 살아가도록 운명지어진 리시프얀. 그것이 그녀의 이름이었습니다."

리무는 계속해서 이어지는 이야기에 조용히 귀를 기울였다.

"항상 무언가 생각을 담은 쉬카르데의 눈이 그 소녀를 보았을 때 어떠한 생각을 그 눈 안에 담았는지 저로선 알지 못합니다. 다만 저는 아주 잠시 동안 그의 눈을 스친 짤막하고 씁쓸한 미소만을 기억할 뿐입니다. 강변에 앉아 있던 소녀는 조용히 일어섰습니다. 쉬카르데를 바라보는 소녀의 눈은 따뜻하면서도 슬펐습니다. 잠시 말없이 서 있다가 소녀는 조용히 쉬카르데에게 말을 걸었습니다.

'제가 있으니 그대는 슬퍼하지 않아도 됩니다. 슬퍼하지 마세요. 슬픔은 언제나 제가 감당해야 할 몫이고 제가 존재해야 하는 이유입니다.'

소녀가 한 예상치 못한 말에 쉬카르데는 잠시 당황하였습니다. 소녀는 그가 제왕 쉬카르데라는 것을 전혀 모르는 듯 쉬카르데에게 다정한 위로의 말을 던졌습니다. 찬찬히 소녀를 살펴보고 가슴에 많은 의문을 품은 채 그는 천천히 입을 열었습니다.

'당신은 누구십니까?'

소녀는 미소 지었지만 그 순간에도 슬픈 빛은 소녀의 얼굴을 떠나지 않았습니다. 강물에 떠내려오는 시체들을 바라보며 그 슬픔은 점점 짙어졌습니다.

'저는 저의 아버지, 폭풍의 신 루드라의 뒤를 따라다니는 존재입니다. 모두를 벌하는 폭풍의 뒤를 따라다니며, 폭풍 뒤에 항상 따르게 되는 눈물과 고통을 슬퍼하기 위해 태어난 존재입니다. 부디 이 슬픔이 저로서 끝나게 되기를 소망합니다.'

쉬카르데는 오랜 시간 동안 소녀를 바라보았습니다. 소녀 역시 그를 바라보며 입을 열었습니다.

'그러니 그대는 슬퍼하지 마세요. 당신은 인간으로서, 슬픔을 망각할 수 있는 자유가 있습니다. 그대 역시 슬픔을 잊고 행복해지십시오.'

그러나 쉬카르데는 순간 소녀에게로 다가가 분노한 듯이 물었습니다.

'그러니까 당신은 고귀하고도 고귀한 신의 딸이란 말입니까? 슬픔을 위해 태어난 존재? 그렇다면 그 슬픔은 왜 생기는 겁니까? 그대의 아버지는 왜 인간을 벌합니까? 망각하라고요? 슬픔을 잊고 행복해지라고요? 대답해보십시오. 왜 이 세상엔 죽음이 있는 겁니까?'

쉬카르데는 분노하고 있었습니다.

'나는 크샤트리아에게 준비되어진 지옥에서 도망치려는 것이 아닙니다. 내가 누군가를 죽인 이상 나 역시 누군가에게 죽임 당할 미래가 두려운 것이 아닙니다. 전쟁터에서 용감하게 적을 물리치고 죽은 모든 크샤트리아는 지옥으로 갑니다. 지옥을 거쳐 고통을 겪은 후 분노와 증오에서 해방되어 망각을 겪게 됩니다. 인간으로서의 모든 괴로움을 잊게 되는 천국이라는 망각의 장소. 내가 진심으로 두려워하는 곳이 있다면 바로 그곳입니다. 나는…….'

점점 격앙되는 듯 소년은 말을 이었습니다.

'그곳에서 내가 잊게 될 모든 것들이 무섭습니다. 나는 나의 짧은 생 동안 무수한 사람을 죽였습니다. 모두가 나를 죽이려 한 자들입니다. 나는 그들을 죽이고 라자수야 제사를 지내는 왕 중의 왕이 되었습니다. 인간보다 뛰어난 존재인 신들이 나의 제사를 받아들이는 뜻은 무엇입니까? 어째서 어떤 사람은 사람을 죽인 죄로 지옥에 집어넣고, 또 어떤 사람은 사람을 죽인 공로로 지옥을 벗어나 망각의 천국으로 가게 되는 것입니까? 그러니까…….'

갑자기 맥이 풀린 얼굴로 그는 중얼거렸습니다.

'그러니까 그대가 정말로 신의 딸이라면, 이 세상의 이 양면성, 이 모순을 설명해주십시오. 왜 세상에 죽음이 있는지 그 이유를 내게 말해주세요.'

마지막 말을 중얼거릴 때 쉬카르데는 더이상 화를 내고 있지 않았습니다. 그는 슬픔과 절망을 느끼며 자리에 주저앉았습니다. 상처받지 않는 척 눌러온 그의 마음이 순간에 터져버린 것입니다. 그때 그는 그를 위로하는 손길을 처음으로 느끼게 되었습니다. 바람처럼 부드러운 손끝이 그의 머리칼에 닿았고 쉬카르데는 고개를 든 순간 그를 바라보는 루드라의 어린 딸의 눈을 볼 수 있었습니다.

슬픈 눈.

슬픔을 위해 태어난 존재가 하고 있는 슬픈 눈.

소녀는 눈물을 흘리고 있었습니다.

'망각을 원하지 않는 그대의 마음을 이해할 수 있습니다. 파우라바의 아들이여. 하지만 모순조차 생의 일부임을 그대는 이해하세요. 인간이 가져야 할 가장 큰 모순은 그들의 탄생과 죽음입니다. 누구도 자신이 원해서 태어나지 않습니다. 누구도 원해서 죽음을 맞지 못합니다. 죽음은 이 세상 모든 존재가 두려워하는 것. 하지만 죽음은 생의 순리입니다. 일찍이 창조의 신 브라흐마 님께선 모든 생물의 생을 빚고 또한 그들의 계속된 번영을 꿈꾸셨습니다. 하지만 죽음이 없는 번영은 이윽고 지구를 생물로 넘치게 하는 파멸을 부르게 되었지요. 너무도 많은 생들이 한 자리에 있게 되자 더이상의 번영은 존재할 수 없게 되었습니다. 브라흐마 님께서는 이를 걱정하셨고 그 순간 그의 마음의 걱정은 불이 되어 모두를 불태우게 되었습니다. 그러자 세계를 유지시키시는 유지의 신 비슈누께서 죽음의 존재를 만드셨습니다. 이 죽음이야말로 생의 또다른 형태이며, 진정한 생을 유지시킵니다. 유한한 삶이야말로 무한한 다른 삶을 약속하고 있다는 것을 잊지 마세요. 결국 슬픔은 죽은 사람이 아닌 살아 있는, 남은 사람들의 몫입니다. 그러나 브라흐마 님께서는 역시 인간에게 망각이라는 선물 역시 주셨습니다. 그렇기에 나는 그대가 슬퍼하지 않기를 바랍니다. 파우라바의 왕 쉬카르데여.'

처음으로 자신을 위로하는 말을 들으며 쉬카르데는 오랜 시간 넋이 나간 듯 루드라의 딸을 바라보았습니다. 소녀의 볼에 흐르던 눈물이 그의 볼로 떨어졌을 때 쉬카르데 자신도 순간 눈물을 흘리고 있었습니다. 시간이 흐르고 태양의 신 바스카라가 모습을 감추고 달의 신 찬드라가 그 자리를 대신할 때에 쉬카르데는 비로소 자리에서 일어났습니다. 강물에 비친 달과 어두운 하늘의 달, 양쪽을 잠시 바라본 후 그는 발걸음을 옮겨 왕성으로 향했습니다. 몇 걸음 걷다 뒤를 돌아보았을 때 그는 자신을 배웅하는 따스한 시선을 느낄 수 있었습니다."

자라의 이야기는 여기에서 일단 끝났다.

"이것이 과거 누구보다도 강했던 제왕 쉬카르데와 그가 누구보다도, 자신보다도 사랑했던 소녀, 루드라의 어린 딸이 처음 만났던 이야기입니다."

배는 이미 강 건너에 닿아 있었다. 그동안 리무는 한 마디도 없이 자라의 이야기에 귀를 기울이고 있었다. 자라의 이야기가 끝나자 어린 소녀는 입을 열었다.

"내가 울 수 없는 것을 탓하지 마십시오. 저는 울고 싶습니다. 하지만 저의 둔탁한 마음은 제대로 슬픔을 느끼지 못합니다. 저는 마음이 불구입니다. 이야기를 들은 저보다 이야기를 하고 있는 그대가 더욱 슬퍼하는 듯합니다. 저는 쉬카르데와 리시프얀이 행복했으리라 믿고 싶지만 왜 당신은 그들의 이야기를 하며 슬퍼하시나요?"

"물론 저는 그대를 탓하지 않습니다. 누구도 그대에게 슬픔을 강요하지 않습니다. 아마 언제고 당신은 그 뒤에 일어난 제왕 쉬카르데와 루드라의 어린 딸 리시프얀에 대한 이야기를 들을 수 있을 것입니다. 그것은 아마도 당신의 짐작대로 슬픈 이야기가 되겠지만 제가 기다리는 것은 훗날, 지금보다도 훨씬 더 훗날의 이야기입니다. 그 훗날의 그 이야기가 행복하기를 기원하는 마음입니다. 원컨대 그대의 긴 여행이 무사히 마쳐지기를."

자라는 인사하고 자신을 강 속으로 던져달라고 부탁했고 리무는 그 말대로 따랐다. 자라를 던질 때 차가운 물방울이 얼굴에 튀었고, 닦으려고 손을 볼에 대었을 때 저도 모르게 눈이 떠졌다. 자신은 배의 난간에 기대어 있었다. 모든 것이 꿈인 듯 느껴졌으나 방금 전까지 자라가 있던 자리에는 물이 홍건했다.

탄타마사 왕실은 리무가 떠난 후 계속해서 슬픔에 잠겨 있었다. 왕제비 야요드얀은 왕비 수와얌프라바를 위로하기 위해 왕비의 거처에 머물고 있었다. 딸을 잃은 아버지, 딸을 잃은 어머니의 슬픔도 컸으나 사촌 누이를 잃어버린 형제들의 슬픔도 매우 컸다. 잔드라를 비롯한 여러 형제들은 모두 모여 멍하니 하늘만 바라보며 앉아 있을 따름이었다.

"모두들 브라흐마나가 되었다고 착각하는 것 아냐! 우리는 신을 공경하며 가만히 앉아 고행이나 하는 브라흐마나가 아니야! 우리는 크샤트리아란 말이야! 죽치고 앉아 한숨만 쉬는 게 크샤트리아라고 생각하는 건 아니겠지! 크샤트리아라면 용감히 싸워서 잃어버린 것을 돌려받는 것이 다르마이고 정의야. 아니, 처음부터 빼앗아가게 둔다는 것 자체가 우리의 불명예라는 것을 알아야지! 옛날 전설적인 왕 라마가 부인 시타를 락샤샤의 왕 라바나에게 빼앗겼을 때 그가 우리처럼 죽치고 앉아 한숨만 쉬었는 줄 알아!"

라고 소리치며 펄쩍펄쩍 뛰어대던 둘째 마호다니까지도 오늘은 소리칠 기운도 없는지 다른 형제들 틈에 끼어 쪼그리고 앉아 있을 따름이었다. 마호다니와 사바르니는 만나기만 하면 싸우는 것으로 유명했기에 이렇게 둘이 사이좋은 모습으로 앉아 침묵을 지키는 것은 세상에 태어나서 처음 있는 일이었다. 다나와 아반티 쌍둥이들도 형들 옆에서 풀이 죽은 모습으로 앉아 있었다.

마침내 침묵을 깬 것은 잔드라였다. 그는 셋째인 사바르니를 향해 질문을 던졌다.

"사바르니. 사라마유를 어떻게 생각하니?"

맏이의 물음에 셋째는 이렇게 대꾸했다.

"그 나라는 전쟁을 준비하고 있어."

잔드라는 다시 물었다.

"라자수야를 지낸 왕 중의 왕 이유시크는 도대체 무엇을 더 원하는 걸까?"

그러자 사바르니는 자신의 의견을 형제들에게 말했다.

"리무, 그 이름에는 제왕의 권위가 깃들어 있어. 과거 이 리무 강을 차지하기 위해 수도 없는 전쟁이 일어났고 결국 모든 왕들은 이 리무 강을 누구의 소유도 아닌 것으로 합의하고 전쟁을 끝냈어. 하지만 그렇다고 저 거대한 강의 권위가 말라버릴까. 리무를 원하는 왕들의 욕심이 말라버릴까. 이유시크 왕은 분명 리무 강을 손에 넣으려 하는 것이라 나는 생각해. 방해가 되는 모든 것을 전쟁으로 쓸어버리겠지. 이번에 이유시크 왕은 탄타마사를 시험해본 거야. 우리가 자신의 권위에 복종하는지 여부를. 이번에는 우리가 일단 그들이 원하는 대로 움직여서 전쟁을 피할 수 있었지."

"아니, 전쟁은 일어날 거다."

조용한 목소리로 단언한 것은 맏이 잔드라였다. 그는 침착하게 동생들을 둘러보며 입을 열었다.

"다음 왕위 계승자로서 맹세하노니, 리무를 돌려받을 수 없다면 내가 전쟁을 일으키겠어. 이번 일은 어른들께서 모두 결정해버리셨지. 우리가 나이가 어리기 때문이야. 자신에게 절실히 필요한 순간에 어른일 수 없는 것만큼 불행한 일이 또 있을까. 하지만 더는 아니다. 난 다시는 이런 일이 일어나게 두지 않아. 아디토야를, 아반티를, 다나를, 사바르니를, 마호다니를, 다음 왕이 될 나의 생명까지! 나는 모든 것을 걸고 사라마유를 쓰러뜨리겠어. 멸망과 파괴의 신 시바의 이름으로 맹세한다."

말을 마치고 잔드라는, 조용히 귀를 기울이는 동생들의 얼굴을 한 번씩 바라본 후 그의 전통에서 여섯 개의 화살을 꺼냈다. 동생들은 모두가 경건한 마음으로 순서대로 맏형으로부터 그 화살을 받았다.

잔드라는 입을 열었다.

"맹세컨대 탄타마사의 활에는 여섯 개의 화살이 조준될 것이다. 그 모두가 우리의 분노를 대변하고 사라마유의 이유시크 왕에게 그가 저지른 일의 대가를 치르게 해줄 것이다."

모두들 벅찬 마음으로 함께 맹세했으나 막내 아디토야는 홀로 침묵을 지켰다. 이 얌전한 동생은 이때 먼 타국 땅에 있을 그의 누나를 생각하며 마음속으로 눈물을 흘리고 있었다.

이로써 여섯 형제들의 맹세는 모아졌다. 그날부터 그들은 새롭게 활력을 찾고 각자의 공부에 힘쓰며 언젠가 그들의 맹세를 현실로 이루기 위해 노력하기 시작했다.

한편 리무는 꽤 오랫동안의 여행을 끝마치고 마침내 사라마유 왕국의 수도에 도착하게 되었다. 그녀가 이제껏 살아온 탄타마사도 풍요롭고 아름다운 곳이었지만 이곳 사라마유의 풍요와 화려함은 상상 이상의 것이었다. 동서남북 사방으로 뻗은 도로, 벽돌로 건축되어 죽 이어 늘어선 건물들, 도시 여기저기에서는 분수가 내뿜어지고 낯선 여러 희귀한 식물들이 이곳저곳에 심어져 있었다.

그러나 '처음'의 감정을 가지지 못한 소녀에게는 타국의 낯선 풍경이라 해도 별 색다른 감흥이 들 리 만무했다. 수도에 도착해서 왕궁에 들어서기까지 소녀는 시선을 떨군 채 자신이 탄 코끼리의 머리만을 바라보고 있을 따름이었다.

궁에 도착하자마자 리무는 곧바로 사라마유의 왕비 소마사의 부름을 받게 되었다. 소마사 왕비는 왕의 이번 처사를 매우 탐탁치 않게 여기고 있었고 탄타마사에서 오게 될 어린 소녀를 동정하고 있었다. 소마사 왕비는 리무의 손을 잡고 손수 마련해놓은 거처에 데려다주었다. 어린 소녀를 돌봐줄 시녀를 붙여주고 이것저것 마음을 써준 후 왕비는 곧장 이유시크 왕에게로 향했다.

"왕이시여. 전부터 말씀드렸지만 남의 귀한 자식을 데려온다는 것은 다르마에 크게 어긋나는 일입니다."

그러나 이유시크 왕은 처음부터 아내의 말에 귀를 기울이지 않았고 지금도 마찬가지였다. 다만 그 역시 마음속으로는 어딘지 꺼려지는 부분이 있어 타국에서 온 어린 소녀를 만나려 하지는 않았다.

이후 리무의 생활은 매우 평온했다. 그녀의 오빠들은 멀리서 누이에게 일어날지도 모를 수천 수만의 좋지 않은 일들을 걱정하고 있었으나 그들의 상상 중 실제 리무에게 일어난 일은 하나도 없었다. 소마사 왕비의 배려 아래 리무는 사라마유 왕실의 왕녀처럼 교육받았다. 사라마유 왕실의 스승들이 그녀에게 베다를 가르쳤고, 춤과 음악 등의 교양도 배웠다. 충분한 수의 시녀들이 리무의 시중을 들었고 생활에 불편한 점은 조금도 없었다.

사실 보통 사람이었다면 그 어떤 배려를 받더라도 낯선 타국에서의 생활에 리무처럼 쉽사리 적응하지는 못했을 것이다. 처음의 감정이 없는 이 소녀에게는 낯설음이라는 감정이 없었다. 참을 수 없는 그 어떤 격한 감정도 없었다. 고향에 대한, 가족들에 대한 기억은 그녀의 마음속에서 먼 옛날의 추억처럼 조용히 가라앉았다. 리무는 많은 시간을 외톨이로 지냈으나, 그 외로움마저 늘 그래왔던 것마냥 담담히 받아들였다.

하지만 낯선 땅에서의 생활은 분명 리무에게 큰 영향을 미쳤다. 그것은 사소한 말 한 마디에서 비롯되는 것이었다. 소마사 왕비는 가끔씩 소녀를 찾아와 위로를 건네곤 했다.

"리무 공주, 이 낯선 곳에서 얼마나 외로운가요."

그녀를 시중드는 여인들도 다정하게 말하는 것이었다.

"왕녀님. 모든 것이 처음인 이곳이 힘드시지요?"

그 말들은 차곡차곡 소녀의 마음 안에서 쌓여갔다. 그러던 하루, 그녀는 거처에서 가까운 숲으로 향했다. 향기로운 숲의 내음 안에는 탄타마사에서는 볼 수 없던 이상한 꽃의 향기도 섞여 있었고 작은 짐승들이 리무의 주위를 뛰어다니곤 했다. 리무는 커다란 나무 아래에 앉아 곰곰이 생각하기 시작했다.

'나는 분명 이상해. 나에게도 다른 사람들과 마찬가지로 처음의 감정이 있었을까? 그렇다면 나는 언제 그 감정을 잃어버린 걸까? 그 감정은 언제 내게 다시 돌아오는 걸까?'

그때 나뭇가지처럼 훌륭한 뿔을 자랑하는 커다란 수사슴 한 마리가 덤불 속에서 튀어나왔다. 수사슴은 리무의 존재를 아랑곳하지 않고 리무를 지나 나무 사이로 다시 사라졌다. 리무가 그 뒷모습을 지켜보는 순간 덤불이 다시 바스락거리더니 갑자기 무언가가 덤불 사이에서 뛰쳐나왔다. 그 발걸음이 얼마나 가볍던지 거의 귀에 들리지 않을 정도였다.

덤불 속에서 나온 것은 리무 또래로 보이는 웬 소년이었다. 그 소년은 손에는 화살이 조준된 활을 들고 있었다. 그는 허리에는 칼을, 어깨에는 화살이 든 전통을 메었으며 손에는 가죽으로 된 장갑을 끼고 있었다. 미풍이 윤이 나는 머리칼을 흔들었고, 가슴에는 굵은 금

목걸이가 빛을 반사하여 광채를 띠었다. 소년다운 명랑함이 깃든, 새까만 눈이 맑게 빛나고 있었다. 리무는 갑자기 나타난 소년을 가만히 바라보았고 소년 또한 잠시 발걸음을 멈춰서서 소녀를 지켜보았다. 문득 소년은 빙긋 웃더니 먼저 입을 열었다.

"이런, 제가 쫓던 사슴이 변신을 했나 보군요."

갑작스러운 말에 리무는 조금 당황하여 고개를 저었다.

"아니오. 저는……."

리무가 자신의 이름을 말하려는 순간 갑자기 소년은 소녀를 바라보며 킥킥 웃었다.

"아, 생각해보니 제가 쫓던 사슴은 수사슴이었습니다. 그럼……."

소년은 사슴이 사라진 쪽으로 금세 휭하니 내달렸고 리무는 할말이 없어 물끄러미 그 뒷모습을 볼 따름이었다.

이것이 탄타마사의 왕녀 리무와 사라마유의 왕자 아비뉴아의 첫 만남이었다.

탄타마사의 왕녀가 사라마유에 볼모가 되어 가 있다는 소식은 시간의 흐름과 함께 리무 강 주위의 여러 왕국으로 퍼져갔다. 뒤늦게 소식을 들은 성인(聖人) 네마누가 수백의 제자들을 데리고 사라마유에 찾아들었다. 그로 말할 것 같으면 탄타마사의 왕녀에게 리무라는 이름을 붙여준 장본인이었다. 그런 까닭에 성인은 이유시크 왕의 처신에 매우 화가 난 상태였다. 왕과의 만남에서 성인은 왕을 크게 꾸짖었다.

"그대가 비록 왕 중의 왕이라 해도 어찌 그런 만행을 저지를 수 있소. 어서 탄타마사의 왕녀를 본국으로 돌려보내도록 하시오."

사라마유의 왕 이유시크는 성인을 정중히 환영했으나 자신을 설득하는 말에는 귀를 기울이지 않았다.

"성인께서는 계시고 싶으신 만큼 제자분들과 함께 사라마유에 머무시기 바랍니다. 그 사이 저는 정성을 다해 성인을 모시겠습니다. 하지만 성인께서는 크샤트리아의 일에는 간섭하려 하지 말아주십시오."

아무리 설득해도 전혀 마음을 바꾸지 않고 겉으로만 예의를 표하는 이유시크 왕에게 성인은 크게 화를 냈다.

"그대는 그렇게도 전쟁을 일으키고 싶은 게요? 그렇다면 원대로 하시오. 당신은 소원대로 전쟁터에서 죽게 될 것이오."

이렇게 성인은 왕에게 저주를 내렸으나 이유시크 왕은 시종일관 담담했다. 크샤트리아로 태어나 전쟁터에서 죽는 것은 당연하다. 소망을 이룰 수 있다면 늙어 죽기보다는 전쟁터에서 죽고 싶은 것이 그의 본심이었다.

성인은 화가 잔뜩 난 채 밖으로 나와 숲속을 거닐며 화를 식히고 있었다. 그러다 그는 사슴을 쫓고 있는 소년 하나를 만났다. 소년은 이유시크 왕과 꼭 닮은 것이 왕의 아들 아비뉴아임을 한눈에 알 수 있었다. 순간 성인 네마누의 머릿속에 생각이 스쳐 지나갔다.

'내 자식 귀한 줄 알면 남의 자식 귀한 줄도 아는 법. 귀한 자식이 눈앞에서 사라져봐야 정신 차리려나. 저 소년에게 미안하지만, 다른 사람들을 위해 하는 수 없구나. 미안하다 애야.'

"너는 고양이가 될지니!"

성인의 말이 끝나자마자 그 말은 그대로 실현되었다. 성인은 수많은 고행을 쌓은 자만이 될 수 있다. 그러한 성인이 하는 말에는 그가 고행을 쌓은 햇수만큼의 권위가 부여되게 되는 것이다.

성인은 순간적으로 왕의 눈을 오랫동안 피해 있을 수 있으면서 왕자도 안전할 수 있는 걸 생각했다. 작은 덩치의 동물이 아무래도 데리고 있기에 좋을 듯했던 것이다. 그리하여 방금 전까지 소년이 서 있던 자리에는 소년 대신 작고 사랑스러운 고양이 한 마리가 놀라서 울고 있었다. 자그맣고 하얀 머리, 귀여운 네 발, 쫑긋 세워진 하얀 귀는 절로 사랑스러움을 느끼게 할 정도로 아름다웠다. 전신이 새하얀 이 고양이는 작고 탄탄한 몸에 늘씬한 다리, 그리고 길고 가는 꼬리를 하고 있었다. 놀랍게도 흑요석같이 까만 눈이 보석처럼 영롱했다. 우윳빛 털은 티끌 하나 없이 눈처럼 새하얗고, 윤기가 자르르 흘렀다.

그러나 생김새와는 달리 이 자그마한 하얀 고양이는 털을 모조리 세운 채 날뛰었다. 성인은 처음에는 자신이 성급하게 소년을 고양이로 바꾼 것을 후회하고 어떻게든 잘 돌봐주려고 했다. 그러나 고양이는 계속해서 성질을 부렸다. 엄청난 속도로 숲속을 뛰어다니며 혹 자기에게 덤비는 여우나 이리, 원숭이 등을 모조리 쓰러뜨렸다.

드디어 제자들 중 하나가 스승에게 불평을 토로했다.

"스승님. 이 고양이는 도저히 곁에 둘 수가 없습니다. 묶어놓으려 해도 쇠목걸이를 끊어버립니다. 게다가 큰 짐승들을 자주 쓰러뜨려 죄 없는 짐승들이 다치기까지 합니다. 청컨대 차라리 본래 모습으로 돌려보내줌이 덜 위험하지 않겠습니까?"

그러자 성인은 매우 난처해하며 입을 열었다.

"실은 나도 그러고 싶은 생각이 태산 같네. 하지만 내가 건 주문은 건 사람의 의지로 풀리는 종류의 것이 아닐세. 오히려 걸린 사람의 의지에 달린 것이지. 저 고양이가 자신이 아닌 다른 사람을 위하는 마음이 강해질 때 주문은 저절로 풀리게 될 거야. 나는 저 소년에게 제 아비에게 부족한, 타인을 위하는 마음을 가르쳐주고 싶었다."

결론은 자기도 어쩔 수 없다는 것이었다. 모든 제자들은 실망을 금치 못했고 모두들 이 하얀 고양이가 나타나면 얼른 도망가기에 바빴다.

그러던 어느 날, 성인 네마누에게 한 방문객이 찾아들었다. 열세 살의 어린 소녀, 바로 사라마유로 오게 된 탄타마사의 왕녀 리무였다. 성인은 소녀의 방문을 크게 환영했다.

"그대가 리무 공주군요. 그대가 갓난아기일 때 한 번 본 적은 있는데, 벌써 나이가 열셋이라니요."

사라마유에 오게 된 것을 위로해주며 어떻게 생활하고 있는지를 이것저것 묻자 소녀는 자신의 생활에 아무런 불편이 없음을 이야기했다. 여러 이야기 끝에 소녀는 공손히 성인에게 질문을 던졌다.

"제가 처음 이 숲에 왔을 땐, 항상 작은 동물들과 스치고 큰 동물들의 울음 소리를 멀리서 들을 수 있었는데 요즘은 통 볼 수도 들을 수도 없으니 무슨 까닭일까요?"

이 물음에 성인은 매우 난처한 표정을 지으며 마침 주위를 천천히 맴돌고 있던 자그마한 고양이를 가리켰다.

"실은 모든 원인은 저 고양이 때문이지요. 요즘 나 역시 저 고양이 때문에 잠이 안 올 지경이랍니다."

어린 소녀는 하얀 고양이를 바라보고 말했다.

"참 예쁜 고양이네요."

"그건 그대가 잘 몰라서 하는 소리입니다. 저 고양이는 매우 위험하니 가까이 다가가지 마십시오."

성인은 손을 내저어가며 눈앞의 이 작은 고양이의 흉포함과 난폭함에 대해 장황한 설명을 늘어놓았으나 스스로 생각해도 설득력이 없었다. 평소처럼 나무나 툭툭 쳐서 쓰러뜨리지 뭐 하고 있나 싶어

흘끔흘끔 보자니 고양이는 맴을 돌면서 나비를 쫓고 있었다.

"고양이도 기분이 좋고 나쁨에 따라 다르니까."

이런 식으로 말을 얼버무리는데 소녀가 이렇게 말했다.

"저 고양이는 아직 어려 보이는데 혹시 괜찮으시다면 제가 저 고양이를 데려가서 기르겠습니다."

고양이를 데려가겠다는 말에 성인은 그만 귀가 솔깃했다. 아까 장황하게 늘어놓던 고양이의 험담은 슬그머니 자취를 감추고 성인은 이렇게 말했다.

"저 고양이가 그대를 따르기만 한다면이야 얼마든지요."

성인의 허락을 받은 리무는 고양이에게 다가갔다. 고양이는 그때 나무 둥치 밑에 앉아 있었다. 작은 왼발은 나비를 쫓고 있었고 꼬리는 살랑살랑 움직이고 있었다. 그러다 하얗고 동그라한 머리를 인기척이 나는 곳으로 돌렸다. 고양이의 흑요석처럼 까만 눈동자가 리무를 향해 고정되었다. 그 까만 눈을 보다가 리무는 그녀로서는 정말 드물게 방긋 웃었다. 소녀는 가만히 오른손을 내밀어 고양이의 목덜미를 쓰다듬었고 목을 긁어주었다.

"그대는 정말로 부드럽고 예쁜 털을 가진 고양이군요. 혹시 좋다면 저와 함께 가겠습니까?"

이때 고양이는 아마 마음속으로 성인과 성인의 제자들과 함께 숲 속에서 지내는 생활과 눈앞의 소녀를 따라가서 함께 지내는 생활을 저울질했을 것이다. 잠시 후 고양이는 하얀 머리를 리무의 손목에 부벼대고 목울대를 울리며 가르릉 소리를 내는 등 보통 애교를 부리는 것이 아니었다.

어렵잖게 고양이를 품에 안은 리무는 성인에게 작별 인사를 올렸다. 성인은 과연 고양이가 소녀를 따를까 근심하다가 리무가 쉽게 고양이를 안아드는 것을 보고 속으로 쾌재를 불렀다. 주위에 있던 수많은 성인의 제자들도 전부 속으로 고양이가 소녀를 따라가는 것을 기뻐하였고 리무는 고양이를 품에 안은 채 자신의 거처로 돌아왔다.

그녀는 우선 자신의 작은 친구에게 이름을 붙여줄 필요를 느끼고 작은 고양이를 무릎에 올려놓고서 고양이에게 정답게 말을 걸었다.

"만물에는 칭해지는 이름이 있어요. 저의 아버지께서 저에게 이름을 내려주는 명명식을 행하심으로써 제가 아버지의 딸이 된 것처럼 저 역시 당신에게 이름을 부여함으로써 당신과 나 사이에 인연의 끈을 엮어보려고 합니다. 이곳 사람들이 친절하게 대해주지만 이곳에서 저는 친구가 없답니다. 당신이 저의 친구가 되어주시겠습니까?"

고양이는 마치 인간인 양 하얀 앞발을 내밀고 작은 머리를 끄덕였다. 그러자 리무는 다시 한번 방긋 웃었다. 오늘 하루에 그녀가 벌써 두 번이나 웃었다는 걸 그녀의 어머니 수와얌프라바가 알았다면 몹시 기뻐했을 일이었다.

"그럼 제가 당신을 무어라 불러야 할지 생각해봐야겠습니다."

리무는 웃는 얼굴을 지우지 않은 채 말을 이었다.

"성인께서 말씀하시길 그대가 숲의 동물들을 다 쫓을 정도로 강하다던데, 그대는 호랑이도 이길 수 있습니까?"

눈앞의 작은 고양이는 더욱 거만하게 고개를 치켜들며 앞발로 리무의 무릎을 툭툭 쳤다. 리무는 그대로 고개를 끄덕였다.

"네, 당신의 뜻을 알겠습니다. 그대는 누구보다도 강한 용사군요. 그럼 그 용기로 저를 지켜주시겠습니까?"

하얀 꼬리가 리무의 손목을 가볍게 톡톡 쳤다. 그리고 나서 고양이는 다소 거드름을 피우며 귀를 쫑긋거렸다. 리무는 고양이를 안아 올려 그 하얗고 조그마한 머리에 입을 맞췄다.

"고마워요. 그럼 저도 당신을 지켜드리도록 하겠습니다. 당신과 필적할 만큼 대단한 용기를 가진 한 사람의 이름이 떠오르는군요. 그 이름은 쉬카르데. 파우라바 왕조의 마지막 왕이었고 가장 위대한 왕이었습니다. 그리고 그가 처음 왕위에 올랐을 때 당신과 나처럼 어렸답니다. 저는 이제부터 그대를 쉬카르데라 부르고 그대와 저의 인연을 엮어나가겠습니다."

리무는 약속의 뜻으로 머리를 묶고 있던 상서로운 빛깔의 붉은 끈을 풀어 고양이 머리의 하얀 털에 묶어주었다. 이때부터 고양이 쉬카르데와 리무와의 인연이 시작되었다.

소마사 왕비는 며칠째, 아비뉴아의 모습이 보이지 않아 근심을 하던 중 아비뉴아가 성인의 저주를 받았다는 소문을 듣게 되었다. 왕비의 놀라움과 근심은 이만저만이 아니었다. 성스럽고 자비로운 성인께서 설마하니 열세 살의 어린 아들에게 크게 해 될 행동을 하지는 않았으리라 믿기는 했다. 다만, 언제 노여움을 푸시고 아들을 돌려주실지 그저 마음만 답답할 뿐이었다. 몇 번이고 사람을 보내 물어보았지만, 언제나 성인의 제자들로부터 '성인께서는 고행중이시기에 만남을 거절하십니다' 라는 답변만 들을 뿐이었다. 결국 소마사 왕비는 왕에게 쫓아가 잔소리를 늘어놓는 것 외에는 할 일이 없었다.

"왕이시여. 이렇게 될 줄 알았습니다. 결국 우리 아비뉴아에게 해가 갔지 않았습니까. 아비뉴아가 성인의 노여움을 입고 돌아오지 않으니 이는 전부 당신이 성인의 말씀을 무시하였기 때문입니다. 이를 도대체 어쩌면 좋단 말입니까."

결국 소마사 왕비는 마음의 병을 얻어 앓아눕고 말았다.

이유시크 왕 역시 아들이 염려스러운 것은 아내보다 더하면 더했지 못하지 않았다. 그러나 왕은 왕비와는 달리 아들을 마음속 깊이 신뢰하고 있었다. 따라서 당장 아비뉴아가 눈앞에 보이지 않는다고 펄펄 뛰거나 하지는 않았다. 오히려 당장 걱정거리는, 앓아누워서도 끙끙대며 자기에게 원망의 말을 늘어놓는 왕비였다.

상황이 이렇게 되자 왕실의 스승인 사이는 왕에게 충고했다.

"왕이시여. 학식과 덕망이 높은 분을 찾으시는 게 좋을 듯합니다. 그분께 다르마의 길을 가르침 받는다면 왕비님께서 가지신 마음의 병 역시 씻은 듯 낫게 될 것입니다."

그래서 궁의 모든 브라흐마나들이 차례로 소마사 왕비에게 다르마 강연을 시작했다. 그러나 왕비는 들으면 들을수록 골치만 아파오지 근심은 눈곱만큼도 덜어지지 않았다. 결국 이유시크 왕은 왕비에게 다르마의 길을 깨우쳐줄, 특히 남편에게 잔소리를 하지 않는 다르마를 가르쳐주기를 희망하며 학식과 덕망이 높은 사람을 찾기 위해 대회를 열기로 결심했다.

사라마유 왕실의 대학자 나보에 대해 잠시 이야기하자면 명성만큼이나 악명이 높은 브라흐마나였다. 확실히 그의 학식은 대단하여 그 누구도 그와 견줄 바가 못 되었다. 그와 학문을 대결한 후 그의 학문에 따를 수 없음을 알게 된 수많은 학자들이 낙담하여 더이상 학문을 닦기를 포기하거나 심지어 강물에 몸을 던진 경우도 있었다. 한 번도 누군가에게 논쟁에서 진 적이 없기 때문에 나보의 교만은 하늘을 찌르고 있었다.

나보의 스승이자 왕실의 대스승인 사이는 이를 늘 못마땅하게 여겨 나보에게 타이르곤 했다.

“너의 학식은 바다보다도 깊으나 너의 덕망은 작은 실개천 같구나. 결국 머리와 마음이 균형을 이루지 못한 게 너를 파멸시킬 수 있으니 이를 늘 염두에 두어야 한다.”

그러나 나보는 마음속으로 자신의 학문이 스승을 능가했다고 자만하고 있었으니 이 말이 귀에 들어올 리 만무했다. 설령 스승의 충고가 있다 해도 그는 자신의 학문에 대한 자부심을 결코 버리지 못했다.

한편 이유시크 왕은 대회를 공표하고 아내를 찾았다.

“당신을 위해 내가 학문과 덕망이 높은 사람을 찾고 있소. 대학자 나보를 이기는 사람이라면 분명 최고의 학문과 덕망을 갖춘 사람일 터이니 당신의 근심 역시 사라지게 할 수 있을 것이오.”

그러나 소마사 왕비는 왕의 말에 조금도 기뻐하지 않았다. 오히려 울상이 되어 불평하는 것이었다.

“몇 번이나 말했지만 우리 아비뉴아가 왜 성인의 저주를 받게 되었겠습니까. 어째서 탄타마사의 공주를 사라마유에 잡아두시는 겁니까. 아비뉴아를 만날 수 없게 되셨으니 부모에게서 자식을 뺏는다는 게 얼마나 잔인한 일인지 이제 조금은 아셨겠군요.”

아비뉴아를 낳기 전에, 꽃과 같이 아름다운 외모에 성격은 조용하며 남편의 말에는 순종밖에 모르던 왕비는 도대체 어디로 간 것일까.

이유시크 왕이 속으로 이런 생각을 하든 말든 왕비는 실컷 원망어린 말을 퍼붓고 지친 몸을 이끌고 리무를 찾아갔다. 일단 거처로 가보니 시중드는 사람의 말이 소녀는 숲에 있다는 것이었다. 소녀는 큰 나무 아래에서 웬 작고 하얀 고양이와 함께였다. 아무런 장식 없이 긴 머리를 그대로 늘어뜨리고 소박한 복장으로 나무 밑에 앉아

있었다. 소녀와 함께 놀고 있는 고양이는 작고 전신이 하얀 고양이
었다. 마침 고양이는 자그맣고 하얀 앞발을 리무의 무릎에 올려놓고
리무의 가슴에 머리를 부비적거리고 있었다. 그러다가 소마사 왕비
를 먼저 알아보고 귀를 쫑긋거렸다.

리무 역시 소마사 왕비를 알아보고 일어서서 인사를 올렸다. 소마
사 왕비는 오랫동안 아들을 보지 못한 터에 아들과 같은 또래의 소
녀를 눈앞에 대하자 그만 그리움이 북받쳐 흑흑 울기 시작했다.

"공주, 공주는 몇천 요자다를 떨어져 있다 해도 그대 어머니의 사
랑스러운 딸이겠지요. 그대에 비교하면 우리 아비뉴아 왕자는 얼마
나 무심하기 짝이 없는지. 내가 그렇게 내 곁에 얌전히 있으라고 당
부해도 늘 어딘가로 획획 사라지더니 이번엔 이렇게 오랫동안 모습
을 보이지 않는군요. 내가 얼마나 보고 싶어하는지, 또 이렇게 마음
의 병까지 얻었는지 알기나 할까요."

그러자 그때까지 리무의 품속에 얌전히 안겨 있던 고양이가 갑자
기 폴짝 뛰어내려 소마사 왕비의 발 아래로 가 왕비의 발목에 자신
의 부드러운 털을 다정하게 문질러댔다. 왕비는 고양이가 귀찮은지,
발로 고양이를 한쪽 구석으로 밀어버렸다. 구석으로 밀려난 고양이
는 귀를 쫑긋거리며 리무에게 돌아갔고 소녀는 고양이를 안아올렸
다. 리무의 손목을 꼬리로 탁탁 치며 고양이는 소마사 왕비를 향해
불만스럽게 야옹거렸다.

고양이야 야옹거리든 말든 전혀 신경쓰지 않고 소마사 왕비는 리
무와 함께 나무에 앉아 정답게 이야기를 하기 시작했다.

"내가 언제고 그대를 고국으로 돌아갈 수 있게 해주겠다고 했지
요. 그 방법이 생각났답니다. 왕께서 나를 위해 학문과 덕망이 높은
분을 모시기 위한 대회를 열 거라고 하시는군요. 그때 그대가 거기

에 참석하세요. 그대가 사라마유에서 가장 학문이 뛰어난 나보를 이기기는 어려울 터이니 그대가 직접 나에게 다르마의 길에 대해 말할 수 있도록 주선하겠습니다. 내가 그대의 이야기를 듣고 마음의 병이 나았다고 이야기한다면 왕께서는 한 가지 소원을 들어주실 수밖에 없을 거예요. 그러면 공주는 고국으로 돌려보내주십사 왕께 간청드리세요."

그녀는 이렇게 진심으로 소녀를 위해주는 말을 하다 말고 갑자기 한숨을 쉬었다.

"아, 나는 공주와 헤어지게 되면 슬플 것 같습니다. 지금 아비뉴아 왕자가 이곳에 있다면 그대와 만나게 해서 엄마가 안아주려 할 때 십 요자다 밖으로 도망치는 게 얼마나 나쁜 짓인지를 가르쳐주고 싶답니다."

넋두리로 변해버린 이야기를 간신히 추스르고 왕비는 어린 소녀를 다정하게 안아준 다음 궁으로 돌아가버렸다. 왕비가 떠난 후 리무는 자신의 자그만 친구를 안아들고 그 하얀 귓가에 대고 중얼거렸다.

"운이 좋다면 제가 고국으로 돌아갈 수 있을지도 모르겠습니다. 그렇게 되기를 나의 작은 친구인 그대도 기원해주세요."

작은 고양이는 뭔가 생각에 잠긴 얼굴로 하얀 머리를 획획 저어댔다. 고양이가 부비적거리며 팔을 가볍게 핥자 리무는 고양이의 하얀 머리에 입을 맞췄다.

"안심하세요. 그대를 두고 나 혼자 탄타마사로 떠나거나 하지는 않을 거랍니다. 무슨 일이 있어도 나는 그대와 헤어지지 않습니다. 언제나 그대 옆에서 그대를 지켜줄 것을 반드시 약속합니다."

한 달 후, 사라마유 왕국에서는 엄청난 규모의 희생제가 개최되었다. 여러 나라에서 다르마에 정통한 수많은 대학자들이 이 희생제에 참석하기 위해 모여들었다.

일주일간 개최된 이 희생제에서는 매일 희생제가 끝날 때마다 사라마유 제일의 대학자를 가리기 위한 논쟁의 자리가 마련되었다. 수많은 학자들이 모여들어 열띤 토론을 벌였으나 소마사 왕비 앞에서 다르마를 말할 수 있는 학자는 극히 드물었다. 대부분의 학자들이 거의 다 사라마유의 유명한 대학자 나보와의 논쟁에서 패해 발길을 돌려야 했기 때문이었다.

다만 나보는 명망 높은 몇몇 대학자들에게는 예의를 갖추어 논쟁을 하지 않았고 소마사 왕비가 만난 학자들은 그런 예외가 된 몇몇 사람에 지나지 않았다. 그러나 일주일이 거의 다 지나고 마지막 하루를 남겼을 때 소마사 왕비는 계속되는 다르마의 강의에 지쳐 신경쇠약에 걸릴 지경이 되었다. 지친 왕비는 왕에게 말했다.

"도대체가 근심이 풀어지기는커녕 짜증만 차곡차곡 쌓이고 있습니다. 제발 간청이오니 이제 나보는 물러나게 하십시오. 오늘 하루는 제가 직접 여러 학자들을 대해 다르마에 대한 이야기를 듣겠습니다."

하지만 정작 마지막 날인 그날은 하루 종일 단 한 명의 학자도 논쟁의 자리에 나타나는 사람이 없었다. 사실 그동안 왕궁으로 모여들었던 대학자들은 전부 나보에게 한 번씩 패한 다음 자신의 명성에 흠이 갈까 봐 왔다는 흔적도 남기지 않고 몰래 왕궁을 떠난 것이었다.

　그러나 해가 지기 한 시간쯤 전 드디어 한 사람이 논쟁의 자리에 모습을 드러냈다. 왕궁의 모든 사람들이 간만에 나타난 사람의 모습에 어리둥절했다. 등장한 사람이 놀랍게도 매우 어린 소녀였던 것이다. 소녀는 눈에 띄지 않는 평범한 복장에 하얀 고양이 한 마리를 품에 안고 있었다.

　소녀를 대한 사람들의 의견이 엇갈렸다.

　"어떻게 이런 신성한 자리에 저런 어린아이가 들어올 수 있겠습니까."

　"아닙니다. 작은 불이라도 불은 불인 것이지요. 학식의 척도는 나이나 외모가 아닙니다."

　"그렇다 해도 저렇게 어린 소녀가……."

　그러나 소마사 왕비는 사람들이 떠드는 소리에는 아랑곳하지 않고 소녀를 가까이로 불렀다.

　"난 오늘은 날 찾아오는 어느 누구의 말도 일단 들어볼 것입니다. 모두들 저 소녀가 나에게 다르마를 말해줄 수 있도록 조용히 하세요."

　소마사 왕비는 어린 소녀를 자신의 앞으로 불러 정답게 말을 건넸다.

　"자, 나에게 다르마에 대해 이야기해주시겠습니까?"

　어린 소녀는 조용히 입을 열었다.

　"다르마란……."

　리무가 말을 꺼내자마자 소마사 왕비는 소녀의 말을 자르며 주위에 다 들리도록 큰 목소리로 입을 열었다.

　"그래요. 잘 지켜야 하는 것이고말고요. 그 외에 또 무슨 말이 필요하겠습니까. 지키라고 만든 것인데. 어린 그대에게서 이렇게 지혜로운 말을 들으니 내 마음의 병이 모두 씻은 듯 나았군요. 자 일주일 후 희생제가 끝날 때 왕께서 그대에게 소원을 물으실 거예요. 그때 그대의 소원은 무엇이든지 들어주실 테니 잘 생각했다가 대답하도록 하세요."

옆에서 이를 지켜보던 이유시크 왕을 비롯한 모든 사람들이 왕비의 처사가 불공정하다고 생각했다. 이제까지 어떤 대학자도 왕비가 가진 마음의 병을 낫게 하지 못하였는데 갑자기 나타난 어린 소녀가 왕비의 근심을 풀었다고 한다면 그 수많은 대학자들의 학식과 덕망이 이 어린 소녀보다도 못하다는 말이 되는 것이 아닌가. 우선 당장 궁정학자 나보만 해도 그의 긍지와 자부심을 크게 다치게 되는 것이었다. 왕이 여러 이유를 들어 왕비의 말에 반대하자 왕비는 남편을 바라보며 반론을 펼쳤다.

"애당초 내가 가진 마음의 병은 내 아들 아비뉴아를 만나지 못해 생긴 근심이었습니다. 하지만 사람이란 자신보다 더 큰 근심을 가진 사람을 대하게 되면 자신의 처지와 비교해 스스로를 위로하는 게 인지상정 아니겠습니까? 이 어린 소녀가 열세 살의 어린 나이에 고국의 부모와 친구를 떠나 홀로 외롭게 지내는 모습을 보니 그래도 내 처지가 낫다 싶어 마음의 병이 사그라지고 말았습니다. 왜 더 하실 말씀이 있으십니까?"

왕은 그만 할말이 없어졌다. 결국 리무는 왕비가 지닌 마음의 병을 낫게 한 제일 가는 대학자로 발표되었다.

상황이 이렇게 전개되자 궁정의 여러 사람들이 실망과 분노를 금치 못했다. 특히 나보의 놀람과 분노는 대단한 것이었다. 결국 나보는 왕께 간청을 올렸다.

"왕이시여. 저 어린 소녀가 이곳에 모였던 수많은 대학자들보다도 더 다르마에 정통하다는 발표는 참으로 믿기 어려운 말씀이십니다. 저에게 저 소녀의 학문을 시험해볼 수 있는 기회를 주지 않으시렵니까?"

나보의 말에 토론의 자리에 있던 모든 사람들이 찬성했고 왕도 같은 생각인지라 쾌히 승낙했다. 그러나 소마사 왕비만이 이를 크게 반대했다.

"제가 선택한 사람을 시험해본다는 것은 저를 의심하는 것과 같은 일입니다."

그러나 그 자리의 모든 사람들이 나보의 말을 따르기를 원했고 왕역시 소녀를 시험하는 것을 승낙한지라 소마사 왕비 역시 어쩔 수없이 모든 이들의 뜻에 따라야만 했다. 그녀는 걱정스럽게 리무를 돌아보았으나 소녀는 주위를 신경쓰지 않고 다만 품에 안고 있는 고양이만 쓰다듬고 있을 뿐이었다.

왕의 허락을 받은 나보는 소녀의 앞에 나아가 마음속이야 어쨌든 예의를 갖추어 인사를 했다.

"다르마의 화신과도 같은 어린 소녀여, 이곳에 모이신 모든 분들이 그대의 학식과 덕망에 깊은 관심을 가지고 계십니다. 저와 몇 가지 문답을 하지 않으시겠습니까?"

리무는 예의바르게 대답했다.

"나보 님의 이름은 탄타마사에서도 유명합니다. 저같이 어린 소녀가 어떻게 나보 님과 문답을 나눌 수 있겠습니까?"

리무의 대답에 나보의 기분은 조금 나아졌다. 이런 어린 소녀와 자신의 학문을 견주어보려 한 것 자체가 어불성설이라고 생각하며 나보는 속마음과는 다르게 입을 열었다.

"영혼의 성숙은 백발로 판단하지 않지요. 베다의 앎과 다르마의 실천으로 판단되는 것입니다. 그대는 겸손해할 필요가 없습니다. 그대는 이미 이곳에서 다르마에 대해 가장 잘 아는 사람으로 뽑히지 않았습니까. 저는 단지 당신에게 세 가지 질문을 하고 가르침을 받고 싶을 따름입니다.”

계속해서 자신을 설득하는 말에 리무는 품에 안은 쉬카르데를 잠시 쳐다보았다. 리무는 고양이를 쓰다듬으며 나보에게 대답했다.

“나보 님의 뜻을 따르겠습니다.”

드디어 그 자리의 모든 사람들이 귀를 기울이는 가운데 나보와 리무의 문답이 시작되었다. 나보는 머릿속으로 무슨 문제를 내어야 눈앞의 소녀가 기가 죽을까 정신없이 생각한 후 천천히 입을 열었다.

“우리 인간은 살아가면서 수많은 병에 시달리게 됩니다. 인간을 괴롭히는 이 병이라는 것은 도대체 어디서 오는 것이겠습니까?”

리무는 조용히 대답했다.

“우리의 모든 병은 죽음의 여신이 흘리는 눈물에서 비롯된 것입니다. 우리는 언제나 그분을 두려워하고 피하지만 사실 그분은 몹시 마음이 따뜻하신 분입니다. 그분은 사랑스러운 자식, 형제, 어머니, 아버지, 친구에게 죽음을 내릴 수밖에 없는 자신의 운명을 슬퍼하고 계십니다. 모든 생명을 데려가실 때 죽음의 여신께서는 끊임없이 눈물을 흘리십니다. 그러나 그녀의 본질은 죽음이기에 그녀가 흘리는 눈물은 독이 되어 그 눈물을 맞는 모든 사람을 죽음에 한 발자국 가까이 가게 합니다.”

리무의 대답에 모여 있던 모든 사람들이 크게 놀랐다. 특히 나보는 눈앞의 소녀의 대답에 사색이 되었다. 마른침을 삼키며 그는 말을 이었다.

“그…… 렇습니다. 그…… 그러면 다음 질문으로 넘어가도록 하겠습니다. 태양은 어떻게 만들어졌을까요?"

역시 조용한 대답이 어린 소녀에게서 흘러나왔다.

"일찍이 파괴의 신 시바께서 온 세상에 분노하셨습니다. 시바께서는 세상을 파괴하기 위해 그의 엄청난 힘을 모으셨고 그 힘을 세상에 던지려 하셨습니다. 그러나 유지의 신 비슈누께서 세상을 유지하기 위해 시바를 설득하셨고 결국 시바께서는 그의 분노를 가라앉히셨습니다. 그러나 이미 모아놓은 힘을 다시 거두어들일 수는 없으셨지요. 결국 시바는 그 힘을 이용하여 태양을 만드셨습니다. 그때부터 태양은 계속해서 창조와 유지와 파괴의 능력을 대신하고 있습니다. 모든 것이 파괴되는 칼리의 시기가 되면 시바께서는 태양의 모습으로 온 우주를 불태우게 되실 것입니다."

간신히 숨을 들이쉬고 나보는 떨리는 목소리로 마지막 질문을 던졌다.

"죽음은 인간에게 고통과 슬픔만을 안겨주는 존재입니다. 이 죽음이란 도대체 왜 세상에 존재하는 것일까요?"

이 질문에 소녀는 잠시 대답을 하지 못했다. 이 질문을 듣는 순간 갑자기 그녀의 심장이 아파오기 시작했던 것이다. 처음으로 느끼는 정체 모를 고통에 당황하며 소녀는 잠시 침묵을 지켰다. 그러나 모여 있는 사람들이 웅성거리기 시작할 무렵, 소녀는 이윽고 천천히 입을 열었다.

"일찍이 창조의 신 브라흐마 님께서는 모든 생물의 생을 빚고 또한 그들의 계속된 번영을 꿈꾸셨습니다. 하지만 죽음이 없는 번영은 이윽고 온 땅을 생물로 넘치게 만들었습니다. 너무도 많은 생들이 한 자리에 있게 되자 더이상의 번영은 존재할 수 없게 되었습니다. 브라흐마 님께서는 이를 걱정하셨고 그 순간 그의 마음의 걱정은 불이 되어 모두를 불태우게 되었습니다. 그러자 세계를 유지시키시는 유지의 신 비슈누께서 죽음의 존재를 만드셨습니다. 이 죽음이야말로 생의 또 다른 형태로서 진정한 생을 유지시키며 모두의 영속적인 번영을 이루게 하는 존재지요. 그러기에 죽음이 이 세상에 존재하는 것입니다."

마지막 질문에 대한 대답이 끝나자 이미 나보에게는 더이상 질문을 할 기력조차 남아 있지 않았다. 그는 소녀에게 합장을 하고 맥없이 뒤로 물러섰다. 어린 소녀 역시 그 자리에 있는 모든 사람들을 향해 공손히 합장을 하고 그 자리에서 물러났다.

이날 나보는 자존심을 크게 다치고 말았다. 그날 밤 자신의 처소로 돌아가서 그는 최고의 대학자로서의 그의 명예가 크게 흔들렸다는 괴로움에 휩싸여 어쩔 줄 몰랐다. 그는 높은 학문만큼의 덕망을 갖추지 못했기에 낮에 만난 어린 소녀에 대한 질투로 괴로워했다. 밤이 깊어갈수록 그의 괴로움과 시기심은 깊어만 갔다.

본래 시기심은 모든 사람들의 가슴속 깊이 감추어져 있는 것이다. 따라서 불쑥불쑥 솟아나는 잡초 같은 시기심을 슬기롭게 극복하기 위해서는 높은 다르마를 쌓는 수밖에 없었다. 신들의 왕 인드라조차 그의 시기심 때문에 그 자신을 망칠 뻔한 일들이 얼마나 많았던가.

나보에게는 단다라는 제자가 있었다. 희생제의 자리에 함께 있었던 단다는 스승의 괴로움을 충분히 짐작하고 있었다. 그는 스승의 명예가 실추된 사실에 분개하다가 스승에게 넌지시 이런 뜻을 밝혔다.

"오늘 희생제의 자리에는 사라마유 사람만 모여 있었습니다. 스승님은 사라마유의 자랑이니 사라마유 사람이라면 그 누구도 스승님의 명예가 실추되도록 보고만 있지는 않을 것입니다. 자신이 대학자 나보에게 이겼노라 떠들어댈 타국의 소녀만 없다면 말입니다. 그 소녀만 사라져준다면 얼마나 좋겠습니까."

나보는 일단은 제자를 꾸짖었다.

"멀쩡한 사람이 갑자기 사라질 리가 있느냐. 내가 오늘 기분이 좋지 않으니 물러가거라."

그러나 단다는 스승의 마음을 짐작했다. 자기 입으로 말하지는 않아도, 스승 역시 리무의 존재를 꺼림칙하게 생각하는 것이었다.

'스승님은 직접 말하시기를 꺼리시는 것일 뿐. 그렇다면 불유쾌한 일은 대신 해드리는 것이 제자의 도리가 아니겠는가.'

단다는 곧 그 자리를 떠나 평소 가깝게 지내던 궁정의 병사 몇몇을 은밀히 불렀다. 그는 병사들을 매수해서 낮의 소녀를 죽이고 올 것을 요구했다.

"곤란합니다. 타국의 왕녀가 아닙니까. 왕께서 아신다면 어떤 벌을 내리실지."

병사들은 난색을 표했으나 단다는 그들을 꾸짖었다.

"다른 사람들이 모르게만 하면 되지 않느냐. 뭐 그리 어렵다는 것이냐."

몇 시간에 걸친 설득과 무엇보다도 뇌물의 힘으로 병사들은 단다의 말을 따르게 되었다. 병사들을 보낸 후 단다는 스승을 찾아 자신이 한 짓을 넌지시 암시했다. 나보는 눈을 감은 채 단다의 행동에 일절 아무런 내색도 보이지 않았다. 단다는 스승이 자신의 행동에 만족했다고 판단하고 자신의 거처로 돌아가버렸다.

한편, 나보는 점점 시간이 흐를수록 자신의 행동을 후회하게 되었다.

'나는 도대체 무슨 일을 했단 말인가. 평생 베다를 읽고 다르마의 정도만을 걸으려 했던 내가 학식이 뒤떨어진다는 이유 하나만으로 어린 소녀를 죽이고 싶어한 것인가. 비록 내가 직접 말하지 않았으나 내가 사주한 것이나 다름없다. 나는 무관심한 척하며 단다를 부추긴 것이다. 아아, 지금도 나는 그 소녀를 죽이고 싶다고 생각하고 있으니.'

　괴로움은 그의 마음을 떠나지 않았고 결국 동이 틀 무렵 그는 스스로 왕궁을 떠났다. 그 길로 그는 곧장 리무 강을 향해 길을 떠났다. 리무 강에는 그 물에 몸을 씻는 자의 분노를 씻기고 올바른 이성의 눈을 뜨이게 한다는 전설이 있었다. 나보는 리무 강에서 그의 몸을 씻었다. 그 후 그는 계속해서 죄를 참회하고 그가 죽게 한 어린 생명의 명복을 빌며 그곳에서 수행을 하게 되었다.

3장 '처음'을 느끼다

한편, 토론의 자리에서 세 가지 문답을 마치고 돌아오는 길에 리무는 내내 침묵을 지키고 있었다. 소녀는, 남들이 슬픔이라 칭하나 그녀 자신은 잘 알지 못하는 감정을 처음으로 느끼고 있었다.

이를 알 턱이 없는 그녀의 고양이는 장난을 치며 앞서 뛰어가다가 자신의 목에 묶여 있던 끈을 떨어뜨렸다. 그 뒤를 잠자코 따르던 소녀는 떨어진 붉은 끈을 주웠다. 이 끈은 자신이 쉬카르데에게 처음 이름을 붙여주며 그의 하얀 목에 묶어주었던 물건이었다.

"쉬카르데. 이 끈은 내가 태어났을 때 어머니께서 나의 머리에 묶어주신, 어머니와 나의 인연을 이어주기 시작한 끈이랍니다. 나에게 소중한 물건이니 잘 간직해주어요."

소녀가 고양이에게 다시 끈을 묶어주며 말하자, 고양이는 어울리지 않게 풀이 죽어 꼬리까지 축 떨어뜨렸다. 리무는 살며시 풀 죽은 고양이를 안아올려 쓰다듬어주었다.

"난 지금 이상합니다. 아까 세번째 문답을 끝내고 나의 마음에 이상한 감정이 생겨났습니다. 이 감정이 무엇인지 잘 모르겠어요."

이런 이야기를 하며 소녀와 고양이는 숙소에 도착했다.

그날 밤, 리무는 기묘한 꿈을 꾸었다. 꿈속에서 그녀는 강가에 앉아 있었다. 잔잔한 강물 소리가 귀에 들려오고 부드러운 강바람이 그녀의 얼굴을 스쳤다. 멍하게 강의 잔잔한 물결을 바라보고 있는데 물속에 비친 자신의 모습이 몇 번 출렁이더니 그 얼굴은 갑자기 푸른 광채가 도는 아름다운 부인의 얼굴로 바뀌었다. 어머니의 얼굴처럼 상냥한 그 얼굴은 리무에게 잠시 다정한 미소를 보내왔다. 이윽고 물결 사이에서 온몸에 푸른빛을 띤, 고귀한 기품에 둘러싸인 한 부인이 나타났다.

부인은 다정하게 리무에게 말을 걸어왔다.

"리무, 지금 당신의 이름은 리무가 맞지요?"

상냥한 목소리로 그녀는 말을 이었다.

"나는 당신을 만나고 싶어 왔답니다. 당신이 오늘 세 번의 문답에서, 병과 죽음에 대한 당신의 답변은 정말로 훌륭했어요. 나는 오늘 죽음의 여신을 만났답니다. 아무도 알아주지 않는 자신의 눈물을 이해해준 유일한 상대인 당신에게, 그녀가 보낸 무한한 감사를 내가 대신 전합니다. 당신은 언제나 모두를 감싸는 이해심을 가진 소녀였지요. 아무도 알아주지 않는 슬픔과 눈물을 언제나 당신만은 알아주었지요. 그러니 이제는 당신의 슬픔과 눈물을 다른 누군가가 이해해줄 차례가 아니겠습니까?"

리무는 이 부인이 누구인지는 몰랐지만 온몸의 파란 광채와 고귀한 기품을 느낄 수 있었기에 고개를 숙이고 상대의 이야기에 귀를 기울였다. 부인은 리무를 한 번 껴안아 축복해준 후 말을 이었다.

"나의 이야기를 조금 하지요. 나의 남편은 이 세상의 그 무엇이라도, 아니 이 세상 자체를 파괴할 수 있는 존재입니다. 나는 그의 반려로 온유함을 뜻합니다. 나에게는 여러 자식들이 있고 제각기 사랑스럽기 그지없지만, 곁에 떨어져 있어 언제나 걱정이 되는 아이가 하나 있답니다. 나는 그대에게 그 아이를 잘 부탁한다는 뜻으로 짧은 이야기 하나를 들려주려고 합니다.

질투와 시기! 이 두 단어를 들어본 일이 있겠지요. 질투와 시기심은 마음 깊은 곳에서 사람을 해하는 감정입니다. 이 감정이 한번 머리를 들면 이를 슬기롭게 극복할 수 있는 사람은 정말로 적지요. 설령 천신들이라 해도 사정은 마찬가지입니다. 이제부터 하려는 이야기는 질투와 시기에 관한 옛 이야기입니다."

부인은 눈앞의 강을 가리키며 이야기를 시작했다.

"옛날 이 강가에는 파우라바 왕조의 도읍이 있었습니다. 파우라바는 마지막 왕인 쉬카르데의 절대적인 강함 아래에 보호되었던, 그리하여 그 절대적인 지주가 없어짐과 동시에 멸망해버린 나라입니다. 파우라바의 마지막 왕은 왕위에 오른 그날부터 자신을 향한 모든 질투와 시기로부터 싸워야 했습니다. 전쟁터의 화살, 그것은 사실 사람 마음속 깊은 곳의 질투와 시기가 실체화된 모습이었지요. 게다가 쉬카르데를 질투하고 시기한 것은 인간만이 아니었습니다."

부인은 한숨을 내쉬었다.

"부끄럽게도……."

잠시 말을 끊었다가 그녀는 다시 말을 이었다.

"천신들마저 그를 질투했습니다. 쉬카르데의 절대적인 강함을 질투하고 시기했습니다. 결국 천신들은 비열한 수단으로 그를 죽게 만들었지요. 쉬카르데에게는 자신의 목숨보다 소중한 소녀가 있었습니다. 소녀는 루드라의 어린 딸 리시프얀. 여러 천신들은 쉬카르데의 죽음을 어린 소녀에게 강요했지요. 모두의 강요에 결국 소녀는 쉬카르데에게 그의 죽음을 부탁했고, 쉬카르데는 소녀의 뜻을 좇아이 강에서 자살했습니다. 세상에서 가장 강한 인간이었던 그가 그렇게 자살로써 허무하게 인생을 마쳤습니다.”

말을 멈추고 부인은 슬픈 눈으로 리무를 바라보았다.

“당신 역시 타인의 질투와 시기 때문에 괴로움을 받게 되겠군요. 질투와 시기만큼 세상에 무서운 것이 있을까요. 하지만 기억하세요. 행복해지기 위해선 자기 자신을 지켜야 합니다. 행복해지기 위해 시작된 새로운 생이 아닙니까. 자, 그러기 위해선……”

부인은 리무의 머리를 한 번 쓰다듬어주며 입을 열었다. 그 마지막 말은 정말로 조용히 흘러나왔지만 천둥이 치듯 리무의 귀를 울렸다.

“이제는 잠에서 깨어날 시간입니다.”

순간 리무는 잠에서 깨어나 벌떡 몸을 일으켰다.

한밤중, 달의 신 찬드라의 은은한 빛이 주위에 고요히 깔린 평화롭고 아름다운 밤이었다. 미풍이 열린 창으로 살랑살랑 불어오고 달빛에 창밖 나무의 가지들이 그림자를 방에 드리우고 있었다. 위험이나 긴장을 느끼게 하는 그 무엇도 주위에서 찾아볼 수 없었다. 그러나 소녀는 꿈을 기억해냈다. 그녀는 가장 먼저 그녀의 고양이를 찾았다.

“쉬카르데, 어디에 있나요?”

고양이는 그녀의 머리맡에서 쿨쿨 자고 있다가 그녀가 부르자 잠투정을 하며 일어났다. 리무는 고양이를 달래며 안아올렸다.

“쉬카르데, 이유는 모르겠지만 이곳을 나가야겠어요.”

소녀는 고양이와 함께 조용히 자신의 거처에서 빠져나와 숲속으로 향했다. 둘은 희미한 달빛에 의지해 어두운 밤길을 걷기 시작했다. 숲은 정적에 싸여 있었으나, 가끔 바람이 불 때마다 나뭇가지가 스치고 나뭇잎이 바람에 바스락거리는 소리가 숲 안에 어둡게 깔렸다.

갑자기 발소리도 울리지 않을 만큼 가벼운 걸음으로 앞장서서 걷던 리무의 고양이가 걸음을 멈췄다. 획 몸을 돌려 쉬카르데는 리무의 거처 쪽을 바라보며 나직하게 울었다. 리무 역시 자신의 거처 쪽을 돌아보았다. 그때 그녀는 숲의 커다란 나무 사이로 치솟는 붉은 불길을 볼 수 있었다. 불길은 분명 자선의 거처가 있던 방향에서 치솟고 있었다. 잠시 멍하니 그 불길을 보다가 소녀는 빠르게 입을 열었다.

"쉬카르데, 이리 와요. 서둘러야겠어요."

그러나 그녀의 고양이는 리무가 향하는 방향으로 움직이려 하지 않았다. 불만스럽게 울며 불길이 치솟는 쪽을 바라보며 그리로 가려 했다. 리무는 당황하여 고양이를 만류했다.

"쉬카르데. 저쪽으로 가서는 안 돼요."

그러나 고양이는 소녀의 말을 들으려 하지 않았다. 소녀의 말에 망설이기는 했으나 고양이는 불길이 치솟는 곳을 바라보며 미련을 버리지 못했다. 소녀는 고양이를 안아올리기 위해 손을 뻗었다.

"저곳은 위험해요. 쉬카르데."

그러나 소녀의 간절한 말에도 불구하고 고양이는 불안해하며 서성거리더니 결국은 자신에게로 내밀어진 소녀의 손을 무시했다. 그대로 곧장 불길이 일고 있는 쪽으로 뛰어가던 고양이는 한순간 주춤하며 뒤를 돌아보았다.

순간 고양이와 소녀의 눈이 마주쳤다. 그 찰나 소녀의 입에서 이제까지 한 번도 나온 적이 없는 날카로운 소리가 울렸다.

"이 바보 고양이야! 이리 돌아와!"

이 말이 얼마나 의외였는지 천하에 무서울 것이 없는 이 고양이가 움찔 걸음을 멈추었다. 그 사이 소녀는 뛰어가 고양이를 재빨리 안아들며 책망했다.

"바보야. 무슨 짓을 하려는 거니. 지금 나에게, 세상에서 가장 중요한 일은 너를 지키는 일이란 말이야."

고양이는 그 흑요석 빛 눈동자로 리무를 바라보며 뭔가 답답하다는 듯 애꿎은 옷자락만을 발톱으로 긁을 뿐이었다. 그러나 결국 고양이는 불타고 있는 거처 쪽에 대한 미련을 버리고 소녀의 품에서 내려와 얌전히 길을 앞장서기 시작했다.

결국 둘은 숲을 빠져나와 평소 함께 놀곤 하던 호숫가에 도착했다. 그곳에서 리무는 낯익은 나무 밑에 주저앉았다. 숨을 가다듬는데 손등에 부드럽고 따뜻한 무언가가 닿는 느낌이 났다. 바라보니 쉬카르데가 몸을 동그랗게 만 채 달빛을 받아 은빛으로 빛나는 하얀 머리를 자신의 손등에 문지르고 있었다. 리무는 가만히 그 머리를 쓰다듬어주었다.

"괜찮아. 지친 게 아니라 그저 어디로 가야 할지를 생각하고 있어. 어디로 가야 좋을까?"

잠시 말을 끊고 생각에 잠겼다가 소녀는 중얼거렸다.

"소마사 왕비님께 가는 것은 어떨까, 쉬카르데?"

고양이는 말을 알아들은 듯 야옹거리며 리무의 옷자락을 끌었다.

그 사이 어느덧 주위에는 새벽빛이 조금씩 퍼져나가기 시작했다. 소녀는 몰랐으나 숲에서 나온 것도 주위가 밝아진 것도 그녀에게는 불리한 상황이 되어가고 있었다.

갑자기 쉬카르데가 털을 치켜세우며 경고하는 듯이 하악거리는 울음을 울었다. 순간 반사적으로 소녀는 공기를 가르는 소리를 피했다. 굵은 화살이 리무의 귀를 스치며 방금 전까지 리무가 앉아 있던 나무에 박혔다. 틈을 주지 않고 몇 개의 화살이 더 날아와 그때마다 리무를 노렸다. 사정거리가 점점 줄어드는 게 확실했다.

앞은 숲, 뒤는 호수. 소녀는 더이상 도망칠 곳이 없다는 사실을 깨달았다. 죽음을 직감했으나 두렵지는 않았다. 그러나 자신의 고양이에게 시선이 닿았을 때 리무는 확실히 가슴 깊은 곳에서부터 싸아해지는 아픔이 느껴졌다. 그녀는 쉬카르데를 안아올렸다. 고양이는 털을 부르르 떨면서 뛰쳐나가려고 몸부림을 쳤으나 소녀는 고양이를 놓아주지 않고 더욱더 품속 깊이 껴안았다.

"쉬카르데! 이곳에 있어. 위험한 행동은 하지 마."

그 사이 숲속에서 다섯 명의 병사들이 나와 리무의 눈앞에 모습을 드러냈다. 모두가 단다에게 매수된 자들이었다. 그들은 이제껏 망설임 없이 화살을 날렸으나 막상 어린 소녀를 눈앞에 대하자 주춤했다. 누구 하나 자진해서 활을 당기려는 사람이 없었다. 다섯 명의 병사들은 서로의 얼굴만 바라보며 자기가 아닌 다른 사람이 활을 당겨주기를 기다렸다. 이들 중 누구도 직접 어린 소녀를 죽임으로써 자기 손을 더럽히고 싶지 않았던 것이다. 그렇게 짧고도 긴 망설임의 시간이 흘렀다.

결국 병사 중 하나가 앞으로 나서서 활을 당겼다. 내키지 않은 기분으로 쏘아진 화살이었지만 소녀의 가슴을 노리고 있었다. 거리로 보나 활을 쏜 병사의 실력으로 보나, 이번 화살은 명중할 듯 보였다. 그러나 다음 순간 활을 쏜 병사는 놀라야 했다. 소녀의 가슴 쪽에서 갑자기 은빛으로 빛나는 무언가가 휙 화살을 잡아챘던 것이다. 동시에 화살은 힘없이 바닥에 떨어졌다. 병사들은 그것이 무엇인지는 알아보지 못했으나 기분 나쁜 전율을 느꼈다.

'이상한 주문을 쓰는 건가.'

맨 앞에 섰던 병사 하나가 희미한 두려움에 뒤로 몇 걸음 물러섰다. 그러다 소녀의 품에 무엇이 있는지 알아보고 저도 모르게 소리를 질렀다.

"뭐야, 고양이잖아!"

두려움이 사라지자 그는 코웃음을 치며 앞으로 나왔다. 잠시 겁에 질려 있던 자기 자신에게 화가 난 병사는 그 화를 고양이에게 돌렸다.

"조그만 고양이 하나에 무서워 떨었단 말인가."

그가 화살을 직접 손에 쥐고 소녀의 가슴을 찌르려던 찰나였다. 순간 고양이의 성난 울음 소리가 울려 퍼졌다. 병사는 조그만 짐승이 자신을 덮쳐 목을 할퀴려 들자 반사적으로 소녀를 노리던 화살로 고양이를 찔렀다. 그리고 그대로 화살째 고양이를 호수 쪽으로 던져 버렸다.

첨벙!

물소리가 미동이 터오는 고요한 새벽 공기를 깨며 울려 퍼졌다. 고양이를 던져넣은 병사는 이번엔 소녀를 죽이기 위해 활을 잡았다.

그러나 이미 소녀는, 그녀의 고양이가 화살에 찔린 순간부터 다른 그 무엇도 눈에 들어오지 않았다. 멍하니 서서 리무는 다만 자신의 고양이만을 생각했다.

'쉬카르데.'

그녀의 고양이가 화살에 찔렸다. 그녀의 고양이가 호수에 빠졌다. 리무는 손으로 가슴을 짚었다. 갑자기 머리로 가슴으로 손끝 마디마디 노여움과 슬픔이 밀려들어 정신을 차릴 수가 없었다. 슬픔과 노여움이 온 가슴을 헤집었다. 혈관을 타고 움직이는지 손끝 발끝까지 저릿저릿해졌다. 그 아픔은 창자를 끊는 듯, 토할 듯한 역겨움으로 온몸을 채워나가고 있었다.

리무에게 이렇게 엄청난 슬픔은 처음이었다. 소녀는 이제까지 처음의 감정을 갖지 못했기에 제대로 슬픔의 감정을 느껴본 일이 없었다. 그러나 지금 느껴지는 이 감정, 뱀처럼 몸을 감아오는 슬픔은 온몸을 옥죄기 시작했다. 끔찍한 슬픔의 약력이 심장을 쥐어짜는 듯했다. 리무는 그리운 이름을 입 밖에 조용히 내뱉었다.

"쉬카르데."

이름을 부른 순간 소녀는 다시금 아픔을 느꼈다. 태어나서 처음으로 느끼는 격한 슬픔, 차라리 죽고 싶을 만큼의 아픔. 천 번을 다시 태어나도 심장을 긁어댈 듯한 괴로움…….

그때 어디선가 활시위를 잡아당기는 소리가 났다. 슬픔으로 덜덜 떨리는 몸을 자신의 팔로 안으며 소녀는 억지로 고개를 들어 자신을 향하고 있는 화살을 보았다. 그 촉 끝이 이상하리만치 커다랗게 리무의 눈에 들어왔다.

그것을 멍하니 바라보며 리무는 떠올렸다.

'그래. 저것에 쉬카르데가 찔렸어.'

순간 방금 전까지 격한 슬픔에 빠져 있던 소녀의 마음에 슬픔 이외의 감정이 처음으로 불타올랐다.

그것은 리무가 태어나서 처음으로 타인에게 느낀 증오였다.

희생제가 끝난 다음날 아침, 이유시크 왕은 눈을 뜬 순간부터 나쁜 소식을 접해야만 했다. 왕궁의 치안을 맡은 신하가 침통한 얼굴로 들어와 왕에게 좋지 않은 소식을 전했다.

"어젯밤 탄타마사에서 온 왕녀가 거처하고 있는 곳에서 화재가 발생하였습니다. 다행히 불은 곧 꺼졌으나 왕녀의 모습을 찾을 수가 없다 합니다."

이 소식 하나만으로 충분히 불쾌한데 나쁜 소식은 계속해서 이어졌다.

"게다가 왕궁 앞의 호수에 밤 사이 폭풍이 친 것으로 보입니다. 호수 앞쪽의 나무들이 하룻밤 새에 전부 꺾어지고 부러져 있었습니다. 이상한 것은 그곳 이외에 다른 곳은 전부 멀쩡하다는 것입니다. 호수 주위에 분명 폭풍이 휘몰아친 흔적이 여실히 나 있는데도 궁성의 경비들은 이슬비가 내리는 것도 보지 못했다고 합니다. 궁에 이상한 일이 일어났다는 소문이 벌써부터 병사들 사이에 돌고 있습니다."

이 이상한 소식에 이유시크 왕은 얼굴을 찌푸렸다.

"사람은 다치지 않았는가?"

그러자 신하는 대답했다.

"자신의 경비구역을 이탈하고 숲에 있었던 다섯 명의 병사들이 오늘 아침 가벼운 부상을 입은 채로 발견되었습니다. 그들 모두가 호수 근처에 있었으니 분명 폭풍을 봤을 터이기에 문책을 하였으나 알 수 없는 이유로 모두 겁에 질린 채 어제의 일에 대해 입을 다물고 있습니다."

왕은 즉시 그 다섯 명의 병사들을 불러오라 명했다. 이윽고 왕의 앞으로 끌려나온 다섯 명의 병사들은 모두가 평소엔 용맹한 병사들이었다. 하지만 지금은 사시나무 떨듯 덜덜거리며 약속이나 한 듯 고개를 숙이고 있었다. 냉엄한 어조로 어제의 일을 묻는 왕의 앞에 그들 중 한 명이 어쩔 수 없이 입을 열었다.

"왕이시여. 저희 다섯은 어제 한밤중에 불길을 발견하고 불을 끄기 위해 탄타마사의 왕녀가 거처하는 곳으로 갔나이다. 불을 끄고 나서 저희는 왕녀를 찾았으나 그 자리에서는 찾지 못했습니다. 저희는 소녀를 염려하여 숲속을 찾아 헤매던 중……."

이유시크 왕은 이 말을 자르고 냉엄한 목소리로 입을 열었다.

"너희가 감히 왕 앞에서 거짓을 말하느냐. 어떻게 탄타마사 왕녀의 거처에서 난 불길을 처음으로 발견한 것이 너희일 수 있었더냐. 너희의 거처는 그곳에서 멀리 떨어져 있을 것이다. 게다가 불이 난 후 소녀가 어떻게 숲속에 있을 줄 알고 숲속을 먼저 찾았다 말하느냐. 사실대로 고하여라."

왕의 냉엄한 목소리에 병사들은 몸을 움츠릴 뿐 누구도 입을 열려 하지 않았다. 왕은 상황을 마음속으로 어느 정도 짐작했다.

"그 불을 너희가 질렀느냐?"

왕이 추궁한 말은 정곡을 찔러 다섯 명의 병사들은 얼굴이 새하얗게 질린 채 두려움에 떨며 한참이나 침묵을 지켰다. 이윽고 그 중 한 명이 목숨을 포기한 듯한 얼굴을 하고 입을 열었다.

"왕이시여. 사실대로 고하겠나이다. 저희가 그 불을 질렀습니다."

이 고백에 왕은 짐작했던지라 일절 놀라거나 하지 않았다.

"누가 너희를 사주했느냐?"

대답이 나오기까지는 시간이 꽤 걸렸으나 어쨌든 왕은 모든 상황을 이해하게 되었다. 생각해보니 짐작 못할 일도 아니었다. 왕은 마음속으로 냉소를 금치 못했다. 덕과 의무인 다르마, 그 다르마에 대한 앎으로 명성이 자자한 학자가 어린 소녀를 질투하는 마음을 이기지 못하다니.

'제자의 입을 빌렸다 하나 그 시기와 질투는 나보의 것일 것이다. 역시 학식과 덕망은 별개의 것인가 보다.'

그나저나 그에 대한 처벌은 둘째였다. 왕은 당장 앞으로의 일에 대해 생각했다. 이대로 탄타마사의 왕녀가 사라진다면 탄타마사와의 관계는 어떻게 되는 것인가.

물론 이유시크 왕은 탄타마사에서 이 일을 따지고 나올 것을 염려하는 것은 아니었다. 오히려 전쟁은 그가 바라는 바였다. 그러나 타국에서 온 어린 왕녀가 죽었다면 그 오명은 사라마유에 씌워질 것이고, 다른 나라들 모두가 사라마유를 탐탁치 않은 눈으로 보게 될 것이다. 이런 종류의 오명은 바람직하지 않다. 다시 한번 이유시크 왕은 대학자란 존재에 냉소를 품었다. 앎이 깊고 지혜롭다는 자가 자신의 행동 하나로 인해 나라와 나라 사이에 어떤 악영향을 끼칠지는 전혀 생각지 못하다니.

왕은 다시 다섯 명의 병사들에게 그 이후의 이야기를 계속하도록 명했다. 두려움에 떨며 병사가 말을 이었다.

"왕이시여. 저희는 숲속에서 소녀를 찾아냈나이다. 그래서 저희 중 하나가 소녀에게 활을 쏘았습니다. 그런데 두렵게도 소녀의 품안에 있던 고양이 한 마리가 그 화살을 막는 것이 아닙니까."

이 병사는 여기까지만 이야기를 한 후, 식은땀을 줄줄 흘릴 뿐 말을 잇지 못하였다. 이에 왕은 다른 병사에게 이야기를 이을 것을 명했다. 이 병사 역시 떨면서 동료의 이야기에 이어 입을 열었다.

"저희는 우선 그 고양이를 먼저 화살로 관통시키고 고양이를 화살째 호수로 던져버렸습니다. 그리고 저희 중 하나가 그 소녀에게 막 활을 겨누었을 때였습니다. 그때가 마침 동이 틀 시간이었는데, 저희가 활을 당기려는 순간 떠오르기 시작한 태양으로 하늘과 호수가 거짓말처럼 밝게 빛나기 시작했습니다. 그 태양은 마치 시력을 멀게 할 듯 찰나에 사방을 밝게 비추어 저희는 꼭 태양의 신 바스카라가 저희의 죄를 지켜보는 듯한 불안에 싸이게 되었습니다. 그래서 활을 당기는 손을 멈추고 태양과 호수에 시선을 던졌습니다. 동이 트기 전까지만 해도 검푸르고 어두운 빛깔이었던 호수가 동이 튼 순간부터 찬란한 금빛으로 빛나고 있었습니다."

병사는 갑자기 몸서리를 치더니 이야기를 이었다.

"그 찰나 그 금빛의 물결 위에서 뭔가 살아 있는 생명체가 모습을 드러냈습니다. 처음에 그것은 연분홍의 연꽃잎과도 같았고 물 아래에서 솟구친 커다란 은빛 숭어처럼도 보였습니다. 그러나 저희는 그것이 물 밖으로 걸어나옴에 따라 사람, 그것도 열댓 살 정도의 소년임을 알았습니다. 물에 흠뻑 젖은 나신이 태양 빛을 반사하여 빛나고, 어깨에 흘러내리는 머리카락이 흠뻑 젖은 그대로 소년의 얼굴에 달라붙어 있었습니다. 소년은 실오라기 하나 걸치지 않은 알몸이었고 앳된 얼굴이 아름답기 그지없었습니다. 그 소년이 어찌나 고귀하고 당당하던지 저희는 분명 그가 호수의 신 카시슈나 님일 것이란 생각이 들었습니다. 그런데……."

여기서부터 병사의 목소리는 거의 울먹임에 가까워졌다.

"그 소년이 물 밖으로 나온 순간 저희는 심한 공포를 느꼈습니다. 그 소년의 어깨에 화살이 꽂혀 있었던 것입니다. 그 화살은 분명히 아까 호수에 빠졌던 고양이가 맞은 화살이었습니다. 그 화살에서 흘러내리는 피를 보며 저희 모두 하늘이 노래지는 것을 느꼈습니다. 분명 호수의 신이신 카시슈나 님께서 고양이의 모습을 잠시 하셨다가 화살을 맞으시고 노하시어 저희를 벌하러 오셨다고 생각하였습니다."

그 모습이 눈에 선하다는 듯 벌벌 떨며 병사는 말을 이었다.

"게다가 그 순간 갑작스럽게 세찬 바람이 불기 시작했습니다. 호수의 건너편은 멀쩡한데 저희가 있는 장소에만 구름이 모여들더니 순간에 폭우가 쏟아졌습니다. 호수의 물이 솟구쳐 그 물이 저희만을 향해 쏟아져내렸습니다. 굉장한 바람 소리와 비 소리, 이 모두가 저희를 꾸짖는 듯했습니다. 저희 모두는 공포를 이기지 못하여 기절했습니다. 얼마나 시간이 지났을까. 저희가 간신히 정신을 차려보니 폭풍은 거짓말처럼 사라져 있었고, 아까의 소년이 저희를 쏘아보고 있었습니다.

'너희를 죽임으로써 리무의 손을 더럽힐 수 없다. 썩 물러가라.'

이 말이 떨어지기가 무섭게 저희는 정신없이 도망쳐 그 자리를 떠났습니다. 여기까지가 저희가 겪은 이상하고 무서운 일의 전부입니다."

병사가 이야기를 끝냈을 때 아까 나보를 불러오도록 명을 받고 떠났던 신하가 돌아왔다. 그는 난처한 얼굴로 왕에게 아뢰었다.

"왕이시여. 나보와 그의 제자 단다의 모습을 찾을 수가 없나이다."

신하의 말에 왕은 마음속으로 다시 한번 냉소한 후 다섯 명의 병사들을 돌아보았다.

"너희가 한 말이 전부 사실이냐?"

병사들은 그 얼굴만 보아도 사실임이 느껴질 만큼 겁에 질린 채 제각기 고개를 끄덕였다. 왕은 그 표정들을 보니 그 공포가 자신을 향한 것이 아니라 그 어떤 미지의 대상을 향한 것이란 생각이 들었다. 이상하기 짝이 없는 일이었지만 왕은 일단 병사들의 이야기를 믿기로 했다. 사실 한곳에만 몰아친 폭풍의 증거는 확실했던 것이다. 왕은 우선 이들의 처벌 또한 보류했다.

아침부터 이상한 소식을 접한 터라 그날 정오가 되도록 왕의 심기는 크게 불편했다. 그는 탄타마사의 왕녀를 발견하는 즉시 자기에게로 데려오라는 명을 내렸다. 정오가 지날 때까지 불편한 심기가 풀리질 않자 그는 혼자서 시간을 보내고 싶을 때 주로 가는 명상의 방으로 향했다.

명상을 하기보다는 내내 찌푸린 얼굴로 어젯밤과 아침 사이에 일어났을 이상한 일을 생각해보며 왕은 크게 찜찜해했다. 그는 우선 타국의 왕녀에게 신경이 쓰였다. 만일 이 왕녀가 죽었거나 계속해서 발견되지 않을 경우에 일어나게 될 상황에 대해 왕은 골똘히 생각했다. 소녀가 죽는 일은 전쟁과는 다르다. 대국 사라마유의 명성에 흠이 가는 것이다. 이리저리 생각할수록 그는 마음이 편치 않았다.

그러나 그의 마음을 괴롭히는 것은 이 일만이 아니었다. 그의 가장 큰 걱정거리는 사실 따로 있었다.

'아비뉴아.'

이유시크 왕은 아들의 이름을 가만히 불러보았다. 소리가 나가기 전의 '아'라는 입 모양에서부터 '아'로 끝나는 마지막 발음까지 여운이 입안 가득, 아니 마음 가득 남았다. 작은 파동 하나가 마음속에 퍼져나가는 듯했다.

이유시크 왕은 아들의 일에 생각이 미치면 이만저만 불안해지는 것이 아니었다. 그동안 왕비가 아들 걱정에 난리를 치며 자리에 앓아누웠을 때는 오히려 왕은 아비뉴아에 대해 그다지 걱정을 하지 않았다. 아니 그보다 왕은 여자들의 걱정을 하찮게 생각했다. 그는 자신의 아들에 대해 자신이 얼마만큼 신뢰를 하고 있는지를 보여주어야 한다고 생각했고 또 그렇게 행동했다. 그러나 벌써 몇 주가 지났고 시간이 지나면 지날수록 마음의 불안이 커지는 것이었다.

어느덧 오후가 되어 오후의 햇살이 명상의 방 안으로 밀려들어왔다. 이 햇빛을 대하자 왕은 문득 옛날 아비뉴아가 갓난아기였던 시절이 생각났다. 옛날 방 안으로 밀려들어온 오후의 햇빛 아래 갓난아기가 그에게 손을 내밀었던 적이 있었다. 그때 자신을 똑바로 바라본 그 눈동자를 얼마나 사랑했는가를 왕은 생각했다.

여기에 생각이 미치자 이제까지 전쟁터에서 수많은 적을 죽이고 왕 중의 왕이란 칭호를 얻어낸 그라 할지라도 밀려들어오는 그리움을 참기 어려웠다. 대국 사라마유의 왕인 그였지만 이 순간은 그저 평범한 아버지로서의 그리움에 휩싸였다.

그때였다. 등 뒤에서 인기척이 났다. 순간 혼자의 시간을 방해받은 왕은 화가 치밀었다. 그는 몸을 돌려 자신에게 허락도 받지 않고 들어온 무례한 불청객을 바라보았다.

그의 등 뒤에는 한 사람이 홀로 서 있었다. 공손히 왕에게 경의를 표하는 것도 아니고 다급한 얼굴로 급한 소식을 전하기 위해 뛰어온 얼굴도 아니었다. 방 안에 들어선 이는 다만 햇빛 아래에서 왕을 향해 빙긋 웃고 있었다.

그 얼굴을 대한 순간 왕은 순간적으로 숨이 막히는 것을 느꼈다. 그동안 자신의 머릿속에서 내내 떠나지 않고 마음을 괴롭혔던 소년이 눈앞에 있었다. 바로 그의 하나뿐인 아들, 아비뉴아였다.

이유시크 왕은 그의 아들이 돌아온 순간 모든 근심이 한꺼번에 풀린 듯한 기분이었다. 그러나 그 외에도 여러 일이 한꺼번에 풀렸는데 그 중 하나는 그의 아들이 함께 데려온 사람 때문이었다. 아비뉴아는 놀랍게도 하루 동안 행방을 알 수 없던 탄타마사의 왕녀를 함께 데리고 돌아온 것이었다.

연유를 묻자 어린 왕자는 나중에 말하겠다면서 흐지부지 말을 흐릴 뿐이었다. 왕자는 무엇을 물어봐도 마찬가지였다. 그동안 어디에 있었고 무엇을 하고 있었는지 아무리 물어봐도 결코 입을 열지 않았다. 나중에 대답하겠다는 게 설명의 전부였다.

사실 왕자가 이렇게 눈앞에 나타났는데 무슨 설명이 필요하겠는가. 왕은 그저 아들을 바라보고 또 바라볼 뿐, 구태여 꼬치꼬치 캐물으려 하지 않았다.

소마사 왕비의 경우, 그녀는 그의 아들이 돌아온 순간 그동안 수십 명에게서 다르마의 강의를 들어도 낫지 않던 마음의 병이 한순간에 깨끗이 나아버렸다. 그녀의 아들은 여전히 개구쟁이에다가 장난스러운 눈을 빛내고 있었으나 전보다 왠지 어른스러워져 있었다. 소마사 왕비가 숨이 막힐 정도로 세게 껴안고 머리가 전부 젖어버릴 만큼 눈물을 한 바가지 쏟아도 전처럼 십 요자다 밖으로 얼른 도망치거나 하지 않았다. 뿐만 아니라 왕비에게 이렇게 말하는 것이었다.

"어머니, 저의 옷에 축복의 뜻이 담긴 끈을 하나 달아주세요."

소마사 왕비가 세상에서 제일 좋아하는 일이 있다면 바로 아들의 안전을 기도하며 여러 의식을 행해주는 일이었다. 몸에 작은 꽃들을 뿌려주고 여러 부적을 묶어주는 일은 물론이고, 장작 위에서 눈부신 광채를 드러내는 불의 신 아그니에게 공물을 바치며 재앙을 막기 위한 주문을 수백 수천 번 외우는 일까지 갖가지 의식으로 아비뉴아를 괴롭혔다. 소년은 다만 끈을 하나 달아달라고 했으나 소마사 왕비는 좋아라 이 모든 의식을 한꺼번에 해주려고 했던 것이다.

또한 소마사 왕비는 리무의 거처에서 불이 난 사실을 알고 소녀의 일을 매우 걱정하고 있었다. 아비뉴아가 정신을 잃은 리무를 데려오자 그 걱정 또한 사라졌다. 왕비는 우선 당분간 자신의 거처에 소녀를 머물게 하고 직접 어린 소녀를 돌봐주었다.

다음날 소녀는 다행히 무사히 정신을 차렸다.

그렇게 해서 며칠이 지나고 이유시크 왕은 왕비가 앓던 마음의 병을 낫게 한 소녀를 불렀다. 확실히 왕비의 병이 낫기는 나았다. 아들을 보지 못해 생긴 병이었으니 아들을 보고서 나은 것은 당연한 일이 아니겠는가. 이 날, 여러 대신들이 모인 자리에서 이유시크 왕은 공언했다.

"오늘 나는 토론의 자리에서 자신의 다르마를 빛낸 소녀의 소원을 들어주려 합니다."

약속대로 탄타마사의 왕녀가 불려나왔다. 소마사 왕비는 기쁜 마음으로 소녀를 기다렸고 왕비의 옆에는 아비뉴아가 공공연히 즐거워 보이는 낯으로 서 있었다.

드디어 리무가 모습을 드러냈다. 소녀는 완전히 다른 사람이라도 된 양 달라져 있었다. 며칠 전 하루 동안 행방불명되어 있던 사이에 무슨 일이라도 있었는지 외양은 똑같았으나 담고 있는 영혼 자체가 바뀐 듯했다. 늘 담담하던 표정과 조용한 몸가짐, 나이에 맞지 않게 어른스럽던 소녀는 어디론가 사라져버린 상태였다. 계속 울었는지 눈은 빨갛게 충혈되어 있고, 뭔가 걱정되는 게 있는지 표정은 어두웠다. 많은 사람들 앞에서 소녀는 아이처럼 훌쩍대며 툭툭 떨어지는 눈물을 닦았다. 어린아이처럼 슬픈 표정으로 멍하니 서 있는 모습은 왕비의 동정심을 크게 일게 했다. 그녀는 옆에 서 있는 아들에게 말했다.

"아비뉴아 왕자, 저 소녀가 탄타마사의 왕녀인 리무란다. 너와 같은 날에 태어났다는 이유로 이곳에 있게 된 소녀지. 비록 타국에 홀로 와 있어도 평소엔 저렇게 슬픈 얼굴을 본 적이 없었는데 며칠 전 큰일을 겪더니 줄곧 저런 표정이구나. 몹시 놀란 모양이다. 하기사 무리도 아니다만…… 심히 걱정이 되는구나."

어머니의 이야기를 들으며 아비뉴아는 잠시 소녀를 향해 웃는 듯 마는 듯한 표정을 지었다.

이윽고 이유시크 왕이 입을 열었다.

"탄타마사의 왕녀여. 나는 그대에게 약속한 바대로 그대가 원하는 소원 한 가지를 들어줄 것이오. 무엇이든 그대의 소원을 이야기하시오."

묻기는 물었으나 이유시크 왕은 마음속으로 소녀가 어떤 소원을 이야기할지 이미 짐작하고 있었다. 왕비가 일부러 이런 상황을 만들어낸 것도 그가 모를 리가 없었다. 그러나 자신의 짐작이 완벽히 틀리게 될 줄 이유시크 왕은 몰랐다. 아니, 왕을 포함하여 그 자리에 있는 사람들 모두가 소녀가 어떤 소원을 입에 담을지 짐작도 하지 못했다.

소녀는 왕의 말에 살짝 몸을 떨며 자신의 소원을 생각했다. 리무는 이 자리에 나올 때 단 하나의 소원밖에 가지고 있지 않았다. 그 소원은 너무나도 강렬해 입이 제대로 열리지도 않을 정도였다.

소녀는 자신이 살해당할 뻔한 그날, 자신의 고양이가 호수에 빠진 후의 일을 기억하지 못했다. 정신을 차려보니 하루가 지난 상태였고 소마사 왕비가 걱정스러운 얼굴로 자신을 내려다보고 있었다.

"리무 공주, 많이 놀랐지요? 이제는 안심해도 괜찮아요."

그러나 소녀는 거처에 불이 났던 일이며, 화살을 맞을 뻔한 일들은 아무래도 상관없었다. 그녀는 깨어나자마자 그녀의 고양이를 찾았으나 호수로 던져진 고양이를 기억해냈을 때, 그만 울음을 터뜨리고 말았다.

이 며칠간, 소녀는 호수에서만 시간을 보냈다. 호수의 푸른 물살을 바라보면 꼭 그 사이에서 자신의 고양이가 나타날 듯한 기분이

들었다. 그렇게 시간을 보내면서 그녀는 고양이가 없어진 이후 자신이 크게 달라져버린 것을 깨달았다. 세상에 태어나서 처음으로 지독한 슬픔을 알게 된 것이었다. 이제까지 태어나서 운 적이 없던 자신이 매일매일 울면서 하루를 보내고 있었다. 참아도 참아도 참을 수 없는 슬픔이 심장을 짓눌러 정신을 차려보면 흑흑 울고 있는 자신이 있었다.

지금도 툭툭 떨어지는 눈물을 닦으며 소녀는 퉁퉁 붓고 새빨개진 눈을 하고 이유시크 왕을 바라보았다. 사라마유의 왕이 직접 소원을 들어주는 이 기회가 다시 오지는 않을 거란 생각은 들었지만 그런 것은 상관없었다.

'쉬카르데.'

이 이름을 생각하면 고국에 돌아가는 것도 사랑하는 부모님, 사촌형제들을 만나는 것조차 아무래도 좋다는 생각이 들었다. 호수 밑에 홀로 외롭게 있을 자신의 고양이를 두고 어떻게 사라마유를 떠날 수 있겠는가. 마침내 리무는 입을 열었다.

"저는 저의 쉬카르데를 돌려받기를 원합니다."

소녀의 말이 떨어지자 궁성 안은 웅성거림으로 가득 찼다. 모두들 쉬카르데라는 이름을 알고는 있었다. 그러나 그 이름이 고양이를 뜻한다는 것은 그 자리에서 리무 외에 단 한 사람을 제외하고는 아는 사람이 없었다.

그 자리의 모든 사람들이 당황했지만 이유시크 왕은 특히 더 당황했다. 눈이 새빨개지도록 울고 있는 눈앞의 소녀는 도대체 무엇을 요구하는 것인가. 사람은 자신의 관점대로 생각하기 마련이다. 이유시크 왕은 순간 소녀의 요구를 이렇게 해석했다.

'쉬카르데는 옛 파우라바의 왕이다. 그는 리무 강을 소유했던 제

왕이다. 이 왕을 돌려달라는 것은 이 왕이 소유했던 리무 강을 받겠다는 뜻이 아닐까?'

그는 순간적으로 이렇게 해석을 내리고 노한 눈으로 소녀를 쏘아보았다.

"탄타마사의 왕녀여, 당신의 소원을 들어주기 위해 내가 어떻게 했으면 좋겠소?"

그러나 그의 노여움이 터지기 전에 끼어든 사람이 있었다. 바로 그의 아들 아비뉴아였다. 소년은 리무가 쉬카르데를 돌려받기를 요구한 순간 싱긋 웃었다. 아무도 그 말을 해석해내지 못하자 스스로 앞으로 나섰다.

"아버지. 아버지께서 하셔야 할 일은 아주 간단합니다."

이유시크 왕은 아들이 갑자기 끼어들자 몹시 놀랐다.

"그것이 무엇이냐?"

그러자 왕자는 기쁘기 그지없다는 듯 활짝 웃는 얼굴로 이렇게 말했다.

"정말 간단한 일입니다. 절 달라고 했으니 절 주시면 됩니다."

순간 이유시크 왕을 비롯하여 소마사 왕비, 그리고 그 자리에 있던 모든 대신들이 당황스런 얼굴이 되었다. 그들 모두가 약속이나 한 듯 일제히 왕자를 바라보았다. 자신에게 쏟아진 시선을 받으며 소년은 생글생글 웃을 따름이었다. 결국 왕이 노해서 입을 열었다.

"설마 장난을 치는 것은 아닐 테니, 설명하거라. 아비뉴아, 네가 리무 공주가 말한 쉬카르데라고 말하는 것이냐?"

"네."

이유시크 왕은 왕자의 가벼운 대답에 크게 노했다.

"지금 무슨 엉뚱한 소리를 하는 게냐!"

왕은 아들을 몹시도 사랑했기에 이렇게 화를 내기는 처음이었다. 그러나 아들의 대답은 사실 정말로 진지한 것이었다.

"저는 사실을 이야기한 것입니다. 리무가 저를 쉬카르데라 이름을 붙여주고 자신의 고양이로 삼아주었으니 저는 이제껏 그래왔던 것처럼 앞으로도 그녀의 것입니다. 따라서 아버지께서 저를 그녀에게 돌려주시면 모든 문제가 해결되겠지요."

얼마나 간단하냐는 듯 활짝 웃는 왕자의 대답에 왕을 비롯하여 왕비며 여러 신하들은 모두 기가 막혀 잠시 할말을 잃었다.

침묵을 깨고 입을 연 것은 왕도 왕비도 아닌 바로 쉬카르데를 요구한 리무 자신이었다. 소녀는 그때까지 혼자 훌쩍거리고 있었는데 너무 오랫동안 눈물을 닦아 흠뻑 젖은 옷소매로 눈을 문지르며 소년을 향해 말했다.

"저의 쉬카르데는 작고 하얀, 예쁜 고양이입니다. 당신은 제 고양이가 아닙니다."

그러자 아비뉴아는 그 정도가 무슨 대수냐는 듯 입을 열었다.

"크기와 색깔만 갖고 어떻게 내가 그대의 고양이가 아니라고 말할 수 있지요?"

결국 이 엉뚱한 대화는 노한 왕의 음성으로 중단되었다.

"아비뉴아! 네가 사람이더냐, 짐승이더냐. 넌 그것도 모른단 말이냐."

왕은 화가 나서 어쩔 줄을 몰랐다. 이렇게 많은 사람들이 모인 자리에서 아무리 왕자가 어리다 해도 철없는 장난을 치다니 화가 났던 것이다.

그러나 어린 왕자는 아버지를 향해 태연히 입을 열었다.

"아버지. 저 역시 어느 것이 저의 진짜 모습인가를 생각했습니다.

고양이로 지낸 나날들이 너무 편해 제가 전생에 고양이가 아니었던가 의심이 들 정도였습니다. 이제부터 사정을 설명해드리겠습니다. 저는 지난 몇 주간 성인의 저주를 받아 고양이가 되어 있었습니다. 그 사이 저는 리무 공주의 보살핌을 받았지요. 비록 사람으로 돌아왔다 해도 저는 이미 리무 공주의 것이 되었습니다. 그러니까 아버지께서는 공주에게 저를 돌려주셔야 합니다."

그 자리에 참석했던 모든 사람들의 놀라움은 이루 말할 수가 없었다. 비록 황당하기는 하나 왕자의 말이 사실임을 모든 사람들이 알았다. 실제로 이런 놀라운 일을 가능케 하는 성인의 힘을 의심하는 자는 아무도 없었다.

그와 동시에 요사이 하얀 고양이를 스쳤던 모든 사람들의 안색이 변했다. 모두들 그 하얀 고양이에게 뭔가 불경한 짓을 하지는 않았나 되새기며 가슴을 두근거렸다. 누가 안색이 나쁘든 말든 왕자는 밝은 얼굴로 그 자리에 서 있을 뿐이었다. 생각하면 생각할수록 놀라운 일이라 천하의 이유시크 왕 역시 한참이나 침묵을 지키다가 말했다.

"그렇다면 너는 어떻게 고양이에서 사람으로 돌아오게 되었느냐?"

"저도 잘 모릅니다. 기억나는 것은 호수에서 빠진 이후부터 제가 사람으로 돌아왔다는 것이지요."

이 대답에 이유시크 왕은 문득 짐작 가는 일이 있었다. 그는 소리쳤다.

"며칠 전 옥에 가두라고 명했던 다섯 명의 병사들을 데려오너라."

그 즉시 다섯 명의 병사가 끌려나왔다. 왕의 앞에서 고개를 들지 못하는 그들에게 왕은 아비뉴아를 손으로 가리키며 물었다.

"고개를 들어 저 소년을 보아라. 얼굴을 아는가?"

다섯은 마지못해 고개를 들었다. 그들 모두 왕자를 가까이에서 본 것은 처음이었다. 아비뉴아의 얼굴을 알아본 그들 다섯은 소스라치게 놀랐다.

"왕이시여. 저 소년은 분명히 호수의 신 카시슈나 님이십니다."

어찌나 공포에 질렸던지 그들은 겁도 없이 왕에게 뛰어들었다. 그들은 절실하게 왕의 발 밑에 엎드려 애걸하였다.

"왕이시여. 저희는 어디까지나 당신의 백성이옵니다. 부디 당신의 손으로 저희에게 죽음을 내리시옵소서. 카시슈나 님께 사람의 일은 사람의 왕이 처벌하겠노라 말씀드려주십시오."

짐작이 맞아떨어지긴 했지만 왕의 머릿속은 더욱 복잡해졌다. 그는 병사들에게 호통을 쳤다.

"어디가 카시슈나더냐. 저 소년은 나의 아들 아비뉴아다."

병사들이 놀라 자기들끼리 수군대는 것을 무시하고 그는 아들에게 물었다.

"아비뉴아. 네가 호수에 빠져 사람으로 돌아오고 난 후 폭풍을 일으켜 저들을 벌했느냐?"

어린 왕자는 눈만 깜박거리더니 잠시 후 대꾸했다.

"누가요? 제가요? 저는 아버지의 아들이지, 폭풍의 신 루드라의 아들이 아닙니다."

"그렇다면 폭풍은 어찌된 일이냐?"

"하늘에서 비가 내리고 바람이 불고 폭풍이 친 이유를 왜 저에게 물으시는 겁니까?"

왕자의 대답에 이유시크 왕은 할말이 없어졌다. 결국 왕은 폭풍의 일은 우연의 일치로 접어두기로 했다. 그러고 나니 생각나는 일이 있었다.

"아비뉴아. 저들이 너에게 활을 쐈느냐?"

왕의 말에 왕자는 고개를 끄덕였다.

"겉옷을 벗어보아라."

소년이 시키는 대로 겉옷을 벗자 어깨에 채 아물지 않은 상처 자국이 드러났다.

여러 사람이 소스라치게 놀랐다. 소마사 왕비는 눈이 휘둥그레져서

"아비뉴아가, 우리 아비뉴아가……."

하는 말만 연발했고, 끌려나온 다섯 명의 병사들이 새삼스러운 일이지만 다시 한번 놀랐다. 그들 모두 왕의 왕자에 대한 사랑을 알고 있기에 등 뒤로 식은땀이 줄줄 흘러내리기 시작했다. 소년이 호수의 신 카시슈나가 아닌 사람이라는 사실을 알았어도 하나도 안심이 되지 않았다.

아들의 상처를 바라본 왕은 노한 눈으로 다섯 명의 병사들을 쏘아보았다. 그의 입에서 죽음의 형벌이 막 떨어지려는 찰나였다. 그때 어린 왕자가 입을 열었다.

"저들은 고양이인 저를 쏜 것입니다. 사람이 동물을 쏘았을 때 벌을 내리진 않지요. 저들을 처벌하지 마십시오."

그러나 왕이 아비뉴아를 다치게 한 인간들을 가만둘 리 없었다.

"네가 용서한다 해도 저들은 탄타마사의 왕녀를 죽이려 했다. 그 죄만으로도 저들은 죄목이 충분하다."

왕의 말에 아비뉴아는 고개를 가로저었다.

"리무가 저들을 용서했으니 아버지도 더는 탓하지 마세요. 리무가 저들을 용서했기에 저도 저들을 용서한 것입니다."

왕은 이 문제에 대해 조금도 수긍할 생각이 없었으나 아들과 다투기 전에 갑자기 몹시도 껄끄러운 문제가 떠올랐다. 얼굴을 찌푸리고 왕은 탄타마사의 왕녀에게 물었다.

"그대가 바라는 것이 정말로 나의 아들인가?"

그러나 소녀가 고개를 저어 이유시크 왕은 심히 안심했다. 소녀는 훌쩍거리며 말했다.

"제가 바라는 것은 저의 고양이 쉬카르데입니다. 저 소년이 아닙니다."

아비뉴아는 답답하다는 듯 입을 열었다.

"나는 정말로 그대의 고양이 쉬카르데입니다. 모습이 달라졌다고 못 알아보다니, 그러고도 그대가 나의 주인이라 할 수 있겠습니까?"

소년의 말에 소녀는 더는 슬픔을 견디기가 어려웠다.

"당신이 정말 나의 고양이이고, 쉬카르데가 살아 돌아온 것이라면 나 역시 정말로 기쁠 거예요. 당신이 정말 나의 쉬카르데라면 내가 쉬카르데에게 묶어준 붉은 끈을 가지고 있을 거예요. 그 끈이 있습니까?"

말이 떨어지기 무섭게 소년은 냉큼 웬 끈을 내놓았다. 순간 심장이 멈추는 듯, 소녀는 얼른 그것을 받아 자세히 살펴보았다. 그러나 끈을 살펴본 후 소녀는 슬픈 얼굴로 그것을 소년에게 되돌려주었다.

"이것은 제가 쉬카르데에게 묶어준 그 끈이 아니에요."

"물론 이건 그 끈이 아니지요."

대답하며 소년은 잠깐 침울해했다.

"그대가 나에게 묶어준 그 끈은 며칠 전 그대의 거처가 불탔을 때 함께 타버렸습니다. 난 그 끈이 불길 속에 있다는 것을 알았기에 그 끈을 가지러 되돌아가려 했지만 그대가 나를 말렸지요. 그대가 소중한 물건을 나에게 주었는데 내가 그것을 간수하지 못해서 정말 미안합니다."

여기까지 말하고 다시 소년은 기운을 차리고 씩씩하게 말했다.

"하지만 난 어머니께 이 끈을 받았습니다. 그대가 그대의 어머니한테서 받은 끈을 나에게 묶어줌으로써 나와의 인연의 끈을 엮을 것이라고 말했지요? 나도 이 끈을 그대에게 줌으로써 그대와의 인연의 끈을 다시 한번 엮으려 합니다."

소녀는 한순간 넋을 잃고 소년을 바라보았다. 그녀는 자신이 어머니에게서 받은 끈에 대한 이야기를 오직 자신의 고양이에게만 했다는 사실을 알고 있었다.

동시에 리무는 소년의 검은 눈동자가 고양이의 흑요석 같은 눈동자와 같음을 느꼈다. 소녀는 즉시 소년을 껴안고 그 자리가 떠나가라 엉엉 울기 시작했다.

"쉬카르데! 쉬카르데……."

소년은 당황해 나름대로 소녀를 위로했으나 소녀는 들은 척도 안하고 그저 엉엉 울 뿐이었다. 한참이 지나도 이 울음이 조금도 멈출 생각을 하지 않자 아비뉴아는 어쩔 수 없이 소녀를 울게 놔둔 채 왕을 비롯한 그 자리의 모든 사람들을 향해 입을 열었다.

"이로써 저는 리무의 것이 되었습니다. 아버지께서 리무에게 하신 약속은 이것으로 지켜진 것입니다."

말을 마치고 소년은 계속해서 엉엉 울고 있는 소녀의 손을 잡아끌었다. 왕과 왕비와 모든 대신들이 할말을 잃고 아이들을 물끄러미 바라보는 가운데 둘은 자리를 떠났다.

답답한 어전을 나온 아비뉴아는 기분이 좋았다. 소년은 웃는 낯으로 소녀를 바라보았으나 리무는 그때까지도 아비뉴아를 붙잡고 눈물만 뚝뚝 떨어뜨릴 따름이었다. 결국엔 아비뉴아가 불평했다.

"그만 좀 울어요. 처음엔 알아보지도 못했으면서. 쳇."

아비뉴아는 소녀의 손을 끌고 호숫가로 향했다. 나무가 온통 부러지고 폐허가 되어버린 곳을 가리키며 아비뉴아는 입을 열었다.

"내가 여기서부터 그대를 업고 궁정까지 가느라 얼마나 고생을 했는지 모르지요."

리무는 또다시 눈물을 뚝뚝 떨구며 대답했다.

"쉬카르데. 당신이 화살을 맞고 무슨 일이 있었나요? 난 기억을 하지 못해요."

그러나 이 물음에 소년은 얼른 대답을 하지 않았다. 대신 소년은 생글생글 웃으며 말했다.

"왜 다시 존대하는 거지? 바보 고양이라고 욕한 다음부터는 존대하지 않았잖아. 나 또한 이제 너에게 존대할 생각이 없어. 개는 주인을 주인으로 여겨도 고양이는 주인을 친구로 여긴다잖아."

호수는 햇빛을 받아 눈부시게 빛나고 있었다. 그 빛을 바라보며 소년은 잠시 침묵을 지키다 문득 진지하게 말을 이었다.

"있잖아. 리무. 이제부터 너는 네 마음이 가는 대로 자유롭게 이 세상을 살아. 다만 타인을 죽여야 할 때는 대신 나에게 말해. 네 손에 피를 묻히는 건 보고 싶지는 않으니까."

무슨 생각에서인지 그는 이런 말을 덧붙였다.

"설령 나를 죽여야 할 일이 있어도 말야. 내가 너를 대신해 나를 죽여줄 테니까."

말을 마치고 아비뉴아는 어머니에게서 받은 끈을 꺼내 소녀의 머리에 묶어주었다. 새로운 끈처럼, 이 날부터 두 아이의 새로운 인연이 시작되었다.

4장 아즈나

　왕자들의 무예시합은 약 십여 년을 사이에 두고 열린다. 이는 각 나라의 왕자들이 한자리에 모여, 자기 왕국의 명예를 걸고 각자의 재주와 기량을 뽐내는 큰 행사였다. 주로 가장 세력이 큰 나라가 이런 자리를 마련하는 것이 관습이었다. 혹은 자랑하고 싶은 왕자들이 있는 나라에서 일부러 이런 자리를 마련하는 경우도 있었다. 지금 왕위에 올라 있는 왕들 대부분이 이런 무예시합에서 좋은 성적을 거두어 일찍부터 명성을 떨친 사람들이었다.

　봄의 신 바산타의 새로운 계절이 다가오는 것을 몇 달 앞두고, 이유시크 왕은 사라마유에서 이 무예시합을 개최할 것을 결심하였다. 그가 이를 입 밖에 내었을 때 대신들은 모두가 다투어 찬성의 뜻을 표했다.

　"왕이시여, 그리하십시오. 열 살의 나이에 호랑이를 죽이신 아비뉴아 님의 무예를 여러 다른 나라에 자랑할 수 있는 좋은 기회가 될 것입니다."

　"라자수야 제사를 지내는 사라마유에서 이러한 자리를 마련하는 것은 당연한 일입니다."

　그 자리의 대신들 모두가 이유시크 왕이 아들 아비뉴아를 자랑하기 위해 이런 무예시합의 자리를 마련하려 한다고 속으로 짐작하였다. 이 짐작이 틀린 것은 아니지만 이유시크 왕의 심사는 대신들의 짐작보다 조금 더 복잡했다.

사실 이유시크 왕은 아비뉴아가 이런 무예시합에 나갈 만큼 자랐다고 생각하니 마음속으로 감회가 여간 새로운 것이 아니었다. 자신 역시 어린 시절, 이러한 왕자들의 무예시합에 나간 일이 있었다. 그때 자신은 우승할 만큼 뛰어난 기량을 가지고 있었음에도 불구하고, 그 기량을 맘껏 노출할 수 없었다.

이유시크 왕은 어떤 일에도 꿈쩍 하지 않을, 냉정하고 강한 사람이었지만 그때의 기억만은 아직도 아픈 상처로 남아 있었다. 그때 형편없는 성적을 내고 돌아온 자신에게 아버지 라바 왕은 얼마나 싸늘한 시선을 던졌던가.

'나의 아들은 자신이 지닌 최고의 기량을 마음껏 발휘할 수 있을 것이다.'

아비뉴아는 자신과 다르다. 왕 중의 왕의 외동 아들로서 세상에 두려울 것이 없는 아이가 아닌가.

불현듯 이유시크 왕은 아비뉴아에게 형제가 없는 사실에 새삼스럽게 안심했다. 왕자에게 있어선 형제란 존재 자체가 고통이 될 여지는 충분히 있다. 이유시크 왕은 아비뉴아에게 이런 고통을 줄 여지를 만들고 싶지 않았던 것이다.

간혹 왕의 신하들 가운데 왕자가 하나뿐인 것을 염려하여 왕에게 간언한 자도 있었다.

"왕이시여. 왕자가 하나뿐이라는 사실은 위험합니다. 적국에서 이 사실을 노릴 수도 있다는 점을 생각하십시오."

이 말은 사실 옳은 말이었다. 생각이 깊고 냉정한 이유시크 왕 역시 이 간언이 옳음을 알았다. 그러나 비록 머리로는 이 말을 이해했어도 그의 마음은 못마땅하기 그지없었다. 그는 입 밖에 내지는 않았지만 속으로 '그래. 내 아비뉴아가 죽기라도 한다는 것인가' 하고 소리없이 외치고 있었다.

이 간언은 왕에게 불쾌한 상상을 낳게 했다. 만약 그의 아들이 죽는다면…… 그냥 그대로 모든 것이 끝나게 되는 것이라고 생각하고 있었다.

그 순간 자신도 죽을 것이다. 왕자가 죽고 그가 죽은 후 사라마유가 어찌 되든 그에겐 상관없었다. 왕자가 죽는다는 것은 자신의 모든 것이 파괴되는 것이나 마찬가지였다. 그가 왕의 자리를 지켜야 할 필요조차 사라지는 것이었다.

왕은 머리를 흔들어 이러한 불길한 생각을 떨쳤다. 대신 그는 다시 무예시합을 생각했다. 왕은 우승을 한 아비뉴아를 안아주는 자신의 모습을 상상했다. 이 상상은 그에게 은밀한 기쁨을 안겨주었다.

왕 중의 왕 이유시크의 뜻은 곧바로 모두에게 알려졌다. 오래지 않아 왕자들의 무예시합이 열린다는 소문은 사라마유뿐 아니라 다른 모든 나라에 퍼지기 시작했다. 성인이 되지 않은 왕자가 있는 모든 나라에 정중한 초청장이 보내졌고 온 세상이 이 무예시합을 화제로 떠들썩해지기 시작했다.

리무 강은 북에서 남을 향해 흐르는 강이다. 이 강의 동쪽으로는 이노아 왕국과 사라마유 왕국이, 그리고 서쪽으로는 스얌바라 왕국, 탄타마사 왕국, 하바라 왕국이 각각 자리를 잡고 있었다.

강의 서쪽 편에 있는 나라들 중 가장 북쪽에 위치한 나라는 스얌바라 왕국이었다. 스얌바라 왕국은 영토는 그리 넓지 않은 나라였지만, 성스러운 호수 스얌바라를 중심으로 매우 유서가 깊은 왕국이었다. 이 나라의 왕들은 대대로 기질이 온순하여 전쟁을 멀리했다. 결과적으로 스얌바라는 리무 강 주위의 여러 나라들 중 가장 오랫동안 평화를 유지할 수 있었다.

스얌바라 왕국과 남쪽으로 이웃한 탄타마사 왕국은 스얌바라와는 사돈국이었다. 대국 사라마유 다음으로 큰 세력을 자랑하는 이 나라는 땅이 비옥하여 풍요롭고 백성들의 인심도 좋았다.

왕의 이름은 아두르타자스. 그에게는 왕비와의 사이에서 낳은 리무라는 외동딸이 있었는데 그 딸은 지금 볼모로 사라마유 왕국에 가 있는 상태였다. 결과적으로 현재 탄타마사 왕국은 사라마유 왕국에 대해 그다지 좋지 않은 감정을 품고 있는 터였다.

그런 마당에 사라마유에서 왕자들의 무예시합을 알리며 초청장을 보내오자 왕궁의 모든 사람들이 화를 냈다. 특히 이 시합에 참석하게 될 여섯 왕자들은 울분을 터뜨리며 이를 갈았다. 자신들의 누이를 빼앗아간 사라마유의 왕은 태평하게 무예시합이나 열다니!

아니, 차라리 잘되었다며 기뻐하는 왕자도 그 중에 있었다. 무예에 특히 강한 마호다니가 그랬다.

그러나 다른 왕자들은 둘째 마호다니처럼 속 편하게 생각할 수만은 없었다. 특히 셋째 사바르니는 사라마유의 정세와 각 나라들의 국력, 나라 사정 등을 생각해보느라 정신이 없었다.

'무예시합은 십여 년에 한 번씩은 열리기 마련인 시합이다. 그리고 사라마유에서는 이 초청에 라자수야를 지낸 나라의 명예를 걸 터이니 위험할 이유는 없겠지.'

일단 결론이 내려지고 무예시합에 참가해야 한다는 생각이 들자 사바르니의 마음속에는 슬그머니 자기 자신에 대한 걱정이 고개를 들었다. 그는 활은 잘 쏘았지만 칼싸움이나 다른 무예에는 그다지 자신이 없었다. 다른 나라의 왕자들은 접어두고 가장 걱정이 되는 상대는 바로 그의 형제들이었다. 사실 그의 형제들 중에는 무예에 뛰어나지 않은 자가 없었다. 가장 나이 어리고 온순한 아디토야조차 사바르니보다 힘이 셀 정도였다.

첫째 잔드라도 사바르니와 비슷한 심정이었다. 그는 물론 자신의 무예에는 자신이 있었다. 밑의 어린 동생들에게 질 걱정은 하지 않아도 좋았다. 그러나 그 역시 둘째 동생 마호다니의 무예에는 미치지 않음을 스스로 인정하는 터였다. 인정을 하긴 하나, 역시 동생한테 진다면 장남으로서는 창피한 노릇이었다.

그러나 이런 개인적인 걱정은 뒤로하고 맏이로서 그는 다른 걱정에 휩싸였다. 사라마유에 간다면 그의 사촌 누이, 리무를 만나게 되는 것이다. 일단 만나게 되면 동생들이 누이를 데려고 돌아오겠노라고 길길이 날뛸 모습이 눈에 선했다. 정작 침착하고 생각이 깊기로 자신하는 자신조차 사라마유의 이유시크 왕 앞에서 어떤 행동을 할지 몰라 슬그머니 걱정이 되는 것이었다.

위의 세 형들은 각자 나름의 생각에 빠진 사이 아래 세 동생, 쌍둥이 다나와 아반티, 막내 아디토야는 무예시합이나 열어대는 사라마유 왕국에 대해 화를 내고 있었다. 그들은 만일 사라마유의 왕자와 겨루게 되는 일이 있다면 반드시 그 콧대를 꺾어놓을 것을 다짐하였다. 그들에게 있어 단 하나 기쁜 일은 사라마유에 가게 되면 리무를 볼 수 있을 것이란 사실이었다. 여기에 생각이 미치자 세 동생들은 사라마유에 갈 날을 손꼽아 기다리게 되었다.

제각기 기대와 걱정을 안고 탄타마사의 여섯 왕자들은 사라마유에서 열리는 무예시합에 참석할 것을 결정하였다.

　사라마유와 북쪽으로 이웃하여 이노아라는 나라가 있었다. 봄의 신 바산타는 항상 사라마유를 먼저 거치고 몇 주 후 이노아에 도착하곤 하였다.

　이 나라와 사라마유는 서로 원수나 다름없었다. 옛날, 라자수야를 지내는 강국 다마코를 쓰러뜨리고 다마코의 넓은 영토를 차지한 것은 원래 이노아였다. 그러나 사라마유의 전대 왕 라바가, 전쟁을 치르고 국력이 쇠약해진 이노아를 상대로 전쟁을 일으켜 이노아가 차지한 다마코 왕국의 영토 중 절반 이상을 빼앗았던 것이다.

　그때나 지금이나 이노아의 왕은 이노프와라는 왕이었다. 그는 젊은 시절을 전쟁터에서만 보낸 왕이었다. 강국 다마코와의 전쟁에서 그는 그의 젊음과 용기를 전부 써버렸다. 그 전쟁이 끝남과 동시에 전쟁을 승리로 이끈 패기며 야망은 전부 젊음과 함께 그에게서 떠나버렸다. 다마코와의 전쟁이 끝난 후 곧바로 사라마유의 라바 왕에게 다마코의 영토 절반 이상을 빼앗겼어도, 그때 이노프와 왕에게는 설욕을 갚기 위해 다시 전쟁을 일으킬 분노도 패기도 남아 있지 않았다. 그는 이미 전쟁에 진저리가 난 상태였다.

　이노프와 왕은 결혼을 두 번 했다. 젊은 시절, 처음 그의 마음을 사로잡았던 디노프라라는 이름의 정체불명의 처녀와 결혼했다. 이 정체불명의 처녀는 이노프와 왕을 거의 홀리다시피 매혹시켰으나 왕과 결혼한 지 몇 해 지나지 않아 돌연 사라져버렸다. 다마코와의 전쟁이 막 끝난 직후였다.

　그 후 이노프와는 결혼을 하지 않고 오랜 세월을 독신으로 지냈다. 후궁만 여럿 두어 자식은 수십 명이 넘었으나 어느 왕자도 선뜻 세자로 책봉하지 않았다. 수십 년간 세자를 책봉하고 사라마유 왕국에 설욕전을 펴야 한다고 대신들이 전언을 올렸지만 왕은 귀를 기울이지 않았다.

그의 여러 왕자들은 사라마유 왕국을 상대로 설욕전을 펴고 전쟁에서 공을 세워 세자로 책봉되겠다는 꿈을 안고 있었다. 그들은 몇번이고 부왕을 졸라 군대를 얻어내 전장에 나가곤 했다.

나이 많은 부왕은 이 아들들이 어떤 상태인지를 잘 알고 있었다. 넘치는 젊음과 용기만이 그들 안에 샘솟을 뿐, 충고나 경고 따위는 그들의 귀에 들어오지 않는 것이다. 이노프와 왕은 조르는 아들들에게 언제나 선선히 군사를 내어주었다. 그리고 그 이후로 그들이 일으키는 전쟁에는 일체 간섭하지 않았다. 그러면 젊음과 용기가 넘치는 왕의 아들들은 사라마유의 라바 왕에게 패해 죽은 시체로 돌아오곤 했다.

그러나 그의 아들들이 지기만 했던 것은 아니었다. 여러 아들들 중 특히 용맹과 지혜가 뛰어난 한 아들이 있었다. 대신들도 이 아들을 세자로 지지했고 그 자신의 능력도 매우 뛰어났다. 그 아들은 라바 왕과 싸워 마침내 라바 왕과 그의 여러 아들들을 전장에서 무찌르고 전쟁에서 이겼다.

"드디어 사라마유의 시대가 끝나고 이노아의 시대가 온 것이다."

모두가 미친 듯 기뻐 떠들어대었고 부왕은 아무 말 없이 이 아들을 세자로 책봉했다. 이 영리하고 용감한 아들은 그 뒤 3년 후 사라마유의 새로운 왕 이유시크에게 패해 전사했다.

이 아들 이외에도 아들들은 많았다. 한 아들이 죽으면 새로운 아들이 태어났다. 마치 강물이 흐르는 것과도 같았다. 흘러가버린 자리에는 새로운 물이 들어왔다. 강물을 그저 지켜보자면 그 물이 그

물인 듯 보이는 것처럼 이노프와는 아들들도 그렇게 보였다.

그러나 십여 년 전 이노프와 왕은 돌연 수십 년의 독신 생활을 깨고 왕비를 맞이하였다. 왕비는 한 늙은 신하의 그저 평범하게 보이는 딸이었다. 이에 모두가, 특히 이노프와 왕의 여러 아들들이 느낀 놀람과 실망은 이만저만이 아니었다. 왕비가 아들을 낳으면 그 첫째 아들이 왕위를 물려받는 것이 당연한 순서가 된다. 여러 아들들은 모두가 늙은 부왕이 노망이 들었다고 분노하였다. 심지어 아버지로부터 왕위를 찬탈하려 한 왕자도 등장했다.

그러나 바구니에 든 게들은 빠져나가지 못한다는 이야기가 있다. 바구니의 게들은 서로의 다리를 잡아당기기 때문에 혼자 있다면 빠져나갈 수 있는 바구니를 결국 한 마리도 빠져나가지 못한다는 뜻이다. 이 이야기처럼 이노프와 왕의 왕자들도 마찬가지였다. 왕위 찬탈을 노렸던 왕자는 다른 왕자들의 밀고에 의해 처형되었다.

그러던 중 드디어 새로운 왕비가 아들을 낳았다. 모두가 가슴을 두근거리는 가운데 태어난 왕자는 놀랍게도 태어날 때부터 꼽추였다. 몹시도 추한 용모에 등이 굽은 왕자의 탄생에 다른 왕자들은 기뻐 날뛰었다.

"불구로 태어난 아이는 왕위를 이어받을 수 없습니다."

"이런 꼽추를 낳은 왕비는 폐비시켜야 합니다."

주위에서 끝도 없이 계속 떠들었다. 그러나 정작 이노프와 왕은 그저 담담할 뿐이었다. 수많은 왕자들의 죽음에 그는 항상 담담함으로 일관했듯이, 이번에도 그는 그저 무심해 보였다. 꼽추로 태어난 아들도 그는 다른 아들이 태어났을 때 그러했듯이 한 번 안아주고 말았다.

젊은 왕비 역시 묘하리만치 담담한 태도로 일관했다. 자신보다도

나이가 많은 여러 왕자들의 냉대 속에서도 그녀는 그저 꼽추로 태어
난 아들을 보살피며 있는 듯 없는 듯 조용히 지낼 따름이었다. 그러
다가 그녀는 또 임신하여 둘째 아이를 낳았다.

　얼마나 많은 사람들이 이번에도 왕비가 불구를 낳기를 바랐는지
몰랐다. 이번에야말로 왕비를 폐비시킬 수 있는 기회라며 모두가 떠
들어대는 가운데, 새로 태어난 아이는 이번에도 아들이었다.

　그러나 이번 아들은 만인의 기대에도 불구하고 그의 형과는 달리
불구가 아니었다. 누구보다도 정상인데다가 외모 또한 아름답기 그
지없는 아들이었다. 마치 형이 지녔어야 할 아름다움까지 그 자신이
모두 받은 듯했다. 그러나 이 아름다운 아들을 낳은 직후 새 왕비는
난산의 고통을 이기지 못하고 죽어버리고 말았다.

　많은 왕자들이 정상인 동생이 태어나자 실망했지만 아직 희망을
버리기에는 너무 일렀다. 부왕은 이미 매우 늙었기 때문에 새로 태
어난 왕자가 성인이 되기 전에 부왕이 돌아가시면 그만인 것이었다.
게다가 새 왕비가 용케 죽어주었으니 새로 왕자가 태어나거나 혹은
왕비가 세력을 얻어 아들을 지지하게 될 리도 만무하였다. 왕비의
둘째 아들에게까지 왕위가 갈 것이라 믿는 사람은 아무도 없었다.

　뿐만 아니라 다른 왕자들에게 구실이 되는 좋은 일이 생겼다. 이
두번째 왕자가 태어난 해부터 이노아에 이상한 일이 생긴 것이다.
이노아와 사라마유 사이에는 마슈데하 산이라는 큰 산이 있는데 이
산은 나무가 우거지고 많은 짐승들이 뛰어노는 풍요로운 산이었다.

　그런데 왕비의 둘째 왕자가 태어난 해부터 이 산은 겨울이 사시사
철 계속되고 봄의 신 바산타의 발길이 닿지 않는 황량한 산이 되어
버렸다. 게다가 아수라며 락샤샤들이 이 산에 산다는 소문이 널리
퍼져 인간들은 아무도 이 산에 발길을 들여놓지 않게 되었다. 그리

고 이 산이 변해버린 이후 이노아에는 봄이 한 달 가량이나 늦게 찾아오게 된 것이다.

이는 사실 세상에 일어나는, 신들은 알아도 인간들은 알 수 없는 여러 일들 중 하나였지만 이노프와 왕의 여러 왕자들은 이 일을 그냥 대수롭게 넘기지 않았다. 새 왕비의 둘째 아들이 태어난 해와 마슈데하 산이 변해버린 해가 같다는 점을 이용해 그들은 이 둘째 왕자가 신의 노여움을 입고 태어났다는 소문을 퍼뜨렸다.

이 소문은 어머니를 잡아먹고 태어났다는 악담과, 불구로 태어난 그의 형처럼 역시 불구로나 태어났어야 마땅하다는 저주와 함께 사람들의 입에서 오르내렸다.

그러나 수많은 악담과 저주 속에서도 새 왕비의 둘째 아들은 죽지 않고 건강하게 자라났다. 첫째로 태어난 추한 꼽추 역시 마찬가지였다. 왕비의 첫째 아들의 이름은 카르타, 둘째 아들의 이름은 아즈나라고 명명되었다.

왕비의 첫째 아들 카르타는 그 누구에게서도 주목받지 못했다는 점에선 그의 동생과 같았다. 아니, 오히려 그의 동생은 그의 배다른 형제들이 부지런히 떠들어댄 악담으로 다른 사람들 입에 오르내렸지만 이 추한 외모의 꼽추는 누구 하나 거들떠보는 사람이 없었다.

그러나 이 추한 꼽추는 태어날 때부터 질긴 생명력을 가지고 있었다. 그가 세 살 때 배다른 형들이 악의를 품고 어린 동생을 심하게 때린 적이 있었다. 죽을 만큼 심하게 맞았음에도 불구하고 카르타는 죽지 않았다. 굽은 등이 더 심하게 굽기는 했어도 그의 질긴 생명력은 끊기지 않았다.

게다가 꼽추임에도 불구하고 카르타는 강했다. 태어날 때부터 그는 엄청난 힘을 가지고 있어서 그의 두 팔은 쇠로 만든 창을 휘게 만들 정도였다. 힘뿐만이 아니라 그는 대단히 총명하고 앎이 깊었다. 그의 스승들은 모두 이 왕자의 총명함에 놀랐다.

하지만 이렇게 대단한 왕비의 첫째 아들을 주목하는 사람은 아무도 없었다. 이유는 간단했다. 그가 강하건 총명하건 간에 카르타라는 인간은 그들 눈에는 그저 추한 꼽추일 뿐이었다.

카르타에게는 특이한 점이 하나 있었다. 그는 결코 어떤 신의 제단에서도 몸을 굽혀 경배하지 않았다. 신을 숭배하는 모든 자리에서 그는 최소한의 예의만 보일 뿐이었다. 마치 그는 모든 신들이 그의 아래에 있는 양 행동했다. 사람들은 왕비의 첫째 아들의 불경한 태도를 자신을 꼽추로 태어나게 한 신을 저주하는 것이라고 불경하긴 하나 가련하다고 받아들였다. 그래서 그는 신에 대한 불경한 행동을 처벌받지 않았다.

이 꼽추는 이 세상의 그 무엇에도 집착을 두지 않았지만 단 하나, 그의 동생 아즈나는 제외였다. 아즈나가 태어나서 무사히 자랄 수 있었던 것은 모두가 형 덕분이었다. 그렇지 않았으면 어린 아즈나는 백 번도 넘게 형제들의 손에 죽었을 것이다. 꼽추는 항상 동생 곁에서 그의 생명을 지켜주었다.

아기의 요람 속으로 들어가는 뱀을 맨손으로 목 졸라 죽인 것도, 갓난아기의 머리 위로 철로 만들어진 코끼리 상이 떨어졌을 때 그것을 가볍게 받아든 것도 전부 이 꼽추였다. 카르타는 마치 어린 아즈나를 무사히 자라게 하기 위해 태어난 존재 같았다.

형 카르타의 보살핌 아래에서 아즈나는 자라났다.

어린 시절 아즈나는 알 수 없는 데가 많은 소년이었다. 어린아이는 조용하다가도 갑자기 돌발적인 혼돈상태에 빠질 때가 있었다. 이

유도 알 수 없는 우울에 빠질 때 아이는 그 고통을 이기기 위해 그저
울 뿐이었다. 태어날 때부터 자신 안에 내재된 슬픔이 어린아이를
괴롭혔다. 흔하지는 않았으나 일단 이런 발작이 일어나면 그 누구도
아즈나를 달래지 못했다.

그럴 때마다 카르타는 동생 옆에 앉아서 다르마에 대한 가르침을
들려주었다. 동생은 그 이야기에 귀를 기울일 때도 있었다. 그러나
듣지 않고 그저 그 순간에 가슴을 괴롭히는 고통을 해소하기 위해
눈물만 흘릴 때가 더 많았다.

그러나 아즈나가 자라나면서 이런 발작은 차츰 사라져갔다. 크면
클수록 아즈나는 침착해지고 냉정해졌다. 슬픔과 고통은 그의 마음
속 깊이 감추어졌다. 그는 자신이 강하다는 사실을 알고 있었다. 그
사실이 어릴 적에는 그를 고통스럽게 했다. 그러나 자라면서 그는
그 사실을 이용하리라 생각했다.

열 살이 되던 해 형들 중 하나가 아즈나에게 이노아의 봄을 늦추
며 태어난 아이라고 악담을 내뱉자 서늘한 달과 같이 찬 눈으로 형
을 바라보던 소년은 갑자기 허리에 차고 있던 칼을 빼 들었다. 그 칼
은 일순의 망설임도 없이 상대의 몸속에 박혀들려 했다.

그러나 마침 옆에 있던 카르타가 그 칼이 상대의 가슴에 닿으려는
순간 슬쩍 쳐버렸다. 빗나갈 리 없는 아즈나의 칼이지만 꼽추의 손
이 닿았을 때 힘을 잃고 땅에 떨어졌다.

아즈나에게 찔릴 뻔한 배다른 형은 이때 얼마나 놀랐는지 몰랐
다. 그는 막내가 아수라처럼 냉혹한 눈을 하고 있다고 생각했다. 놀
람이 가라앉자 이윽고 이 일이 좋은 기회라는 생각이 그의 머릿속
을 스쳤다.

그는 바로 부왕에게 가서 아즈나의 행동을 일러바쳤다. 그는 어린

막내가 형을 찌를 때 하고 있던 냉혹한 눈과 비인간성, 이대로 자란다면 얼마나 이노아에 위험한 존재가 될 것인지를 입에 침이 마르도록 부왕에게 설명했다. 그러나 이미 머리가 하얗게 센 부왕은 다만 알았다고 고개만 끄덕일 뿐, 이에 아무런 대꾸도 하지 않았다.

둘째 아즈나가 열세 살이 되던 해, 적국이나 다름없는 사라마유에서 각 나라의 왕자들을 대상으로 한 초청장이 왔다. 몇 달 후 바산타의 첫번째 달 마드후에 각 나라의 성인이 되지 않은 왕자들을 한 자리에 모아 무예시합을 열겠다는 것이 그 초청장의 내용이었다.

이 초청장을 받은 다음날, 이노아의 왕 이노프와는 성인이 되지 않은 왕자들을 모두 불러모았다. 아들들을 모아놓고 늙은 아버지는 입을 열었다.

"사라마유에서 너희들을 초대하는 초청장이 왔다. 이유시크 왕이 왕자들의 무예시합을 열겠다는구나. 사라마유와 이노아는 오랜 전쟁을 한 사이다. 하지만 이런 무예시합에서는 이유시크 왕도 왕 중의 왕이라는 이름을 더럽히는 행동을 하지는 못할 것이다. 그렇다 해도 이 무예시합에 참석하는 것이 결코 안전하다고 할 수는 없기에 난 너희 의견을 묻고 싶다. 너희 중 가고 싶은 사람은 가도 좋다. 또한 가고 싶지 않은 사람은 가지 않아도 좋다."

부왕의 이야기를 들은 여러 왕자들은 이에 모두 기뻐했다. 왕자들은 자신들이 나이 많은 형들에게 뒤져 있다고 늘 생각하는 터였다. 그런데 이번에 성인이 되지 않은 왕자들만이 참석할 수 있는 무예시합이 열린다는 소식은 그들을 매우 기쁘게 했다.

'각 왕국의 이름을 걸고 하는 시합이다. 우승까지는 아니어도 좋은 성적을 낸다면 얼마나 큰 명예가 돌아오겠는가.'

'백성들은 분명 이 결과에 주목할 것이다. 이는 기회이다.'

그들은 모두 마음속으로 이번 기회에 무예시합에서 승리하여 이노아의 이름을 빛내고 부왕에게 인정을 받아야겠다고 생각했다. 모두가 일제히 아버지에게 입을 열었다.

"이러한 무예시합의 초청에는 응해야 하는 것이 크샤트리아의 당연한 도리입니다. 우리 모두가 가겠습니다."

아들들의 이런 반응에 늙은 부왕은 잔잔히 웃기만 했다. 그러다 그는 가장 어린 아들을 돌아보았다.

"아즈나, 너도 가겠느냐?"

이름을 불린 소년이 고개를 들었다. 형제들 중 가장 어린 그는 아직 앳된 얼굴이 아름답기 그지없는 소년이었다. 그러나 그의 얼굴에서는 소년다운 귀염성이나 미숙함은 찾아볼 수가 없었다. 아버지와 형제들을 바라보는 그의 눈매는 서늘했다.

"네."

소년의 대답에 나머지 형제들은 대놓고 불쾌한 빛을 드러냈다. 그들 중 가장 나이 많은 아들 하나가 불만스럽게 입을 열었다. 이 형은 예전에 어린 막내의 칼에 찔릴 뻔했던 적이 있었다. 이후로 그는 아즈나를 특히 미워하고 경계하게 되었다. 지금도 그는 불만스러운 눈으로 아즈나를 돌아보고 부왕에게 항의했다.

"아즈나가 사라마유에 간다면 어쩌면 우리 모두 위험에 빠지게 될지도 모릅니다. 저 아이는 버릇이 나쁘고 성미가 냉혹합니다. 저 아이가 무예시합에서 다른 나라의 왕자를 죽여도 전 놀라지 않을 겁니다."

계속해서 그는 말을 이었다.

"이노아의 봄을 늦추고 태어난 아이가 자라났으니, 어쩌면 이노아의 봄을 사라지게 하고도 남음이 있지 않겠습니까.”

그러나 부왕은 아들의 말을 멈추게 했다. 늘 그렇듯 무심한 표정을 한 채 동생을 험담하는 형을 가볍게 꾸짖었다.

“동생한테 무슨 말을 하는 게냐.”

부왕은 다시 막내를 돌아보며 말을 이었다.

“너는 네가 원하는 대로 행동하여라. 너도, 그리고 다른 아이들 모두 가고 싶은 사람은 가는 것이고 가기 싫은 사람은 가지 않아도 좋다.”

이 말은 옛날에 그가 전쟁터로 아들들을 보내면서 했던 말과 흡사했다. 그는 명예욕과 용기에 불타는 아들들을 전장으로 보내며 늘 같은 말을 반복했다.

'가고 싶은 자들은 가는 것이고, 가기 싫은 자들은 가지 않는 것이다. 그 어느 쪽도 나는 부추기지도 또한 말리지도 않는다.'

부왕은 아들들에게 이만 나가도 좋다고 말했다. 아들들은 제각기 무예시합에 참석할 기대에 부푼 채 자리를 떠났다. 그러나 다른 아이들이 자리를 뜰 때 부왕은 한 아들을 불러 세웠다.

“아즈나, 너는 잠시 남도록 하여라.”

이윽고 막내 아들과 단둘이 남게 되자 부왕은 입을 열었다.

“너는 형 카르타와 함께 가거라. 카르타는 몸이 불구이니 무예시합에 참석할 수는 없을 것이다. 그러나 그애는 항상 네 옆에 있기를 고집하니 함께 다녀오너라.”

소년은 잠시 자신의 아버지를 망설임 없이 똑바로 바라보았다. 갑자기 소년은 이렇게 입을 열었다.

“당신은 방관자입니다.”

소년이 이런 식으로 말을 꺼낸 것은 극히 드문 일이었다. 그 목소

126

리에는 책망과 미움이 깔려 있었다. 하지만 그렇다고 늙은 부왕은 동요하거나 하지는 않았다. 말을 마치고 몸을 돌려 나가려 하는 아들을 아버지는 불러 세웠다. 그러나 이노프와 왕은 화를 내지도 않았고 일절 감정도 드러내지 않았다. 그는 단지 담담하게 말했다.

"네 말대로 늙은 나는 방관자일지도 모르겠다. 그러나 아즈나, 어린 너는 앞으로 무엇을 위해 살아가려 하느냐?"

소년은 서늘한 눈으로 부왕을 바라볼 따름이었다.

결국 소년은 이 물음에 대꾸하지 못했다. 입술을 깨물고 아즈나는 그 자리를 떠났다.

5장 선택받은 자

이제 인계에서는 왕자들의 무예시합이 열리기까지 1년의 세월이 흐른다. 인간들이 느끼는 1년의 세월은 꽤 긴 시간이나 신들에게는 다르다. 그들이 보낸, 그리고 앞으로 보낼 셀 수 없이 긴 시간을 생각한다면 1년이란 눈꺼풀이 한 번 열렸다 닫히는 시간 정도의 느낌밖에는 주지 않는 것이다.

그러나 시간의 길고 짧음이란 본디 마음가짐에 따르는 것인 만큼, 그 세월을 결코 짧게 느낄 수 없는 신도 있었다. 바로 아들 아비뉴아를 지상에 내려보낸 사티였다. 이쯤에서 잠시 인계의 일을 덮고 신계의 일을 이야기하도록 하겠다.

지혜와 학문의 여신 사라스와티는 창조의 신 브라흐마의 아내로 파괴의 신 시바의 부인인 사티와 오랜 친구 사이였다. 어느 날, 사라유 강변을 거닐던 그녀는 분명 그 자리에 있어야 할 나주거 숲이 사라진 사실을 깨달했다. 숲이 사라진 자리에는 대신 보리밭이 생겨 태양의 신 바스카라의 빛 아래에 황금 물결을 이루고 있었다. 사라스와티는 이를 의아하게 생각했다.

"이 숲은 분명 시바의 부인 사티가 아끼는 숲이다. 그 숲이 어쩌다가 사라지게 되었단 말이냐."

궁금한 마음에 그녀는 곧장 사티의 처소를 방문했다. 사티는 마침 혼자 적적해하다가 사라스와티를 반가이 맞이했다.

"얼마나 반가운지 모르겠습니다. 사라스와티여. 그런데 갑자기 무슨 일이십니까?"

사라스와티는 자신이 온 까닭을 설명했다.

"사티여. 그대가 특별히 아끼던 나주거 숲이 사라졌더군요. 누가 감히 당신이 아끼는 숲을 사라지게 했단 말입니까? 시바께서는 그를 그냥 보고만 계셨습니까?"

그러자 사티는 그만 울상이 되었다.

"그냥 보고만 게셨더라면은 얼마나 좋았겠습니까. 숲이야 사라지면 다시 나무를 심으면 그만입니다. 기껏 시간이 걸려보았자 수백 년밖에 더 걸리겠습니까. 그런데 시바께서는 저를 위로한답시고 숲을 사라지게 만든 폭풍의 신 루드라를 문책하시다가 글쎄 엉뚱하게도 옆에 있던 우리 아비뉴아를 인계에 던져버리셨지 뭡니까. 하도 기가 막혀서 아들 걱정에 근심뿐인 나날입니다. 인간의 세월이야 고작 몇십 년이라 하지만 그래도 아들을 걱정하는 어미의 마음에는 요즘 하루가 백 년과도 같이 길게 느껴진답니다."

마침 누군가에게 하소연을 하고 싶던 차에 사티는 아비뉴아를 떠올리며 옛날 이야기를 하나 꺼냈다.

어느 날 사티는 코끼리의 머리를 가진 큰 아들 가네샤를 만나고 돌아와서 깊은 시름에 잠겨 있었다. 코끼리야 물론 신성한 동물이지만 몸은 사람의 형태에 얼굴만 코끼리의 형태를 취하고 있는 아들을 보니 심히 가슴이 아팠다. 이 일은 당연히 남편 시바가 행한 일의 결과였다. 남편이 급한 성격에 앞뒤 사정 보지 않고 다짜고짜 큰아들 가네샤의 머리를 코끼리의 머리로 바꿔놓았던 일을 회상하니 사티의 입에서는 한숨이 끊이지 않았다.

그런데 그때, 남편인 시바가 아내의 기분을 알 턱 없이 기분좋은 얼굴로 들어와 입을 열었다.

"사티여, 아름다운 아들을 하나 가지고 싶지 않소?"

아이를 좋아하는 사티는 귀가 솔깃하였다.

"물론 좋습니다. 하지만 아들인지 딸인지 어찌 벌써 아십니까?"

그러자 시바가 대답했다.

"방금 전 여러 천신들이 우르르 몰려와 나에게 애걸하기를, 인간의 영혼을 하나만 맡아달랍디다. 하도 눈물겹게 애걸하기에 난 쾌히 승낙했소."

이에 사티는 그만 샐쭉해져 이렇게 대꾸했다.

"또 그러셨습니까? 저한테는 일언반구의 상의도 없이 그리 혼자 마음 내키시는 대로 일을 처리하시면 퍽도 기분이 좋으시겠습니다. 당신이 결정하신 일이니 당신 스스로 아이를 낳으시지요. 나는 낳지 않으렵니다."

사티의 뾰로통한 대답에 아내의 기분이 왜 좋지 않은지를 알 턱이 없는 시바는 열심히 아내를 달래기 시작했다.

"아니 그게 무슨 소리요. 내가 어떻게 아이를 낳을 수 있겠소."

그러나 사티는 들은 척도 하지 않았다.

"모든 것을 파괴하실 수 있으신 분이 무슨 말씀이십니까? 여자만 아이를 낳을 수 있는 자연의 법칙도 파괴해보시지요. 당신이 하시려고만 한다면 못하실 일이 무엇이 있겠습니까. 왜 한 번 울컥 하셨다 하면 애 머리를 코끼리 머리로 바꿔놓는 일도 간단하지 않습니까."

사티의 반응에 시바는 몹시 난감해졌다. 그는 한참 동안 아내의 옆에서 우물쭈물 그녀의 눈치만을 살폈다.

사티는 비록 골이 난 상태였지만 앞으로 태어날 아이에 대해 생각해보니 차츰 여러 가지가 궁금해지기 시작했다. 그녀는 결국 먼저 입을 열었다.

"그래, 어떤 아들이 태어날까요?"

아내가 관심을 보이자 시바는 안도했다. 그는 아들에 대해 설명하려 했으나 기실 그 역시 아들에 대해선 아는 것이 하나도 없었다. 여러 천신들은 그에게 아들이 태어나게 될 것이라고 말했을 뿐 자세한 것은 하나도 일러주지 않았던 것이다. 시바는 한참을 생각하다가 겨우 한 가지를 기억해냈다.

"글쎄요. 매우 강하답니다."

고작 이 대답이 전부였다. 이는 사티의 화를 돋우는 결과를 낳고 말았다.

"아니 겨우 그것밖에 모르십니까? 그러면서 넙죽 아이를 가지겠노라 선언하셨습니까? 네, 그렇지요. 그 급한 성미가 어디 가셨겠습니까. 혼자 잘해보시지요."

이에 시바는 쩔쩔매며 한나절 동안 식은땀을 흘리며 이리저리 아내를 달래고 구슬렸다. 이미 천신들에게 약속을 해놓은 터라 정말로 사티가 아이를 낳지 않겠노라 하면 자기 자신이라도 아이를 낳아야 할 판이었다.

사실 남편의 급한 성격에 불만을 품었다 뿐이지 사티 역시 아이는 갖고 싶었다. 밤이 되자 사티는 못 이기는 척 남편과 잠자리를 같이 했다.

그리하여 태어난 아기는 당연히 아들이었다. 워낙 모성애가 넘치는 사티인지라 일단 아이를 낳게 되자 아이를 매우 사랑했다. 그녀는 아이의 이름에도 매우 고심했다. 일단 사랑스런 아들을 낳으니 아이를 낳는다 안 낳는다 남편과 실랑이했던 옛날 일이 부끄러워져 사티는 갓난아기에게 이렇게 속삭였다.

"너는 아버지에게 선택받아 나의 아들로 태어나게 됐으니 그에 걸맞은 이름을 주어야겠다. 너를 선택받은 자라는 뜻으로 아비뉴아라고 부르마."

사티가 여기까지 이야기를 했을 때 여신 사라스와티는 매우 지루하게 이 이야기를 듣고 있었다. 사실 그녀는 이 이야기를 예전에 들은 일이 있었던 것이다. 그녀는 속으로 생각했다.

'파괴의 신 시바의 성격이 급하다는 사실을 모르는 사람도 있을까. 사티가 아비뉴아라는 아들을 왜 낳게 되었는지 모르는 천신이 있단 말인가.'

그러나 사티가 이야기에 열중해 있는 한 사라스와티는 이를 말릴 수도 없는 노릇이었다. 그녀는 계속해서 이야기를 경청해야만 했다. 사티는 이런 줄도 모르고 이야기를 계속했다.

그렇게 태어난 아비뉴아라 명명된 아이는 뛰어나게 아름다웠다. 밤하늘 같은 흑요석 빛 눈동자와 새벽빛처럼 부드러운 머리카락을 가지고 있었다.

그러나 아기는 태어날 때부터 몹시도 슬픈 눈을 하고 있었다. 그 눈은 분명 어떠한 고통을 호소하고 있었다. 아이의 까맣고 고통스런 눈동자를 보면서 사티는 거대한 히말라야 산의 무게와 같은 고통을 느꼈다.

"아가야. 무엇이 너를 괴롭게 한단 말이냐."

그녀로서는 왜 사랑스러운 아기가 태어나자마자 고통스러워하는지 그 이유를 알 수가 없었다. 결국 그녀는 아기의 일을 상의하기 위해 친한 친구이자 지혜의 신인 사라스와티를 찾았다.

이야기가 여기에 이르자 사라스와티는 더이상 도저히 참을 수가 없어 말참견을 하고 나섰다.

"그렇습니다. 사티여. 그때 당신이 저에게 오셔서 아기에 대해 조언을 구하시지 않으셨습니까. 그래서 저는 아기를 살펴본 후 이렇게 말씀을 드렸지요.

'이 아이는 아무래도 인간으로서의 기억을 아직까지 담고 있는 듯합니다. 그때의 기억이 너무나도 고통스러웠기 때문에 아직까지 그 고통이 마음에 남아 있습니다. 인간이었던 영혼은 흔히들 이러합니다. 갓 태어났을 때 전생의 기억을 헤매지요. 그러나 대부분 자라나면서 이 모든 것을 잊고 새로운 생만을 기억하게 됩니다. 이 아기도 아직까지는 전생을 헤매고 있지만 차차 옛 기억은 사라질 것입니다. 다만 기억하지 못하는 슬픔과 고통은 마음에 남아 자신도 알 수 없는 우울과 슬픔, 나아가 증오를 만들게 되겠지요.'

제가 이렇게 말씀을 드리자 당신께서는 눈물을 글썽이셨습니다.

'그렇다면 이 아이가 자라면서 자기 자신도 모를 슬픔과 우울에 빠져야 한단 말입니까. 사라스와티여, 부디 아이가 밝고 명랑하게, 무엇보다 생에 행복을 느끼며 살아갈 수 있는 방법을 저에게 가르쳐주십시오. 나의 아비뉴아가 고통스러워하는 모습을 저는 차마 볼 수가 없습니다.'

제가 말씀드렸지요.

'아마도 당신께서는 이 아기의 전생을 알지 못하실 겁니다. 제가 조금 가르쳐드리자면 이 아기는 전생에 인계에서 가장 강한 인간이었습니다. 그 강함이 스스로를 파멸시키고 말았지요. 추측건대 이 아기는 자신의 강함을 가장 고통스러워하지 않을까요. 자신의 강함

이 이번 생 역시 자신을 파멸시킬 것이라 느끼고 있는 건지도 모릅니다.'

그리고 저는 해결책을 내놓았습니다.

'이렇게 하십시오. 아기의 아버지 되시는 시바께 아이에게 최고신의 본질을 보여주십사 부탁드리세요. 아이가 아무리 전생에 천신들조차 두려워할 만한 힘을 가진 인간이었다 해도 파괴의 신 시바의 본질적인 힘 앞에서는 자신의 힘이 먼지와도 같다는 사실을 깨닫게 될 것입니다. 그 힘이 결코 그 자신의 생을 짓누를 만큼 무거운 존재가 아니라는 사실을요.'

그래서 당신께서는……."

사라스와티의 말이 끝나기도 전에 사티는 좀이 쑤셔 다시 입을 열었다. 그녀의 이야기는 아직 끝나지 않았던 것이다.

"네, 당신은 제가 아까 들려드리던 이야기를 벌써 알고 계셨겠군요. 하지만 뒤의 이야기는 모르실 터이니 제가 그 이야기를 들려드리겠습니다."

사티가 이렇게 말한 이상, 사라스와티는 사티의 이야기를 듣지 않을 수 없었다.

사티가 어린 아들의 일만을 걱정하고 아들하고만 하루 종일 시간을 보내자 그만 남편 시바는 골이 나고 말았다. 그는 하루 정도는 부인과 오붓한 시간을 보내도 좋지 않을까 생각했다. 하지만 언제나 아들이 방해였다.

하루는 궁리 끝에 그는 아내가 잠시 집을 비운 사이를 이용해 아기를 갈대 줄기로 만들어진 요람에 담았다. 그리고 역시 가벼운 갈대 줄기로 짜여진 요람 뚜껑을 그 위에 덮었다. 그리고 그는 최고신의 권능을 그 뚜껑에 부여했다.

"이 요람은 나 이외의 그 누구의 손이 닿아도 열리지 않을 것이
다."

이렇게 요람이 안전하도록 조치를 취한 다음 그는 그 길로 곧장
히말라야 산으로 향했다. 그곳에는 성스러운 아쇼카 나무 한 그루가
있었다. 이 아쇼카 나무는 예전에 창조의 신 브라흐마의 축복을 받
은 일이 있었다. 덕분에 이 나무는 온통 눈으로 뒤덮인 히말라야 산
에서 홀로 사시사철 언제나 푸르름을 지니고 있었다.

시바는 그 나무 밑에 갓난아기를 놓아두고 혼자 의기양양하게 집
으로 돌아왔다. 거처에 도착하니 그새 집에 돌아와 있던 아내가 걱
정을 하며 아들을 찾고 있었다.

"시바여, 아비뉴아가 없어졌습니다. 이를 어쩌면 좋습니까."

시바는 시치미를 떼고 대꾸했다.

"아마도 근처에서 노는 모양이오. 모처럼 우리 둘만 있게 되었군."

남편의 대답에 사티는 기가 막혀 쏘아붙였다.

"아니 걸음도 걷지 못하는 애가 없어졌는데 그런 말이 나오십니
까. 당장 나가서 우리 아비뉴아를 찾아오세요. 아비뉴아를 찾기 전
까지 전 먹을 것도 입에 담지 않고 잠도 자지 않으렵니다."

아내에게 실컷 무안만 당한 시바는 사티가 아기를 찾아 근처를 헤
매며 돌아다니는 동안 툴툴거리며 히말라야 산으로 되돌아갔다. 그
런데 성스러운 아쇼카 나무 밑은 텅 비어 있었다. 분명 아비뉴아를
요람에 넣어 이곳에 놓아두었는데 요람과 아기가 함께 사라져버린
것이 아닌가.

시바는 그만 야단났다고 생각했다. 아내가 이를 알면 얼마나 잔소
리를 하고 펄쩍펄쩍 뛸지를 생각하자 그는 등에서 식은땀이 흘러내
렸다. 한시라도 빨리 아들을 찾아야겠다는 생각에 결국 시바는 다짜

고짜 자신의 삼지창을 나무에 들이댔다.

"아쇼카 나무여! 나의 아들을 내놓아라!"

졸지에 아쇼카 나무는 위대한 파괴의 신 시바의 아들을 유괴라도 한 양 오해를 받게 되었다. 이에 아쇼카 나무는 어찌나 억울하고 분한지 열매를 뚝뚝 떨어뜨리며 대답했다.

"시바시여, 거대한 파괴시여, 위대하신 멸망이시여. 맹세컨대 저에게는 죄가 없습니다. 제 밑에 있던 당신의 아들은 산에 쌓여 있던 눈이 녹음과 동시에 요람째 산 아래로 미끄러져 내려갔습니다."

이에 시바는 노해서 아쇼카 나무를 꾸짖었다.

"아니, 내가 너를 믿고 잠시 아들을 맡기었는데 이럴 수가 있단 말이냐."

나무는 시바에게서 그런 부탁을 들은 기억이 없었다. 하지만 말대꾸를 할 수도 없는 노릇이라서 그저 열매를 떨구며 대답했다.

"시바시여. 미끄러져 내려간 요람의 흔적을 따라가보시면 아들을 찾으실 수 있으리라 믿습니다."

나무의 대답이 끝나자마자 시바는 서둘러 요람의 흔적을 따라 내려갔다. 무책임한 아버지가 버려둔 사이 아기의 요람은 얼마나 멀리까지 미끄러졌는지 그 흔적은 길게 길게 이어지다가 산이 끊김에 따라 하루다나 강에서 멈췄다. 이에 시바는 이번에는 그의 삼지창을 하루다나 강에 들이댔다.

"하루다나여! 나의 아들을 내놓아라!"

갑작스런 고함 소리에 얼마나 놀랐던지 하루다나 강은 그 끊임없는 물의 흐름을 잠시 멈출 뻔했다. 강은 다급하게 외쳤다.

"위대한 신이시여! 창을 거두어주십시오! 아까 강물 위로 요람이 떠내려왔을 때 그 안에 당신의 아드님이 계신 줄 저는 미처 알지 못했습니다. 그 요람은 지금 강물의 끝까지 흘러갔고 저는 이제는 그 요람의 행방을 알지 못하나이다. 부디 용서하십시오."

도대체 이놈의 요람은 어디까지 흘러간 것인가. 시바는 툴툴대며 애꿎은 하루다나 강물 위를 발로 차며 강을 따라 내려가기 시작했다. 이윽고 바닥난 인내심을 가지고 시바는 강의 끝에 도착했다.

마침내 강의 끝에서 시바는 요람을 발견할 수 있었다. 그 요람은 어떤 여신의 팔 안에 안겨 있었다.

여기까지 이야기를 마치고 사티는 잠시 고개를 갸우뚱했다.

"그 여신이 누구였었는지 갑자기 기억이 안 납니다. 그러나 누군 지 별로 중요하지 않으니 그냥 다음 이야기를 들려드리지요."

사라스와티가 대꾸할 사이도 없이 사티는 계속해서 이야기를 이었다.

여신은 시바를 발견하자 웃음을 띠며 반갑게 인사를 올렸다.

"위대한 파괴의 신이시여. 그대의 모습을 뵈어 제가 얼마나 반가 운지 모르겠습니다."

여신은 시바를 반기며 그녀가 강에서 주워올린 요람을 들어올렸다.

"제가 요람을 하나 주웠는데 안에는 갓난아기가 들어 있더군요. 아기는 아까부터 스스로 요람 뚜껑을 열기 위해 애쓰고 있었습니다."

이때 요람 안의 아기는 그동안 울다 지친 나머지 조용해져 있었다. 아기는 오랜 시간 동안 그 안에서 뚜껑을 열기 위해 혼자 애를 써보았던 것이다. 그러나 뚜껑을 있는 힘껏 밀어보고 줄기 사이를 잡아당겨보기도 했지만 이 요람은 전혀 열릴 기색을 보이지 않았다.

결국 아기는 자신의 힘으론 아무리 애써도 갈대 줄기로 엮어진 이 요람 뚜껑을 열 수 없다는 것을 깨닫고 포기한 것이었다.

여신은 아기의 마음을 읽을 수 있었기에 시바에게 요람을 넘기며 말했다.

"이 아기는 이제 자신에게는 갈대 줄기로 만들어진 요람의 뚜껑을 열 만한 힘조차 없다는 사실을 잘 알았을 것입니다. 당신께서 이 뚜껑을 열어주신다면 이 아기는 세상에 자신보다 강한 자의 존재를 깨닫게 되겠지요."

시바는 웃으면서 갈대 줄기로 만든 요람의 뚜껑을 가볍게 열었다. 뚜껑은 너무나도 쉽게 열려졌다.

요람 속의 아기는 하루 종일 어두컴컴한 요람 안에 있다가 그날 처음으로 햇빛을 보게 되었다. 아마도 그 햇빛이 순간 아기의 눈을 눈부시게 했던 것이다. 아기의 흑요석 빛 눈동자에 순식간에 가득 눈물이 고였다. 아기는 조그만 손바닥을 하늘로 뻗으며 따뜻한 햇빛 쪽을 향했다. 그 눈물은 꽤 오랜 시간 동안 멈추지 않았다.

시바는 아기를 안고 여신에게 인사를 한 다음 자신의 거처로 돌아와 아내에게 아기를 돌려주었다. 간신히 아기를 다시 품에 안게 된 사티는 감격에 겨워 언제까지고 아들 아비뉴아의 뺨에 얼굴을 부벼댔다.

그 후로 아기의 까만 눈동자에 담긴 고통은 완전하게는 아니어도 서서히 사라져갔다. 아기는 태어날 때부터 가진 고통과 슬픔을 스스로 극복하는 법을 배운 듯했다.

사티는 이 아이를 눈에 넣어도 아프지 않을 만큼 사랑하고 귀여워했다. 한때는 귀찮게 생각해 내다 버린 일도 있건만 시바는 아이가 영리하고 강하게 자라나자 이를 크게 흡족해했다. 물론 파괴의 신인 자신의 눈에 본다면 힘 축에도 속하지 못하는 약한 힘이지만 적어도 보통 신보다는 세지 않은가.

특히 아이는 활을 잘 쏘았다. 처음으로 아버지에게 활을 배운 순간부터 아이의 화살은 목표를 놓치는 일이 없었다. 시바는 아이와 함께 여러 숲을 돌아다니며 사냥을 하는 것을 즐기게 되었다. 자라면 자랄수록 아비뉴아로 이름 붙여진 소년은 밝고 명랑해졌다. 마치 그 밝고 명랑함이 사실은 그의 천성이었던 것만 같았다.

사티의 이야기는 여기서 일단 끝났다. 그녀는 문득 사라스와티가 한숨을 내쉬고 있는 것을 깨닫고 그 이유를 물었다.

"사라스와티여. 왜 그러십니까? 제 이야기가 혹 지루하셨습니까?"

브라흐마의 부인 사라스와티가 말했다.

"그럴 리가 있겠습니까. 다만 그때의 일이 하도 눈에 선해서 절로 한숨이 나와버렸습니다. 그때 시바께서 만났다는 여신이 저라는 사실을 당신께서 깜박 잊으셨나 보군요. 시바께서 잃어버린 아기를 어떻게 찾아오셨는지 궁금해하시는 당신께 방금 당신이 제게 하신 이야기를 들려드린 게 바로 저였답니다."

그리고 사라스와티는 남편 브라흐마가 자신을 찾을 시간이 되었다고 말하며 자리에서 일어섰다. 사티는 이를 말렸다.

"사라스와티, 조금 더 늦게 가셔도 될 터인데요. 게다가 우리 아비뉴아가 왜 지상에 가게 되었는지 아직 듣지 못하셨지 않습니까."

사티가 말리는데도 불구하고 사라스와티는 한사코 자리에서 일어섰다. 떠나면서 사라스와티는 이렇게 말을 맺었다.

"사티여, 부디 시바 님의 성격이 급하다는 사실에 너무 유감스러워하지 마십시오. 저는 당신과 시바 님은 절묘한 천생연분이 아닌가 생각합니다."

사라스와티의 방문이 있은 후 얼마 뒤 봄의 신 바산타와 계율의 신 슈칸데가 시바와 사티 내외를 방문하였다.

봄의 신 바산타는 천신들 중 가장 온화한 성품을 지닌 신이었다. 그는 천성이 느긋하고 부드러워 흥분하는 일이 좀처럼 없었다. 그러나 그런 그일지라도 그의 사명과 관련된 일에서는 맺고 끊음이 언제나 분명했다. 그러한 봄의 신이 하루는 계율의 신 슈칸데를 찾았다.

"계율의 신이시여. 그대에게 묻고 싶은 일이 있습니다."

바산타의 말은 봄의 나른함처럼 느릿느릿 흘러나와 그 말을 듣는 계율의 신은 자기도 모르게 졸려왔다. 그러나 그는 정신을 차리고 대꾸했다.

"봄의 햇살이시여. 계율에 대한 그 무엇이라도 답해드리겠습니다."

이에 봄의 신 바산타는 여전히 느릿느릿한 어조로 온화하게 입을 열었다.

"나는 남에서 북으로 나의 여행을 떠납니다. 그 여행이 끝나면 천상에 올라와 잠시 쉬다가 다시 나의 여행을 떠나지요. 해마다 같은 일이 반복됩니다. 그런데 십여 년 전부터 나의 여행길이 조금 바뀌었습니다. 인계에는 성스러운 리무 강이 흐르고 그 강의 동쪽 편으로 이노아와 사라마유, 두 왕국이 있습니다. 그 두 나라 사이에는 마슈데하라는 산이 국경을 이루고 있지요. 그 산이 어찌 된 영문인지 십여 년 전부터 고집을 부리며 나의 방문을 피하고 있습니다. 그 산을 돌아가야 해서 이노아에는 전보다 봄이 늦게 찾아오게 되었습니다. 나는 매년 마슈데하 산을 지나게 될 때마다 영문을 알아봐야겠다고 생각하였으나 늘 깜박 잊어버려 그 사이 십여 년이 흘렀습니다. 혹시 그대는 마슈데하 산이 얼어버린 이유를 아십니까?"

바산타의 느릿느릿한 이야기가 끝나기까지는 상당히 오랜 시간이 소요되었다. 참을성 있게 기다리던 계율의 신 슈칸데가 공손히 합장을 하며 대답했다.

"예, 바산타여. 저는 그 이유를 알고 있습니다. 마슈데하 산은 침묵을 지켜야 하는 산의 계율을 어겼습니다. 인드라 님께서 그 산에 겨울의 신을 보내시어, 겨울의 입김으로 마슈데하를 얼려버리도록 명하셨습니다. 마슈데하가 당신의 발길을 거부하고 얼어버린 것은 그러한 이유에서입니다."

"그렇군요. 인드라 님이 이를 미리 나에게 말해주셨으면 좋았을걸요. 그 산은 얼어버린 이후로 아수라나 락샤샤들이 살게 된 모양입니다. 본래 그 산의 풍요로움을 누리던 존재들이 거처를 잃어버린 상태이지요. 그들이 나의 방문을 희망하며 제사를 지내고 공양을 올리고 있습니다. 나는 이제부터 비슈누 님을 찾아 뵙겠습니다. 비슈누 님께서 마슈데하 산에 봄이 올 수 있게 허락해주신다면, 나는 나의 여행을 원래의 시기대로 행할 수 있겠군요."

그러나 슈칸데는 공손한 태도로 봄의 신에게 알려주었다.

"바산타여, 비슈누 님께서는 지금 천상에 계시지 않습니다. 수많은 화신의 모습으로 현현하시어, 세상의 질서를 지키시고 정의를 구현하시는 그분께서는 현재 이미 다른 모습으로 인계에 강림하셨습니다."

　바산타는 슈칸데의 말에 매우 의아해하였다.

　"비슈누 님께서 화신으로서의 환생을 마치신 지 얼마 되지 않으셨는데, 벌써 환생을 하셨다니 이상합니다. 그것도 또다시 인계라니 더욱더 이상하군요. 어쨌든 비슈누 님께 부탁드릴 수 없다면 시바 님께 부탁을 드려야겠군요."

　슈칸데는 찬성을 표했다.

　"그렇습니다. 시바께서는 부탁하는 태도만 공손하다면 무슨 부탁이든지 잘 들어주시는 분이 아니십니까."

　그러나 말을 꺼내놓고 나서 슈칸데는 문득 불안감을 느꼈다.

　'만일 봄의 신이 특유의 느릿느릿한 말투로 파괴의 신 시바 님께 부탁을 드린다면 과연 그 성질 급하시기로 유명한 파괴의 신 시바께서 그 부탁이 끝나는 것을 기다리실 수 있으실까.'

　여기에 생각이 미친 계율의 신은 봄의 신에게 자신이 함께 동행할 것을 청했다. 바산타는 이를 쾌히 승낙했다. 그래서 두 신은 천계 최고의 삼 신 중 하나인 파괴의 신 시바를 찾았다.

　시바는 마침 그의 부인 사티와 함께였다. 두 신은 그들 부부에게 나란히 인사를 올렸다. 특히 계율의 신 슈칸데는 사티의 안부를 물었다.

　"시바의 반신이시여. 평안하셨습니까?"

　그러자 사티는 남편을 한 번 바라본 다음 말했다.

　"평안할 리가 있겠습니까. 어느 성급하신 분 덕택에 자식을 멀리 떠나보내고 그저 하루하루 걱정의 나날일 뿐입니다."

　이윽고 계율의 신이 봄의 신의 부탁을 시바에게 대신 이야기하였다. 이날 기분이 썩 좋지는 않았던 탓인지, 아니면 조금 전 아내의 대답 탓인지 이야기를 들은 시바의 입에서는 금방 승낙의 말이 나오지 않았다. 대신 그는 이렇게 말했다.

"그런 종류의 일은 비슈누에게 부탁해봄이 어떠한가?"

확실히 옳은 말이기에 슈칸데는 조심스럽게 대답하였다.

"비슈누 님께서는 현재 천계에 계시지 않은 터라 부탁드릴 수가 없나이다."

말을 꺼내면서도 내심 불안했던 계율의 신의 예감은 적중하여 시바는 이렇게 대꾸했다.

"호오, 그럼 난 그 대신인가?"

이 퉁명한 대답에 계율의 신은 한참이나 침묵의 여신 이크락인 양 침묵을 지켜야 했다. 그때 느릿느릿한 목소리가 이 침묵을 깼다. 바로 천성적으로 느긋한 봄의 신 바산타였다.

"아, 시바시여."

바산타는 느리고도 부드러운 어조로 입을 열었다.

"그렇군요. 어리석음을 깨우쳐주셔서 감사합니다. 비슈누 님도 계셨군요. 당연히 시바 님밖에 떠올리지 못한 저의 어리석음을 용서하십시오."

이 느릿느릿 흘러나온 말이 결정타가 되어 다음 순간 시바는 삼지창을 들었다.

"나 역시 마슈데하 산이 요즘 버릇이 없다는 소문을 듣고 있었다. 조만간 그 버릇을 고치려던 참이었지. 바산타여, 앞으로는 너의 여행이 느려지는 일은 없을 것이다."

결국 조마조마했던 가슴을 쓸어내리며 돌아오는 길에, 계율의 신은 봄의 신에게 진심으로 감탄의 뜻을 표했다.

"바산타여. 그대를 다시 보았습니다. 그대는 천성적으로 느긋하시

기만 한 줄 알았는데 그리도 재빠른 기지를 숨기고 계신 줄 미처 몰
랐습니다."
　이에 봄의 신 바산타는 빙긋 웃으며 느긋하게 답할 뿐이었다.
　"원래, 얼음을 녹이는 것이 저의 특기랍니다."

6장 재회

시간의 흐름이 빠른 듯 느린 듯 흘러가 무예시합의 날이
가까워졌다. 각국의 왕자들 중에는 무예시합이 열리기 훨씬 전부터
들뜬 마음을 참지 못하고 사라마유로 달려온 사람들이 꽤 되었다.
그들은 초청장을 받자마자 두근거리는 가슴을 안고 고국을 떠나 사
라마유의 도성에 도착해 초조하게 날짜만 세며 그날을 기다렸다. 그
러나 그들 모두가 시간을 지루하게 보낸 것만은 아니었다. 풍요로운
사라마유 왕국을 구경하며 흥청망청 놀면서 세월을 보낸 사람도 많
았다. 나중에는 그들 중에 정작 무예시합이 열리는 날, 술에 취해 예
선에 참석하지 못하는 왕자들조차 있었다.

한편, 탄타마사의 여섯 왕자들도 매우 일찍 사라마유에 도착한 왕
자들 중의 하나였다. 무예시합 때문도, 풍요로운 사라마유 왕국을
구경하고 싶어서도 아니었다. 그들은 단지 사촌 누이 리무를 만나고
싶어했다. 사라마유에 도착한 후, 이유시크 왕과의 알현을 내일로
앞두고 맏이 잔드라는 동생들을 모두 불러모았다. 그 자리에서 그는
동생들에게 단단한 주의를 주었다.

"모두들 잘 알아야 해. 이곳은 사라마유이고, 이유시크 왕은 라자
수야를 지낸 왕 중의 왕이야. 내일 우리는 이유시크 왕을 알현하게
된다. 그때 너희 마음속에 어떠한 불만이 있어도 건방진 행동을 해

서는 안 돼. 내가 이렇게 말하는 까닭을 너희 모두 이해할 거다."

동생들은 형의 말을 이해는 했으나 모두가 이성과 감정을 조화시킬 자신이 있는 것은 아니었다. 특히 마호다니는 자신의 불 같은 성격을 제어할 수 있을지 크게 걱정했다.

다음날 여섯 형제들은 다 함께 이유시크 왕을 알현하게 되었다. 사라마유의 궁성에 들어서며 형제들은 모두 긴장했다.

'이유시크 왕은 도대체 어떤 사람일까.'

왕 중의 왕 이유시크는 탄타마사 쪽에서 볼 때는 그다지 호감가는 사람은 아니었다. 하지만 단 한 번도 전쟁에서 패한 적 없는 그의 명성은 몹시 유명한 것이었다. 여섯 형제들은 모두 그 명성을 익히 들어 알고 있었다. 이번 만남이 거북하기는 해도 모두의 호기심을 자극하기에는 충분했다.

마침내 그들은 알현의 방에서 이유시크 왕을 만나게 되었고 각자 마음속으로 감탄을 금치 못했다.

'과연, 왕 중의 왕이라 불리는 자구나.'

그들의 큰아버지인 아두르타자스 왕 또한 어디에 내놓아도 손색이 없을 만큼 잘생기고 당당한 위엄을 가진 왕이었다. 그러나 이유시크 왕에게는 그들의 큰아버지에게는 없는 그 무언가가 있어 보였다. 굳이 설명하자면 그것은 권위였고 미동조차 없을 굳건함이었다. 태어날 때부터 왕 중의 왕이었으리라, 그런 생각이 들 정도로 그는 고귀해 보였다. 그렇다고 마냥 감탄만 하고 있을 수는 없었다. 리무를 생각하면 눈앞의 상대방이 미운 건 사실이었다.

한편, 이유시크 왕 역시 이들 여섯 형제들을 대하고 마음속으로 크게 감탄을 했다. 비슷하게 닮은 형제들이 나이는 다르나 모두 왕족으로서의 기품과 출중한 외모, 총명한 눈을 지녔음에 놀라고 있었다.

'탄타마사의 왕은 운이 좋군. 이런 아들을 여섯이나 두었다는 건가.'

며칠 전부터 왕성에 도착한 여러 왕자들의 인사를 받아왔지만 지금 눈앞에 있는 형제들만큼 훌륭한 소년들은 드물었다. 왕의 감탄은 이윽고 탄타마사에 대한 경계심으로 바뀌었다.

저들 모두가 아비뉴아와 같은 또래인 것이다. 그런 생각을 하며 왕은 장남 잔드라의 인사를 받아들이고 그만 나가도 좋다고 말했다.

그러나 여섯 형제들은 약속이나 한 듯 움직이려 하지 않았다. 둘째로 보이는 소년이 뭐라 입을 열려 하자 셋째로 보이는 소년이 형의 옷소매를 잡아당기며 자신이 대신 빠르게 입을 열었다.

"사라마유의 왕이시여. 저희는 이곳에 있는 저희들의 사촌 누이 리무를 만나고 싶습니다. 부디 허락하여주시겠습니까?"

이유시크 왕은 여섯 형제들을 향해 뜻 모를 미소를 잠깐 지었다.

"그대들은 피를 섞은 자들끼리 사이가 좋군. 그리하도록 하시오."

여섯 형제들은 선선한 허락에 안도하면서도 왕의 어조에서 약간의 위화감을 느꼈다.

그들은 왕의 앞에서 물러나 신하의 안내를 받아 리무가 있다는 곳까지 갔다.

형제들은 이유시크 왕을 만나기 전까지는 매우 긴장해 사라마유 왕궁의 아름다움과 웅장함이 눈에 들어오지 않은 터였다. 하지만 알현을 마친 이후로는 주위의 풍경이 슬슬 눈에 들어오기 시작했다. 넓은 정원에는 탄타마사에서는 볼 수 없었던 기묘한 꽃과 식물들이 봄의 신 바산타의 계절을 맞아 눈부시게 만발해 있었다. 웅장한 건물들은 하나같이 하얗게 칠해진 채 봄의 햇살 아래 아름답게 빛났다.

꽃향기로 뒤덮인 정원을 걸으며 그들은 인정하기는 싫지만 이유시크 왕이 정말로 왕 중의 왕이란 칭호가 어울리는 사람이라고 생각했다. 그런 사람을 만나자 여섯 형제들은 모두 마음속 깊은 곳에서 호기와 용기가 끓어올랐다. 저런 사람에게 자신들의 용기와 능력을 인정받고 싶다는 생각이 은밀히 생겨났는지도 몰랐다.

슬슬 형제들의 생각은 리무에게 미쳤다. 거의 1년 만에 드디어 누이를 만나게 된 것이다. 누이를 보내야 했던 때의 일을 생각하면 감회가 새롭기 그지없었다. 마침내 그들은 리무의 모습을 발견했다. 소녀는 나무 아래에서 종이를 펴놓고 뭔가를 열심히 그리고 있었다. 좀 자란 듯하지만 1년 전과 변한 건 거의 없는 듯했다. 기억보다 훨씬 길어진 머리가 곱게 묶여 땅에 닿아 있었다. 그 모습을 본 순간 형제들은 누가 먼저랄 것 없이 동시에 누이에게 뛰어갔다. 소녀는 자신에게로 달려오는 오빠들을 본 순간 놀라움과 기쁨을 눈물로 표출했다.

'어, 이럴 리가 없는데.'

이 돌연한 사태에 모두가 당황했다. 처음엔 리무가 아니고 딴 소녀인가 의심할 지경이었다. 언제나 고요한 호수와 같이 무덤덤했던 얼굴에 눈물이 방울방울 맺히며 떨어지고 있었다. 전혀 멈추려고 하지 않고 감정을 모두 눈물로 바꾼 듯이 울었다. 막내 아디토야는 좀 전까지만 해도 눈물을 글썽이고 있었으나 리무가 자기 옷소매를 붙잡고 울자 그만 어리둥절해 자기 자신은 눈물을 잊고 열심히 누나를 위로했다.

"누나, 울지 마."

다들 어리둥절한 채 서로의 얼굴만 보며 침묵을 지켰다. 리무의 울음 소리만이 울릴 뿐이었다. 마호다니가 생각했다.

'타국에서 얼마나 외로웠으면 그토록 감정이 없던 애가 우리를 본 순간 이렇게 슬프게 운단 말이냐.'

마호다니가 화난 목소리로 자신의 생각을 입 밖에 내자 다른 형제들도 수긍하고 새롭게 사라마유에 대해 분노했다. 조금 전까지 그들은 비록 미움과 경계심을 함께 품었지만 이유시크 왕에 대해 진심으로 감탄을 하고 있었다. 그러나 그런 마음도 전부 사라졌다. 그들은 마음속으로 이유시크 왕은 다르마라고는 눈곱만큼도 찾아볼 수 없는 냉혈한이라고 욕을 퍼부었다.

그러나 어쨌든 이렇게 한 자리에 모이니 모두가 반갑고 즐거웠다. 형제들은 다들 누이를 위로하고 부모님의 이야기를 들려주었다. 이야기 밑천이 떨어질 때쯤, 쌍둥이 중 하나가 리무가 그리고 있던 그림을 주웠다. 다들 리무가 뭘 그리고 있었나 궁금해하며 그림 속을 들여다보았다.

"고양이?"

그림을 본 형제들은 의아해졌다. 그림 속에는 작고 예쁘장한 고양이 한 마리가 그려져 있었던 것이다.

잔드라가 물었다.

"리무, 고양이 키우니?"

"네, 쉬카르데라고 해요."

"흠, 보고 싶네."

잔드라가 무심코 말하자 리무는 고개를 끄덕이며 바로 옆에 있는 나무 위를 가리켰다.

"저기에 있어요."

고양이가 나무에 있나 싶어 모두 나무 위를 바라보았다. 그러나 기대했던 고양이의 모습은 찾을 수 없었고 대신 놀랄 만한 광경이

152

그들의 눈에 비춰졌다. 웬 소년이 나무 위에서 그들을 물끄러미 내려다보고 있었던 것이다. 여섯 형제들은 한순간 당황했다. 아무도 이 소년의 존재를 눈치채지 못했던 것이다.

소년은 크샤트리아의 전통적인 복장에 목에는 금 목걸이를 하고 있었다. 윤곽이 뚜렷한 얼굴이며 균형이 잡힌 팔다리, 눈길을 끄는 외모가 한눈에 들어왔다. 그는 높은 나무 위에서 편하게 기대어 앉아 조금의 위태로움도 찾아볼 수 없었다. 가끔 바람이 불어 나무가 흔들거려도 소년의 자세에는 일순의 흐트러짐도 없었다.

여섯 형제들은 처음엔 자신들이 소년의 존재를 전혀 눈치채지 못했다는 사실에, 다음으로는 소년의 그러한 모습에 놀랐다. 그들은 다투어 누이에게 소년이 누구인지를 물었다. 리무의 대답은 간단했다.

"제 고양이 쉬카르데예요."

이 대답에 모두들 걱정스러운 눈길로 리무를 돌아보았다. 그 사이 소년은 나무에서 훌쩍 뛰어내렸다. 그 몸놀림이 가볍기 그지없었다.

잔드라는 낯선 소년을 미심쩍게 보며 인사를 했다.

"탄타마사의 첫째 왕자 잔드라입니다. 리무의 사촌 오빠이지요. 당신은 리무와 어떻게 아는 사이입니까?"

소년의 대답은 앞서 리무의 대답 이상으로 간단했다.

"리무가 나를 기르죠."

잔드라는 어리둥절해졌다. 그때 리무가 들고 있던 그림을 형제들에게 내밀었다. 쉬카르데를 그렸다는 소녀의 말에 맏형은 우물쭈물하면서 셋째에게 무슨 말이든 해보라고 눈짓을 했다. 그러나 셋째도 이 상황에서는 딱히 할말을 찾지 못했다. 사바르니는 엉겁결에 받아든 그림과 눈앞의 낯선 소년을 번갈아 보다가 말했다.

"눈을 좀더 까맣게 그려야 될 것 같은데."

이 말이 왜 나왔는지 처음엔 자신도 몰랐다. 그러나 다음 순간 그는 흠칫 놀라 눈앞의 소년에게 시선을 던졌다. 그리고 마음속으로 부르짖었다.

'닮았다!'

물론 그림 속의 고양이하고 눈앞의 소년이 닮았다는 것은 결코 아니었다. 사바르니는 소년의 얼굴을 보고 방금 전 자신이 만난 사람의 얼굴을 떠올린 것이었다.

"이름이 혹시 아비뉴아?"

소년은 잠자코 고개를 끄덕이며 여섯 형제들을 한 번씩 돌아보았다. 잠시 후 리무를 바라보며 소년은 싱긋 웃었다.

"모두가 리무 너와 닮았네."

사바르니 역시 '닮았다' 라는 말을 떠올리던 터라 흠칫했다. 그러나 소년이 말한 닮음의 대상은 사바르니가 생각한 대상과 전혀 틀렸다. 이윽고 소년은 고개를 숙이며 사라마유 사람들이 타국 사람들을 대할 때 전형적으로 하는 인사를 입에 담았다.

"사라마유의 어디에서나 다르마의 길을 찾으실 수 있기를."

인사를 마친 후 소년은 가벼운 발걸음으로 자리를 떠났다.

소년이 떠난 후 잔드라를 비롯한 여러 형제들이 다투어 사바르니에게 물었다.

그러나 사바르니는 생각에 빠져 있던 터라 얼른 대꾸하지 못했다. 그는 잠시 후 정신을 차리고 대답했다.

"이유시크 왕의 외아들, 아비뉴아."

이 대답에 형제들은 모두 놀랐다. 그들은 서로의 얼굴을 바라보다가 이윽고 리무를 바라보았다. 리무는 조용히 앉아서 그림 속의 고양이 눈을 까맣게 칠하고 있었다.

그런 누이를 가만 내버려두지 않고 형제들은 다투어 질문을 던졌다.

"리무야. 저 녀석과 같이 있던 거야?"

"왜 네가 저 녀석의 주인인데?"

그날 여섯 형제들 모두는 하얀 고양이 쉬카르테에 대해 알게 되었다. 이야기를 하는 소녀는 진지하기 그지없었다. 그녀에게 있어선 슬픈 이야기였기에 도중에 몇 차례나 눈물을 떨구기도 했다. 그러나 다른 모두는 어리둥절했다. 몇 차례나 오해의 발언이 오고갔다.

"고양이가 변해서 저 녀석이 되었다고? 저 녀석 원래 고양이가 사람이 된 거야?"

"이유시크 왕의 아들이 고양이라고?"

그날은 이래저래 탄타마사의 여섯 형제에게는 놀랄 일이 많은 하루였다.

한편, 사라마유의 유일한 왕자 아비뉴아는 열세 살이었다. 1년 사이에 그는 몸도 마음도 함께 자라 개구쟁이의 장난은 많이 사라졌다. 하지만 어딘지 모르게 장난스러운 빛이 도는 까만 눈동자는 변함이 없었다.

각국에서 사람들이 모여들어 궁은 정신없이 부산해졌지만 아비뉴아의 생활은 크게 달라지지 않았다. 오전엔 베다 공부를 하고 오후엔 무예를 연마하는 평소와 다름없는 나날이었다. 궁의 모든 사람들은 얼마 후 열릴 무예시합에서 왕자의 승리를 기대하며 관심과 격려를 아끼지 않았지만 아비뉴아는 무예시합 같은 것에 별로 관심이 없었다.

그러던 중 하루, 소년은 혼자서 사냥을 나갔다. 숲에서 그는 멧돼지 한 마리를 발견하고 그 뒤를 쫓아 왕성에서 꽤 멀리 떨어진 곳까지 나갔다. 그러다가 아비뉴아는 호수를 하나 발견했다. 호수의 주위에는 수많은 사람들이 천막을 치고 휴식을 취하고 있었다.

이곳은 왕성의 북쪽에 있는 숲이었고 사라마유와 북쪽으로 이웃한 왕국은 이노아였다. 방향을 짐작할 때 아무래도 이 무리들은 이노아에서 온 왕자들과 그 수행원들인 듯싶었다. 타국 사람들과 마주치는 건 재미없는 일이라 생각했기에 아비뉴아는 호수 옆의 큰 나무 위로 재빨리 올라갔다.

아비뉴아가 나무 위에서 사람들이 떠나기를 기다리는데, 잠시 후 여러 명의 소년들이 나무 밑으로 몰려왔다. 모두가 크샤트리아의 복장을 하고 귀한 신분임을 나타내는 장신구를 몸에 지니고 있었다. 그들 모두 어딘가 닮은 점이 있어서 같은 아버지에게서 태어난 형제들이란 사실을 알 수가 있었다. 또 복장과 얼굴 외에도 닮은 점이 있었는데 그들은 하나같이 불만에 가득 찬 표정을 짓고 있었다.

그들 중 가장 나이가 많아 보이는 소년 하나가 입을 열었다. 아무래도 그 소년이 나머지 소년들을 모이게 한 듯 보였다.

"우리는 내일이면 사라마유에 도착하게 된다. 앞으로 열리게 될 무예시합은 우리 모두에게 매우 중요한 것이지. 하지만 나는 그에 앞서 모두가 힘을 합쳐 해결해야 할 문제가 있다고 생각해."

그러자 나머지 소년들은 열렬히 호응하며 일제히 입을 열었다.

"우리는 모두 같은 생각을 하고 있어. 건방진 아즈나를 죽여야 해. 그 자식은 장차 우리에게 큰 화근이 될 거야."

"녀석의 냉혹한 눈을 봐. 그 녀석은 어미의 생명을 빼앗고 태어난

156

데다가 이노아의 봄을 늦추기까지 했어. 아버지는 도대체 왜 그런 자식을 살려두시는 건지 모르겠다니까. 아버지는 너무 늙으셔서 선악조차 구별하지 못하시나 봐."

"그 녀석이 열 살 때, 우리 중 하나를 서슴없이 찌르려고 한 적이 있잖아. 그때도 아버지는 그 녀석을 벌주지 않으셨어. 아버지는 은근히 그 자식을 감싸주신단 말이야."

결국 이야기의 초점은 하나로 뭉쳐졌다. 처음에 이야기를 꺼낸 가장 나이 많은 소년이 결론을 내렸다.

"결국 우리가 가장 먼저 해야 할 일은 무예시합이 열리기 전에 아즈나를 죽이는 거다. 그 녀석이 이번 무예시합에서 우리보다 뛰어난 성적을 거둔다면 대신들과 백성들이 그 녀석을 주목하게 될 거야. 우리들 중 정실의 몸에서 태어난 것은 그 녀석과 카르타밖에 없어. 카르타야 꼽추이니 신경쓸 필요가 없지만 아즈나는 위험한 존재다. 왕궁에 있는 다른 형들도 우리의 행동을 환영해주겠지."

한참 동안의 수군거림이 이어지고 결국 그들은 아즈나를 죽일 방법을 결정했다.

"오늘 밤 이 자리에 파괴의 신 시바를 찬양하는 제단을 쌓아올리자. 우리가 앞으로 참석할 무예시합의 행운을 비는 의미를 담았다고 아즈나에게 말하는 거야. 제단에 서는 자는 누구나 잔을 들어 신에게 경배를 올려야 하는 것이 전통이니 아즈나의 잔에 독을 넣자. 이 나무 아래에서 죽이는 거야."

그때, 그들 중 신중한 자가 마음에 걸리는 걸 입 밖에 내었다.

"카르타 역시 제거하는 것이 어떨까. 그 녀석은 꼽추 주제에 힘이 무시무시하게 세고 똑똑하기 때문에 위험한 존재야. 그 자식은 항상 아즈나 옆에 붙어 있잖아. 그 녀석이 없었다면 아즈나 같은 건 어릴 적에 없앨 수 있었다고."

그러나 이를 반대하는 목소리가 더 높았다.

"그 녀석까지 죽여버린다면 의심하는 사람이 많을 거야. 우선 아즈나를 죽일 때 카르타가 방해를 할 수 없게만 하자. 그 녀석은 신의 제단에 절한 적이 없는 불경한 놈이야. 때문에 시바 신의 제단을 만들었다는 소리를 들으면 이곳으로는 오지 않을 거야."

한편, 나뭇가지 사이에 모습을 감추고 있던 아비뉴아는 이들 모두가 형제들이고 가장 나이 어린 형제를 죽이려는 음모를 꾸민다는 사실을 알았다. 이들의 비열한 행동을 보며 아비뉴아는 그다지 놀라거나 하지는 않았다. 단지, 생각에 잠긴 눈으로 이들을 내려다볼 뿐이었다.

이윽고 그는 무슨 생각에서인지 한 번 빙긋 웃었다. 그리고 소리 없이 전통에서 화살을 하나 꺼내 들었다. 아래의 소년들은 바쁘게 시바 신을 모실 제단을 쌓고 있었다.

날이 어두워지기 시작해 마침내 석양이 완전히 자취를 감추고 어둠이 짙게 깔릴 때쯤 제단이 완성되었다. 제사에 사용될 술, 소마가 각자의 잔에 부어졌다. 그들 중 하나가 막내를 부르러 갔다.

이윽고 막내인 듯한 소년 하나가 모습을 나타냈다. 달의 신 찬드라의 빛 아래 서 있는 소년의 용모는 매우 아름다웠다. 달빛을 받아 창백하게 빛나는 얼굴은 마치 신과 같은 고귀함과 기품을 지니고 있었다. 그러나 그 얼굴은 냉정해 보였다. 허리에 칼을 차고 어깨에는 전통을 메고 왼손에는 활을 든 그는 마치 언제라도 활을 쏠 준비가 되어 있는 듯했다.

소년은 달보다 찬 눈으로 형제들을 향해 입을 열었다.

"난 신에게 기도할 것이 없다. 너희는 하고 싶은 말이 있어서 나를 불렀을 테니 용건을 이야기해라."

그러자 모여 있던 왕자들 중 가장 나이 많은 왕자가 입을 열었다.

"아즈나, 이러지 마라. 우리는 한 아버지 밑에서 태어난 한 형제이 잖니. 비록 어머니는 다르지만 모두가 형제라는 사실에는 변함이 없 는 거야. 미우나 고우나 우리는 무사히 이 무예시합을 마치고 함께 고국으로 돌아가야 한다. 도중에 한 명도 죽거나 다치는 일이 없기 를 신에게 기도하자는 의미로 만든 자리이니 너도 참여하렴."

아즈나라 불린 소년은 순간 명백히 비웃는 표정을 지었다. 그러나 다른 소년들은 이를 무시하고 저희들끼리 기도를 올리고 잔을 돌렸 다. 마지막으로 아까의 나이 많은 소년이 아즈나에게 잔을 내밀었 다. 아즈나가 손을 내밀어 잔을 막 받을 참이었다.

갑자기 화살이 하나 날아왔다. 눈에 보이지도 않을 정도로 빠르게 날아온 화살은 정확하게 나이 많은 소년이 들고 있는 잔에 명중했 다. 잔은 순간 산산조각이 나서 땅에 떨어졌다. 아즈나에게 잔을 건 네려던 소년은 너무 놀라 혼이 나가는 듯했다. 그 소년뿐 아니라 형 제들은 일제히 낯빛이 변했다. 그들은 서로를 바라보고 동시에 불안 에 휩싸였다.

'혹시 신이 노여워하신 것이 아닌가.'

제단을 쌓은 자리에는 항상 경배의 대상이 되는 신이 찾아오는 것 이다. 그들은 자신들이 만들어놓은 시바의 제단을 바라보며 심한 공 포를 느꼈다.

'시바의 멸망과 파괴가 우리를 향한 것이다.'

신의 노여움이 자신들에게 떨어질까 두려워진 그들은 동생을 죽 이려는 계획은 잊어버린 채 허둥지둥 그 자리를 서둘러 떠났다.

이윽고 아즈나는 혼자 남게 되었다. 그는 갑자기 날아온 화살에 털끝만큼의 두려움도 느끼지 못했다. 그는 신의 노여움을 두려워해 화살이 날아온 방향을 살피지도 못한 다른 형제들과는 달랐다.

"그대는 누구인가?"

아즈나는 나무 위를 향해 차갑게 소리쳤다.

그러자 나무 위에서 누군가가 한쪽 손에 활을 든 채 가볍게 뛰어 내렸다. 흡사 고양이를 연상케 하는 날렵한 동작이었다. 상대방이 똑바로 서자 아즈나는 상대가 자신과 비슷한 또래의 소년임을 확인 했다. 같은 또래일 뿐 아니라 두 소년은 복장조차 거의 비슷했다. 둘 다 크샤트리아의 복장에 화려한 장신구 같은 것은 달고 있지 않았 다. 다만 막 나무 위에서 뛰어내린 소년의 목에는 달빛 아래에서도 빛을 발하는 굵은 금목걸이가 걸려 있었다. 그 외에 허리에 찬 칼이 며 어깨에 메고 있는 전통, 손에 끼고 있는 가죽 장갑 등은 양쪽이 똑같았다.

그러나 둘이 결정적으로 다른 점이 있다면 표정이었다. 나무 위에 서 뛰어내린 소년은 웃는 표정이었지만, 나무 아래 서 있던 소년의 얼굴은 웃음기라고는 전혀 찾아볼 수 없이 싸늘했다.

나무에서 뛰어내린 소년은 물론 아비뉴아였다. 아비뉴아는 아까 부터 나무 위에서 때를 기다리고 있었다. 마침내 형제들이 독이 든 잔을 막내에게 내민 순간, 시위를 힘껏 잡아당겨 활을 쏜 것이다.

잠시 서로를 살펴보는 시선이 오고 간 후, 아비뉴아가 먼저 입을 열었다.

"왜 그대는 화를 내는 겁니까? 나는 다만 이 근처에서 멧돼지를 잡으려 했을 뿐입니다. 방금 전 화살은 그 멧돼지를 겨냥했는데 빗 나갔을 뿐이고요."

"그대의 쓸데없는 행동이 나를 방해했습니다."

말을 잇는 아즈나의 목소리는 차갑기 그지없었다.

"난 나에게 잔을 내민 녀석에게 잔 속에 든 것을 마시게 할 작정이었으니까."

아즈나는 곧장 전통에서 화살을 하나 꺼내들었다. 곧바로 활에 화살이 걸어지고 시위가 당겨졌다. 순식간에 물 흐르는 듯 빠른 동작이 이루어졌다. 아즈나의 화살이 아비뉴아의 귀를 스쳐 뒤의 나무를 관통했다. 단순히 나무를 관통하는 것에 그치지 않고 그것은 나무 뒤의 수풀 속을 뚫었다. 순간 짐승의 발광하는 소리가 밤을 울렸다. 뒤이어 수풀 속에서 화살에 관통당한 짐승이 쓰러지는 소리가 났다.

아비뉴아는 화살이 자신을 스친 순간 놀라지도, 피하지도 않았다. 화살이 그의 귀를 스쳐 지나간 후에도 그는 미동 없이 상대를 물끄러미 바라볼 뿐이었다. 서로가 서로를 바라보는 가운데 꽤 오랜 침묵이 흘렀다. 그 사이 구름은 서서히 달의 신 찬드라의 빛을 가렸고 나무로 둘러싸인 빈터에는 바람의 자취만이 싸하게 남았다.

잠시 후 다시금 달빛이 숲의 빈터에 쏟아지기 시작했을 때까지 둘은 어둠 속에서 서로에게 시선을 던졌다. 둘 다 서로를 바라보며 각자 가슴속에서 끓어오르는 설명하기 어려운 감정을 느꼈다. 어지러움과 혼란, 정체를 알 수 없는 불안감이 그것이었다.

먼저 침묵을 깬 것은 아비뉴아였다. 그는 쓴웃음을 지으며 입을 열었다.

"왜 내가 쫓던 멧돼지를 쏘았습니까? 당신이 쏘아야 할 이유가 없다고 생각하는데."

아즈나는 대꾸했다.

"당신이 먼저 내가 받을 술잔을 쏘았습니다."

소년의 차가운 목소리에 아비뉴아는 자신도 이해하기 힘든 복잡한 감정을 느꼈다. 그는 달빛에 비친 차가운 상대의 눈을 보았다. 이윽고 속삭이듯 조용한 목소리가 아비뉴아의 입에서 흘러나왔다.

"넌 나와 오늘 처음 만났는데도 나를 미워하는구나. 그렇지?"

아즈나는 이에 긍정도 부정도 하지 않았다. 그는 잠시 침묵을 지키고 상대를 쏘아보다가 먼저 몸을 돌렸다. 그러나 몇 걸음 걷다 말고 갑자기 아즈나는 뒤돌아선 채 내뱉듯 말했다.

"너 역시 머릿속으로 나와 같은 생각을 하고 있는 주제에."

그리고 그는 그 자리를 떠나버렸다.

7장 왕자들의 무예시합

이 세상을 유지시키는 유지의 신 비슈누. 경전에는 이 위대한 신의 말씀이 이렇게 실려 있다.

'나는 세상의 질서를 유지하고 보호하는 이름. 신의 정의를 지키기 위하여 몇 번이고 이 세상에 태어나고 또 태어날 것이다.'

비슈누 신의 화신은 이미 몇 차례나 여러 모습으로 세상에 등장한 일이 있었다. 멧돼지, 물고기, 인간 등 그 모습은 다양했다. 모든 신 중에서 화신으로 세상에 구현하는 존재는 비슈누밖에 없는 것이다. 그렇기에 세상에서 가장 존귀한 세 이름, 즉 창조의 브라흐마, 유지의 비슈누, 파괴의 시바 중에서도 비슈누의 이름은 사람들에게 가장 친근한 존재였다.

세상을 창조한 브라흐마, 그 이름은 위대하나 어쨌든 창조는 이미 끝났다. 파멸의 신 시바, 멸망과 파괴란 단어에는 모든 사람들을 움츠리게 만드는 공포심이 있다. 거기에 비해 보호와 유지를 뜻하는 비슈누라는 이름은 사람들을 안심하게 만드는 무엇이 있었다. 그렇기에 대국 사라마유에서는 비슈누를 받드는 축제를 특별히 성대하게 개최했다. 그 속에는 언제까지나 대국으로서의 지위를 잃고 싶지 않은 사라마유 사람들의 기원이 담겨 있었다.

이 축제와 왕자들의 무예시합을 함께 앞둔 사라마유 도성은 온통 들뜬 분위기였다. 평소에도 아름답고 풍요로운 도시였지만 요즘은 특히 더 아름다웠다. 거리에는 화려한 장식을 한 건물들이 이어졌고, 들떠 있는 사람들이 모여 떠드는 소리가 울려 퍼졌다.

그 중 내색하지는 않아도 마음속으로 며칠 후의 축제와 무예시합의 시작을 가장 기다리고 있는 사람은 바로 사라마유의 이유시크 왕이었다. 그는 무예시합을 개최하는 당사자이기도 했다. 이 시합은 그가 자신의 아들을 세상에 자랑할 수 있는 최초의 기회였다. 겉으로는 조용하게, 그러나 마음속은 뜨겁게 그는 기다림의 시간을 보냈다.

결국 시간은 흘러 축제와 무예시합은 내일로 다가왔다. 이유시크 왕은 전날 밤, 아들을 불렀다. 그는 아들과 단둘이 이야기를 나누고 싶어했다. 왕은 해가 저문 후 신하들을 물리치고 아들만을 데리고 도성 뒤의 언덕으로 향했다. 이 언덕에서는 도성의 모습이 한눈에 보였다. 밤하늘 아래 거리를 따라 횃불이 깔려 있는 도성의 모습이 반짝였다. 그 풍경을 바라보며 이유시크 왕은 아비뉴아에게 입을 열었다.

"아비뉴아. 이 왕국이 한때 나의 전부였다. 오래 전 내가 너만 했을 때 난 이곳에서 왕이 될 것을 결심했지."

그는 다른 사람에게는 단 한 번도 들려준 적이 없는 이야기를 어린 아들에게 꺼냈다.

"내일 너는 무예시합에 나가게 된다. 이 시합은 나 역시 수십 년 전 나갔던 시합이다. 난 그 시합이 열리기 전날 밤 스스로에게 맹세를 해야만 했다. 내일 시합에서 난 단 한 번만 이기겠노라고. 그 첫 시합에서는 반드시 이기고 그 외의 다른 시합에서는 반드시 지겠노라고. 그 한 번의 승리는 나의 자존심이고, 나머지 패배는 살기 위해 어쩔 수 없이 그리 해야만 했던 나의 타협이었지."

그는 자신의 어릴 적 이야기를 아들에게 들려주었다. 무예시합에서 형편없는 성적을 내고 돌아왔을 때 그의 아버지 라바 왕이 그에게 던졌던 차가운 눈길까지 모두 이야기했다. 그 이야기를 하는 이유시크 왕은 뜨거우면서도 차가웠고 기쁘면서도 슬펐다.

"아비뉴아. 너는 내가 왜 이런 이야기를 하는지 알 것이다. 나는 너에게 지금 내가 느끼는 기쁨을 알려주고 싶다. 내가 할 수 없던 일을 너는 할 수 있지. 나는 놓쳐야만 했던 승리가 너에게 주어질 것이다. 부디 나를 자랑스럽게 해다오. 내가 너의 승리를 축하할 수 있도록. 하지만 대답할 필요 없다. 나는 이미 너를 잘 안다. 난 이제껏 수많은 용사를 만나왔지만 너에게 견줄 수 있는 사람을 알지 못한다. 너는 아직 어리기 때문에 이제부터가 시작이다."

왕은 잠시 말을 멈추고 침묵했다. 그리고 다시 말을 이었다.

"전설이 되거라, 아비뉴아! 마치 오랜 옛날 세상에서 절대적인 강함을 자랑한 파우라바의 쉬카르데처럼. 너의 강함 위에 그 누구도 존재하지 못하도록."

아버지의 엄숙한 말 아래, 아비뉴아는 평소의 장난스러움을 벗어던졌다. 서늘한 밤바람을 쐬는 소년의 얼굴이 더없이 진지해졌다. 그러나 아비뉴아는 아버지의 말에 그대로 수긍하지는 않았다. 그가 말했다.

"아닙니다. 세상에는 저보다 강한 자가 분명히 존재할 겁니다. 다만 제가 만날 수 없을 뿐이겠죠. 이를 접어두고라도 제가 만날 수 있는 사람 중에는 분명히 저와 동등한 강함을 지닌 사람이 나타날 것입니다. 그는 분명 나의 최고의 숙적이 되겠지요."

왕자는 이렇게 말을 맺었다.

"저는 그와 이미 만났는지도 모릅니다."

왕은 왕자의 말에 묘한 느낌이 섞여 있다고 느꼈다. 그러나 그는 그 말속의 뜻을 자세히 캐물으려고 하지는 않았다. 그는 어쨌든 아비뉴아가 최선을 다하리라는 것을 알았다. 그것으로 충분하다. 그의 아들을 이길 수 있는 자는 없다. 이유시크 왕은 그렇게 확신했다.

비슈누의 축제와 왕자들의 무예시합을 구경하기 위한 인파가 여러 왕국에서 모여들기 시작했다. 십여 년 만에 열리는 무예시합에 대한 관심은 이만저만 높은 것이 아니었다. 사라마유의 도성은 모여든 사람들로 인산인해를 이루었다. 정작 무예시합에 참석하기 위해 온 각 나라의 왕자들이 도성 안의 거리로 들어서기조차 힘들 지경이었다.

여러 사람들이 모여듦에 따라 사라마유의 도성을 둘러싸고 각 나라에서 온 사람들이 지낼 천막이 세워졌다. 그 모습은 공중에서 바라보면 흡사 화려한 화관처럼 보였고, 또 어떻게 보면 알록달록한 색을 지닌 뱀이 꼬리를 말고 있는 것처럼도 보였다.

수많은 왕자들이 왕성의 문턱을 지났다. 그들은 왕족임을 나타내는 흰 코끼리를 타고, 제각기 귀한 신분임을 나타내는 훌륭한 복장과 장신구를 걸치고 있었다. 모두가 수많은 수행원들에게 둘러싸여 사라마유 왕성에 당당히 입궐했다. 모두의 마음에 이 무예시합에서 승리하여 고국의 명예와 그 자신의 명예를 드높이겠다는 야심이 있음은 물론이었다.

마침내 비슈누 신을 모시는 축제가 시작되었다. 동시에 왕자들의 무예시합도 시작되었다.

첫날, 경기장은 발 딛을 틈도 없을 정도로 북적거렸다. 수많은 사람들이 들어설 수 있도록 마련된 거대한 경기장이지만 구경 온 사람들이 어찌나 많았던지 턱없이 좁은 듯 느껴졌다. 각국의 왕자들이 이곳으로 모여들었다. 그들은 하나같이 용기와 자부심으로 충만한 상태였다. 각국에서 온 왕자들은 총 삼백여 명이 넘었다.

비슈누의 축제와 동시에 열리는 만큼, 경기장의 동서남북으로 각각 비슈누 신을 경배하는 제단이 쌓아올려졌다. 제단마다 놓여진 향로에서 피워진 향의 연기가 경기장 구석구석까지 스며들었다. 경기장 안의 소란이 정리되고 모든 참가자들의 안전을 기원하는 주문이 브라흐마나들에 의해 낭송되었다. 행운과 번영을 위한 음악이 함께 연주되었다. 끝으로 이 무예시합의 개최자인 왕 중의 왕 이유시크가 만인을 향해 입을 열었다.

"이 무예시합 기간 동안 사라마유는 타국에서 온 모든 이들을 손님으로서 환영하오. 이 시합에서 젊은 왕자들의 뛰어난 용맹을 볼 수 있기를 진심으로 바라오."

마침내 왕자들의 무예시합이 시작되었다. 처음 며칠간은 예선전이 펼쳐졌다. 이 시험에서 통과한 몇몇 왕자들만이 일대일로 대결하는 정식시합에 나갈 수 있는 것이다. 이 예선전의 양식은 무예시합이 열릴 때마다 달라지는 것이 보통이었다. 그 목적은 수백 명의 왕자들을 수십 명 안팎으로 줄이는 데 있었다.

과거 경험을 비추어볼 때, 예선시합에서도 참으로 다양하고 예상치 못한 일들이 있었다. 무예시합 중에는 각국의 분쟁의 씨앗이 될 만한 일들이 다반사로 일어났다. 시합을 개최하는 왕들은 이런 분쟁거리를 조심스럽게 피해야만 했다. 예선만 해도 너무 많이 통과해서도 안 되고 너무 많이 떨어져서도 안 되었다. 근래에 개최되었던 무예시합 중에는 아예 예선이 없던 경우도 있었다.

그러나 이번에 이유시크 왕은 자신이 직접 두 가지 난제를 냈다.

활쏘기와 창던지기가 바로 그것이었다. 첫번째 활쏘기 시험은 달리는 전차 위에서 활을 쏘아 목표를 맞추는 것이었다. 목표는 이중으로 세워진 과녁이었다. 본 과녁은 철로 덮어 씌워져 있어 왕자들은 우선 철의 연결 고리를 끊어야 했다. 이는 전장에서 적이 입고 있는 갑옷의 연결 고리를 우선 끊어야 적에게 화살을 맞추어 상처를 입힐 수 있는 원리와 비슷했다. 크샤트리아의 아이들은 모두가 이를 연습하며 자라는 것이다.

전차는 단 두 번 경기장을 돌 뿐이다. 즉 처음 과녁에 다가갈 때 연결 고리를 끊어야 다음에 과녁을 맞출 수 있는 것이다. 이 첫번째 시험은 결코 쉽지 않았다. 왕자들 가운데 절반이 넘는 인원이 첫번째 시험에서 탈락했다. 탈락한 왕자들이 보여준 무예 수준은 참으로 다양했다. 과녁에 화살을 맞추지 못하자 화가 치밀어 무턱대고 전차에서 뛰어내렸다가 말발굽에 짓밟힐 뻔하고 허둥지둥 도망친 왕자나 용케 과녁을 맞추긴 했으나 과녁에만 지나치게 신경을 쓰다가 전차에서 굴러 떨어진 왕자까지.

최고 걸작은 수나 왕국에서 온 마보이 왕자였다. 바리드와자라는 이름의 그의 어머니는 그동안 아들을 바람 불면 날아갈 듯 소중하게 키웠던 것이다. 너무 소중히 키우다 보니 마보이 왕자는 이제껏 단 한 번도 무예를 닦는 것에 관심을 가져본 적이 없었다. 그는 그저 응석받이 철부지 어린아이였다. 그렇게 자라다가 이번에 아버지의 명령으로 억지로 고국을 떠나 무예시합에 나가게 되었을 때 왕자는 얼마나 울었는지 모른다. 게다가 마보이 왕자는 이제껏 전차란 것은 남이 타는 것을 구경했을 뿐 한 번도 탄 적이 없었다. 처음으로 전차를 탄 어린 응석받이 소년이 얼마나 무서웠겠는가. 흔들리는 전차 위에서 그는 꺼이꺼이 울음을 터뜨렸다. 결국 왕자의 전차사는 말을 멈추고 왕자를 전차에서 내려주어야 했다. 수나에서 온 사람들은 얼마나 창피했던지 왕자를 데리고 그날 바로 고국으로 돌아가버렸다.

물론 뛰어난 실력을 가진 왕자들도 많았다. 그들은 달리는 전차 위에서 뛰어난 활솜씨를 보여주어 함께 온 수행원들과 수많은 구경꾼들을 기쁘게 해주었다. 그들은 전차가 두 바퀴 도는 사이 여유 있게 과녁을 맞추는 무예 실력을 뽐냈다. 어떤 왕자들은 전차가 한 바퀴 도는 사이에 이음새를 끊고, 과녁을 맞추는 두 가지 일을 동시에 해내기도 했다. 구경꾼들은 이런 뛰어난 실력을 가진 왕자들에게 아낌없이 박수를 보냈다.

첫번째 예선은 일주일이 넘게 걸렸으나 두번째 예선은 삼 일밖에 걸리지 않았다. 그만큼 왕자들의 수는 처음에 비해 크게 줄어 있었다.

두번째 시험은 창던지기였다. 첫번째 시험이 무기를 다루는 기술을 요하는 시험이었다면 두번째 시험은 선천적인 힘을 요구하였다. 이유시크 왕의 명으로 특별히 제작된 이 창은 어찌나 무거운지 수십 년을 전장에서 보낸 용맹한 병사들도 창을 들기가 힘에 부칠 정도였다. 그러니 이 창을 들어 과녁을 정확히 맞춰야 하는 왕자들의 괴로움은 오죽했을까.

첫 시험을 무사히 통과한 용맹한 왕자들도 이 시험을 통과하기는 매우 어려웠다. 오십 명 넘게 남아 있던 왕자들의 대다수가 두번째 시험을 통과하지 못했다.

결국 마지막 날 모든 시험을 통과한 왕자는 단 열세 명에 불과했다. 우선 탄타마사의 여섯 왕자들이 모두 이 시험을 통과했다. 탄타마사에서 온 모든 사람들에게 이 사실은 기쁨이자 자랑이었다. 구경꾼들 중 탄타마사의 출신들은 공공연하게 탄타마사 인의 힘과 용맹을 자랑스럽게 떠들어댔다. 그리고 개최국 사라마유의 왕자 아비뉴아가 시험을 통과했다. 사라마유 사람들은 그 사실을 당연한 양 자랑스레 받아들였다. 이 외에 하바라 왕국에서 혼자 온 왕자 데바누, 스얌바라에서 온 왕자 사나, 스바라 왕국에서 함께 온 막바가, 칼가 두 왕자가 나란히 시험에 통과했다. 막바가와 칼가는 각각 왕과 왕제의 아들로 서로 사촌 사이였다. 마지막으로 이노아에서 온 왕자가 한 명 통과했다. 이노아에서는 열 명이 넘는 왕자가 왔으나 통과한 왕자는 그 중 가장 나이가 어린 왕자 하나였고 그의 이름은 아즈나라 했다.

8장 머리가 둘인 새

무예시합 내내 변함없이 맑고 쾌청한 봄 날씨가 이어졌다. 경기장은 언제나 수많은 군중들로 붐볐다. 그들의 열렬한 응원 아래에 매일같이 왕자들의 무예시합이 이루어졌다. 이유시크 왕의 시험을 통과한 열두 왕자들이 시합을 치러 나갔다.

본선의 첫 시합에서는 탄타마사의 쌍둥이 왕자 다나와 아반티가 대결했다. 둘은 하필이면 서로와 싸우게 된 자신들의 운명을 한탄하며 시합에 임했다. 둘의 실력은 거의 비슷했으나 결국 승리는 간발의 차이로 다나에게 돌아갔다. 두번째 시합에서는 스바라 왕국의 칼가와 하바라 왕국의 데바누가 대결해 데바누 왕자가 승리했다. 이 시합에서 데바누 왕자는 뛰어난 칼솜씨를 보여주어 수많은 관중들의 환호를 받았다. 세번째 시합에서는 사라마유의 왕자 아비뉴아와 스바라의 왕자 막가가 대결했고 결과는 아비뉴아의 승리로 끝났다. 네번째 시합에서는 탄타마사의 셋째 왕자 사바르니와 이노아의 왕자 아즈나가 대결하여 아즈나가 승리했다.

다섯번째 시합이 열리던 날, 탄타마사의 첫째 왕자 잔드라와 둘째 왕자 마호다니, 두 형제가 맞붙게 되었다. 마호다니가 여섯 형제들 중 가장 뛰어난 무예 실력을 가지고 있음은 잔드라가 더 잘 알고 있었다. 시합을 시작하기도 전에 맏이는 마음이 불편해서 어쩔 줄 몰라

하고 있었다. 그런데 하필 그날 누이 리무가 무예시합을 구경나왔다.

잔드라는 장황한 말로 누이를 돌려보내려 했다.

"리무야. 오늘 왜 그렇게 안색이 안 좋니? 무예시합은 네가 보기에 좀 잔인하지 않나 싶구나. 우리의 안전을 기도해주러 무리해서 이런 자리에 나올 필요는 없어. 네가 먼 타향 땅에서 아프기라도 하면 우리가 고국에 계신 수와얌프라바 백모님을 뵐 낯이 전혀 없잖니. 차라리 아름답다고 소문이 자자한 비슈누의 축제라도 구경가는 것이 어떻겠니?"

결국 리무는 스스로 눈치채고 조용히 그 자리를 물러났다.

리무가 시끄럽고 부산한 경기장을 빠져나왔을 때, 뒤에서 그녀를 부르는 사람이 있었다. 소녀가 뒤를 돌아보니 그곳에는 낯익은 소년이 싱긋 웃고 있었다.

"돌아가는 거야, 리무?"

"응. 쉬카르데."

아비뉴아가 웃는 낯으로 말했다.

"별로 머리가 아파 보이지는 않는데."

그는 리무가 그녀의 오빠들과 나눈 이야기를 들은 터였다. 오늘 시합의 주인공들이 누구인지 아는지라 리무가 왜 이 시합을 보려 하지 않는지 그 이유도 짐작했다. 요즘 리무랑 함께 놀지 못해 심심하던 차였기 때문에, 오히려 속으로는 매우 기뻐했다. 아비뉴아는 무예시합에 그다지 관심이 없었다.

"잘됐다. 나랑 거리나 구경하면서 돌아다니자."

그는 앞서며 소녀의 팔을 끌었고 리무는 잠자코 그 뒤를 따랐다. 두 아이는 나란히 거리를 걷기 시작했다.

비슈누의 축제 기간을 맞은 사라마유 왕국의 거리 곳곳은 화려한 꽃등이 나무 여기저기 걸려 있고, 봄의 꽃이 일제히 활짝 피어 있었다. 시가행진을 벌이면서 뿌렸던 꽃들로 거리에 바닥이 보이지 않을 정도였다. 화려하게 장식된 건물들이 줄을 잇고, 여기저기에 축제를 기념하는 장식들이 널려 있었다. 그러나 이 아름다운 거리는 지금은 매우 고요할 뿐이었다. 저 멀리 경기장에서 울려 퍼지는 함성 소리가 간간히 들려올 뿐, 그 외에는 그저 가끔 부는 바람 소리만이 거리를 채우고 있었다. 봄의 따스한 햇살 아래에 이 도시는 마치 사람이 살지 않는 도시인 듯 조용했다. 그럴 수밖에 없는 것이 거리에 사는 대부분의 사람들은 왕자들의 무예시합을 구경하러 경기장으로 가버린 것이다. 집 안에는 아주 어리거나 혹은 아주 늙은 사람들만 남아 있을 뿐이었다. 오전에 무예시합이 끝나고 오후가 되면 다시 이 거리는 축제로 활기에 넘치겠지만 지금은 그저 모든 것이 침묵에 잠겨 있었다.

아비뉴아와 리무는 한동안 잠자코 걷기만 했다. 아비뉴아야 종종 나다니는 거리지만 리무는 처음 사라마유로 왔을 때를 빼면 이 거리로 나온 것은 오늘이 처음이었다. 그러나 이 소녀는 처음 왔을 때도 그랬지만 이 거리에 거의 무심하다시피 했다. 그녀는 걷다 말고 바닥에 널려 있는 꽃들을 주워 모았다. 꽃은 약간 시들어 밝은 햇빛 아래 그 빛이 다소 바래 보였다. 꽃을 한 소쿠리쯤 모은 소녀는 주위를 두리번거리다가 멀리 우물이 하나 보이자 그쪽으로 향했다. 아비뉴아는 리무가 물을 길으려 하는 것을 눈치채고 자기가 얼른 길어 올려주었다. 리무는 꽃을 물에 담가놓았다.

그 우물가에서 둘은 잠시 쉬었다. 리무는 꽃이 다시 싱싱해진 듯하자 꽃을 꺼내어 엮어서 화관을 만들었다. 리무가 화관을 두 개째 만들 때쯤, 아비뉴아가 입을 열었다.

"거리에 아무도 나다니질 않네. 아무나 좋으니까 만났으면 좋겠다."

잠시 후 마치 아비뉴아의 소원을 들어주려는 듯 인기척이 나더니 누군가 우물가로 다가왔다. 아비뉴아는 검푸른 우물 안을 바라보고 있다가 고개를 들었다. 그와 리무 앞에 두 사람이 다가왔다. 두 사람 모두 크샤트리아의 복장을 하고 허리에 칼을 차고 있었다. 한 사람은 리무와 아비뉴아와 비슷한 또래로 보였고, 다른 한 사람은 그보다 네댓 살 더 많아 보였다. 아비뉴아는 그 중 자신과 비슷한 또래로 보이는 소년의 얼굴을 곧 알아보았다. 그로서는 매우 뜻밖의 만남이었다. 그는 나지막하게 상대방의 이름을 입 밖에 내었다.

"아즈나."

아즈나 역시 아비뉴아를 알아보았다. 그는 잠시 서늘한 시선으로 상대방을 보다가 이윽고 고개를 돌려버렸다. 아즈나의 옆에 서 있는 사람은 한눈에도 꼽추인 것을 알 수 있을 정도로 등이 굽어 있었다. 아즈나가 뛰어나게 아름다운 소년이었던 터라, 그런 아즈나와 나란히 있자니 대비를 이루어 꼽추의 추한 외모가 더욱 추해 보였다.

그러나 이 꼽추는 척 보아도 보통 사람이 아니었다. 보통 몸이 불구인 사람들의 얼굴에서 특징적으로 발견되는 어두움이 전혀 없었다. 우울하거나 민감한 표정 대신 건강하고 밝은 표정을 짓고 있었다. 태도는 더할 나위 없이 당당했고, 누구보다도 명랑하고 유쾌한 얼굴을 하고 있었다. 아비뉴아와 리무에게 먼저 말을 건 것도 바로 이 꼽추였다.

"나는 이노프와와 파르타니의 첫째 아들 카르타, 이쪽은 제 동생 아즈나입니다."

아비뉴아는 무례할 생각은 없었으나 아즈나와 꼽추가 한 형제라

는 말에 흠칫 놀랐다. 그가 멈칫하는 사이 리무가 먼저 꾸벅 인사를
올렸다.

"아두르타자스와 수와얌프라바의 딸 리무입니다."

그러자 카르타는 빙긋 웃으며 말했다.

"지금 경기장을 뜨겁게 달구고 있는 저 용맹한 탄타마사에서 온
여섯 형제의 사촌 누이가 되시는 분이군요."

한쪽에서는 예의 바른 대화가 나누어지고 있었으나 다른 쪽에서
는 그렇지 않았다. 아비뉴아와 아즈나 두 소년은 처음 만나는 게 아
니었지만 전혀 아는 척 티도 안 내었다. 특히 아즈나는 아비뉴아를
외면하고 있었다.

이윽고 카르타라 이름을 밝힌 소년이 아비뉴아에게 따뜻한 시선
을 던지며 이름을 물었다.

"이유시크와 소마사의 아들, 아비뉴아."

카르타는 빙긋이 웃었다.

"저 용맹한 이유시크 왕의 아들로 태어나셨군요, 아비뉴아."

아비뉴아는 카르타의 말투에는 딱히 꼬집어내기 어려운 묘한 느
낌을 받았다. 아비뉴아는 천성적으로 처음 보는 타인 앞에서 주눅이
들거나 하는 일이 없는 소년이었다. 그러나 이상하게도 꼽추 소년
앞에서는 뭔가 눌리는 듯한 느낌을 지울 수 없었다. 그만큼 등이 굽
은 소년에게는 기이한 위엄이 있었다. 그가 아비뉴아에게 말을 걸어
왔다.

"지금 경기장에서 앞으로 그대와 겨루게 될 왕자들이 시합을 벌이
고 있답니다. 그대는 그 결과가 궁금하지 않으십니까?"

아비뉴아는 조금 난처해졌다. 그는 사실 시합 결과 따위는 하나도
궁금하지 않았으나 어쩐지 그렇게 대답해서는 안 될 것 같았다. 아

비뉴아는 잠시 눈을 깜박거리다가 대꾸했다.

"저 소년은요?"

그는 아즈나를 가리켰다. 질문을 떠넘기자는 속셈이었다. 그러자 이제껏 꼭 입을 다물고 있던 소년이 싸늘하게 대꾸했다.

"상관 마."

그 한 마디에 분위기는 낯선 사람을 처음 만나는 서먹서먹함에서 보고 싶지 않은 상대를 다시 만나는 퉁명함으로 바뀌었다. 그 가라앉은 분위기에서 입을 연 것은 카르타였다. 그는 모두가 자신의 동생인 듯 따뜻하게 바라보며 입을 열었다.

"바산타의 계절에 싸움은 어울리지 않습니다. 그래서 모두 경기장에서 나오셨겠지요. 그렇지 않습니까?"

마치 그의 말을 뒷받침하려는 듯 햇살이 눈부시게 그들을 비추었다. 카르타는 빙긋 웃으며 말을 이었다.

"축제의 기간인데 사람들의 마음이 시합에만 가 있군요. 그렇다면 시합에 마음을 주지 못하는 사람들은 따로 마음을 달랠 필요가 있겠지요."

갑자기 그는 옆의 벽돌담 위로 올라갔다. 자기의 키만한 벽돌담 위에서 그는 아비뉴아와 리무, 아즈나를 쓱 돌아보았다. 해는 그의 등 뒤에서 내리쬐고 있었다. 그는 옆의 나뭇가지에 손을 뻗쳐 작고 동그스름한 덜 익은 열매를 하나 땄다.

"이것을 보니 갑자기 떠오르는 이야기가 하나 있군요. 그 이야기는…… 이런 둥근 열매 때문에 일어납니다."

카르타는 열매를 가볍게 던졌다가 받으며 이야기를 시작했다.

비록 카르타는 그냥 이야기를 하겠노라 말했지만 그는 단순히 이야기만을 하는 것이 아니었다. 이윽고 아래에 있는 세 명의 아이들은 그의 손놀림이 독특한 것을 알아챘다. 그는 자신의 손 그림자를 이용하고 있었다. 그의 두 손은 맨 처음에는 날갯짓을 하는 새가 되었다.

"옛날에 새들의 왕인 독수리가 살았습니다."

아래에 있는 세 명의 아이들은 모두 카르타의 손 그림자에 감탄했다. 그 손짓은 정말로 새의 생생한 날갯짓을 보는 듯했다.

이렇게 해서 카르타의 그림자 이야기가 시작되었다.

아주 먼 옛날, 세상에서 가장 크고 높고, 뿌리도 깊은 나무가 있었다. 아프락이라는 이 거대한 나무는 땅을 떠받치고 있는 아홉 마리의 코끼리, 디까자들이 있는 지하 세계에까지 그 뿌리를 뻗고 있었다.

이 아프락 위에 세상 모든 새들의 왕인 독수리 하바가 살았다. 이 하바라는 독수리는 한번 펼쳐서 날기 시작하면 며칠 안에 세상의 끝에서 끝까지 날아갈 수 있는 크고 튼튼한 날개를 가지고 있었다. 그는 보통 새들은 올라오기도 힘든 아프락 나무의 꼭대기에 둥지를 틀고 살았다. 다른 새들은 그런 하바를 새들의 왕으로 받들었다.

그러나 모든 새들이 그랬던 것은 아니었다. 그 중에는 독수리를 시기하고 질투하는 무리들도 있었다. 몸이 하얀 까마귀 카구라가 바로 그들이었다. 그들은 항상 무리를 지어 살았고 그들 모두의 이름이 카구라였다.

"우리라고 해서 저 아프락 위에서 살지 못하는 법이 있단 말이냐. 저 독수리만 죽고 나면 아프락 위의 둥지는 우리의 차지가 될 수 있을 텐데."

그들은 독수리 하바를 미워하고 아프락 나무 꼭대기의 둥지를 탐냈다. 아프락 나무의 열매는 세상에 그 맛과 향기를 비할 열매가 없

을 정도로 특별하였다. 열매의 맛과 향기는 햇빛을 더 잘 받을 수 있
는 꼭대기로 올라가면 갈수록 더욱 뛰어났다. 카구라들의 둥지는 아
프락 나무의 아래쪽에 있었다. 그들은 아프락 나무의 열매를 너무나
도 좋아했기에 아프락 나무 가장 꼭대기에 있는 하바 왕의 둥지가
그렇게 탐날 수 없었다.

　카구라들은 겉으로는 독수리 하바에게 충성을 맹세하면서도 속으
로는 호시탐탐 왕을 몰아낼 궁리를 했다. 그러나 기회는 쉬 찾아오
지 않았다. 우선 독수리 하바가 좀처럼 둥지를 떠나지 않았다. 둥지
안에는 그에게 목숨보다도 소중한 것이 하나 있었던 것이다. 그것은
자신이 낳은 알이었다. 그 알은 낳은 지 10여 년이 지나도록 부화하
지 않은 상태였다. 그러나 하바는 언젠가는 알이 부화하리라는 것을
굳게 믿고 자신의 유일한 자식이 될 알을 소중하게 지키고 있었다.
따라서 아프락의 가지에서 열리는 열매를 따기 위해 잠시 날갯짓을
하는 것 외에는 하바는 몇 년째 둥지에서 떠나지를 않았다. 그저 알
을 품어주며 언젠가 알이 부화할 날만을 인내심을 가지고 기다릴 뿐
이었다.

　또 문제는 카구라들 자신에게 있었다. 그들 모두는 힘이 세고 용
감했지만 불행히도 머리가 그다지 좋지 않은 무리들이었다. 왕을 몰
아낼 궁리를 아무리 해도 그들의 머릿속에서는 뾰족한 꾀가 떠오르
지 않았다.

　그들은 모두 모여 궁리에 궁리를 거듭했다. 카구라 중 하나가 지
혜로운 부엉이와 친구였다. 부엉이와 친구인 카구라가 친구의 지혜
를 빌려봐야겠다고 생각했다. 그는 친구에게 날아가 사정을 털어놓
았다. 친구 부엉이는 카구라들이 왜 이런 행동을 하는지 이해하지
못했다. 그러나 풀이 죽어 시름에 잠겨 있는 친구가 딱해 드디어 입

을 열었다.

"그러니까 너희는 하바 왕이 스스로 둥지 밖으로 나가기만 하면 되는 거지?"

"응."

"그런데 하바 왕은 열매를 따기 위해서가 아니면 자리를 뜨지 않고……."

"응."

카구라의 대답에 부엉이는 다시 확인하듯 물었다.

"그러기 위해서 아프락에서 열리는 나무 열매보다 더 맛있는 열매를 찾으면 어떨까?"

이에 카구라는 다소 으스대며 대답했다.

"우리도 그 정도는 알아. 지상에서 나는 열매 중 아프락의 열매보다 더 맛있는 열매는 없다는 사실을. 또 그런 게 있다면 우리가 그 나무에 가서 살면 되잖아."

그러자 부엉이는 날개를 푸드덕거리며 친구를 조용히 시켰다.

"가만히 내 이야기를 들어봐. 난 지상의 이야기를 하는 게 아니야. 천상에는 부와 미의 여신 락슈미 님이 애지중지하시는 황금 열매가 열리는 나무가 있어. 그 열매라면 분명히 아프락의 열매보다 뛰어난 맛을 가지고 있을 거야. 너희가 천상에 가볼 수 있는 것도 아니고 죽을 때까지 그 열매는 구경도 못하겠지. 그래도 원한다면 락슈미 여신께 열심히 기도를 드려봐. 그러면 자비로우신 여신님께서 그 열매를 하나 정도 주실지도 몰라."

카구라는 너무 기뻐 즉시 다른 카구라들에게 돌아갔다. 그는 이 좋은 꾀가 마치 자신의 머리에서 나온 것마냥 으스대었다. 카구라들은 모두 기뻐하며 즉시 그 꾀를 실행하기로 결정했다. 락슈미 여신께 기도하려면 어떻게 해야 하냐고 묻는 카구라에게 부엉이와 친구인 카구라는 씩씩하게 대꾸했다.

"인간 세상에서 갑자기 부자가 된 마음 착한 사람이 있다면 그는 부와 미의 여신 락슈미의 은총을 받은 거라는군. 그런 사람 집을 골라 들어가서 그 집의 동쪽을 향해 기도를 올리면 락슈미 여신께서 아마 나타나주실 거야."

이것 역시 친구 부엉이가 그에게 일러준 것이었다. 이 말에 모든 카구라들은 일제히 인간의 동네를 날아다니며, 그런 조건을 만족 시키는 인간의 집이 있는지를 열심히 찾았다.

오랜 시간을 날아다닌 끝에 마침내 그들은 한 수드라 소년의 집을 찾아내었다. 그 소년은 오랫동안 가난하게 살아왔으나 언제나 신을 공경하고 이웃을 사랑하는 마음을 잃지 않았다. 마침내 그는 먼 친척의 유산을 물려받는 행운을 얻게 된 것이었다.

'이 소년은 분명 락슈미 여신의 은총을 입은 거야.'

카구라들은 그렇게 생각하고 이 소년의 집에서 여신께 기도를 올릴 것을 결정하였다.

마침내 카구라들은 사람들이 나다니지 않는 어둑어둑한 새벽을 틈타 그 소년의 집으로 일제히 날아갔다. 그 집의 뜰에서 동쪽을 향하여 부와 미의 여신 락슈미에게 열렬히 기도를 드렸다. 그러나 여신은 좀처럼 나타나주지 않았다. 카구라들이 기도를 올리는 시간은 점점 더 길어졌다. 마침내 아침이 밝아 집주인인 소년이 방에서 나왔을 때 그는 자신의 뜰에 수백 수천 마리의 흰 까마귀들이 앉아 있는 것을 보았다. 그 광경은 마치 뜰 위에 흰 옷감을 넓게 펼쳐놓은 듯 보였다. 그는 대단히 놀랐다. 처음에 그는 까마귀들이 사람을 보고도 날아가지 않자 죽은 까마귀인가 생각했다. 그러나 까마귀들이 살아 있음을 발견한 그는 영문을 모르면서도 착한 마음에 까마귀들을 그대로 두었다.

카구라들은 그렇게 삼 일간을 꼬박 기도했다. 마침내 삼 일째 되는 날의 새벽이 되었을 때 부와 미의 여신 락슈미가 카구라들의 눈앞에 나타났다. 눈부신 황금의 빛을 발하며 아름다운 연꽃을 손에 든 우아한 여신의 모습을 대한 카구라들은 모두 신이 났다. 그들은 다투어 자기들의 소원을 빌었다.

"여신님. 저희에게 당신이 가지고 계시는 황금 열매를 하나만 주세요. 저희의 열렬한 소원이니 제발 거절하지 말아주세요."

락슈미 여신은 카구라떼들이 까욱까욱 떠드는 소리를 빙그레 웃으면서 듣고 있다가 말했다.

"황금 열매가 열리는 나무는 제 남편이신 비슈누 님께서 저에게 선물한 나무입니다. 그 나무는 원래부터 천상의 것이기 때문에 지상에 내려오면 화를 가져오게 됩니다. 그 열매를 먹는 사람은 신이 아닌 이상 불행하게 되기 때문에 그것을 여러분에게 주지 않는다고 너무 섭섭하게 생각하지 마세요."

그러나 여신이 섭섭하게 생각지 말라는 말을 하기 전부터 모든 카구라들은 이미 섭섭해 있던 상태였다. 어찌나 안타까워하는지 모두들 날개를 푸드덕거리며 까욱까욱 이구동성으로 여신에게 졸라 대었다.

"여신님, 여신님. 제발 열매를 단 하나만 저희에게 주세요. 저희의 청을 거절하지 마세요."

결국 락슈미 여신은 천성적인 자비로움에서인지 아니면 카구라들의 울음 소리가 너무 시끄러웠던 탓인지 카구라들의 부탁을 거절하지 못하고 그 청을 들어주었다. 그러나 여신은 마지막으로 당부의 말을 하는 것을 잊지 않았다.

"잊지 마세요. 이 열매를 먹은 자는 모두 불행에 빠지게 된다는 것을. 그리고 내가 여러분들의 소원을 들어주는 것은 이것이 처음이자 마지막으로, 앞으로 내가 다시 모습을 나타내는 일은 결코 없을 것입니다."

그리고 여신은 사라져버렸다.

마침내 열매를 손에 넣게 된 카구라들은 모두 의기양양해져서 자신들의 둥지로 돌아왔다. 모두가 이 황금 열매에 진심으로 감탄했다. 그 찬란하고 아름다운 황금빛이며 그윽한 향기는 카구라들을 더할 나위 없이 행복하게 만들었다. 그러나 그들은 결국 자신들이 왜 이 열매를 얻으려 했는지 그 목적을 기억해냈다. 그들은 아쉬워하면서, 그러나 어쨌든 자신들의 목적을 이루기 위해 황금 열매를 가지고 아프락의 꼭대기로 올라갔다.

하바 왕은 변함없이 아프락 꼭대기에 있는 자신의 둥지에 있었다. 여전히 몸으로는 알을 품고, 마음속으로는 조금만 더 있으면 알이 부화할 것이라는 희망을 품고 앉아 있었다. 왕은 카구라들이 올라온 것을 보고 의아하게 생각했다.

"그대들은 무슨 일인가?"

카구라들은 왕에게 공손하게 열매를 하나 바쳤다.

"왕이시여. 저희는 세상을 돌아다니던 중 희귀하고 귀해 보이는 황금 열매를 하나 줍게 되었습니다. 매우 귀한 것이기에 왕에게 이것을 바치러 왔나이다."

독수리는 그 열매를 보고 그 찬란한 황금빛과 부드러운 향기에 크게 놀랐다.

'이제까지 난 아프락의 열매가 세상에서 가장 귀한 열매인 줄로만

알고 있었는데 이런 빛과 향을 나는 열매도 세상에 있었구나.'

왕은 카구라들에게 깊은 감사를 표하고 열매를 받았다.

"그대들에게 감사하오. 그러나 이런 귀중한 열매를 나 혼자 맛볼 수는 없으니 그대들이 절반을, 내가 남은 절반을 맛보는 것이 좋겠소."

모든 카구라들이 기뻐서 까욱대었다. 그들 모두가 이 열매를 처음 본 순간부터 그 빛과 향에 반해 있었다. 어떻게든 조금이라도 맛을 보고 싶다고 생각하던지라 왕의 말이 여간 기쁘지 않았다. 카구라들은 모두 여신의 경고를 까맣게 잊어버리고 반쪽의 열매를 다투어 먹었다. 하바 왕 역시 반쪽의 열매를 먹었다. 그 맛은 이루 말할 수 없이 뛰어났다. 지상에서 가장 맛있는 열매라 일컬어지는 아프락의 열매도 이 황금 열매의 맛과 향기의 절반에도 못 미칠 정도였다.

열매를 먹고 난 하바 왕은 그 맛과 향을 도저히 잊을 수가 없어 카구라들에게 물었다.

"도대체 이 열매를 어디서 구했단 말인가?"

그러자 부엉이와 친구인 카구라가 나서서 대답했다. 그는 이미 이 상황의 대답을 달달 외우고 있었다.

"저희는 어떤 강에서 강물에 떠내려온 이 열매를 주웠을 뿐입니다. 그래서 저희들도 이 열매가 열리는 나무가 어디 있는지 알지 못한답니다. 그러나 지금 왕께서 이 열매를 드셨으니 만큼, 이 열매가 열리는 나무도 어딘가에는 있지 않겠습니까?"

하바 왕은 그 말이 옳다고 생각했다. 도저히 이 황금 열매의 향과 맛을 잊을 수 없기에 왕은 즉시 이 열매가 열리는 나무를 찾으러 세상을 돌아다녀볼 것을 결심했다. 그러나 떠나기에 앞서 마음에 걸리는 것이 하나 있었다. 바로 그의 알이었다. 하바 왕은 알에 대한 걱정으로 잠시 머뭇거렸다. 그러나 여러 카구라들은 왕을 마구 부추겼다.

"왕이시여, 무슨 걱정이시옵니까. 빨리 가서 황금 열매를 찾으시옵소서. 저희 모두가 왕께서 돌아오시는 날까지 이 둥지와 알을 지켜드리겠나이다."

하바 왕은 카구라들의 충성심을 몹시 기뻐했다.

"그대들은 이 귀한 황금 열매를 나에게 바치기 위해 여기 아프락의 꼭대기까지 올라올 정도로 충성이 대단한 자들이오. 나는 그대들을 믿고 잠시 다녀오도록 하겠소."

하바 왕은 마침내 둥지를 떠났다. 카구라들은 바로 그때만을 기다리고 있었던 것이다. 왕이 떠난 후 그들은 가장 먼저 왕의 알을 둥지밖으로 떨어뜨리려 했다. 그러나 알이 어찌나 크고 무거운지 도저히 알을 둥지 밖으로 밀어낼 수가 없었다. 카구라들은 이번에는 부리로 알을 쪼았다. 알은 굉장히 단단했다. 카구라들의 부리로도 쉽게 알을 깨지는 못했다. 하지만 카구라들이 계속해서 쉬지 않고 쪼아대자 알은 마침내 중앙에 금이 가버렸다. 카구라들은 알이 이제는 부화하지 못할 거라고 생각하고 의기양양했다.

이로써 카구라들의 오랜 소원은 마침내 이루어졌다. 그들 모두가 하바 왕의 넓은 둥지를 차지하고 기뻐 어쩔 줄 몰랐다. 그들은 마음껏 아프락 나무의 가장 높은 곳에서 열리는 열매를 따먹으며 흥청망청했다. 이곳에 있자니 세상 모든 것들이 그들의 발 밑에 있었다.

"하바 왕은 지상에는 없는 열매를 찾으러 갔으니 결코 돌아오지 못하겠지. 이제 이 둥지는 우리들의 것이야."

모든 카구라들이 그렇게 떠들어댔다.

그런데 그 기쁨은 오래가지 못했다. 일단 하바 왕의 둥지를 차지하고 아프락의 열매를 마음껏 먹게 되자 다른 소원이 머리를 쳐들었던 것이다. 다름 아닌 황금 열매를 다시 한번 맛보고 싶다는 소원이었다. 그들 모두 그 찬란한 황금빛과 부드러운 향기를 도저히 잊을 수 없었다.

"제발 단 한 번만이라도 좋으니 그 열매를 다시 맛보고 싶다."

욕심이란 끊이지 않는 것이고 만족을 느끼기란 쉬운 일이 아니다. 카구라들은 옛날 하바 왕의 둥지를 욕심낼 때처럼 다시 불행해졌다. 그들은 황금 열매를 얻을 수 있는 방법을 논의하기 시작했다. 한 카구라가 의견을 냈다.

"락슈미 여신님께 다시 한번 부탁을 드려볼까."

그러나 이 의견에 모든 카구라들은 머리를 저었다. 모두들 여신이 마지막으로 남긴 말을 기억했던 것이다. 여신은 카구라들의 소원을 들어주는 것은 처음이자 마지막이라고 분명히 말했다. 그때 카구라 한 마리의 표정이 갑자기 환해졌다.

"우리 모두가 천상으로 올라가는 것입니다. 천상에 올라가서 몰래 황금 열매를 따오는 것입니다. 우리가 힘을 합친다면 못할 일이 무엇이겠습니까."

모두들 이에 적극적으로 찬성했다. 그 일이 얼마나 위험하고 어려운 일인지는 모두의 머릿속에 떠오르지 않았다. 모두가 황금 열매만을 생각했다. 태양처럼 빛나는 빛과 이슬 내음보다 청명한 향기, 꿀보다 달콤한 그 맛을 떠올렸다. 그들은 홀린 듯 일제히 날아올랐다.

"세상에서 가장 높은 아프락의 꼭대기 위에서 그렇게 수백 수천 마리의 카구라들이 날아올랐습니다."

카르타의 양손은 단 한 마리의 카구라의 날갯짓밖에는 흉내낼 수 없었으나 그 그림자를 보고 있는 세 명의 아이들은 수천 마리의 카구라들이 일제히 날아오르는 듯한 느낌을 받았다. 세 명 모두 홀린 듯 카르타의 손이 만들어내는 그림자만을 바라보며 이야기에 귀를 기울이고 있었다. 카르타는 해가 하늘의 중앙으로 떠오르는 비자야의 시각이 다가오면서 자신의 그림자가 점점 짧아지고 있음을 알았다. 그러나 그는 서둘지 않았다. 그는 자신을 바라보고 있는 세 아이들을 향해 말했다.

"왜 까마귀의 깃이 새까만지 아십니까? 바로 이때 모든 카구라들의 깃이 태양에 그을렸던 것입니다. 카구라들 모두가 천상에 닿지 못하고 지상으로 떨어졌습니다. 모두가 락슈미 여신의 경고를 잊어버렸던 거지요. 황금 열매를 맛본 사람은 불행해집니다. 그때부터 카구라들은 사고하고 생각하는 법을 잊어버리고 그저 평범한 날짐승이 되었습니다. 황금 열매에 대한 기억 또한 그들의 깃을 태운 엄청나게 뜨거운 태양의 기억에 눌려 사그라지고 말았습니다. 다만 그들 머릿속 어딘가에는 지금도 금빛으로 빛나는 둥근 무언가에 대한 아득한 그리움이 남게 되었지요."

카르타의 목소리는 마치 이야기가 끝이 난 듯 길게 늘어졌다. 그는 잠시 뜸을 들이는 듯싶더니 바로 이야기를 이었다.

"한편, 둥지에 남아 있던 금이 간 알은……."

한편, 알은 금이 간 채로 둥지 안에 남아 있었다. 그 알은 죽지 않고 껍질 안에는 새끼 새의 영혼이 그대로 살아 있었다. 햇빛을 받으며 그 영혼은 점점 더 무르익다가 마침내 알은 부화했다.

간신히 살아서 태어나기는 했지만, 태어나기도 전에 금이 가는 고통을 겪은 알 속의 영혼은 충격을 받은 상태였다. 새끼 새의 영혼은 본래 하나였으나 충격으로 인해 둘로 갈라지게 되었다. 그러나 그렇다고 해서 완전히 갈라진 것도 아니었다. 태어난 새끼 새는 놀랍게도 몸은 하나이지만 머리는 둘이었다.

새끼 새는 동시에 세상 밖으로 나왔다. 하나라고도 할 수 있고 둘이라고도 할 수 있는 그들은 처음에는 자신들의 몸이 하나인 것을 몰랐다. 그들은 그저 자신들이 어리기 때문에 날갯짓을 못하고 몸도 움직일 수 없는 것이려니 생각했다. 둥지 안에는 카구라들이 먹다 남겨놓은 아프락의 열매가 흩어져 있었다. 그들은 끙끙대며 서로 반대편에 있는 아프락의 열매를 주워먹으려 했다. 그러나 서로 잘 떨어지지 않았다.

마침내 둘은 서로의 몸이 붙어 있다는 사실을 깨달았다. 둘은 서로에게 물었다.

"너는 누구인데 나의 몸을 쓰고 있지?"

일단 배가 너무 고팠기 때문에 그들은 아프락의 열매 하나를 나누어 먹었다. 일단 한쪽이 배가 부르자, 너무나도 당연하게 다른 쪽도 배가 불렀다. 그러고 나서 그들은 서로를 흘긋흘긋 보며 경계했다. 둘 다 똑같은 생각을 했다.

'저 자식은 누구지? 왜 내 몸에 저 녀석이 붙어 있지?'

둘 다 이 몸은 자신의 것이라고 생각했다. 그걸 빌려쓰고 있는 저 놈은 건방지기 짝이 없는 놈이다. 저 녀석 때문에 난 제대로 움직이지도 못하고 있지 않은가. 그렇게 생각하며 둘은 이윽고 다투기 시작했다.

한쪽 머리가 크게 외쳤다.

"이 몸은 나의 것이야. 왜 네가 내 몸을 쓰고 있지?"

다른 쪽 머리도 지지 않고 외쳤다.

"무슨 소리야! 이 몸은 나의 것이야! 너야말로 내 몸에서 떨어져!"

그러나 싸우다가도 배가 고프면 둘은 뒤뚱뒤뚱 둥지 안을 돌아다니며 열매를 주워 먹곤 했다. 한쪽 머리는 이쪽으로 가려 하고 다른 쪽 머리는 저쪽으로 가려 하는 통에 결국 철퍼덕 엎어질 때도 많았다.

그들은 서로 다른 머리를 가지고 있었지만 몸은 하나였다. 둘은 서로 상대가 존재하는 한 자신이 완벽하게 몸을 소유할 수 없으리라는 사실을 깨달았다. 머리가 둘인 채 세상을 살아갈 수는 없는 것이다. 결국은 어느 한쪽이 죽어야 한다. 아직 태어난 지 얼마 안 됐지만, 새끼 새는 그것을 느끼며 서로에게 말했다.

"언젠가는 너와 나 둘 중에 하나만이 선택되어 살아남을 거야."

그때, 머리가 둘인 새의 어머니 하바 왕은 무엇을 하고 있었을까. 하바 왕은 황금 열매를 찾아 아프락의 둥지를 떠난 후, 그의 커다란 날개로 세상의 모든 곳을 날아다녔다. 넓은 세상을 구석구석 날아다니며 황금 열매가 열리는 나무를 찾아 헤매었다. 그 열매에 대한 독수리의 그리움은 애탄 목마름과도 같아서 다시 그 달콤함을 맛보지 않는 한 결코 풀리지 않을 듯했다.

하루는 하루다나 강의 하류에서 상류를 향해 단숨에 날아올랐다. 왕은 한곳도 그냥 지나치지 않고 유심히 살펴보았으나 황금 열매는 결코 찾아볼 수 없었다. 그러나 그는 포기하지 않고 하루다나 강이 흘러내리기 시작하는 히말라야로 날아갔다. 히말라야를 돌아다니던 그는 온통 눈으로 뒤덮인 깊은 산 속에서 홀로 푸름을 유지하고 있는 나무 하나를 발견했다. 그 신성한 나무를 찾아냈을 때 하바 왕의 기쁨은 이루 말할 수 없었다.

'틀림없이 저 나무의 열매가 그 황금 열매일 것이다.'

그러나 나무 밑에 떨어진 열매를 발견했을 때 하바 왕은 크게 실망하고 말았다. 그것은 그냥 보통 열매에 불과했다. 하바 왕은 나무를 향하여 말했다.

"홀로 푸름을 유지하고 계시는 신성한 나무시여. 혹시 황금 열매를 열리게 하실 수는 없습니까?"

브라흐마의 축복을 받아 사시사철 푸름을 지니게 된 성스러운 아쇼카 나무가 답했다.

"모든 날짐승의 주인이시여. 지상에 있는 그 어떤 나무도 황금 열매가 열리게 하지 못합니다. 그것은 부와 미의 여신 락슈미 님의 나무에서만 열리는 특별한 천상의 열매이기 때문입니다. 그대가 찾고 계시는 열매는 태양과도 같습니다. 갈구하는 순간 눈과 이성을 멀게 합니다. 그 그리움에 빠지는 이상 결국은 마음이 불타 사라질 것입니다. 그대는 헛된 그리움을 버리시고 집으로 돌아가십시오."

하바 왕은 이 말에 크게 깨달음을 얻었다. 왕은 자신이 얼마나 오랫동안 집으로 돌아가지 않았나 생각해보았다. 문득 자신의 알이 떠올랐다. 오랫동안 내버려둔 자신의 알을 생각하니 불안하기 짝이 없었다. 그는 얼른 자신의 큰 날개를 활짝 펴고 아프락의 둥지 위로 돌아갔다.

하바 왕이 돌아왔을 때는 밤이었다. 희미한 달빛이 둥지 안을 비추어주고 있었다. 자신이 없는 동안 둥지를 지켜주겠노라고 했던 카구라들은 한 마리도 보이지 않았다. 걱정스럽게 자신의 알을 살펴보았을 때 하바 왕은 알이 이미 깨어진 것을 보고 크게 놀랐다. 그는 둥지 안을 샅샅이 뒤졌다. 마침내 그는 둥지 깊숙한 곳에 곤히 잠들어 있는 새끼 새를 발견할 수 있었다.

'아, 내가 없던 사이에 아기가 부화했구나.'

왕은 기쁨을 참지 못하고 자신의 깃으로 새끼를 따뜻하게 덮어주었다. 그때 그는 한쪽 머리밖에 보지 못했다. 다른 쪽 머리는 그림자 속에 가려서 보이지 않았던 것이다. 먼 거리를 단숨에 날아온 터라 왕은 새끼를 날개로 덮어준 채 자신도 곤히 잠들었다.

그 다음날 아침, 눈을 뜬 하바 왕은 새끼에게서 눈을 떼지 않은 채 새끼가 깨어나기만을 기다렸다. 새끼 새는 깨어나서 처음으로 타인의 다정한 눈길을 보았다. 새끼 새는 그 눈길을 보자마자 그가 엄마임을 알아보았다. 하바 왕이 다정하게 말했다.

"얘야, 너를 두고 헛된 꿈을 쫓아다녀서 미안하구나. 이제부터는 절대 널 두고 다른 곳으로 가지 않으마."

우선 먹이부터 가져다줘야겠다고 몇 번 날갯짓을 할 때였다. 새끼 새의 나머지 머리 하나가 잠에서 깨어났다. 그 역시 엄마임을 알아보고 왕을 불렀다.

"엄마."

하바 왕은 그만 소스라치게 놀랐다. 자신의 새끼가 하나의 몸에 머리가 둘로 태어난 것이 아닌가. 놀라움과 고통을 참을 수 없어 독수리는 기절했다. 한참만에 하바 왕은 깨어나서 눈물을 흘렸다.

"나의 아가야. 너희는 하나란 말이, 둘이란 말이냐. 내가 너희를 어떻게 해야 좋을까. 머리가 둘인 채로는 세상을 살아갈 수가 없단다. 나의 사랑스런 너희를 어찌하면 좋단 말이냐."

새끼 새는 각자 종알거렸다.

"이 몸은 제 것이에요. 엄마, 저를 선택해주세요."

"엄마. 저 아이만 없으면 전 맘대로 움직이며 보통의 새처럼 살아갈 수 있어요. 살아가게 해주세요."

하바 왕이 볼 때는 둘 머리 모두 자신의 사랑스럽기 그지없는 새끼였다. 둘 다 아름다웠고 둘 다 서로 살아가고 싶다고 보채고 있었다. 왕은 선택해야 했다.

'이대로 두 머리가 한 몸을 지닌 채 살아갈 수는 없다. 난 선택을 해야 한다.'

"그래서 왕은 고민합니다. 둘 중에 누구를 선택해야 좋은 것일까. 둘 다 사랑스럽기 그지없는 나의 아기. 누구를 선택해야 좋은 것일까."

등이 굽은 소년은 마치 노래하듯 이야기하던 것을 멈추었다. 그가 입을 다물자 아래에 있던 세 아이는 그림자를 보던 것을 멈추고 그를 올려다보았다. 이미 태양은 정오에 가까워지고 있어서 그림자는 매우 짧아져 있었다. 아까부터 눈물을 줄줄 흘리고 있던 소녀가 입을 열었다.

"그래서 하바 왕은 누구를 선택하게 되나요? 한쪽 머리를 선택하게 되면 다른 머리는 죽게 되나요?"

꼽추 소년은 빙그레 웃더니 담 아래로 뛰어내려왔다.

"글쎄요, 어린 왕녀님. 이야기는 여기에서 끝나고 나도 그 뒷이야기는 모른답니다. 옛날 이야기는 그저 비유일 뿐이지요. 둘로 나누어진 영혼에 대한, 하지만 확실한 것은……."

카르타는 기묘한 미소를 지으며 리무를 바라보았다.

"둘로 나누어진 영혼은 동시에 살아갈 수는 없답니다. 언제가 되든 한쪽은 반드시 죽게 되는 것이지요. 둘은 서로의 존재를 용납할 수가 없고, 원하는 것을 나누어 가질 수 없지요. 모든 존재는 세상에서 오직 홀로 존재해야 합니다. 자신의 분신이 있다고 생각한다면 그건 단지 스스로의 착각과 그렇게 믿고 싶은 믿음에 불과합니다.

만일 하바 왕이 결코 선택을 할 수 없다면 두 개의 머리를 가진 새끼는 서로 싸우다가 두 머리 모두 죽을지도 모르겠군요. 그 둘은 처음부터 끝까지 같은 존재이니까요. 정말로 서로를 죽이려 마음을 먹는다면 둘 다 그 뜻을 이루고 자기 자신 역시 죽게 될 것입니다."

카르타의 이야기가 끝나자 잠시 침묵이 맴돌았다. 이야기를 듣고 있던 세 아이 중 소녀는 눈물을 뚝뚝 흘리고 있었고, 다른 두 소년은 약속이나 한 듯 땅바닥만 내려다보고 있었다. 이윽고 리무는 통통 부은 눈을 한 채 카르타에게 다가가서 아까 만들었던 화관을 공손히 바쳤다. 카르타는 웃으며 어린 소녀의 화관을 받아들었다. 리무는 다른 화관을 들어 이번에는 아즈나를 보았다. 소녀는 그 화관을 낯선 소년에게 내밀었다.

그때 아즈나는 굳은 표정으로 땅만 쳐다보며 뭔가 깊은 생각에 잠겨 있었다. 그러다 갑자기 눈앞에 화관이 내밀어지자 그는 매우 당황했다. 아즈나는 태어나서 또래의 소녀에게서, 아니 그 누구한테서도 화관 같은 걸 받아본 일이 없었다. 그는 놀라서 몇 걸음 물러섰다. 목소리까지 떨려나왔다.

"뭐야?"

소녀는 뭔가 낯선 소년의 마음을 상하게 했나 싶어 주눅이 들었다. 리무는 조심스럽게 대답했다.

"화관이에요."

아즈나는, 방금 전까지 울어서 통통 부은 소녀의 눈을 보았다. 그리고 자신의 형을 바라보았다. 카르타는 싱글싱글 웃으며 아즈나에게 말했다.

"뭘 하니, 받아야지."

아즈나는 이제껏 형의 말에 따르는 것에 익숙해져 있었다. 망설이며, 그러나 소년이 화관을 받기 위해 손을 내밀었을 때였다.

그때 갑자기 누군가 큰 목소리로 외쳤다.

"주지 마! 리무!"

목소리의 주인은 아비뉴아였다. 늘 장난스러운 빛을 띠고 있는 명랑한 눈동자가 지금은 초조하고 불안한 기색으로 흐려져 있었다. 그는 다시 외쳤다.

"주지 마!"

리무는 아비뉴아가 왜 그러는지를 몰랐다. 아까 아즈나의 태도도 그렇고 해서 소녀는 혹시 이노아 사람에게 화관을 주는 것은 실례되는 행동인가 생각했다. 그렇다면 카르타에게 실례된 행동을 한 것인가, 근심스러워하며 소녀가 물었다.

"왜?"

아비뉴아는 얼른 대답하지 못했다. 입술을 깨물고 있다가 그는 외쳤다.

"줄 거면 나도 줘!"

리무는 매우 당황했다. 줄 수 있는 화관은 하나뿐이다. 소녀는 혹시 주위에 꽃이 없나 둘러보다가 대답했다.

"쉬카르데. 나중에 만들어줄게."

그러나 아비뉴아는 막무가내였다.

"싫어. 그걸 날 줘. 저 녀석은 나중에 줘."

한편, 아즈나는 아비뉴아가 소리칠 때부터 낯빛이 변해 있었다. 소녀가 자신에게 화관을 내밀었을 때 평소와 달리 머뭇머뭇하고 어딘지 쑥스러워하던 태도는 순식간에 사라졌다. 평소처럼 싸늘한 눈길로 그는 아비뉴아를 바라보았다. 리무는 화관을 든 채 주눅이 들어 있었다. 아비뉴아를 보던 아즈나는 다시 리무를 바라보았다. 갑자기 소년은 리무의 손에서 화관을 받아들었다. 그리고 아즈나는 다시 아비뉴아에게 시선을 던졌다.

싸늘한 눈빛은 분명히 도발하는 빛을 띠고 있었다. 아비뉴아는 갑자기 애꿎은 우물 담을 한번 걷어차더니 아즈나를 향해 뚜벅뚜벅 걸어오기 시작했다. 그러나 그 순간 둘 사이를 가로막는 사람이 있었다.

카르타는 빙긋이 웃으며 손에 들고 있던 화관을 아비뉴아에게 내밀었다.

"원하시는 건 이것이지요."

아비뉴아가 채 대답하기 전에 카르타는 화관을 아비뉴아의 손에 놓아주었다. 그는 이번에는 리무를 향해 웃어 보였다.

"어린 왕녀님, 울상을 짓지 마세요. 아이들은 싸우면서 크는 거랍니다."

그때 멀리 경기장에서 커다란 함성이 울려 퍼졌다. 그 소리는 멀리 떨어진 이곳에까지 희미하게나마 들려왔다. 카르타가 말했다.

"드디어 승자가 결정되었나 보군요. 이제 모두들 돌아갈 시간입니다."

아비뉴아는 줄곧 입술을 깨문 채 아즈나를 노려보고 있었다. 갑자기 리무의 팔을 끌어당겼다.

"리무! 돌아가자!"

영문을 모른 채 리무는 질질 끌려갔다. 그 사이에도 어린 소녀는 꾸벅꾸벅 인사를 올리는 것을 잊지 않았다. 카르타는 공손한 합장으로 답했다. 마침내 아비뉴아와 리무가 사라지자 카르타는 동생 아즈나와 둘이 남게 되었다.

"화관을 가지고 싶었니, 아즈나?"

그는 동생에게 갑자기 질문을 던졌다.

아즈나가 의문이 담긴 시선을 형에게 던지자 카르타는 동생을 향해 웃어 보였다.

"그렇다면 네가 선택받도록 노력해야 하는 것이란다."

아즈나는 형의 말을 완전히 이해하지는 못했다. 그는 방금 전 자신이 했던 행동에 대해 스스로도 놀라고 있었다. 그는 손에 든 화관을 내려다보며 생전 처음으로 느끼는 이상한 감정에 휩싸였다. 그는 침묵을 지키다가 갑자기 입을 열었다.

"저 녀석과 싸우게 되면 내가 이길 거야."

그때, 리무와 함께 궁으로 돌아가는 아비뉴아 또한 같은 생각을 하고 있었다.

'그래, 내가 이길 거야.'

그러나 사실 어느 쪽도 자신의 승리를 확신하지는 못했다. 확신이 뒷받침되지 못한 의지를 되씹으며 두 소년은 상대의 존재를 의식한 채 헤어졌다.

9장 그림자 연극

이후 아비뉴아와 아즈나는 약속이나 한 듯 시합에서 승리해나갔다. 경기장에서 두 왕자의 무예는 유독 돋보였다. 아비뉴아는 스바라 왕국의 막바가, 탄타마사 왕국의 아디토야를 이겼다. 아즈나는 하바라 왕국의 데바누, 탄타마사 왕국의 마호다니를 이겼다. 둘은 마음속으로 그 하루하루의 시합들을 서로를 만나기 위한 절차인 양 생각했다.

마침내 무예시합의 승자를 가리는 마지막 시합이 다가왔다. 이 시합이 이틀 앞으로 다가왔을 때 비슈누의 축제 또한 끝을 맞았다. 축제의 마지막 날 이유시크 왕은 무예시합에 출전한 각국의 왕자들을 위해 연회를 개최했다. 연회는 왕자들이 그동안의 무예시합에서의 피로를 풀고 다른 왕자들과 친목을 쌓을 수 있도록 배려되었다. 평소 승자들의 모임이 열리던 천막 안에서 연회가 개최되었다. 수백 명이 들어갈 수 있을 정도로 마련된 큰 천막이어서 이번 무예시합에 참석한 모든 왕자들이 모이기에 전혀 비좁지 않았다. 천막 안은 모닥불 빛과 곳곳에 놓인 촛불로 대낮처럼 환한 가운데 왕자들을 위한 산해진미가 차려지고 흥겨운 음악이 울려 퍼졌다.

이곳에 모인 왕자들은 서로가 서로를 잘 몰랐다. 대결했던 상대가 아니라면 경기장에서 잠시 스치기나 했을까, 그동안 서로 알 기회가 없었던 것이다. 많은 왕자들은 천막에 들어선 순간부터 타국의 왕자들과 낯을 익히기 위해 부지런히 이 사람 저 사람 사이를 돌아다녔다. 물론 한쪽 구석으로 숨는 수줍음 많은 소년들도 있었다.

왕자들이 마음 편하게 연회를 즐길 수 있도록 이유시크 왕은 이곳에 참석하지 않았다. 연회가 시작되기 전 브라흐마나들에 의해 재앙을 막고 평화를 기원하는 의식이 한 차례 행해졌을 뿐, 곧 왕자들만 남게 되었다.

이렇게 각국의 왕자들이 모이다 보니 출신 왕국에 따라 하고 나온 차림새나 머리 모양 등이 모두 제각각이었다. 그 모양새는 크게 두 갈래로 리무 강을 경계로 두고 서쪽의 왕국들과 동쪽의 왕국들로 나눌 수 있었다. 대체로 서쪽에 있는 왕국의 예복은 색깔이나 장식이 간단하고 정갈한 편이었고 동쪽에 있는 왕국은 눈에 띄고 화려한 편이었다.

강의 서쪽에 있는 탄타마사를 예로 들자면 여섯 형제들은 모두 흰색 예복을 입고 금빛 술이 달린 허리띠를 두르고 있는 정도였다. 탄타마사에서는 이마를 드러내는 것이 길한 풍습이어서 모두가 이마를 드러내고 가느다란 금줄로 장식을 하고 있었다. 또 그들은 전부 머리를 짧게 치고 있었다. 다만 다소 겉멋이 든 사바르니만이 다른 형제들에 비해 특별히 머리가 길었다.

탄타마사의 형제들은 연회장에 들어선 순간부터 줄곧 다른 왕자들의 시선을 받았다. 그들은 이곳에 있는 소년들 대부분을 몰랐으나, 지금 연회장에 있는 모든 소년들은 탄타마사의 여섯 형제들에 대해 알고 있었다. 이번 무예시합에서 여섯 형제들은 모두 뛰어난 무예 실력을 펼쳤고 그들은 자신들도 모르는 사이에 유명해져 있었다.

그러나 오늘 연회에 참석한 것은 잔드라와 사바르니, 아디토야 셋

뿐이었다. 어제가 바로 마호다니의 시합이었는데 둘째가 이노아의 왕자 아즈나와의 대결에서 패하며 심한 부상을 입은 것이었다. 쌍둥이들은 형의 간호를 위해 연회에 빠졌다. 잔드라들도 마음이 우울한 상태라 조용히 한쪽 구석에 앉아 있었다. 그러나 다른 소년들이 그들을 가만두지 않았다. 여러 왕자들이 번갈아 가며 쉴새없이 찾아와 그들에게 인사를 했다. 맏이는 워낙 이런 인사에 예의가 바른 터라 일일이 응대를 하느라 정신이 없었다. 잔드라가 스얌바라의 왕자 사나와 이야기를 나누려는 참에 갑자기 주위가 조용해졌다. 잔드라는 처음에 어리둥절하다가 이윽고 그 이유를 알았다. 한 소년이 천막 안으로 들어오고 있었다. 모든 소년들이 그 소년이 들어선 순간 일순 숨조차 죽였다. 숱한 동경과 감탄, 경외의 눈길이 그 소년에게 쏟아졌다. 그 시선에는 질투도 함께 배여 있었다.

"아즈나다."

"이노아의 왕자 아즈나다."

이 자리의 모든 소년들은 며칠간 아즈나가 보여준 놀라운 무예 실력을 전부 기억하고 있었다. 모두가 아즈나를 뚫어져라 보는 가운데 이곳저곳에서 감탄과 시새움이 섞인 한숨이 터져나왔다.

사실 아즈나는 혼자 온 것이 아니었다. 바로 옆에는 그의 형 카르타가 함께 서 있었다. 또 이노아에서 온 수십 명의 왕자들이 그와 동시에 천막 안에 들어섰다. 하지만 천막 안의 모든 사람들의 시선은 아즈나, 단 한 사람에게로만 쏠렸다. 아즈나의 형제들은 그 이유를 너무나도 잘 알기에 전부 낯빛이 변했다. 그들은 모두 막내를 노려본 후 지독히도 우울한 얼굴이 되어 한쪽에 모여 앉았다. 아즈나와 카르타는 그들과 조금 떨어져서 자리를 잡았다.

이노아는 리무 강의 동쪽으로 위치해 있다. 동쪽의 왕국들이 거의 그렇듯 이노아 역시 예복과 장신구가 매우 화려했다. 아즈나는 오늘 붉은 바탕에 하얀 무늬의 예복 차림이었다. 손가락 두 마디만한 크기의 붉은 귀걸이가 그의 귀에서 빛을 발했다. 이 소년은 본디 눈에 띄는 화려한 외모를 가진지라 지금 하고 있는 예복 또한 그지없이 잘 어울렸다. 천막 안에 들어선 순간부터 그는 마치 빛을 발하는 듯했다. 쉴새없이 다른 왕자들이 아즈나에게 모여들었다. 그러나 아즈나는 누구의 인사에도 대꾸하지 않고 침묵만을 지킴으로써 그들 모두를 무색하게 만들었다. 왕자들의 인사에 응대한 것은 카르타였다. 카르타는 가끔 웃으면서 아즈나에게 말을 건넸는데, 아즈나는 카르타의 물음에만 간혹 대꾸를 할 뿐이었다.

탄타마사의 왕자들은 아즈나가 들어선 순간 모두가 불편한 마음을 느꼈다. 아즈나는 어제 그들의 형제를 다치게 한 장본인이 아닌가. 그러나 잔드라가 머리를 저으며 입을 열었다.

"무예시합에서 일어난 일에 책임을 물을 수는 없지."

탄식을 하며 맏이는 중얼거렸다.

"마호다니가 일찍 패배를 승인했다면 그 정도로 다치지도 않았을 텐데."

아즈나가 들어선 이후로는 모든 왕자들이 그만을 주목하는 터에 잔드라를 비롯한 탄타마사의 형제들은 다소 한가해졌다. 천막 안도 아까만큼 시끄럽고 부산하지 않았다. 사바르니 역시 그 자리의 다른 모든 왕자들처럼 아즈나를 주시하다가 입을 열었다.

"저 녀석, 이노아의 왕자들 중 막내라지. 이노아에는 왕비의 소생으로 태어난 왕자는 딱 둘인데 첫째가 저기 앉아 있는 카르타, 둘째가 바로 저 녀석이래."

잔드라는 사바르니만큼 타국의 일을 자세하게 알지 못했다.

"그래?"

맏이가 다만 이렇게 대꾸하자 셋째는 다른 사람에게 들리지 않도록 갑자기 목소리를 낮추며 입을 열었다.

"이노아의 이노프와 왕은 늙은 사람이지. 이노프와 왕 다음에는 누가 이노아의 왕이 될까?"

화제가 여기에 이르자 맏이는 신중해졌다. 아즈나가 앉아 있는 쪽을 건너보다가 거의 속삭이듯이 잔드라가 입을 열었다.

"이노프와 왕은 아직 세자를 책봉하지 않았지?"

사바르니 역시 조용히 대꾸했다.

"응."

잔드라와 사바르니의 대화는 점점 더 조용하게 열기를 띠기 시작했다. 잔드라는 허리에 두르고 있는 주머니에서 구슬을 서너 개 꺼내어 바닥에 놓았다.

"탄타마사에 네 개를 놓자. 사바르니, 그럼 사라마유에는 몇 개를 놓는 게 좋다고 생각하니?"

사바르니는 잠시 생각하더니 자신 역시 주머니에서 구슬을 꺼냈다.

"두 배 정도 차이가 날 거야."

말하면서 그는 잔드라가 네 개의 구슬을 놓은 자리 옆에 여덟 개의 구슬을 놓았다. 잔드라는 동의하듯 고개를 끄덕였다. 그는 잠시 생각에 잠겼다가 구슬을 세 개 더 꺼냈다.

"이노아에는 세 개의 구슬을 놓으면 될까?"

맏이가 세 개의 구슬을 손에 쥔 채 묻자 셋째가 답했다.

"글쎄. 이노아는 지금 불안한 상태지. 근래에 벌였던 전쟁에서는 줄곧 사라마유에게 패했고…… 현재 나라 자체의 사기가 떨어진 상태야. 현재의 왕 이노프와는 전쟁에는 관심이 없다지. 하지만!"

잔드라는 동생의 말뜻을 금방 알아들었다. 그는 주머니에 손을 넣어 구슬을 더 꺼냈다.

"그래. 안정이 된다면, 또 강력한 지도자가 나타난다면 이노아는 무서운 나라가 될 수 있어. 사실 이노아야말로 그렇게 강했다던 다마코 왕국을 물리친 나라지. 물론 앞일을 알 수는 없으니 속단할 수는 없지만."

잔드라는 잠시 머뭇거리다가 입속으로 중얼거렸다.

"이노프와 왕은 늙었지."

그는 네 개의 구슬을 꺼내 바닥에 두었다. 꺼내놓은 구슬들을 유심히 보다가 맏이는 중얼거렸다.

"네 개 그리고 또 네 개가 더해지면 여덟 개가 된다. 그렇지?"

사바르니는 바라보다가 고개를 끄덕였다.

"그렇지."

둘의 눈빛이 의미심장하게 마주 닿았다. 형들이 뭔가 진지한 이야기를 나누는 듯 보이자 막내 아디토야도 덩달아 진지해졌다. 막내는 어렸지만 지금 형들이 구슬을 가지고 장난을 치는 것이 아니라는 정도는 물론 알고 있었다. 문득 자기도 심장이 뛰었다. 막내는 자기 주머니 속에 손을 집어넣었다.

"외조부님의 나라인 스얌바라도 있어. 우리의 확실한 우방인."

아디토야가 입을 열자 두 형들은 서로 얼굴을 마주보며 놀랐다. 그들 형제들은 고국에 있을 때도 이런 이야기를 종종 나누곤 했다. 이제껏 막내는 형들의 대화에 감히 끼지 못하고 다만 경청할 뿐이었다.

'확실히 아디토야가 변했어.'

이번 무예시합이 막내 동생에게는 좋은 경험이 되었다고 생각하며 잔드라가 물었다.

"그래, 아디토야. 스얌바라를 위해 몇 개의 구슬을 꺼냈니?"

아디토야는 대답 대신 손을 펼쳐 보였다. 하나의 구슬이 손바닥 위에 놓여 있었다.

"스얌바라는 유서 깊고 전통 있는 나라지만…… 아무래도."

두 형들은 서로 마주보며 웃었다. 맏이는 기특하다는 듯 막내의 머리를 쓰다듬었다.

"그래. 내 생각에도 하나가 맞을 거다."

형제들은 바닥에 내려놓은 구슬을 바라보며 각자 나름대로 생각에 잠겼다. 특히 사바르니는 생각이 복잡했다.

'이노아는 네 개 이상이 될 수도 있어. 그 나라는 사실 강해. 지금은 사기가 떨어져 있지만. 그러나 만일…….'

그는 문득 고개를 들어 이노아의 왕자들이 모여 앉아 있는 자리에 시선을 던졌다. 그의 눈에 아즈나가 들어왔다.

'강력한 지도자가 나타난다면.'

소리없이 마음속으로 중얼거리다가 사바르니는 문득 아즈나의 주위에 있는 소년들 중 아는 얼굴을 하나 발견했다.

처음에는 아즈나의 주위에 여러 왕국의 왕자들이 몰려 있었다. 그러나 지금은 다들 아즈나의 침묵에 멋쩍음을 느끼고 물러난 상태였다. 하지만 끝까지 물러나지 않고 자리를 지키고 있는 소년이 하나 있었는데 스바라 왕국의 왕자 칼가였다. 말솜씨가 유달리 좋은 그 왕자는 아즈나 옆에 있는 카르타와 이야기를 나누고 있었다. 칼가는 원래 아즈나와 이야기를 해두어 낯을 익혀두려 했으나 아즈나가 좀처럼 입을 열 기미를 안 보이자 어쩔 수 없이 꿩 대신 닭으로 카르타에게 말을 걸었다. 칼가가 이노아에 대해 몇 가지 아는 척을 하며 입을 열자 카르타는 웃음으로 응했고 그래서 이 왕자는 안심하고 자신이 아는 지식을 떠벌리는 중이었다.

"제가 이노아에 대해 감탄하는 것은 도끼입니다. 저도 하나 가질 수 있으면 얼마나 좋을까 늘 생각했답니다. 전통이라는 건 정말로 멋진 것이죠. 저희 나라에도 그런 멋진 전통이 있으면 좋겠습니다."

칼가가 떠벌리는 소리는 탄타마사의 형제들에게까지 들려왔다. 아디토야는 칼가가 도끼 운운하는 게 무슨 얘기인지 몰라 사바르니에게 물었다.

"형, 이노아의 도끼란 게 뭐야?"

사바르니는 칼가의 이야기, 어딘가 아부성이 짙은 그것을 들으며 입을 삐죽거리고 있다가 막내의 물음에 설명했다.

"이노아의 도끼란 건 꽤 유명한 얘기인데, 이노아를 건국한 대왕 아마가 사용한 무기가 도끼였거든. 그는 전쟁터에서 그의 유명한 은도끼를 휘둘러 모든 적들의 머리를 베어버렸지. 이후 아마 왕의 도끼는 이노아의 왕가에서 대대로 내려오면서 왕의 권위로 상징되었어. 그런데 뭐, 지금에 와서는 그 도끼란 것도 별게 아니게 되었지."

"왜?"

"지금부터 약 4대 전인가? 이노아에서 왕위 분쟁이 일어났거든. 그때의 왕이 세자를 정하지 못하고 급사했나 봐. 당시 이노아에는 열 명의 왕자가 있었는데 그들은 저마다 도끼를 하나씩 들고 나타나 자기의 도끼야말로 왕실에 전해내려오는 아마 왕의 도끼라 주장했지. 아마의 도끼를 갖는다는 건 왕위 계승권을 갖는 것과 같은 의미니까. 뭐, 결국은 세력이 제일 센 왕자가 승리하고 어느 것이 진짜 도끼인지는 영원히 알 수 없게 되어버렸어. 문제는 그때부터 이노아의 왕실, 아니 나라 전체에 은도끼가 판을 치게 된 거야. 도끼가 여러 개가 되니 이노아의 왕자들은 태어나면서부터 으레 도끼를 하나씩 물려받는게 전통이 되어버렸어. 나아가 왕실뿐 아니라 이노아의 고귀한 가문들 역시 너도나도 도끼를 물려받는 것을 전통화시켜버렸지. 그들 모두가 하나같이 '나의 도끼야말로 진짜 아마 왕의 도끼다' 라고 주장한다지. 뭐 그래서 지금 이노아에는 아마 왕의 도끼가 한 백 개는 될걸. 저기 모여 있는 이노아의 왕자들도 다 자기 몫으로 도끼를 받았을 거야. 그리고 저마다 굳게 믿겠지. 자신의 도끼야말로 진짜 아마 왕의 도끼라고."

사바르니는 이야기를 하는 내내 비꼬는 어조였다. 그는 칼가의 말을 떠올리며 속으로 코웃음을 쳤다.

그때 칼가는 누군가 자기를 비웃는 줄은 꿈에도 모르고 이노아의 도끼를 칭찬하는 데 열을 올리고 있었다.

"요사이 들어 이노아 왕가에서는 다른 왕가에 우정을 표할 때 이노아의 도끼를 선물한다면서요. 그 도끼를 선물 받는 건 얼마나 영예로운 일일까요."

칼가가 이렇게 이야기에 열을 올리는 데는 이유가 있었다. 그가 상대하고 있는 꼽추는 사실 별거 아니었다. 무예시합에도 나오지 못하는 불구 따위, 칼가의 마음속에서 조금의 비중도 차지하지 못했다. 그러나 카르타의 옆에는 아즈나가 있지 않은가.

이 칼가라는 왕자는 본래 자신의 일 외에는 아무런 관심도 가지지 않는 성격의 소유자였다. 그는 타인의 무예가 아무리 뛰어나다 한들 자기가 박수를 받는 것 외에는 별 감흥이 없었다. 그러나 아즈나에 대해서만큼은 정말 진심으로 존경심이 일어났던 것이다. 아즈나의 환심을 사고 싶다는 건 지금껏 그의 감정 중 가장 자신에게 정직한 감정이라 해도 좋았다. 물론 그 아즈나란 소년이 이노아의 다른 무수

한 왕자들처럼 후궁의 몸에서 태어나 왕위 계승을 할 가능성이 희박
했다면 과연 지금의 감정이 일어났을지는 확실하지 않다. 지금 보니
아즈나는 대답 같은 건 하지 않아도 적어도 자기가 하고 있는 이야기
에 귀를 기울이고 있지 않은가. 칼가가 점점 더 신이 나서 이야기에
살을 붙여갈 때였다. 문득 멀리서 낮은 비웃음 소리가 들려왔다.

"아부도 정도가 있다는데……."

분명 자신을 향한 것이란 확신이 들어 칼가는 일순 흥이 모두 깨
져버렸다. 고개를 돌려보니 탄타마사의 여섯 형제들 중 세 명이 나
란히 앉아 있는 모습이 눈에 들어왔다. 칼가는 그들 중 가운데 앉은
소년이 자신을 비웃었을 것이라 짐작했다.

'탄타마사의 형제들인가?'

칼가는 일단 치미는 노여움을 참았으나 속으로는 감정이 매우 불
편했다.

그때 분위기를 바꿔줄 만한 일이 일어났다. 천막 한쪽에서 서서히
그림자 연극의 준비가 시작되었다. 대부분의 왕자들이 기대를 품고
무대가 마련되는 곳에 시선을 던졌다. 여기 모여 있는 왕자들은 모
두가 아직 어린 소년들이니 이런 연극에 두근거리는 것은 당연한 일
이었다. 음악을 연주할 악사들이 천막 안으로 등장했고 신하들이 돌
아다니며 모닥불과 촛불을 끄기 시작했다. 천막 안의 소년들은 연극
을 관람하기에 좋은 자리를 다투었다. 모두가 앞으로 촘촘히 모여드
는 데 반해 뒤로 물러나는 소년도 있었다. 천막 안이 어두워지기 시
작하자 아즈나는 일어서서 사람들이 없는 뒤쪽으로 향했다. 그때 카
르타가 아즈나의 손을 잡았다.

"나가려고?"

아즈나가 고개를 끄덕이자 카르타는 고개를 저으며 동생의 손을

끌었다.

"그러지 말고 함께 보자꾸나. 재미있을 거야. 이런 거 넌 처음이지 않니."

그러나 아즈나는 고개를 저었다.

"난 나 혼자가 아니면 어둠 속에 있기 싫어."

그 말속에는 뼈에 사무치는 뭔가가 있었다. 그러나 카르타는 웃는 낯으로 말했다.

"괜찮다. 내가 옆에 있으니."

카르타의 어조에는 권유 이외에 일종의 강압마저 어려 있었다. 카르타가 이렇게까지 말하자 아즈나는 거절할 수가 없었다. 그는 잠자코 카르타의 손에 이끌려 무대 쪽으로 가서 자리에 앉았다. 그러나 소년은 여전히 무대에는 아무런 관심이 없었다. 그의 머릿속에는 한 사람에 대한 생각만으로 가득 차 있었다. 드디어 그는 입을 열어 아까부터 생각하고 있던 것을 입에 담았다.

"그 녀석은 왜 이 자리에 오지 않지?"

카르타는 훤히 짐작하고 있으면서도 딴청을 부렸다.

"누구 말이니?"

아즈나의 대답은 간결했다.

"내가 모레 상대할 녀석."

형은 빙긋 웃으며 동생의 머리를 쓰다듬었다.

"아비뉴아가 신경쓰이니?"

이 말에 아즈나는 일순 복잡한 표정이 되었다. 생각이 섞인 눈으로 그는 고개를 끄덕이며 대답했다.

"그 녀석은 신경에 거슬려. 처음 보았을 때부터 줄곧."

잠시 망설였다가 아즈나는 말을 이었다.

"머릿속에서 떠나질 않아."

카르타는 부드러운 눈으로 동생을 바라볼 따름, 아무런 말도 하지 않았다.

이윽고 공연을 알리는 고동 소리가 울리고 천막 안의 모든 불이 꺼졌다. 소년들의 웅성거림도 잦아들고 기대에 넘친 침묵이 흘렀다. 카르타는 아즈나의 귀에 속삭였다.

"잘 보아두렴, 아즈나. 이제부터 공연될 이야기는 절대적인 강함을 지녔던 파우라바의 제왕……."

카르타는 나직이 덧붙였다.

"쉬카르데의 이야기란다."

아비뉴아는 오늘 사라마유의 왕자로서 당연히 가장 먼저 연회의 자리에 나타났어야 했다. 그런데도 그가 등장하지 않은 사연은 다음과 같았다. 어머니에 의해 오랜 시간 동안 치장을 받은 후 이 소년은 이렇게 생각했던 것이다.

'이렇게 오랜 시간을 들여서 한 옷차림인데 리무한테 보여주지 않으면 아깝잖아.'

그래서 소년은 연회장으로 향하던 발길을 돌려 리무의 거처를 찾았다. 그런데 리무는 자기 거처에 없는 것이 아닌가. 이후 아비뉴아는 연회의 일도 까맣게 잊고 이곳저곳을 쏘아다니며 소녀를 찾았다.

결국 리무를 찾아낸 건 연못가에서였다. 해도 막 져서 사방이 어둑어둑해지려는 차에 연못가에 혼자 있는 리무를 보고 아비뉴아는 이상한 생각이 들었다. 리무는 깊은 생각에 빠져 아비뉴아가 다가오는 것도 모르고 있었다. 막 리무를 부르려던 터에 아비뉴아는 땅바닥에 뭔가가 떨어져 있는 것을 보고 무심결에 그것을 주워올렸다.

보니까 바로 자신이 어머니에게서 받아 리무에게 주었던 끈이 아닌가.

'뭐야. 이게 떨어진 줄도 모르고 있었다니.'

골이 나서 아비뉴아는 대뜸 소리쳤다.

"무슨 생각을 하고 있어?"

소년이 불렀을 때야 소녀는 꿈에서 깨어난 듯 정신을 차렸다.

"아, 쉬카르데구나."

리무는 뒤를 돌아보기도 전에 목소리로 상대가 누구인지를 알아차리며 말했다.

리무는 아비뉴아가 이런 옷차림을 한 것은 처음 보았다. 소녀가 보기엔 좀, 그러니까 어색했지만 어울리지 않는 것은 아니었다.

"예쁘네. 쉬카르데."

진심으로 말하긴 했지만 리무는 어쩐지 딴 생각에 빠진 듯 보였다. 아비뉴아가 이유를 묻자 소녀는 수심에 가득 찬 목소리로 입을 열었다.

"쉬카르데. 누가 다치진 않았니?"

아비뉴아는 멈칫 했다.

"왜?"

리무는 금세 울상이 되어 말했다.

"이상한 꿈을 꾸었어. 누군가가 크게 다치는."

아비뉴아는 마음에 걸리는 것이 있었다.

'분명 오늘 무예시합에서 다친 사람이……'

이 생각이 드니 아비뉴아의 마음은 편치 않았다. 그는 리무에게 마호다니의 이야기를 해줄까 말까 고민하다가 결국 그만두었다. 그는 평소엔 아무 거침 없는 씩씩하고 용감한 소년이었다. 그러나 리무에게 이런 이야기를 할 용기는 도저히 나지 않았다. 하지만 이야기를 안 하자니 어쩐지 리무를 대하기도 편치 않았다. 아비뉴아가 우물쭈물 있자 리무는 자기 때문에 아비뉴아까지 우울해진 줄 알고 미안하게 생각하며 입을 열었다.

"그런데 쉬카르데, 왜 예복을 입은 거야?"

그제서야 아비뉴아는 자신이 애당초 왜 이 예복을 입었는지에 대해 까맣게 잊고 있었음을 깨달았다.

"앗. 맞다, 연회!"

아비뉴아는 리무와 헤어져 늦게서야 허둥지둥 연회장으로 향했던 것이다. 리무가 떨어뜨린 끈을 돌려주는 것도 잊어버렸다. 천막을 지키고 있던 신하에게 왜 이렇게 늦었냐는 잔소리 비슷한 말을 들으며 아비뉴아는 천막 안으로 들어갔다.

그가 도착했을 때는 연회장 안의 모든 불이 꺼지고 사방이 온통 어두컴컴해진 후였다. 한순간 아비뉴아가 칠흑 같은 어둠에 당황하고 있는데 갑자기 느리고 바닥에 깔리는 듯한 저음의 악기 소리가 울려 퍼지기 시작했다. 그 소리에는 정확히 꼬집어낼 수 없는 기묘한 진동이 있었다. 처음에는 지독히도 느리던 음이 시간이 지남에 따라 점점 더 높아지며 빨라졌다. 이윽고 그 음색은 신경에 거슬릴 만큼 날카로워졌다. 절정에 달한 음이 귀를 찌르는 순간 갑자기 천막의 한쪽 끝에 설치된 무대가 밝아졌다. 동시에 막 위로 인형의 그림자가 등장했다.

그것은 인간의 모습이었다. 옆을 보고 선 채, 허리에는 검을 차고 한쪽 손에는 마치 뱀처럼 보이는 활을 쥐고 있었다. 화려한 관을 머리 위에 쓰고 가슴의 장신구 또한 그지없이 섬세했다. 비록 음영만으로 이루어진 모습이건만 마치 태양과 같은 당당함이 있었다. 음악

소리가 서서히 잦아들더니 말소리가 울려 퍼졌다.

"그의 이름은 쉬카르데. 위대한 제왕, 그의 이름은 쉬카르데. 모든 인간들 중 가장 강한 그의 이름은 쉬카르데."

이 광경을 보며 아비뉴아는 순간적으로 심장이 쿵 하고 울리는 듯한 느낌을 받았다. 기묘한 느낌. 이질감과도 같은 기묘한 흥분.

'쉬카르데.'

제왕 쉬카르데의 모습이 등장하자 한순간 천막 안은 소년들의 탄성과 흥분된 속삭임으로 가득 찼다. 그들 모두에게 '쉬카르데'라는 이름은 경외와 존경의 대상이 아닐 수 없었다.

쉬카르데, 왕이 될 자라면 누구나 한 번은 꿈꾸어보는 '제왕'의 칭호를 받은 대제국 파우라바의 마지막 왕. 성스러운 리무 강을 소유했던 최강의 왕. 그 절대적인 강함으로 인간이라기보다는 신이라 받들어진 인간의 왕.

이윽고 쉬카르데의 모습이 막에서 사라지고 다른 두 그림자가 등장했다. 하나는 화려한 왕족의 복장을 하고 허리에 크샤트리아의 상징인 칼을 차고 있었다. 다른 하나는 바닥에 엎드린 자세를 하고 있었다. 이윽고 왕족의 복장을 한 그림자에게서 약간 쉰 듯한 카랑카랑한 목소리가 울려나왔다.

"나의 충실한 부하 타우. 지금 일어나는 이 전쟁은 파우라바의 존망과 관련된 중대한 전쟁이다. 오늘 드디어 파우라바의 왕이자 나의 이복형이었던 카루슈 왕이 전사했다. 이것은 하늘이 나에게 가져다준 행운이 아니겠느냐. 천신들마저 날 축복하시는구나. 이제 내가 형님을 대신해서 이 전쟁에서 승리를 차지한다면 누구도 내가 왕이 되는 데 이의를 달지 못할 것이다."

그러자 바닥에 엎드린 자세를 하고 있던 그림자가 천천히 팔을 치켜올렸다가 내렸다.

"오오, 천신의 축복을 받으신 푸마슈카 주인님. 당신의 앞날에는 영광과 승리만이 가득할 것이옵니다. 그러나 다만 한 가지 제 마음에 걸리는 것은 왕자 쉬카르데의 존재입니다. 그는 카루슈 왕의 단 하나뿐인 아들. 귀한 혈통을 바탕으로 그는 파우라바의 왕위를 이을 것입니다. 주인님께서는 그를 어찌하시겠습니까?"

푸마슈카라 불린 그림자가 또다시 카랑카랑한 목소리로 입을 열었다.

"타우, 너는 걱정할 필요가 없다. 쉬카르데는 이제 막 열세 살이 된 젖비린내 나는 어린아이에 불과할 뿐. 난 이미 그를 부추겨놓았다. 그는 내일 리무 강변에서 벌어질 전투에 나갈 것이다. 어린아이가 아비의 원수를 갚겠노라 설쳐댈 것은 가련하나 그는 전쟁터에서 죽어주어야만 한다. 그 편이 그에게 있어서도 나에게 있어서도 피차 좋은 일. 전쟁터에서 용감하게 싸우다 죽은 영혼은 모두가 크샤트리아의 천국으로 가는 것이니 난 쉬카르데에게 축복 속에서 죽을 수 있는 기회를 주는 것이다."

바닥에 엎드린 타우가 또다시 팔을 치켜올렸다가 내리며 말했다.

"주인님. 쉬카르데 왕자가 아직 어리긴 하나 결코 얕봐서는 안 되는 존재입니다. 그가 눈부신 무예 실력을 가졌다는 것을 주인님도 아시지 않습니까. 그의 화살은 과녁에서 빗나간 적이 없습니다. 내일 그는 활 야나가를 사용할 것입니다. 야나가는 파우라바 왕조 대대로 내려오는 왕의 활. 그 활을 사용할 쉬카르데의 무용이 결코 평범한 사람의 그것이 아닐 것임을 유념하여주시옵소서."

푸마슈카가 대꾸했다.

"그래서 어쨌다는 것이냐. 나의 형 카루슈는 이름 높은 용사였다. 그 역시 야나가의 활을 사용했으나 결국 전사하지 않았느냐. 쉬카르데가 용감하다고는 하나 전투에 처음 나가는 어린아이가 어찌 살아 돌아올 수 있겠느냐."

그러나 타우는 다시 입을 열었다.

"주인님. 부디 저의 간청을 귀담아 들어주시옵소서. 저에게는 열 명의 아들들이 있고 모두가 부끄럽지 않을 정도의 무예 실력을 가지고 있습니다. 그들을 내일 전쟁터에 내보낼 수 있도록 허락하여주시옵소서. 그들은 파우라바를 위하여 용감히 싸울 것이옵니다. 다만 그들은 쉬카르데 왕자가 아닌 푸마슈카 주인님에게 충성을 바칠 것이니 왕자가 적들에 둘러싸인다면 다른 용사들이 왕자를 도우러 갈 수 없도록 막을 것입니다."

푸마슈카의 목소리가 그제야 기쁜 듯 울려 퍼졌다.

"충실한 타우. 너의 말이 옳다. 파우라바의 여러 용사들이 쉬카르데를 보좌한다면 골치 아픈 일이다. 너의 아들들을 내일 전쟁에 내보내는 것을 허락하겠노라."

무대에서 상영되고 있는 내용은 바로 유명한 바라카 전쟁에 관한 이야기였다. 바라카 전쟁은 과거의 대제국 파우라바와 파우라바에게 반하는 연합세력이 대결한 전쟁이었다. 이 바라카 전쟁에서 파우라바는 왕을 잃고 바람 앞의 촛불처럼 위태로운 지경에 빠졌던 것이다. 여기 모여 있는 왕자들 중 바라카 전쟁에 대해 모르는 사람은 없었다. 소년들은 모두가 흥분한 채 눈앞에 펼쳐지는 그림자의 향연에 정신을 쏟았다.

무대 위에서는 하루의 날짜가 지났다. 파우라바의 왕제 푸마슈카와 그의 부하 타우가 다시 대화를 나누기 시작했다. 왕제 푸마슈카의 카랑카랑한 목소리가 울렸다.

"타우, 너에게 명하노니 리무 강변으로 가서 전쟁이 어떻게 되어
가고 있는지 살펴보고 오너라. 모든 전투는 해가 뜸과 동시에 시작
해 해가 질 때 끝나는 것이다. 이제 얼마 안 있어 해가 지고 전투가
끝날 것이니 오늘 전투의 결과와 함께 쉬카르데가 죽었는지 살았는
지 보고 오너라."

타우는 공손히 대답했다.

"예, 주인님. 리무 강변에 다녀오겠습니다."

타우는 무대에서 사라졌다. 타우가 다녀오기를 기다리는 사이 푸
마슈카는 흥분하여 앞날을 계획했다.

"드디어 내일로 나는 파우라바의 왕이 될 것이다. 내가 이 날을 얼
마나 기다려왔던가. 차마 형님을 내 손으로 직접 죽일 수 없어서 나
의 야심을 이제껏 억눌러왔건만 하늘이 날 도와 형님은 돌아가셨다.
이제 쉬카르데가 용감히 싸우다 전사해준다면 난 그를 위해 왕자가
아닌 국왕으로서의 예를 갖추어 성대한 장례식을 치러주리라."

푸마슈카가 초조하게 기다리는데 잠시 후 타우가 나타났다. 푸마
슈카는 기쁘게 부하를 맞았다.

"어떻게 되었는가, 타우? 쉬카르데는 죽었느냐? 오늘의 전투는 어
찌 되었느냐?"

타우에게서는 얼른 대답이 흘러나오지 않았다. 긴 침묵이 흐르는
사이 푸마슈카보다 더 초조하게 타우의 대답을 기다린 것은 바로 관
중들이었다. 연극을 보는 왕자들 모두가 조마조마하게 목을 뺀 채
타우가 입을 열기만을 기다렸다. 마침내 오랜 침묵을 깨고 타우가
입을 열었다.

"푸마슈카 주인님. 저는 주인님의 분부를 받고 리무 강으로 향했

나이다. 격렬한 전투가 벌어지고 있겠거니 생각했으나 제가 갔을 때 리무 강변에는 쥐죽은듯 고요한 정적만이 맴돌고 있었습니다. 강물은 석양빛에 붉게 물들어 있었고 그 모습은 조용하다 못해 평화로웠습니다. 저는 분명히 이 장소에서 전쟁이 일어났을 터인데 왜 모든 것이 이다지도 조용하고 고요한지 당황했습니다.

저는 아무래도 이곳이 아닌 다른 곳에서 전투가 일어난 것 같다는 생각이 들었습니다. 그래서 전투가 일어난 장소를 찾기 위해 발길을 돌리려던 참이었습니다. 그때 제 발길에 무엇인가가 부딪쳤습니다. 그것을 보기 위해 처음으로 바닥에 시선을 던졌습니다. 아아, 주인님. 순간 저는 소스라치고 말았습니다. 저의 발길에 부딪친 둥글고 커다란 그것은 바로 사람의 머리였습니다. 제가 발 딛은 땅에는 수백, 아니 수천의 머리가 몸통과 분리된 채 땅에 깔려 있었습니다. 하나같이 눈을 부릅뜬 채 절 원망이나 하듯 노려보았습니다. 저 역시 전쟁터에 나가 수없이 참혹한 모습을 보아왔으나 이렇게 한 자리에서 많은 시체가 죽어 널려 있는 것을 본 것은 처음이었습니다. 그 모습이 어찌나 참혹하던지 그만 눈을 돌리고 말았습니다. 땅을 외면한 채 리무 강에 시선을 던졌다가 문득 저는 뭔가가 이상하다고 생각하였습니다. 그러다 한참만에야, 정말로 한참만에야 깨달았습니다."

타우의 목소리는 서서히 잦아들었다. 나직한 목소리에는 더없는 비참함이 깔려 있었다.

"아아, 리무 강이 붉게 물들어 있었습니다. 그것은 석양 때문이 아니었습니다. 리무 강은 바로 핏물로 뒤덮여 붉게 물들어 있었습니다. 상류로부터 끝없이 흘러내려오는 강물 전부가 핏빛이었습니다. 그 신성한 리무가 피의 강이 되어 있었습니다. 저는 피로 물든 강을 도저히 볼 수 없었습니다. 차라리 땅에 뒤덮인 시체를 보는 편이 마음

218

이 편하겠다 싶어 땅바닥으로 시선을 던졌을 때였습니다. 갑자기 저는 처음 저의 발길에 채였던 시체의 얼굴이 몹시도 낯이 익다는 사실을 깨달았습니다. 순간 심장이 멈추는 듯했습니다. 아아, 그랬습니다. 그 머리는 제 맏아들의 머리였습니다. 맏아들뿐이 아니었습니다. 둘째 아들, 셋째 아들…… 저의 열 명의 아들들이 모두 리무 강변에 시체가 되어 누워 있었습니다. 엄청난 슬픔과 괴로움을 도저히 참을 수 없었습니다. 저는 아들의 머리들을 안고 통곡하였습니다.

'나의 아들들아. 너희가 아비를 버리고 먼저 저 세상으로 갔단 말이냐. 너의 어미, 너희의 아내, 너희의 자식, 이 세상, 그리고 이 애비보다도 저 세상이 더 좋았단 말이냐.'

그때 어디선가 누군가 걸어오는 발걸음 소리가 들렸습니다. 그 소리에 고개를 들었을 때 저는 쉬카르데 왕자의, 아니 파우라바의 왕 쉬카르데의 모습을 보았습니다. 왕은 머리에서부터 발끝까지 완전히 피에 젖어 있었습니다. 어깨 위로 늘어진 머리카락의 가닥가닥에서 핏물이 흘러내려 땅을 붉게 적시고 있었습니다. 그의 오른손에 쥐어진 활 야나가 역시 피를 뒤집어쓴 채 본래의 색이 적색인 양 빛났습니다. 그 활에 새겨진 뱀의 눈이 마치 절 보고 비웃는 듯했습니다. 저는 그만 온몸이 부들부들 떨리는 것을 느끼며 주저앉고 말았습니다. 바닥에 엎드린 채 전 정신을 가다듬으려 애썼습니다.

'왕이시여. 파우라바의 왕 쉬카르데여. 당신께서 무사하신 모습을 뵈오니 기쁘기 한량없사옵니다. 오늘 전투의 승패는 어찌 되었습니까? 적들의 시체뿐 아니라 우리 쪽의 시체 또한 즐비하니 전 승패를 알지 못하겠나이다.'

그러자 소년의 입에서 심장을 얼릴 듯한 차가운 목소리가 울려 나왔습니다.

'모두가 죽었다. 적도 그리고 우리 쪽도. 모두가 죽었다면 어느 쪽이 이긴 것이냐?'

저는 떨면서 겨우 입을 열었습니다.

'왕이시여, 당신께서 무사하시다면 저희가 전쟁에서 이긴 것이옵니다.'

소년의 입에서 다시 한번 냉랭한 목소리가 울려 나왔습니다.

'난 이곳에 발을 들여놓은 모든 적들을 죽였다. 나의 적에는 나에게 활을 겨누는 모든 인간이 포함되는 것이다.'

그리고 그는 활 야나가를 들었습니다. 이미 수천의 목숨을 앗아갔을 그 활에 또다시 화살이 겨누어졌습니다. 그 화살 끝이 저를 향했을 때 전 혼이 빠져나가는 듯 잠시 정신을 잃고 말았습니다. 제가 다시 정신을 차렸을 때 활 야나가에 매겨진 화살 끝이 저의 심장을 똑바로 겨누고 있었습니다.

'돌아가서 나의 숙부 푸마슈카에게 전해라. 파우라바의 왕 쉬카르데가 명하니 내일 아침 해가 뜨기 전까지 스스로 자신의 심장을 찌르라고. 그렇게 하지 못하겠다면 내가 내일 그 심장에 화살을 꽂겠노라고.'

푸마슈카 주인님. 만일 지금 당신께서 스스로 당신의 심장을 찌르신다면 당신의 명예는 지켜주겠노라는 것이 왕의 약속이옵니다. 당신이 그렇게 하지 못하신다면 당신의 머리는 몸과 분리되어 반역자로 성문에 걸릴 것입니다. 쉬카르데 왕께서는 모든 것을 알고 계십니다. 당신께서 적들과 내통해 부왕 카루슈를 죽음에 이르게 한 일, 저의 아들들이 자신을 죽음의 함정에 밀어넣으려 했던 일까지요."

타우는 팔을 치켜들며 비통하게 외쳤다.

"아아, 주인님. 모든 것은 끝났습니다. 오늘밤의 달이 당신께서 마지막으로 보는 달이 될 것이옵니다. 감히 말씀드리옵건대 스스로 심장을 찌르십시오. 저는 주인님의 명예가 더럽혀지는 모습을 볼 수는 없나이다. 저의 열 명의 아들들의 목을 품에 안았을 때 전 이미 죽었습니다. 저는 먼저 가오니 주인님께서는 부디 명예를 지킬 수 있는 방법을 택하시기를 바라옵니다."

타우의 팔이 이윽고 내려지며 그의 그림자는 무대 위에서 사라졌다. 푸마슈카의 비통한 목소리가 울려 퍼졌다.

"이것은 꿈이다. 거짓이다. 열세 살 난 어린아이에게 그런 강함이 있을 리가 없지 않느냐. 리무 강이 피로 물들었다고? 강변이 시체로 깔렸다고? 쉬카르데가, 그가…… 그가……."

아즈나는 자리에서 벌떡 일어섰다. 카르타의 손이 그의 팔에 닿았으나 아즈나는 단호히 카르타의 손길을 떨쳐버렸다. 소년은 중얼거렸다.

"저 그림자도, 저 이야기도 싫어."

카르타는 더는 말리지 않았다. 아즈나는 성큼성큼 천막 밖으로 걸어나가버렸다. 그 뒷모습을 카르타는 부드러운 눈길로 지켜보았다.

아즈나는 천막 안의 어둠 속에서 제대로 숨도 못 쉬고 무언가가 자신을 짓누르는 듯한 느낌을 받고 있었다. 연극을 보는 내내 가슴속에 뚜렷이 정의할 수 없는 분노와 울분이 솟구쳐 도저히 참아낼 수 없었다. 화가 났으나…… 그보다는 슬펐다. 마치 어린 시절로 돌아간 양 이유도 제대로 알 수 없는 돌발적인 우울이 슬픔이 되어 마음을 채웠다. 천막을 벗어난 후 그는 무턱대고 걸었다. 어디든 좋으니 사람이 없는 곳, 소리가 없는 곳으로 가고 싶었다.

마침내 그는 아무도 없는 호숫가에 이르렀다. 호수 수면 위에는 달이 조용히 빛을 드리울 뿐이었다. 나무의 그림자 속에 숨은 채 그곳에서 아즈나는 소리없이 울었다. 피로 물든 리무 강…… 핏빛 물결…… 시체로 뒤덮인 강변. 직접 눈으로 본 것처럼 그 참혹함이 마음 가득 채웠다. 그는 어린 시절 늘 그랬듯 혼자서 오랫동안 울고 싶었다. 그러나 아무도 오지 않을 것이라 생각했던 이곳으로 누군가가 걸어오는 소리가 들렸다. 나무 그림자 속에 숨듯 기대어 아즈나는 잠자코 상대가 빨리 지나가기만을 기다렸다.

그러나 상대는 그대로 지나가지 않고 호숫가를 두리번거리며 뭔가를 찾고 있었다. 아즈나는 상대가 자신과 같은 또래, 그것도 여자아이임을 깨달았다. 주위가 어두웠기에 처음에는 알아보지 못했다. 그러나 달빛에 상대의 얼굴이 비친 순간 아즈나는 조금 놀랐다.

'그…… 아이다.'

기억은 아주 생생했다. 며칠 전 본 그 소녀였다. 곱게 땋은 머리와 붉은 사리를 입고, 자신에게 화관을 주었던 아이. 꽃내음이 지금도 생생했다. 이름은…… 리무라 했다.

자신도 모르는 사이에 아, 가벼운 탄성을 질러버렸다. 순간 소녀가 자신이 있는 곳으로 고개를 돌렸다. 자신 쪽으로 천천히 다가오는 것이 보였다. 이윽고 소녀는 자신의 앞에 섰다. 놀랍게도 손이 자신의 머리에 닿았다.

"쉬카르데?"

아즈나는 순간 아무 말도 하지 못했다. 상대의 손이 자신의 볼에 닿는 것이 이상하리만치 낯익은, 너무나도 당연한 행동인 것같이 느꺼졌다.

"왜 여기에서 혼자 울고 있어?"

자신을 위로해주는 것이 너무나 당연해 보였다. 처음 느끼는 이 감정에 아즈나는 당황했다. 당황해서…… 어떻게 행동해야 할지를 몰랐다.

'어떡하지?'

앉아 있지 않았다면, 물러설 자리가 있었다면 아마도 뒤로 물러났을 것이다. 아즈나는 머뭇거렸다. 이 자리를 피하고도 싶었고, 피하고 싶지 않기도 했다. 결국 그는 입을 열었다.

"저는 쉬카르데가 아닙니다."

상대로부터는 잠시 아무 말이 없었다. 그러더니 이윽고 뒤로 한 걸음 물러섰다. 한순간 아즈나는 상대가 떠나버리는가 생각했다. 그 생각은 어쩐지 그를 비참하게 했다. 그러나 소녀는 떠나려는 것이 아니었다.

"미안합니다. 그런데 왜 울고 있었나요? 부디 울지 마세요."

상대가 정말로 진심으로 말하고 있음을 아즈나는 느낄 수 있었다. 그러나 울고 있는 모습을 들킨 수치심이 그의 답변을 싸늘하게 만들었다.

"왜 내가 울면 안 되는데요?"

상대는 대답을 못했다. 당황하는 모습이 역력했다. 아즈나는 자기가 상대를 알아보듯 상대도 자신을 과연 알아봤을까 생각했다. 그때 상대가 입을 열었다.

"그건…… 혼자 울면 슬프니까요. 아즈나."

순간 아즈나가 깜짝 놀라는 바람에 리무 또한 덩달아 놀라버렸다. 아즈나는 저도 모르게 떨리는 목소리로 입을 열었다.

"너, 내가 나라는 걸 어떻게 알았어?"

리무는 이게 무슨 말인가 싶어, 잠시 생각에 생각을 거듭해야 했다. 그러고 보니 어떻게 알았지? 소녀는 자신도 어리둥절해졌다. 처음에 나무 그림자의 어둠에 묻혀 얼굴을 못 보았을 때, 이상하게도 당연히 여기에 있는 사람은 쉬카르데라고 생각해버렸다. 그러나 그가 자신이 쉬카르데가 아니라고 밝힌 후에는 역시나 당연하게 그냥 누구인지 알아버린 것이다. 아즈나, 며칠 전 우물가에서 만났던 아름다운 얼굴을 한 소년. 어쩐지 눈빛이 좀 슬퍼 보여서 마음에 걸렸는데. 얼결에 리무는 이렇게 답했다.

"당신이니까요."

아즈나는 이 말에 한참 동안 대답하지 않았다. 갑자기 눈물이 솟아올라 스스로 당황해서 어쩔 줄을 몰랐다. 이 이상한 느낌은 뭐지? 마치, 모든 것이 너무나도 당연한 듯, 이렇게 자신과 함께 있는 게 너무나도 당연한 듯이 함께 있어주는 이 소녀에 대해서 기이한 감정이 가슴 밑바닥에서 올라왔다.

"아즈나. 어디가 아픈가요?"

그래, 마치 소녀가 이렇게 위로해주는 것이 너무나도 당연하고 원래 이래야 했던 듯했다.

"마음이 아파. 나는…… 사람을 죽였거든."

속삭이듯 그는 중얼거렸다.

상대로부터는 잠시 대답이 없었다. 그러나 이윽고 리무는 입을 열었다.

"왜요?"

나직하면서도 부드러운 말투였다. 마치 일상적인 이야기를 듣는 듯. 그 평온한 대답이 아즈나를 당황하게 만들었다. 그는 대꾸했다.

"날 죽이려…… 했거든."

갑자기 그때의 기억이 몸서리쳐질 만큼 생생히 떠올랐다. 처음으로 손이 피로 물들었을 때, 아즈나는 두 손을 바라보았다.

그래, 그때도 이런 어둠 속에서였다.

"처음의 감정이란 그런 거다. 모서리가 깎이지 않는 돌이 다듬어지기 위해선 아픔이 필요하듯이 처음의 감정이란 그런 거다."

형 카르타의 목소리는 너무나도 온화하고 평온해 아즈나는 잠시 이 상황이 거짓말처럼 느껴졌다. 모든 것이 꿈이고 현실이 아닌 것 같았다. 그러나 이것은 현실이다. 나는 사람을 죽였다.

형의 말소리는 계속 이어졌다.

"너를 죽이려 한 사람이란다, 아즈나. 무엇이 괴롭지? 무엇이 슬프지? 크샤트리아는 원래가 적을 죽이기 위해 살아가는 존재! 네 본능이 시키는 대로 한 일인데 뭐 그리 대수로운 일이라 떨고 있는 거니. 마치 연약한 새끼 사슴이나 비에 젖은 어린 새와 같구나."

볼에 떨어진 눈물을 닦고 싶었다. 아즈나는 손을 들어 얼굴을 문질렀다. 손에 흥건한 지독한 피내음에 현기증이 났다. 카르타의 목소리는 여전히 온화하게 울려 퍼졌다.

"아즈나. 저 사람은 아직 완전히 죽지 않았어."

그 말뜻을 깨닫기까지는 시간이 필요했다. 갑자기 소스라치게 놀라며 아즈나는 고개를 들었다. 고개를 내저으며 그는 뒤로 몇 걸음 물러났다.

"싫어."

가느다랗게 항변했으나 형의 목소리는 갑자기 냉정하리만치 단호해졌다.

"죽여라. 저 자는 널 해치려 했다. 네 손으로 끝까지 죽여야 한다, 아즈나."

아즈나는 잡고 있는 단검에 흥건히 묻은 피를 바라보았다. 그 위로 눈물이 떨어졌다. 그는 다시 한번 입을 열어 항변하려 했다. 그러나 귀에 울리는 카르타의 목소리 또한 놀랄 정도로 차가워졌다.

"죽이렴. 죽이지 못한다면 네가 죽을 수밖에 없는 거다. 죽일 수 없는 자는 왕이 될 수 없다. 너는 네가 왕이 되거나, 그렇지 않다면 왕이 된 자에 의해 죽임을 당할 거다. 용감히 행동해라. 아무렇지도 않은 것처럼! 넌 다만 처음이기에 이토록 떨고 있을 뿐이다. 죽여! 네 손에 든 검으로 다시 한번 찔러!"

이제껏 이토록 냉정한 형의 목소리를 들은 것은 처음이었다. 카르타의 냉혹한 소리는 소름이 끼칠 정도였다. 아즈나는 다시 세차게 고개를 저었다.

"싫어!"

동생이 고함처럼 내지른 소리에 카르타는 그저 담담했다. 웃음마저 띠며 그는 물었다.

"왜?"

아즈나는 목이 메어오는 것을, 주저앉아 통곡하고 싶은 것을 간신히 참았다.

"싫어. 이것이 나의 처음의 감정이라면, 처음이기 때문에 죽일 수 없는 거라면 난 이대로 살아가고 싶어. 죽이지 않고 살아가고 싶어. 다른 사람들처럼 쉽게 죽이고 쉽게 잊고 싶지 않아. 난 그러고 싶지 않아."

동생이 내지른 대답에 카르타는 잠시 침묵을 지켰다. 그의 얼굴에 서서히 미소가 떠올랐다.

"그렇다면 잊지 않으면 되지 않니. 죽여! 너를 죽이려는 모든 이를. 너의 모든 적을 죽여. 그리고 네가 죽였다는 사실을 잊지 않으면 되는 거다. 알겠니, 아즈나?"

카르타의 얼굴은 부드러웠으나 그의 입에서 흘러나오는 목소리는 몹시도 냉정했다.

"넌 지금 상대를 찌름으로써 네가 사는 것을 택한 거다. 네 손에는 이미 피가 묻어 있어. 네가 이미 자신의 생명을 지키는 것을 택했다는 사실을 잊지 말아라."

아즈나는 아무런 대답도 못했다. 그저 눈물이 흘러내렸다. 카르타의 목소리가 부드럽게 바뀌었다. 그는 손을 들어 동생의 볼을 닦아주었다.

"왜 우니, 아즈나? 살아간다는 게 뭐가 나쁘지? 신이 널 태어나게 한 이유는 살아가라고 한 일인데 죽지 않겠다는 게 뭐가 나쁘지? 그렇지 않니? 나의 동생 아즈나."

아즈나는 고개를 들었다. 형의 얼굴과 자신의 손에 든 칼을 한 번 바라보았다. 소년의 얼굴이 새파래졌다. 이윽고 아즈나는 바닥에 놓여진, 아직은 시체라 부를 수 없는 그것에 눈길을 던졌다. 몸을 숙여 손을 움직여, 그는 그것의 목을 베었다. 뼈가 부서지는 소리가 아련히 그의 귀에 울렸다.

검을 떨군 후 아즈나는 자신의 손을 바라보았다. 달빛에 비친 두 손은 오히려 아까만큼 붉게 보이지 않았다. 피내음은 분명 더 심해졌겠지만 아까만큼은 아니었다. 왜냐하면 자신은, 이미 자신은……

"이미 처음의 감정을 잃어버렸으니까. 난 이제 쉽게 사람을 죽일 수 있어."

아즈나는 고개를 들어 상대의 얼굴을 바라보았다. 소녀의 눈에서는 금방이라도 눈물이 흘러내릴 듯 보였다. 그러나 리무는 울지 않았다. 대신 소녀는 손을 뻗어 소년의 손을 잡았다. 갑자기 부드럽고 따뜻한 손이 닿자 아즈나는 흠칫 했다. 동시에 리무는 입을 열었다.

"잊어도 좋아요. 슬프고 무서운 모든 것들을 잊어도 좋아요. 잊고 행복해질 수 있다면 모두 잊으세요. 누가 뭐라 해도 자기 자신만은 자기를 용서해주세요."

아즈나는 잠시 아무런 대꾸도 하지 못했다. 그러나 서서히 마음속에 울컥하는, 분노 같은 감정이 생겨났다. 그는 차갑게 상대를 쏘아보며 잡힌 손을 뿌리쳤다.

"쉽게 말하지 마. 너는 그들의 누이이지? 탄타마사에서 온 여섯 형제."

리무가 고개를 끄덕이자 아즈나는 내뱉듯 말했다.

"나는 오늘 그들 중 둘째를 다치게 했어."

리무는 이 사실을 처음 들었다.

"마호다니 오빠가 다쳤나요?"

아즈나는 싸늘하게 대꾸했다.

"죽지는 않았어. 그러나 만일 그가 중간에 시합을 포기하지 않았다면 난 정말로 그를 죽였을 거야."

리무는 한동안 아무 말도 하지 못했다. 잠시 무거운 침묵이 맴돌았다. 이윽고 리무는 슬픈 눈을 하고 입을 열었다.

"아즈나는요?"

아즈나는 상대에게서 무슨 말이 나와도 놀라지 않겠노라 생각하고 있었다. 그러나 리무의 이런 말은 전혀 예상 밖이었다. 눈살을 찌푸리며 그는 되물었다.

“나?”

“아즈나는 다치지 않았나요? 다쳤나요?”

소년은 마치 쇠뭉치로 머리를 맞은 기분이었다. 그는 엉겁결에 고개를 저었다.

“나는…… 괜찮아.”

그러자 소녀는 부드럽게 말했다.

“다행이네요. 다치지 않아서.”

아즈나는 순간 마치 울음이 나올 것 같은, 기묘한 기분이 들었다. 더듬더듬 그는 항변했다.

“나는 너의 오빠를 다치게 했어…… 그런데 왜 나를 걱정하는 거지?”

리무는 조용히 말했다.

“같은 걸요. 마호다니 오빠도 아즈나도 저에게 똑같이 소중하니까요. 마호다니 오빠가 다치면 걱정하는 사람이 있듯이 아즈나가 다쳐도 걱정하는 사람이 있어요.”

아즈나는 순간 눈물이 흘러내리는 것을 느꼈다. 입술을 깨물고 울음을 멈추려 했으나 잘되지 않았다. 머리가 납처럼 무겁고 가슴은 화살에 맞은 양 아팠다.

“틀려. 난…… 난, 죽으면 사람들이 모두 좋아할 거야.”

눈물 때문에 머리가 뜨거워졌다. 온몸이 부들부들 떨렸다.

“모두가 말하는걸. 난 불운한 존재라고. 태어남과 동시에 어머니를 잡아먹은 아이, 신의 노여움을 입고 태어나 이노아의 봄을 늦춘 아이라고.”

리무는 아즈나가 무슨 말을 하는지 몰랐으나 상대가 눈물을 흘리자 마음이 슬퍼졌다. 아까부터 자신도 슬펐던 터라 자신도 훌쩍훌쩍

울며 상대를 위로했다.

"신이 버린 존재란 건 없어요. 아즈나, 울지 마세요."

아즈나는 열이 나는 얼굴에 손을 대었다. 차가운 손이 볼에 닿자 그제야 정신이 조금 들었다. 그는 한참을 그러고 있다가 두 팔에 얼굴을 묻으며 중얼거렸다.

"이노아와 사라마유 사이에는 마슈데하라는 산이 있어. 내가 태어난 해부터 그 산은 갑자기 얼어버렸지. 동시에 이노아에는 봄이 한 달이나 늦게 찾아오게 되었어. 모두가 그것은 나 때문이라고 말해. 어머니를 죽게 하면서 태어난 나 때문에, 신의 노여움을 입은 나 때문에 이노아의 봄이 늦어졌다고. 그게 사실일까?"

리무는 고개를 저었다.

"그것은 사실이 아니에요."

아즈나가 팔에 파묻은 얼굴을 들자 리무는 말을 이었다.

"약속할게요, 아즈나. 마슈데하 산은 반드시 예전대로 푸르른 산으로 되돌아갈 거예요. 이노아의 봄도 예전처럼 빨리 오게 될 거예요. 꼭 그렇게 될 거예요."

아즈나는 정말 마음이 괴로웠다. 그러나 상대가 이렇게 열심히 말하자 슬픈 가운데서도 조금 우스워졌다. 아까까지만 해도 그렇게 무겁던 마음이 훨씬 가벼워지는 것을 느끼며 그는 고개를 들었다. 소녀의 눈동자는 정말로 절실했다.

"약속해요. 마슈데하 산에 다시 봄이 올 거예요."

아즈나는 생각했다.

'저 아이는 뭘 믿고 확신하는 거지?'

아즈나는 문득 자신도 모르는 사이 리무를 향해 빙긋 웃어 보였다.

"너는 신이 아니야. 네가 약속한다 해도 달라지진 않아."

그러나 리무가 한 약속으로 마슈데하 산에 봄이 오게 될지 어쩐지
는 잘 몰라도, 적어도 아즈나의 마음은 조금 풀렸다. 리무는 아즈나
가 웃자 자신도 울음을 멈추고 방긋 웃었다.

상대의 기분이 풀린 듯하자 리무는 자리에서 일어났다. 순간 아즈
나는 당황하며 얼결에 리무의 손을 잡았다.

"갈 거야?"

묻다 말고 아즈나는 슬그머니 상대의 손을 놓았다. 어둠 속이어서
보이지는 않았지만 소년의 얼굴은 새빨개져 있었다. 리무는 고개를
저었다.

"아뇨. 찾아야 할 게 있어요."

말하고 나서 리무는 달빛 속으로 나가 바닥을 열심히 살피기 시작
했다. 아즈나는 엉겁결에 자신도 일어나 함께 바닥을 살폈다. 한참
을 찾다가 문득 아즈나는 물었다.

"뭘 찾는데?"

"붉은색 끈이에요. 쉬카르데에게서 받은 중요한 건데."

걱정하는 소리에 아즈나는 갑자기 동작을 멈췄다. 시선을 바닥으
로 떨구고 리무의 얼굴을 외면한 채 그는 중얼거렸다.

"네가 쉬카르데라고 부르는 건 이유시크 왕의 아들, 아비뉴아지.
왜 그 녀석을 쉬카르데라고 부르는데?"

리무는 이런 질문을 많이 들어왔기에 평소에 늘 하던 식으로 대답
했다.

"세상에서 가장 강하고 용감한 고양이였어요."

아즈나는 리무의 대답이 어쩐지 귀에 거슬렸다. 그는 낮은 목소리
로 말했다.

"그 녀석은 고양이가 아니잖아. 왜 고양이라고 말하는 거지?"

결국 리무는 주위를 돌아다니며 끈을 찾는 동안 자신의 고양이 쉬카르데에 관한 이야기를 처음부터 끝까지 들려주었다. 별로 놀라는 기색도 없이 아즈나는 이야기를 끝까지 듣고 나서 말했다.

"그래서 그렇게 나무 위에 잘도 올라갔구나. 어쩐지 괭이 같더라니."

분명히 호의적이진 않은 말투였다. 아즈나는 갑자기 끈을 찾는 걸 멈추며 입을 열었다.

"그만 찾자. 어두워서 잘 눈에 띄지 않아."

단호한 말에 리무는 상대의 말이 옳다고 생각하면서도 안타까워했다. 우울한 얼굴로 주위를 둘러보는 소녀에게 소년은 말했다.

"선물 받은 중요한 물건이랬지? 내일 해가 뜬 후에 다시 여기서 만나자. 찾는 걸 도와줄게."

리무는 그제서야 사방을 기웃거리는 걸 멈추고 고개를 끄덕였다. 소녀는 상대에게 꾸벅 인사했다.

"고마워요, 아즈나."

아즈나는 리무를 바라보았다. 동시에 아즈나의 딱딱하던 표정도 부드럽게 풀렸다. 소년은 결국 부드럽게 웃었다.

"응. 내일 보자, 리무."

10장 아비뉴아와 아즈나

　그림자 연극은 보통 밤새도록 상연되어 새벽 별이 떠오
를 때에야 끝난다. 오늘 연극 역시 그러했다. 밤을 새서 보아야 하기
때문에 끝까지 보지 못하고 중간에 잠드는 소년들도 꽤 많았다. 연
극이 끝난 이후, 소년들은 천막에서 나와 차가운 새벽 공기 아래 뿔
뿔이 흩어졌다. 아비뉴아는 연극이 끝난 이후로도 전혀 졸음을 느끼
지 못했다. 천막 밖으로 나오자 그는 오히려 새벽 공기에 정신이 맑
아지는 것을 느끼며 크게 심호흡을 했다. 지금 가서 잔다 해도 잠을
이룰 수 없을 것 같았다.

　그는 유쾌한 기분은 아니었다. 밤을 새서 본 연극이 그의 뇌리에
박힌 채 아직도 어둠이 눈앞에 아른거렸다. 새벽 하늘의 푸르른 빛
을 보면서도 그 어둠은 그의 머릿속에서 떠나지 않았다. 문득 그는
자신의 그림자를 보며 생각했다.

　'죽을 때까지 어둠에서 영영 벗어날 수 없는 걸까.'

　밤이 지나 태양이 뜬다 해도, 그러나 어둠은 그림자를 통해 계속
해서 자신에게 달라붙는 게 아닌가. 태양이 짐과 동시에 다시 자신
을 집어삼킬 어둠이라는 존재. 소년은 어렴풋하게 그런 것을 느꼈
다. 동시에 피곤하기도 했다. 졸음은 아니었다. 천막을 나와 소년은
잠시 어디로 갈지를 망설였다. 가슴이 답답했고 그 기분은…… 슬

폼과도 같았다. 그는 다시 어제 연극을 떠올렸다.

'쉬카르데.'

그 이름을 생각하면 할수록 가슴이 더욱 답답해졌다.

'왜 이런 기분을 느껴야 할까?'

마음이 괴로웠다. 그림자, 빛이 생김과 동시에 자신에게 달라붙는 그림자. 얼굴에 열이 오르는 듯하자 아비뉴아는 찬 손을 얼굴에 가져갔다. 그때 떠오르는 이름이 있었다.

'리무.'

생각만으로도 아비뉴아는 가슴이 조금 가벼워지는 것을 느꼈다. 그는 주머니 속에서 어젯밤 리무가 떨어뜨린 끈을 꺼내들었다.

'리무는 이걸 찾으러 나오겠지. 어제 리무를 만났던 곳에서 기다렸다가 돌려주자.'

이 순간, 아비뉴아는 리무가 정말로 보고 싶었다. 그는 자신이 고양이었을 때를 떠올렸다. 그때는 하루 종일 리무와 함께 있을 수 있었다. 아비뉴아는 저도 모르게 웃으며 눈을 감고 새벽 공기를 깊이 들이마시며 생각했다.

'나는 리무 강을 차지하고 제왕으로 불리는 것보다 그애와 함께 있는 것이 더 좋아.'

한편 연극을 보며 밤을 샌 왕자 중에는 이노아의 왕자 카르타가 있었다. 천막 속의 짙은 어둠 속에서 누구도 카르타의 표정을 보지 못했지만 밤새도록 연극을 보는 사이 이 왕자의 얼굴에서는 줄곧 희미한 미소가 떠나지 않았다. 그의 미소는 다양하게 해석될 여지를 가지고 있었다. 본디 카르타라는 소년은 묘한 구석이 많았다. 그러나 그 모든 것들이 불구인 몸에 가려져 일반 사람에게는 보이지 않는 것이었다. 마치 자신의 이상한 점을 숨기기 위해 일부러 불구의 몸으로 태어난 것 같았다.

연극이 끝나고 자신의 거처로 돌아가던 카르타는 동생 아즈나와 만났다. 동생은 어제 연회장에서 나갔을 때의 옷차림 그대로였다. 붉은 예복은 새벽 이슬에 젖어 있었고 머리 또한 축축해져 있었다. 그러나 볼은 좀처럼 보기 드물게 상기되어 있었고 눈은 별처럼 빛났다. 카르타는 웃으면서 동생의 옷에 묻은 풀잎을 털어주었다.

"아즈나, 밤새도록 무엇을 한 거니? 이런 모습은 처음 보는 것 같구나."

그러자 동생의 얼굴이 붉어졌다. 그는 머뭇거리다가 입을 열었다.

"물어보고 싶은 게 있어, 형."

"무엇이든지."

카르타가 웃음을 띠며 대답하자 아즈나는 망설이며 물었다.

"선물을…… 주고 싶은 사람이 있어. 그런데 어떤 선물을 받으면 좋아할까?"

카르타는 다시 한번 아즈나의 얼굴을 보았다. 말을 꺼내는 아즈나의 얼굴은 붉게 상기되어 있었다. 카르타는 다정하게 웃었다.

"글쎄다. 무엇이 좋을까? 함께 생각해보자꾸나."

카르타는 동생의 손을 잡고 함께 거처로 돌아갔다. 자신들의 천막에 도착해서 그는 진지하게 이야기를 시작했다.

"귀한 선물이라는 건 우선은 정성이 담겨야 한단다. 상대에 대한 공경의 마음이 담겨야 하지. 그리고 너에게 중요한 것이라면 중요한 것일수록, 상대에게 준다는 행위의 귀중함이 더해진단다. 쉽게 구할 수 없는 물건이라면 더욱 좋지. 만일 네가 선물을 줄 사람이 타국의 사람이라면 이노아만의 독특한 그 무언가를 주는 편이 좋겠구나."

아즈나는 카르타의 이야기를 들으며 한동안 깊은 생각에 빠졌다.

236

'내가 가진 것 중에 중요한 것?'

그는 자기가 가지고 있는 것 중 중요하다고 생각하는 것이 전혀 없었다. 카르타가 말한 요건을 모두 만족시킬 만한 물건은 아예 그의 머릿속에 떠오르지 않았다. 카르타는 덧붙여 설명했다.

"탄타마사에서는 자식이 태어나면 그의 부모가 아기에게 길한 빛깔의 끈을 달아준다는구나. 그 아이들은 자라나면서 누군가에게 우정을 표할 때, 태어날 때 받은 끈을 선물한단다. 사라마유에서는 애정을 담아 금으로 된 물건을 선물한다지. 즉, 예로 금 목걸이를 걸어준다는 건 상대가 자신의 목숨보다도 중요하다는 뜻이야."

카르타의 이야기를 듣는 도중 문득 아즈나의 머릿속에 떠오르는 물건이 하나 있었다. 아즈나가 그것을 언급하자 카르타는 웃었다.

"글쎄다. 그것은 확실히 좋기는 하겠구나. 그러나 그건 네게도 아주 중요한 물건인 걸 기억하렴."

그러나 아즈나는 이미 그것을 주기로 마음을 굳혔다. 카르타는 아즈나가 누군가에게 무엇을 주고 싶어하는 것은 처음 있는 일이어서 굳이 말리지 않았다. 그는 다만 미소를 띠며 동생에게 말했다.

"부디 좋은 결과가 있기를."

그는 속으로 웃고 있었다.

그날 해가 뜸과 동시에 리무는 일어나서 호수로 향했다. 잃어버린 끈이 마음 한구석을 차지해서 내내 마음이 편치 않았던 것이다. 리무가 호수에 도착했을 때 이미 아즈나는 먼저 나와 소녀를 기다리고 있었다. 밤새도록 한숨도 자지 않았음에도 불구하고 그는 조금도 피로나 졸음을 느끼지 못했다. 다만 심장이 이상하리만치 두근거리고 자꾸 멍해져서 그는 상당히 초조해져 있었다. 태어나서 오늘만큼 태양이 떠오르기를 기다려본 일도 없었다.

리무는 호수에 도착한 후에도 한참 동안 아즈나를 발견하지 못했다. 오는 내내 소녀는 땅만 두리번거렸다. 그러나 결국 소녀는 소년을 발견하고 인사를 했다.

"안녕하세요."

아즈나는 얼른 대답하지 못했다. 그는 속으로 웅얼웅얼 할말을 미리 해보았다. 그러는 바람에 인사를 하는 것은 잊고 성급하게 입을 열었다.

"리무, 너에게 주고 싶은 게 있는데……."

그 말을 들은 순간 소녀는 자기가 떨어뜨린 끈을 소년이 찾아주었나 생각했다. 반색을 하며 얼른 손을 내민 순간 아즈나는 준비해온 선물을 리무에게 내밀었다. 갑자기 뭔가 묵직한 물건이 손에 들려지자 하마터면 리무는 그것을 떨어뜨릴 뻔했다. 간신히 떨어뜨리지 않고 리무는 그것을 내려다보았다. 뜻밖의 물건이었다. 너무 뜻밖이어서 그것을 한 번 보고 아즈나의 얼굴을 한 번 보고, 그러기를 서너 번 되풀이했다. 한참만에야 소녀는 조심스럽게 상대에게 물었다.

"아즈나, 이 도끼는 뭔가요?"

리무가 받은 것은 은으로 만들어진 도끼였다. 자루에는 정교한 세공이 되어 있고, 커다란 보석이 박혀 있어 한눈에 보아도 귀한 물건임을 알아볼 수 있었다.

이것은 바로 아즈나가 태어나면서 받은 도끼였다. 이노아에는 왕자가 태어나면 도끼를 주는 전통이 있었던 것이다. 아즈나에게 있어서 별로 소중하다 생각할 물건이 없었지만, 그래도 그나마 이 도끼는 중요한 물건이라고 생각하는 터였다. 소녀에게 그것을 내밀 때 소년의 얼굴은 붉어져 있었다.

"태어날 때 받은 것인데, 너에게 주고 싶어."

리무는 상대의 진심 어린 말에 매우 감동을 받았다. 겉보기에도 이것이 매우 중요한 물건이라는 생각이 들었던 것이다. 그러나 결국 리무는 그것을 내려놓았다. 그녀가 들고 있기에는 도끼가 너무 무거웠다. 리무는 도끼를 바라보다가 조심스럽게 입을 열었다.

"저 …… 그런데 이것을 뭐에 써야 할까요?"

소녀로서는 이 도끼를 사용해서 할 만한 일이라는 게 도저히 머릿속에 떠오르지 않았던 것이다. 그러나 아즈나 역시 자기에게 중요한 물건을 리무에게 줘야겠다고 생각했을 뿐, 도끼를 사용해서 할 만한 일이라는 걸 생각해본 일이 없어 잠시 당황했다. 그는 이 도끼를 사용해서 할 만한 일을 필사적으로 떠올렸다. 우선 아마 왕은 도끼를 사용해 그에게 대항하는 적의 목을 남김없이 베었다. 하지만 이건 좀 말하기가 뭐했다. 아즈나는 또 생각했다. 도끼로 나무를 벨 수도 있다. 벤 나무로 땔감을 만들 수도 있고, 오두막을 지을 수도 있고…… 그러다가 문득 아즈나의 머릿속에 떠오르는 생각이 있었다. 그가 생각하기에 그 생각은 아주 좋게 느껴졌다.

"꽃을 자르면……."

한순간 리무는 멍하니 아즈나의 얼굴을 바라보았다.

"……네?"

아즈나는 열심히 말을 이었다.

"그러니까 화관을 만들 때 쓸 꽃을 자르면 되잖아."

리무는 잠시 말문이 막혀 아즈나의 얼굴을 보다가 도끼로 시선을 떨구었다. 그리고 다시 아즈나의 얼굴을 보다가 또다시 도끼를 보았다. 그리고 잠시 시간이 흘렀다. 갑자기 리무는 푸훗 하고 웃었다. 도끼를 껴안고 소녀는 자리에 주저앉았다.

　소년의 말을 떠올리면 떠올릴수록 소녀는 웃음을 참기가 힘들었다. 처음에는 풋하고 웃는 정도였으나 나중에는 배를 잡고 웃음을 터뜨렸다. 소녀의 웃음 소리가 호숫가에 맑게 울렸다.

　웃으면 웃을수록 더 우스워져만 갔다. 시간이 지남에 따라 리무의 눈에는 눈물까지 괴었다. 그녀는 세상에 태어나서 이렇게 소리내어 웃어본 일이 한 번도 없었다. 일단 한 번 웃으니 마치 뭔가가 끊어진 것처럼 웃음을 참을 수가 없었다. 동시에 몹시도 행복한 기분이, 처음 느껴보는 들뜨면서도 즐거운 기분이 온몸을 가득 채웠다. 즐겁게 정말로 즐겁게 리무는 웃었다.

　"하하하."

　리무가 웃음을 멈추기까지는 매우 오랜 시간이 걸렸다. 처음에 아즈나는 당황해서 할말을 잊은 채 가만히 서 있었다. 별로 기분이 좋지 않았다. 우선 그는 리무가 왜 저렇게 웃나 이유를 알 수가 없었다. 그로서는 별로 우스운 말을 했다고 생각하지 않았던 것이다. 그러나 리무가 저토록 즐겁게 웃자 아즈나조차 왠지 모르게 기분이 좋아졌다. 결국 아즈나는 즐거운 기분으로 나무에 기대어 리무가 웃음을 멈추기를 기다렸다. 그러다 깜박 졸음이 몰려왔다. 소년은 밤새 한숨도 못 잔 터였다. 잠이 들면서도 리무가 밝게 웃는 소리를 들을 수 있었다. 그러다 아즈나는 잠이 들었다.

　리무는 약 한 시간이 지난 후에야 간신히 웃음을 멈췄다. 웃음을 멈추고 정신을 차려보니, 아즈나는 나무에 기댄 채 곤히 잠들어 있었다. 왠지 미안해서 리무가 당황할 때였다.

　갑자기 머리 위에서 부드러운 목소리가 들렸다.

　"이제 다 웃었어?"

그 목소리는 너무나도 귀에 익은 것이었다. 리무는 나무 위를 쳐다보았다.

"쉬카르데?"

아비뉴아가 나무 위에서 가볍게 뛰어내려왔다. 어제 복장 그대로 붉은 예복 차림이었다. 항상 밝고 명랑한 표정을 하고 있는 소년이었지만 지금 아비뉴아의 표정은 결코 밝아 보이지 않았다. 리무를 바라보는 눈빛은 부드러웠지만 어딘지 모르게 쓸쓸했다.

"네가 웃었네."

아비뉴아가 말한 후에야 리무도 자신이 태어나 처음으로 소리내어 웃었음을 깨달았다. 문득 또다시 날아갈 것 같은 즐거운 기분에 휩싸여 리무는 방긋 웃었다. 아비뉴아는 평소의 그답지 않게 조용히 리무의 웃는 얼굴을 지켜보았다. 이제껏 자신은 얼마나 저 웃는 모습을 보고 싶어했던 걸까. 처음부터였다. 처음 보았을 때부터 어쩐지 웃게 만들고 싶다는 생각을 했다. 그러나 리무는 웃지 않았고 웃은 건 오히려 자신이었다. 그때는 그냥 리무를 보는 것만으로도 자신의 마음은 즐거웠다.

리무는 아비뉴아가 무슨 생각을 하는지 알 턱이 없었다. 소녀는 태어나서 지금만큼 즐거운 기분을 느낀 일이 없기에 계속 웃고 있었다. 아비뉴아는 그 모습을 보다가 나직이 입을 열었다.

"널 웃게 만든 건 내가 아니구나."

리무가 웃음을 멈췄을 때 아비뉴아는 쓸쓸하게 웃고 있었다. 그대로 소년은 말을 이었다.

"내가 너에게 웃음을 가르쳐주고 싶었는데."

결국 리무는 걱정스러운 얼굴로 상대의 이름을 불렀다.

"쉬카르데?"

순간 아비뉴아는 고개를 세차게 저으며 단호히 입을 열었다.

"쉬카르데라 부르지 마! 나는 더이상 네 고양이가 아니야. 아비뉴아! 그것이 나의 이름이야."

리무는 이제껏 아비뉴아로부터 이렇게 냉정한 목소리를 들은 것은 처음이었다. 놀라서 소녀의 눈이 동그래졌다. 그 눈에 겁이 차는 걸 보자 아비뉴아는 다소 기분이 가라앉았다. 그는 주머니에서 전에 자신이 리무에게 주었던 끈을 꺼냈다.

"이거 찾고 있었니?"

리무는 밤새도록 찾고 있던 끈을 아비뉴아가 갖고 있자 다시 한번 놀랐다. 그러나 아비뉴아의 냉정한 말에 놀라서 선뜻 손을 내밀지 못하는데, 그 모양을 본 아비뉴아가 입을 열었다.

"이거 네게 소중한 물건이긴 한 거니?"

아까만큼 냉정한 목소리는 아니었다. 리무가 영문을 몰라하면서도 열심히 고개를 끄덕이자 아비뉴아의 표정이 조금 풀렸다. 아비뉴아는 다가와서 리무의 옷자락에 끈을 매어주었다. 그리고 뒤로 한 걸음 물러서서 그는 물었다.

"내 이름이 뭐야, 리무?"

리무는 조심스럽게 대답했다.

"아…… 비뉴아."

그러자 아비뉴아는 그제야 평상시의 태도로 돌아왔다. 평소처럼 그는 리무를 향해 싱긋 웃어 보였다. 물론 평상시와 완전히 같지는 않았다. 그러고 싶어도 그럴 수가 없었다.

"그래. 그게 내 이름이야."

아비뉴아는 조용히 덧붙였다.

"절대 잊지 마. 이제 내가 너의 고양이가 아니라는 걸."

소년은 몸을 돌려 그 자리를 떠나버렸다.

탄타마사의 형제들은 모두가 하룻밤을 꼬박 새웠다. 연회에 간 잔드라, 사바르니, 아디토야는 연극을 보느라, 그리고 거처에 남아 있던 다나와 아반티는 둘째형의 상태를 지켜보느라 밤새도록 한숨도 자지 못했다. 잔드라들이 연회를 마치고 새벽에 돌아왔을 때 다나와 아반티는 막 잠자리에 들려는 차였다. 모두 다 피곤해서 그냥 한데 모여서 쓰러지듯 잠이 들었다.

다음날 해가 중천에 떠올랐을 때 모두들 일어나자마자 둘째의 안색부터 살폈다. 마호다니는 어제보다는 훨씬 얼굴빛이 좋아져 있었다. 그는 본래 워낙 튼튼한지라 그렇게 심한 부상을 입었는데도 기력을 잃지 않았다. 먹을 것도 잘 먹고, 남는 기운으로 사바르니와 입씨름까지 하였다. 그런 둘째의 모습을 보며 형제들은 드디어 평상시로 돌아왔구나 생각하며 기뻐했다.

낮에는 리무가 문병을 왔다. 형제들은 누이를 놀라움으로 맞았다. 그들은 서로 눈빛을 주고받았다.

'네가 이야기했냐?'

'아냐!'

'아디토야! 너지? 너밖에 없어.'

'아냐, 나 아냐!'

이 문병에 가장 당황한 건 당사자인 마호다니였다. 그는 겸연쩍게 중얼거렸다.

"아, 나, 난 별로 크게 다치지 않았어."

이 말에 밤새도록 둘째를 간호한 쌍둥이들이 기가 막혀했다.

형제들은 리무가 또 얼마나 많이 울까 걱정했지만 이상하게 소녀는 전혀 울지 않았다. 마호다니를 바라보는 눈에는 걱정이 가득 차 있었으나 전처럼 눈물이 글썽해 있지는 않았다. 리무는 재회 이후로 줄곧 눈물로밖에는 자신의 감정을 표현하지 못했는데 의아하리만치 많이 달라져 있었다. 형제들은 후에 이를 두고두고 궁금해했다.

리무가 돌아간 뒤 형제들은 이런저런 이야기를 나누며 하루를 보냈다. 내일이면 드디어 무예시합이 끝난다. 그들 모두가 슬슬 부모님들이 보고 싶었고, 고국이 그리웠다. 고국과 부모님 이야기를 나누다 보니 결국은 이야기의 초점은 리무에게 이르렀다. 모두들 이제 며칠 후, 이 누이를 남기고 가야 한다는 사실에 낙담했다.

"리무는 매우 건강해 보였으니까 잘 지내고 있다는 사실을 전해드리면 백부님과 백모님도 기뻐하시겠지."

잔드라는 그렇게 말했으나 스스로도 그 사실을 믿지 않았다. 고국으로 돌아가 수와얌프라바 백모님께 리무의 소식을 전할 때, 백모님이 떨구실 눈물을 생각하니 벌써부터 그의 마음은 무겁기 그지없었다. 다른 형제들도 잠시 침묵을 지켰다. 막내는 조심스럽게 눈치를 살피다가 입을 열었다.

"누나도 함께 돌아갈 방법은 없는 걸까?"

막내는 역시 아직 어렸다. 혹시 상황이 잘 풀릴 수도 있지 않을까 하는 희망을 품고 있었다. 그가 본 이유시크 왕은 솔직히 정말 훌륭해 보이는 사람이었다. 그의 아들 아비뉴아 역시 친근하게 느껴졌다. 리무의 말에 의하면 소마사 왕비 또한 그녀를 잘 돌보아주고 있다고 한다. 아디토야가 생각할 때 하나같이 나빠 보이지 않는 사람들이었다. 그럼에도 불구하고 리무는 돌아갈 수 없다. 생각하면 할

수록 모순되는 기분이었다.

결국 막내의 모순을 정리해준 것은 셋째였다. 사바르니는 한숨을 지으며 입을 열었다.

"이건 왕가에서 태어난 사람들의 숙명이겠지. 왕의 다르마는 개인의 그것과는 틀리니까. 왕가에서 태어난 사람들은 개인의 다르마 외에, 또다른 다르마를 지녀야 해. 개인의 선함이 왕의 선함으로 이어지는 건 아니야."

막내는 그만 입을 다물었고 맏이가 말을 이었다.

"쉽게 돌려준다면 애당초 빼앗아가지도 않았겠지. 모두 알지 않니. 리무를 되돌려 받을 수 있는 방법은 하나뿐이란 걸."

잔드라의 말이 아니어도 이때 모두들 과거 자신들이 했던 맹세를 떠올리고 있었다. 무거운 분위기 속에서 시간이 흘러 밤이 되었다. 오늘밤도 연회가 열린다. 잔드라는 오늘은 다나와 아반티를 데려갈까 생각했으나 쌍둥이들은 고개를 저었다. 결국 어제와 마찬가지로 쌍둥이가 마호다니 곁에 남고 나머지 셋이 연회장으로 향했다.

이날 연회장은 어제만큼 왁자지껄한 것은 아니었으나 분위기가 훨씬 부드러워져 있었다. 어제 하루 사이에 소년들은 이미 서로 마음이 맞는 사람들끼리 모여 무리를 지은 상태였다. 어젯밤 본 연극이 모두의 마음에 남아 공통된 화제도 형성되어 있었다. 다들 친근하게 연극과 무예시합에 대한 이야기를 나누었다.

특히 오늘 연회에서는 어제 모습을 보이지 않았던 사라마유의 왕자 아비뉴아가 나타나 모두의 눈길을 끌었다. 아비뉴아와 아즈나, 둘 모두가 내일 결승전에 나갈 주인공으로 관심을 받았다. 그러나 사실 다른 소년들이 둘을 보는 시선에는 미묘한 차이가 있었다. 둘 다 똑같이 무예시합에서 자신의 실력을 만인에게 인정받기는 했다.

그러나 아즈나는 순수하게 무예시합에서 그의 이름을 높인 반면, 아비뉴아의 경우에는 대국 사라마유, 이유시크 왕의 외아들이라는 점이 우선 돋보였다. 탄타마사의 형제들은 둘 모두에게 관심을 쏟았다. 과연 아비뉴아와 아즈나, 둘 중에 누가 이길지 서로 예측을 해보기도 했다. 사바르니는 아즈나, 아디토야는 아비뉴아를 지지했다. 그러자 잔드라는 웃으면서 지적했다.

"다들 자기와 싸웠던 사람에게 진심으로 승복했나 보다."

그러나 웃으면서도 맏이는 마음이 편치 않았다. 그는 다쳐서 누워 있는 둘째를 생각하며 마음속으로 내일 승부의 결과야 어찌 되든 무슨 상관이냐고 중얼거렸다.

그들이 이야기를 하는 도중에 스얌바라의 왕자 사나가 그들에게 왔다. 탄타마사와 스얌바라는 사돈국으로 현 탄타마사의 아두르타자스 왕은 스얌바라의 수르바늄 왕의 외손자였다. 혈연 관계에 있는 그들은 서로에게 반갑게 인사하고 이야기를 나누었다. 사나는 어젯밤 연극을 화제로 꺼냈다. 유달리 키가 큰 그는 게을러 보이는 첫인상과는 달리 재치 있는 말솜씨에 유창하기까지 했다.

"다들 어제 인형극은 재미있었습니까? 스얌바라 최고의 배우가 한 것이니 만족할 만하죠? 스얌바라는 국력은 별로 강하지 않지만 역사와 전통은 있답니다. 문화와 예술도 내세울 만하고요. 보통 이런 무예시합이나 큰 축제가 있을 때, 스얌바라 왕실에서는 무용단과 연극단을 보내준답니다."

사나는 아무렇지도 않게 말했으나 듣고 있던 형제들이 조금 무안해졌다. 특히 아디토야는 어제 자신이 스얌바라를 떠올리며 구슬 하나를 꺼냈던 것이 생각나 얼굴이 붉어졌다.

그때 사바르니가 물었다.

"어제 연극에서 사용된 음악도 그럼 스얌바라 특유의 것인가요? 신기하더군요. 어떻게 그렇게 빠른 음이 나오지요? 그런 속도는 불가능해 보이던데."

셋째는 음률에 대해 조금 아는 바가 있어서 이렇게 물은 것이었다. 사나는 대수롭지 않게 대꾸했다.

"아, 그거. 두 사람이 하는 겁니다."

"응?"

"연주되는 모든 악기는 두 대씩 짝을 이루고 있습니다. 기본 음을 내는 한 대가 있고 그에 짝을 이루는 다른 한 대가 있지요. 두 악기는 크기와 모양은 동일하지만 한쪽이 다른 한쪽에 비해 약간 높게 조율이 되어 있거든요. 그래서 같은 음을 두 대가 동시에 낼 때 진동이 생기면서 특유의 소리가 만들어지죠. 그 악기를 가지고 하나의 선율을 두 사람이 분담해서 교대로 한음 한음 연주하기 때문에 불가사의하게 느껴질 정도로 빠른 음이 나오는 겁니다. 뭐, 원리를 알고 보면 별거 아닙니다."

사나는 정말 별거 아닌 양 말했지만, 그의 이야기를 들은 소년들은 저 녀석이 어떻게 이런 걸 알고 있나 하는 생각에 오히려 놀랐다. 아디토야는 진심으로 감탄했다.

"대단해요."

그때 탄타마사의 형제들은 자신들의 놀람이 이제 시작일 뿐이란 사실을 미처 모르고 있었다. 사나는 칭찬을 들어도 별 감흥이 없는 얼굴이었다. 아디토야의 감탄을 흘려들으며, 그는 인형극을 화제로 내세웠다.

"제왕 쉬카르데의 이야기는 가장 멋진 주제죠. 그렇지 않습니까?"

쉬카르데라는 이름이 나오자마자 아디토야는 눈을 빛냈다.

"네. 굉장했지요. 특히 천신들의 부탁으로 아수라의 왕과 싸우는 장면이 정말 굉장했습니다. 브라흐마의 아스트라를 쓰는 것도 그렇고요. 난 아스트라가 뭔지도 제대로 몰랐지만요."

아디토야의 흥분된 어조에 사나는 웃으며 말했다.

"아스트라란 신들의 무기를 내쏘고 거두어들일 수 있는 주문을 뜻하는 겁니다. 신의 힘을 빌리기에 막강한 위력을 지니고 있지요. 우리들도 노력한다면 언젠가는 아스트라를 사용할 수 있게 되겠지요. 뭐, 저는 별로 관심이 없지만. 원하신다면 주문을 가르쳐드리겠습니다. 알고 있는 건 많으니까."

"정말입니까?"

아디토야가 큰 관심을 보이자 사나는 말을 이었다.

"그러나 이건 주문을 안다고 누구나 다 쓸 수 있는 건 아닙니다. 만일 그렇다면 아무나 다 아스트라를 사용하겠지요. 아스트라는 신의 주문이기 때문에 신의 허락을 받은 자만이 쓸 수 있습니다. 신의 허락을 받기 위해선 그 자신의 강함이 필요하고요. 주문을 안다고 해서 되는 건 아닙니다."

옆에서 잔드라와 사바르니는 사나가 매우 유식한 것을 보고 놀랐다. 사바르니는 어쩐지 호승심이 생기는지 사나의 말을 받아 막내에게 이어 설명했다.

"신의 허락을 받는다, 거기에는 또 큰 의미가 있어. 솔직히 그냥 활을 쏘거나 아스트라로 쏘거나 제대로 맞추면 상대는 죽는 거잖아. 아스트라는 일단 그 위력이 대단하기에 중요한 거지만, 그것 이상으로 그 주문 자체에 자신을 보호하는 힘이 있어."

아디토야는 들으면 들을수록 신기할 따름이었다.

"보호하는 힘?"

"그래, 보호하는 힘. 주문을 외운다는 것은 신에게 힘을 빌리는 행위, 그 허락을 구하는 동안에 행위자는 신과 영적인 소통을 하는 거야. 따라서 그 아스트라가 쏘아지기까지, 그 주문의 대상이 되는 신은 행위자를 보호해. 그 주문이 끝나기까지는 그 누구도 행위자를 죽이거나 방해할 수 없어. 그랬다가는 자신이 먼저 신의 노여움의 대가를 받게 되는걸. 한 번 외워지면 절대로 물릴 수 없는 주문, 그것이 아스트라의 힘이야."

사바르니는 여기까지 설명하다가 문득 사나를 향해 물었다.

"사나, 혹시 브라흐마, 비슈누, 시바의 주문 중 아는 것이 있습니까?"

사바르니가 이런 걸 묻는 데는 이유가 있었다. 탄타마사의 셋째는 이미 여러 신들의 아스트라 주문을 외우고 있었다. 외우긴 하나 아직 한 번도 사용해본 적이 없음은 물론이었다. 그저 아스트라 주문을 외운다는 사실 자체가 멋있게 느껴졌기에 아스트라를 알고 있는 사람들에게 졸라 외운 것에 불과했다. 그러나 그런 그로서도 브라흐마, 비슈누, 시바, 세 최고신의 힘을 빌리는 아스트라 주문은 알아낼 방법이 없었다. 탄타마사에는 이 세 신의 아스트라 주문을 아는 사람이 아무도 없었던 것이다. 사나는 사바르니의 물음에 고개를 저었다.

"당연히 모르지요. 이 세 신의 주문을 아는 사람은 세상에 두세 사람뿐인 걸로 알고 있습니다. 설령 주문을 알아도 그것을 쓸 수 있는 사람이 현재로서는 전혀 없고요."

사나의 말투는 너도 뻔히 아는 걸 왜 묻느냐는 투였다. 아디토야는 잘 몰랐기에 열심히 물었다.

"과거에는 있었습니까?"

이 질문에 대답한 것은 잔드라였다.

"그래, 아디토야. 너도 잘 아는 이름이야."

아디토야는 '누구?' 하고 묻다가 자신의 질문이 바보 같았음을 느꼈다. 막내는 스스로 자신의 질문에 대답했다.

"제왕 쉬카르데."

사바르니가 고개를 끄덕였다.

"그래. 쉬카르데가 브라흐마의 아스트라를 사용했다지. 그의 유명하고 성스러운 활 야나가를 사용해서."

그때 갑자기 사나가 피식 웃었다. 모두들 사나가 왜 웃나 싶어 그를 쳐다보았다. 특히 사바르니는 자기가 이야기하는데 다른 사람이 웃자 기분이 좀 상해서 사나를 쳐다보았다. 사나는 미안하다는 뜻으로 고개를 숙여 보이고 입을 열었다.

"성스러운 활 야나가 때문입니다. 그 성물에 대한 이야기가 스얌바라에는 있거든요."

사바르니는 야나가에 대해서는 전혀 몰랐다. 자신도 모르는 이야기를 어떻게 저 소년이 아나 싶어, 셋째는 눈이 동그래진 채 항변하듯 입을 열었다.

"야나가는 파우라바 왕조에서 대대로 왕에게 전해내려온 활이지요. 신의 활이란 것 이외에는 아무것도 알려지지 않은 걸로 아는데요."

더 아는 게 있냐는 사바르니의 물음에, 사나는 무릎 위에 팔을 올려 턱을 괴면서 대꾸했다.

"파우라바 왕조가 맨 처음 어떻게 시작되었는지에 대한 전설은 유명하니까 다들 알고 계시죠?"

유명하다 해도 잔드라와 아디토야는 몰랐다. 그러나 사바르니는 알고 있었기에 고개를 끄덕였다.

"네. 초대 왕 파우라바가 호수 신의 딸과 결혼한 뒤, 자신의 이름을 딴 파우라바 왕국을 세웠다지요. 그래서 파우라바는 신의 축복을 받아 그토록 강대하게 번영할 수 있었다던데."

그러자 사나는 픽 웃었다.

"파우라바 왕조가 처음 시작된 수도가 현재 스얌바라 왕국의 수도와 같다는 사실도 아십니까? 즉, 스얌바라의 성스러운 호수가 바로 그 호수 신의 호수라는 거."

'그거야 그쪽에서 그냥 그렇게 주장하는 거 아냐?'

사바르니는 생각했으나 입 밖에는 내지 않았다. 다들 궁금한 얼굴을 하자 사나는 말을 이었다.

"그래서 스얌바라에만 전해내려오는 이야기가 있지요. 당신들에게는 이야기해드려도 좋겠지요."

탄타마사의 형제들은 이날 사나의 이야기를 들으며 밤을 지샜다.

요 사이 이유시크 왕은 매일매일을 흥분의 도가니 속에 살고 있었다. 전쟁터에 나가 수많은 적과 싸워 이긴 그였지만, 며칠간 계속된 무예시합의 승패는 그 어떤 전쟁에서의 승리보다도 더 큰 흥분과 기대를 그에게 가져다주었다. 오늘밤은 특히 더 그러했다. 드디어 결승전이 내일로 다가옴에 따라 왕은 특히 더 큰 두근거림을 느끼고 있었다.

밤이 되어 내전에 들어가서도 그는 무예시합에 대한, 그리고 아들에 대한 생각에 골똘한 나머지 통 말이 없었다. 소마사 왕비는 왕의 마음을 그 누구보다도 잘 이해하고 있었다. 왕 중의 왕인 그가 이렇게 한 아버지로서 들떠 있다니, 그녀는 내색하지는 않았지만 어쩐지 우습기조차 한 느낌이었다. 그녀는 부드럽게 남편에게 말을 걸었다.

"내일이 드디어 결승전이군요. 우리 아비뉴아는 참으로 잘해주었습니다."

남편이 고개를 끄덕이자 아내는 웃음을 지어 보였다.

"그래서 말이지만, 시합이 끝난 뒤에요."

말을 이으며 왕비는 속으로 당연히 우리 아비뉴아가 이기겠지 생각하고 있었다. 그녀가 그렇게 생각하는 것도 어쩌면 당연했다. 그녀의 아들 아비뉴아는 열 살의 나이에 호랑이를 죽인 놀라운 아이가 아니던가. 게다가 요사이 줄곧 아들의 승리를 알리는 소식이 잇달아 도착함에 따라, 이제 아들의 승리는 놀라움이 아니라 당연한 기정사실처럼 되어버렸다.

"그날 밤 바로 승자를 위한 연회를 여는 것도 좋겠지만요. 음, 결승시합의 다음날이 바로 아비뉴아의 생일입니다. 그때 무예시합의 우승자를 위한 연회와 겸해 아비뉴아의 생일 잔치를 하는 편이 좋지 않을까요."

왕비가 은근슬쩍 아비뉴아의 우승 잔치에 대해 언급하자 이유시크 왕은 엉뚱한 소리를 했다. 그는 다른 생각에 빠져 있었던 것이다.

"그보다는 왕세자 책봉을 하는 게 어떻소?"

뜻밖의 얘기에 소마사 왕비는 잠시 어리둥절했으나 이윽고 부드럽게 말했다.

"그것은 준비하는 데 시간이 오래 걸리는 일이지요. 여러 달을 두고 준비해야 할 것입니다. 하긴, 이번 생일이 지나면 아비뉴아 또한 만 열네 살이 되니 슬슬 그런 의식을 치를 나이도 되었군요."

왕이 말했다.

"허례허식이 뭐가 필요하겠소."

"서두를 일이 무엇입니까. 의식을 따지길 좋아하는 브라흐마나들이 궁에 넘쳐나니 그들의 비위를 맞추어주는 것도 필요하지요."

부부가 아들에 대한 이야기를 나누는데 갑자기 방 밖에서 몹시도 송구스러워하는 신하의 목소리가 들려왔다.

"왕이시여. 황공하오나 이노아의 왕자들이 왕을 뵙기를 청하고 지금 알현실에서 기다리고 있다고 하옵니다."

이미 내전에 들어간 왕을 불러낸다는 것은 참으로 무례한 일이 아닐 수 없었다. 이유시크 왕은 눈살을 찌푸렸으나 화를 내지는 않았다.

"그들이 이 밤에 나에게 무슨 용무라 하더냐?"

"내일 무예시합에 관련된 일로 말씀드릴 것이 있다 하옵니다."

왕은 잠시 생각했다. 어쩐지 심상치 않은 일이란 생각이 들어 왕은 그들을 만나볼 것을 승낙했다. 왕이 일어서자 소마사 왕비는 얼른 왕의 옷과 무기를 갖추어주었다. 그가 알현실로 나가니 이노아의 여러 왕자들이 공손하게 예를 갖춰 왕 중의 왕을 맞았다. 왕은 입을 열었다.

"그대들은 무슨 일인가? 내가 알기론 지금 그대들은 연회의 자리에서 또래와 사귀는 즐거움을 느끼고 있어야 할 터인데."

그러자 모여 있던 이노아의 왕자들 중 가장 나이 많아 보이는 왕자가 입을 열었다.

"저는 가가라 하옵니다. 이런 한밤중에 객이 주인을 불러낸다는 것이 크게 예의에 어긋난 일임은 익히 알고 있습니다. 그러나 왕께 긴히 드려야 할 말씀이 있기에 부득이 이렇게 찾아뵙게 되었습니다."

이유시크 왕은 잠시 가가와 다른 이노아의 왕자들을 살펴보았다.

모두가 초조해 있는 것이 심히 의심스러웠다.

'저들은 아무래도 고심 끝에 나를 찾은 모양이다. 하지만 저들이 나에게 부탁할 일이 무엇이란 말이냐.'

이야기를 해보라 명하자 가가는 심각한 얼굴로 입을 열었다.

"저희가 드리고 싶은 이야기는 바로 저희들의 동생 아즈나에 대한 이야기입니다. 저희 아버지께서는 오랫동안 정식으로 아내를 맞이하지 않으시다가 늘그막에 한 대신의 딸을 아내로 맞이하셨습니다. 그 여인의 몸에서 태어난 아이는 둘 다 이노아에 큰 화를 미칠 듯합니다. 첫째 카르타는 신의 축복을 입지 못하고 태어났다는 증거로 몸이 불구입니다. 게다가 신께 불경하기 짝이 없습니다. 신의 제단에 절하지 않고 신에게 경외의 마음을 보이지 않습니다. 또, 둘째 아즈나는 태어날 때부터 어미를 죽게 한 데다가, 이노아와 사라마유의 경계를 이루고 있는 마슈데하 산을 얼게 만들어 이노아의 봄을 늦추게 하였습니다. 그애는 본디 천성이 냉혹하고 잔인합니다. 더구나 무예에 재주가 있으니 세상에 큰 화가 되리라 믿어 의심치 않습니다. 내일 무예시합에서도 아마 틀림없이 우승을 할 텐데 그러면 더욱 교만해질 녀석인지라, 그게 심히 두렵습니다."

이렇게 시작된 이야기는 돌려 말하기는 했으나 결국 그들의 동생 아즈나를 죽이고 싶으니 협조해달라는 것이었다. 말을 맺으며 가가는 덧붙였다.

"오늘 그애가 사라진다면 내일 무예시합의 승부도 피차 좋게 끝날 것이니, 서로에게 이롭지 않겠습니까. 더구나 왕이시여, 당신께서는 리무의 권위를 얻고 싶어하신다고 들었습니다. 만일 저희 중에 누군가가 왕이 된다면, 이노아는 그대의 희망에 호의를 보일 것을 약속드립니다."

이유시크 왕은 이야기를 끝까지 듣기는 했다. 그가 중간에 소년들의 이야기를 끊지 않은 것은 실로 어처구니가 없어서였다. 후궁의 몸에서 태어난 그들이 정실의 몸에서 태어난 동생을 죽이려 하는 것까지는 이해가 되었다. 타국의 일이니 이유시크 왕으로서는 참견할 알 바가 아니었다.

그러나 이곳은 사라마유이다. 사라마유에 손님으로 온 모든 소년들의 안전은 이유시크 왕 자신이 책임져야 하는 것이다. 자신이 그렇게 하지 못한다면 왕 중의 왕이란 칭호가 더럽혀지는 것이다. 동생을 죽이고 싶으니 눈감아달라는 뻔뻔한 제안은 그렇다 치고, 정작 이유시크 왕의 심기를 크게 거슬린 것은 무예시합의 승패에 대한 이노아 왕자들의 예측이었다. 결국 왕은 싸늘하게 입을 열었다.

"그대들은 나의 아들 아비뉴아가 그대들의 동생 아즈나에게 질 것이 확실하니 나에게 오늘 밤 그대들의 동생을 죽이는 일에 협조를 해달라는 것인가?"

이노아의 왕자들은 그제서야 자신들의 말이 그렇게 들릴 수도 있다는 사실을 깨닫고 낯빛이 변했다. 가가는 서둘러 입을 열었다.

"그럴 리가 있겠습니까. 왕이여. 다만 저희는 협력을 통해 서로에게 이로운 방향으로 나가자는 것입니다."

그러나 이유시크 왕은 냉소하고 신하에게 명했다.

"물을 가져오너라."

신하가 대접에 물을 떠오자 이유시크 왕은 물로 귀를 씻었다. 이 모습을 본 이노아의 왕자들은 모두 낯빛이 변했다. 이유시크 왕은 굳이 자신이 나서서 이 망나니 소년들을 꾸짖을 필요도 없다고 생각했다. 실로 한심했다. 인사 없이 방을 나서며 그는 역시 아들은 제대로 된 한 명으로 족하다고 생각했다.

그러나 이유시크 왕은 이들이 얼마나 절박한지는 미처 모르고 있었다. 가가들 또한 왕이 이런 태도를 보일 것을 전혀 예상 못한 바가 아니었다. 다만, 그들은 사라마유를 떠날 날이 다가오고, 그의 동생 아즈나의 실력을 알게 됨에 따라 그들의 공포는 커져만 가고 있었다. 주인이 떠난 알현실에 남아 그들은 말소리를 낮추고 서로 의논했다.

"이유시크 왕은 아무래도 우리에게 협조해줄 것 같지 않은데. 사라마유의 땅에서 이유시크 왕의 묵인 없이 사람을 해치기는 거의 불가능해. 차라리 이노아로 돌아가는 여정을 노리는 것이 어떨까?"

그러나 가장 나이가 많은 가가는 고개를 저었다.

"아니다. 조금만 기다려라. 이유시크 왕은 내일이 지나면 우리에게 협조적인 자세가 될 거다. 내일 밤 다시 왕을 알현하자."

아이러니하게도 그는 마음속으로 그의 동생 눈의 가시 같은 아즈나의 승리를 누구보다도 바라고, 또한 확신하고 있었다.

밤이 깊어가자 천막 안의 분위기는 슬슬 파하는 분위기로 바뀌었다. 악사들이 연주하는 음악 소리도 낮아졌고, 피우고 있는 향의 수도 줄어들었다. 자정을 넘겼을 때 사라마유의 신하가 내일을 위해 오늘이 마무리되었음을 왕자들에게 알려왔다. 왕자들은 일제히 일어섰고, 아비뉴아 역시 일어섰다. 그러나 그가 나가려 하자 신하들이 다투어 그를 만류했다.

"아비뉴아 왕자님. 왕자님께서는 조금 더 이곳에 머무르셔야 합니다."

소년은 이유를 몰랐다.

"어째서?"

신하들은 얼굴에 기쁜 빛을 띠며 대답했다.

"왕자님께서는 승자가 아니시옵니까."

그제야 아비뉴아는 신하들의 말뜻을 알아들었다. 즉, 승자들의 모임이었다. 결승전을 앞두고 자신은 시합의 상대와 인사를 나누어야 하는 것이다. 그러나 그 상대는 바로 그 녀석이 아닌가. 아비뉴아는 흘끗 뒤를 돌아보았다. 조금 떨어진 곳에 아즈나의 모습이 보였다.

'저 녀석과 인사 하라고?'

연회의 자리에서 그는 줄곧 저 모습이 눈에 들어오지 않게 하기 위해 애써왔다. 아즈나의 모습이 눈에 들어오기만 해도 치미는 감정을 주체하기 힘들었다. 그런데 인사를 해야 한다니.

결국 아비뉴아는 천막 안으로 돌아갔다. 그때 아즈나 역시 카르타로부터 똑같은 말을 듣고 있었다.

"아즈나. 너는 이 자리에 남아야 한다."

"어째서?"

"너는 승자이지 않니. 자, 가서 사라마유의 왕자 아비뉴아와 인사해라."

카르타는 아즈나에게 이런 말을 남기고 혼자서 나가버렸다. 아즈나는 형이 나간 이후 그 자리에 꼼짝하지 않고 앉아 있다가 잠시 후에야 아비뉴아에게 시선을 던졌다. 공교롭게도 그는 자신을 바라보던 상대의 시선을 마주 대할 수 있었다. 누가 먼저랄 것도 없었다. 둘은 홱 고개를 돌려버렸다.

왕자들이 모두 나가고 나자 어지럽고 부산한 자리를 치우기 위해 신하들이 분주히 돌아다녔다. 잠시 후 천막 안이 깨끗해지자 신하들은 대부분 천막을 나가버렸다. 사실 주위에 누가 있건 없건, 아즈나와 아비뉴아, 둘은 오늘 연회 내내 서로가 서로만을 의식하고 있었다. 지금도 바라보고 있지 않아도 상대의 일거수 일투족을 온몸으로 생생히 느끼고 있었다. 마치 자신의 움직임을 자신이 느끼는 것같이 생생한 전율이 온몸에 흘렀다.

아즈나는 이 며칠간 승자의 모임에서 시간을 보내야 할 때면 늘 그래왔듯이 타오르는 모닥불에 시선을 던졌다. 사방이 고요한 가운데 나무가 타닥타닥 타오르는 소리만이 귀에 들려왔다. 불의 움직임은 거꾸로 된 강물의 흐름과도 같다. 강물이 밑에서 거꾸로 솟구쳐 흐르는 듯, 선명한 황금빛이었다.

그는 불을 보면 항상 떠오르는 기억이 있었다. 눈앞에 거대한 제단이 세워지고 새로 구워진 수천의 기왓장이 위용을 발휘했다. 정해진 치수대로 곱게 다듬어진 나무기둥마다 금박 은박이 입혀지고 비단으로 감겨져 그 모양이 몹시도 화려했다. 거대하고도 당당한 제단의 모습, 바로 그 위에서 불길이 온 땅을 태울 듯한 기세로 타오르고 있었다.

몹시도 생생한 기억이었음에도 그것은 또한 아득하리만치 멀게 느껴지는 기억이기도 했다. 그 제단 위의 불과 눈앞의 모닥불의 흐름을 동일시하다가 아즈나는 자리에서 일어섰다. 이제껏 진행되는 무예시합에서 자신이 먼저 인사를 나간 일이 없는 그였다. 그러나 오늘은 달랐다. 저 아이와 단둘인 자리가 불편했다. 인사를 해야만 이 자리를 벗어날 수 있다면 빨리 해치우고 나가고 싶었다.

그가 옆에 설 때까지 아비뉴아는 마치 누군가가 다가온 걸 모르는 양 숙인 고개를 들지 않았다. 그러나 아즈나는 아비뉴아가 자신이 다가온 걸 모를 리 없다고 생각했다. 그는 딱딱한 태도로 입을 열었다.

"이노프와와 파르타니의 아들 아즈나. 내일 좋은 시합을 펼 수 있기를."

형식적인 인사를 하고 그가 돌아설 때였다. 상대가 갑자기 고개를 들더니 자신을 똑바로 바라보았다.

"돌아가버려."

아즈나는 상대의 말에 조금도 놀라지 않았다. 상대의 시선은 냉정했으나 자신 역시 그 이상 냉정한 시선을 던지며 잠시 침묵을 지켰다.

그 사이 아비뉴아는 계속해서 말을 이었다.

"돌아가버려, 네 나라로. 다시는 내 눈앞에 나타나지 마. 나의 영역에 들어오지 마. 나의 것에도 손대지 마."

아비뉴아의 말소리는 나직했으나 울분을 참는 듯 이상한 기백이 어려 있었다. 그러나 아즈나는 눈도 깜짝하지 않았다. 그는 다만 이렇게 대꾸했다.

"뭐가 너의 영역인데?"

순간 아비뉴아는 자리를 박차고 일어섰다. 모닥불 때문에 상기되어 있던 볼이 이제는 흥분으로 붉어졌다.

"내가 먼저 그애를 보았어. 내가 먼저 친구가 되었고, 앞으로도 그애는 이곳에서 나와 함께 지낼 거야. 왜 네가 끼어드는 거지?"

아비뉴아의 흥분에 아즈나는 자신에게까지 그 흥분이 전이되는 느낌을 받았다. 기묘한 느낌이었다. 그러나 그는 상대를 싸늘하게 쏘아보았다.

"그애가 이곳에 있다는 이유로? 그애가 왜 이곳에 있는데? 탄타마사의 왕녀가 사라마유에 볼모로 잡혀왔다는 걸 너만 모르는 모양이지? 그애가 자신의 의지로 이곳에 있는 줄 알아? 헛소리 마."

너와 나의 위치는 조금도 다르지 않아. 상대가 이렇게 이야기하고 있음을 아비뉴아는 곧 깨달았다. 그리고 자신이 그에 대답할 말이 없다는 사실 또한 잘 알고 있었다. 분노는 왔던 것만큼 빠르게 사라져 아비뉴아는 침착을 되찾았다. 일어선 채 상대를 냉정히 쏘아보며 그는 입을 열었다.

"내일 만나자."

아즈나의 눈빛 역시 아비뉴아 이상으로 냉정했다. 그대로 둘은 한동안 서로를 쏘아보았다. 밤은 그대로 깊어가고 있었다.

11장 결전

무예시합 마지막 날의 아침이 밝았다. 이 며칠간은 그리 좋은 날씨가 아니었는데 오늘은 놀라울 정도로 맑고 화창한 날이었다. 말 그대로 신의 축복이 온 세상에 가득했다. 하늘은 몹시 높고 푸르렀고, 공기는 맑았다. 경기장으로 모여드는 모든 사람들이 오늘처럼 아름다운 날을 주신 봄의 신 바산타를 칭송했다. 결승전을 보기 위해 이제까지 중 가장 많은 사람들이 이곳에 모여들었다.

탄타마사의 형제들은 오늘 아침 사소한 문젯거리가 있었다. 오늘은 누가 부상당한 마호다니의 옆에 있느냐가 그것이었다. 어제만 해도 서로 마호다니 옆에 있겠노라고 주장하던 우애 있는 형제들이었으나 오늘 아침에는 선뜻 나서는 사람이 없었다. 오늘의 결승 시합을 보고 싶지 않은 소년은 없었던 것이다. 우물쭈물 서로의 눈치를 보고 있는데 나선 것은 막내 아디토야였다. 서로 눈치를 보던 형들은 모두가 아디토야를 진심으로 기특하게 생각했다.

형제들이 경기장에 도착했을 때 오늘 시합의 두 주인공인 아즈나와 아비뉴아 역시 막 도착했다. 두 소년이 군중 앞으로 나왔을 때 엄청난 환성이 경기장에 깔렸다. 관중 모두가 대단한 두 소년의 시합에 큰 기대를 품고 있었다.

두 소년은 양쪽 모두 경기를 위해 편안한 흰옷을 걸치고 있었다.

경기가 시작되기 전에 둘 다 손목에 있는 팔찌를 뺐다. 그들은 약속이나 한 듯 똑같이 말이 없었다. 탄타마사의 형제들은 이처럼 둘이 가까이에서 나란히 서 있는 모습을 본 것은 처음이었다. 그래서 그런 것일까. 형제들은 모두가 기묘한 느낌에 휩싸였다.

두 소년은 우선, 같은 나이답게 키가 엇비슷했다. 어쩌면 아즈나가, 아니면 아비뉴아가 약간 더 클지도 몰랐다. 그러나 눈으로 보았을 때 둘의 키는 거의 차이가 없었다. 키를 제외하고, 같은 또래이기에 비슷하게 보인다는 점을 제외하면, 사실 외모적으로 둘은 별로 닮지 않았다. 아즈나는 좀처럼 보기 힘든 상아색 같은 피부를 지니고 있었다. 고운 선의 얼굴에, 윤이 나는 직모의 머리카락이 눈에 띄었다. 머리카락 색은 마치 어둠처럼 검었다. 아비뉴아는 햇볕에 새까맣게 그을린 피부에 왼쪽으로 가르마를 탄 갈색 머리카락을 가지고 있었다. 보통보다 동자가 큰 까만 눈이 평소에는 장난기가 엿보였으나, 오늘은 그런 빛을 좀처럼 찾아볼 수 없었다.

그러나 이상하게도 그들을 바라보는 탄타마사의 형제들은 그 둘이 꼭 닮은 것만 같았다. 그 느낌을 지울 수 없는 것이 이상할 따름이었다. 아반티가 다나에게 속삭였다.

"저 둘 닮지 않았어?"

다나 역시 쌍둥이 동생의 말에 고개를 끄덕였다. 생김새가 아니라 뭐랄까, 그 둘을 둘러싼 전체적인 분위기가 닮아 있었다. 그 역시 이상하다고 생각했다. 생김새도, 성격도 틀려 보이는 두 소년이 도대체 무엇이 저토록 닮은 걸까.

마침내 시합을 앞두고 사라마유 신하가 시합의 주인공들에게 허리를 굽히며 나이를 물어왔다. 나이가 어린 쪽에 시합에서의 무기를 선택할 수 있는 권리가 주어지는 것이다. 둘의 나이가 똑같다는 사실을 알자 신하는 다시 한번 물었다.

"두 분은 나이가 같으시니 생일을 말씀해주십시오."

그러자 거짓말처럼 동시에 둘의 대답이 흘러나왔다.

"마드후의 달, 구르의 별이 달과 함께 떠오르는 날."

그들은 대답한 동시에 서로에게 시선을 던졌다. 시합을 주관하는 신하는 당황하여 태어난 날이 같은 두 소년에게 이번에는 태어난 시간을 물었다. 아비뉴아는 잠자코 상대가 먼저 대답하기를 기다렸다. 아즈나 역시 처음에는 잠자코 있었으나 잠시 후 입을 열었다.

"태양이 하늘 꼭대기에 이르는 비자야의 시각."

이 대답을 들은 아비뉴아는 잠시 침묵을 지켰다.

이상할 뿐 아니라 기분도 나빴다. 그는 모든 것이 어떻게 된 것일까 생각했다. 잠시 후 아비뉴아 역시 같은 시각을 대답했다.

"태양이 하늘 꼭대기에 이르는 비자야의 시각."

두 왕자가 나이는 물론, 생년 월일, 태어난 시간까지 똑같다는 사실에 그 자리의 모든 사람들이 놀랐다. 잠시 웅성거림이 일어났다. 모두가 이상한 눈으로 그들을 보았다. 특히 신하는 당황하고 있었다.

"인연이시군요. 브라흐마 신께서 두 분이 이렇게 무예를 겨루게 될 것을 아셨나 봅니다."

이런 식으로 말을 돌리기는 했지만, 그는 누구에게 무기를 고를 선택권을 줘야 할지 몰라 당황하고 있었다. 그의 처지를 구해준 것은 바로 두 왕자들이었다. 둘은 누가 먼저랄 것도 없이 나란히 걸어와 똑같은 단검을 집어들었다. 둘이 서로에게 시선을 던졌을 때 결승의 시작을 알리는 고동 소리가 높게 울려 퍼졌다.

그러나 고동이 울리고 시합이 시작된 이후에도 두 소년은 한참이나 미동 없이 서로를 바라보기만 하였다. 시간이 흐르자 이를 이상하게 여긴 구경꾼들 사이에 낮은 웅성거림이 서서히 일기 시작했다. 가장 불쾌한 것은 당사자들이었다. 아즈나는 검을 쥔 채 한참 동안 상대를 노려보았으나 되돌아온 것은 당혹스러운 감정뿐이었다.

'……읽히지 않아.'

상대의 움직임이 전혀 읽히지 않았다. 이런 일은 세상에 태어나 처음이었다. 그는 지금까지 상대가 누구든 타인의 움직임을 읽는 데 실패해본 일이 없었다. 아즈나는 자신을 향한 악의에 익숙해진 소년이었다. 어떤 악의에도 익숙했기에 자신에게 행해지는 공격을 받아치는 것 또한 익숙해 있었다. 그러나 지금 그와 마주선 소년만큼은 어떤 움직임을 보일지 짐작할 수가 없었다. 상대는 특유의 까만 눈으로 자신을 바라볼 뿐이었다. 그는 상대 역시 자신의 움직임을 읽으려 하고 있음을 깨달았다. 또 상대도 지금 자신과 마찬가지로 당황하고 있다는 걸 알았다. 상대를 조금도 파악할 수 없다는 건 엄청난 불쾌감이 아닐 수 없었다. 그는 가볍게 발로 땅을 차고 검을 고쳐 쥐었다.

'맘에 안 들어.'

그는 아비뉴아가 눈앞에 서 있다는 사실 자체가 맘에 들지 않았다. 첫발을 내딛었다. 첫 공격이었다. 보는 사람으로서는 누가 먼저 공격했는지 구별하기 힘들었다. 아즈나가 공격한 순간 아비뉴아 역시 앞으로 나왔던 것이다. 검은 각자에게 신체의 연장과도 같았다. 마치 맹수의 발톱인 양 그 발톱으로 상대를 찢으려 했다. 미간을 노리고 날아온 아즈나의 검이 아비뉴아의 검과 정확히 맞부딪쳤다. 순간 둘은 서로에게서 떨어졌다. 의도적인 것은 아니었다. 서로가 서로의 힘에 밀려난 것이었다. 그 반동이 충격이 되고 둘의 심장이 빠르게 뛰기 시작했다. 처음으로 그들은 동등한 상대를 만난 것이었다.

그러나 둘 다 생전 처음으로 대한 사실에 감탄하며 얼빠지게 서 있을 성미는 아니었다. 둘은 다시 땅을 찼고, 그 반동을 이용해 뛰어오르며 서로에게 검을 휘둘렀다. 아비뉴아의 검은 아즈나의 눈을, 아즈나의 검은 아비뉴아의 미간으로 향했다. 둘의 공격은 한순간의 오차도 없이 동시에 펼쳐졌다. 그리고 다음 순간 둘은 약속이나 한 듯 상대의 공격을 피했다.

일단 떨어져서 서로가 서로에게 시선을 던졌다. 그대로 한참 동안 시간이 흘렀다. 두 소년의 공격은 짧았고 떨어져서 상대를 주시하는 시간은 그보다 훨씬 길었다. 서로가 서로를 살피기만 할 뿐 둘 다 좀처럼 공격할 생각을 하지 않았다. 그렇다고 아예 손 놓고 가만히 서 있는 것은 아니었다. 이후로도 서너 번, 어느 쪽에선가 먼저 공격을 펼쳤다. 그러나 상대에게 닿기도 전에 둘은 동시에 떨어지기를 반복했다. 몇 번 몸을 움찔거리다가 멈추는 경우도 있었다. 그렇게 시간만이 흘렀다.

지켜보는 관중들은 답답해지기 시작했다. 이 시합에는 지켜보는 사람을 더 초조하게 만드는 무엇인가가 있었다.

잔드라가 중얼거렸다.

"왜 공격을 하지 않지?"

"못하는 거겠지."

사바르니는 대꾸하며 생각했다.

'왜 이렇게 숨도 쉬기 어려운 것일까?'

경기장 안에는, 마치 수천 명이 죽고 죽이는 전쟁터에서나 느껴질 만한 살기가 넘쳐나고 있었다. 선명하지는 않으나 분명 존재했다.

지켜보는 사람들이 초조함을 느끼는 사이, 서로 마주 서 있는 아즈나와 아비뉴아는 머릿속을 긁고 있는, 극에 달한 살기를 꾹 누르고 있었다. 가장 초조한 것은 바로 두 소년이었다. 그들은 지금이라도 당장 상대의 심장에 무조건 검을 박고 싶었다. 그걸 막는 것은 이성이었다. 살아야 한다는 이성이 무작정 나아가려 하는 발을 막고 있었다.

'성급해져서는 안 돼.'

아비뉴아는 생각했다. 점점 더 빨리 뛰는 심장을 억누르며 몇 번이고 되풀이해서 생각했다.

'절대 성급해서는 안 돼.'

꽤 시간이 흘렀다. 태양이 정오를 향했다. 그때 아즈나가 달려들었다. 아비뉴아는 상대의 눈을 선명히 보았다. 그 눈, 자신과 똑같은 것을 보는 눈. 그래서 더욱 참을 수 없었다.

상대의 검이 자신의 심장이 아닌, 다른 곳을 노리고 있었다. 베여도 죽지 않을 곳. 아비뉴아는 그 사실만을 확인하고, 단 한 가지 생각에 몸을 떨었다. 이 순간이다. 저 녀석을 베자.

귀에 우웅하는 기묘한 소리가 울렸다. 축축한 흙내음이 확 느껴졌다. 둘 다 그 소리를 동시에 듣고, 동시에 느꼈다. 생존의 본능이 생겨난 것도 동시였다. 둘은 일단 서로에게서 떨어졌다. 둘 다 똑같이 부상을 입은 상태였다. 다친 자리조차 같았다. 각각 상대의 검에 목 아래에서부터 어깨를 걸쳐 부상을 입었다. 뼈가 드러날 정도로 깊게 베인 것은 아니어도 결코 가볍게 스친 상처는 아니었다. 솟아난 피가 계속해서 옷을 적시며 팔을 타고 땅에 점점이 흩뿌려졌다.

아비뉴아는 자신의 왼쪽 목에서부터 어깨 쪽으로 길게 난 상처에 재빠르게 시선을 던졌다가 곧 떼었다. 스스로는 의식하지 못하고 있었지만 몸이 덜덜 떨리고 있었다. 온몸에 소름이 확 끼쳤으나 공포 때문이 아니었다. 전신, 머리로부터 발끝까지 모든 세포를 지배하는 것은 분노였다. 물밀듯이 차오르는 분노의 감정에 숨도 쉴 수 없을 정도였다.

너는 뭐지?

누구지? 누구이길래 이 자리에 있지?

걷지 마. 움직이지 마. 숨도 쉬지 마.

존재하지 마!

마음속으로 그는 항의했다. 어째서 내가 여기에 있는데 너도 여기에 있는 것이지?

순간 이성이 툭 끊어졌다. 분노를 머리끝까지 느낀 순간 아비뉴아는 힘껏 팔을 휘둘러 상대에게 검을 던졌다. 공기를 찢으며 자신의 가슴을 노리고 날아드는 검을 아즈나는 자신의 검으로 힘껏 쳐내었다.

챙강!

소리가 울렸다. 다른 사람들은 아비뉴아의 행동에 경악했다. 저 왕자는 도대체 무슨 생각을 하고 있는가? 공격을 성공하지 못한 이상 저건 스스로 검을 던져버린 것이나 다름없지 않은가.

아즈나는 상대가 검을 잃은 순간 주저하지 않고 곧 달려들었다. 심장을 노리는 공격은 세찬 물결과 같았다. 이 기회를 놓칠 수 없다는 것을 본능적으로 깨닫고 있었던 것이다. 아비뉴아, 저 녀석을 지금 베어버려야 한다. 내가 숨을 쉬기 위해선 1초라도 빨리 상대의 숨을 끊어야 한다.

비록 한순간 치밀어오르는 분노를 참지 못해 검을 던졌으나 아비뉴아는 그 행위로 인해 동시에 냉철한 이성을 되찾았다. 그는 스스로에게 자문했다.

'어째서 저 녀석을 죽이고 싶어하는 거지?'

이유는 몰랐다. 그저 죽이고만 싶다.

'이건 무예시합일 뿐이야.'

하지만 상대는 저 녀석이기 때문에 그저 보통의 무예시합이 될 수 없는 거다. 아비뉴아는 다시금 생각했다.

'난 왜 사람을 죽이려 하는 거지?'

그는 이제껏 사람을 죽여본 일이 없었다.

'물론 죽여야 한다면 죽일 수 있어. 하지만 스스로 그어놓은 마음의 선은 어디로 갔지? 사람을 죽이고 싶어한 일이 이제까지 있었던가?'

아비뉴아는 몸을 숙였다. 상대가 덤벼들고 있었다.

'우선은 피하자.'

그때 아즈나는 자신이 분명 우위임을 알고 있었다. 상대가 검을 던져버린 사실이 그를 흥분시켰다. 이제 가능한 게 아닌가. 저 녀석의 심장이 더이상 뛰지 못하도록 멈춰버릴 수 있는 게 아닐까.

평소 그토록 냉정한 아즈나였건만, 순간적으로 차오른 살의가 그를 성급하게 상대에게 내몰았다. 한 번에 심장을 꿰뚫고 말리라는 조급함이 거센 힘이 되었다. 있는 힘을 다해 아즈나는 상대에게 돌진하였다.

아비뉴아가 몸을 앞으로 숙였다. 도저히 심장을 공격할 수 없는 자세였다. 아즈나는 순간 마음을 돌려 상대의 몸을 두 동강 내리라 생각했다. 그의 검이 아비뉴아의 어깨를 내리쳤다.

아비뉴아는 아즈나의 공격을 막을 수 있는 방법이 없었다. 오히려 그렇기에 상대의 공격이 눈앞에 닥친 순간 그는 생각했다.

'피하자.'

그럴 수밖에 없었다. 아즈나의 세찬 공격은 그가 예상한 바였다.

너는 나와 똑같아.

너 역시 순간의 분노로 검을 던져버린 나와 똑같아. 그렇지 않니? 내가 초조하듯, 너도 초조하지? 내가 성급하듯 너도 성급하지?

내가 무섭듯이 너도 무섭지?

아즈나가 검을 휘두른 순간 아비뉴아는 쏜살같이 옆으로 비켜섰다. 그러나 이미 상대의 검이 그의 왼쪽 어깨를 벤 직후였다. 검은 아비뉴아의 살점을 베어내고도 남는 힘을 이기지 못해 손잡이 바로 위까지 땅에 푹 박혔다. 순간 아비뉴아는 몸을 날려 모든 힘을 다해 상대의 배를 힘껏 갈겼다.

아즈나는 검을 빼내는 순간 배를 정통으로 얻어맞았다. 검에 베이는 상처보다 더 큰 충격을 느끼고 그는 비틀거렸다. 저도 모르게 한쪽 무릎을 땅에 꿇었다. 내장에 가해진 충격이 일순 숨을 멈추게 했다. 기도가 부풀어오른다는 착각 속에 아즈나는 흐려지는 정신에 대고 외마디 외침을 외쳤다.

'숨을 쉬어!'

스스로에게는 찰나의 순간이었으나 그는 한순간 정신이 나가 있었던 것이다. 일 분간이나 숨을 멈추고 있었다. 기침과도 비슷한 숨이 드디어 터져나왔을 때 그제서야 아즈나는 자신이 기절하지 않았음을 확인할 수 있었다.

아비뉴아는 상대를 치는 데 성공한 후 옆으로 굴러 비켜났다. 어깨를 베인 순간에는 상대를 쳐야 한다는 오직 그 한 가지 일념에 아픔조차 제대로 느끼지 못했다. 그러나 상처가 땅에 닿는 순간 고통이 현실로 다가왔다. 그는 아직 어렸고 태어나서 이토록 심한 육체적 고통은 처음이었다.

땅에 쓰러진 그의 눈에 가장 먼저 들어온 것은 자신의 일부였던 어깨의 살점이었다. 피가 뿌려진 땅에 떨어져 있는 것이 정말 아까까지만 해도 자신의 일부였는지 의심스러웠다. 다행이었다. 조금만 정통으로 맞았어도 팔이 떨어져나갔을 거다. 지금 상황에는 운이 따라준 거라고밖에 할 수 없었다. 뼈가 하얗게 드러났을 어깨에 시선을 돌리지 않으려 애쓰며 그는 일어섰다. 그리고 이윽고 상대를 보았다. 아즈나는 한쪽 무릎을 꿇고 있었고 검은 손에서 놓쳐버린 상태였다. 그도 심한 타격을 입었음이 분명하다. 아비뮤아는 아픔을 참고 몸을 일으켰다. 자신의 검이 떨어져 있는 쪽으로 가 검을 주워 올렸다.

아즈나는 그때 막 숨을 쉰 직후였다. 바람 소리가 들리자 그는 상대가 등 뒤로 다가오고 있음을 알 수 있었다. 아직 채 맑은 정신은 아니었으나 본능이 경고했다. 그는 일어서며 땅에 떨어진 칼등을 걷어찼다. 반동으로 공중에 튕겨오른 검을 쥐자마자 그는 몸을 돌려 상대의 공격을 막았다.

여러 명의 어린아이들이 한꺼번에 새된 소리를 지른 듯, 리무는 꼭 그런 소리를 귀에 들은 듯했다. 귀뿐 아니라 정신조차 멍멍해졌다. 뒤를 돌아보았으나 아무것도 특별한 것은 눈에 띄지 않았다. 이번에는 주위를 둘러보았다. 아까와 무엇도 달라진 점이 없자 이번에는 하늘을 바라보았다. 하늘에는 구름과 몇 마리의 새들이 날아다닐 뿐이었다. 소녀는 잠시 정신없이 그 모양을 바라보았다.

모든 사람들은 자신들이 필요한 순간에 신을 구하게 된다. 괴롭거나 고통스러운 일, 혹은 불안한 일을 당해 어찌할 바를 모르게 되면 모두가 신을 찾아 기도를 올림으로써 그 순간 순간을 모면하고자 한다. 신에 의해 창조된 인간이 신에게 매달리는 행위는 당연한 것이다. 같은 이유로 따가운 오후의 햇살을 받으며 소녀는 긴 기도를 시작했다. 기도를 함으로써 마음의 불안을 해소하려 했다. 이윽고 기도를 끝내고 리무는 잔잔한 호수에 시선을 던졌다.

'왜, 이런 기분이 들까?'

자신도 알 수 없는 불안이 사라지지 않았다. 잠시 소녀는 자신의 기도가 얼마나 효험이 있을까 멍하니 생각했다. 신은 과연 자신의 기도를 들어줄까? 왕 중의 왕이 지내는 라자수야에 신들이 내려오듯이, 과연 자신의 기도 또한 신들이 들어줄까?

그녀는 막 유지의 신 비슈누를 향해 절실한 기도를 올린 후였다. 오늘이 지나도 모든 것이 오늘과 같이 유지될 수 있도록, 어제와 같은 오늘이었듯이, 오늘과 같은 내일을 맞을 수 있도록.

그때 구름이 태양을 가렸다. 주위가 한순간 어두워졌다. 어린 소녀는 우두커니 앉아서 태양이 다시 나타나기를 기다렸다. 돌발적인 슬픔이 가슴을 압박했다. 자신의 기도 따위는 누구도 응해주지 않을 것 같았다. 불안은 지금 당장이라도 현실의 탈을 쓰고 나타날 것만 같았다.

그러다 인기척을 느꼈다. 소녀는 놀라며 고개를 들었다. 어느덧 며칠 전에 우물가에서 보았던 꼽추 소년이 가까이 다가와 있었다. 그는 리무를 향해 빙긋이 웃어 보였다.

"어린 왕녀님, 안녕하세요."

누이를 대하는 오빠처럼 그의 목소리는 부드러웠다. 그는 등이 굽은 데다가 얼굴 또한 못생겼으나 리무는 그가 조금도 추하다고 생각되지 않았다. 오히려 그 모습이 고귀하다고, 정말로 고귀하다는 생각이 들었다. 그 고귀함을 대하면 자신은 하잘것없는 미물이 된다. 자신도 모르게 리무는 땅에 머리가 닿을 정도로 고개를 숙였고. 아니, 머리를 들었을 때 이마에서 흙이 툭툭 떨어졌다. 소녀는 누군가 나타나준 사실이 이처럼 기쁠 수가 없었다.

"안녕하세요. 저번에 들려주신 이야기는 감사했습니다."

"뭘요."

대답하며 카르타는 리무를 바라보았다. 자신보다 나이 어린 소녀를 바라보는 그 눈빛은 몹시도 따뜻했다. 흡사 그가 그의 동생 아즈나를 바라보는 눈빛과 같았다. 그는 그 눈빛 그대로 말을 이었다.

"어린 왕녀님, 당신이 여기에 계시다니. 역시나 시합에 마음을 주지 못하시는군요."

리무는 고개를 끄덕였다. 소녀는 어쩐지 점점 더 슬퍼졌다. 결국 눈물을 떨구는 소녀를 카르타는 부드러운 눈으로 지켜보다가 입을 열었다.

"적적하신가요. 제가 옆에 있어도 좋을까요?"

리무는 눈물을 닦으며 고개를 끄덕였다. 카르타는 잠시 조용히 웃더니 손으로 하늘을 가리켰다.

"이런 노래가 있지요. '하늘은 하늘 이외에 비교할 것이 없고, 바다는 바다 이외에 비교할 것이 없다.' 그렇듯이 사람에게는 누구나 비교할 수 없는 대상이 있답니다."

카르타의 말소리가 돌연 나직해졌다.

"오늘 제 동생 아즈나가 시합에 나갔답니다. 당신의 친구 아비뉴 아도 시합에 나갔지요. 그렇다면 당신은 친구의 승리를 바랄까요?"

부드러운 눈빛은 계속 이어졌다.

리무는 한참이나 대답을 못했다. 이윽고 소녀는 고개를 저었다.

"아니오. 저는요, 어느 쪽이 이기든 상관없어요. 다만……."

고개를 젓는 모양이 갑자기 세차졌다.

"저는 다만……."

드디어 리무는 자신이 무엇을 걱정하고 있는지 깨달았다. 희미한 공포가 확실한 모습이 되어 눈앞에 나타났다. 갑자기 목이 메었다. 소녀는 간신히 말을 맺었다.

"둘 다 다치면 안 돼요."

차마 입에 내지 못했지만 마음속으로 리무는 되뇌었다.

'둘 다 죽으면 안 돼요.'

카르타는 조용히 미소 짓다가 입을 열었다.

"갑자기 생각이 나는군요. 잊고 있었던 이야기가."

그 순간 리무는 또다시 아까의 소리, 여러 명의 어린아이들이 한꺼번에 내지르는 새된 소리를 들은 듯했다. 그러나 단지 여러 새들이 한꺼번에 날아오른 것일 뿐이었다. 새들이 홰치는 소리를 잘못 들었다고 소녀는 생각하려 했다. 그때 카르타의 목소리가 귀를 울렸다. 꼽추는 이상하리만치 빛나는 눈으로 그녀를 보고 있었다.

"머리가 둘인 새의 최후에 관한 이야기가 떠올랐습니다."

카르타는 전에 들려주었던, 모든 새의 왕 하바 왕과 머리가 둘 달린 새끼에 대한 이야기를 리무에게 들려주었다. 그의 이야기가 끝날 때까지 약 한 시간이 흘렀다. 그 이야기가 끝나자 소녀는 울었다. 소녀는 눈물을 흩뿌리며 어디론가 달려가버렸다.

이미 태양은 하늘의 꼭대기를 지나 서서히 서쪽 하늘로 향하고 있었다. 하루가 끝나고 있건만, 시합은 막바지에 이르기는커녕 이제 막 시작된 것처럼 보였다. 두 소년은 아직도 세차게 싸우고 있었다.

양쪽 모두 가볍지 않은 부상을 입었음에도 마치 나는 듯 동작이 경쾌했다. 상대의 급소만을 노리는 깨끗한 동작에는 군더더기가 전혀 없었다.

아즈나와 아비뉴아는 이제 완전히 이성을 되찾은 후였다. 아까처럼 분노하지도, 성급해하지도 않았다. 그들은 서로에 대해 잘 알게 되었다. 상대는 강하다. 뜨거운 머리로 상대할 상대가 아니었다. 둘은 그저 서로를 거센 물살처럼 공격하면서 상대에게 조금의 틈이라도 생기기만을 노릴 뿐이었다. 그것은 보는 사람의 숨을 가쁘게 하는 아슬아슬한 대결이었지만, 사실 둘은 아까에 비해 훨씬 안정되어 있었다. 양쪽 모두 비 오듯 땀을 흘리고 있으나, 상처에서 피는 멎었고 정신 또한 맑았다. 더이상 심한 상처를 상대에게 입힐 수도 없었고, 입지도 않았다. 둘은 그렇게 계속해서 싸웠다. 이 놀랄 만한 대결에 시간이 흐를수록 관중들 또한 조용해져갔다.

마침내 태양이 지기 시작했다. 땅이 붉게 물들기 시작하자 그제야 아즈나는 시간이 오래도 흘렀음을 깨달았다. 태양이 비추는 낮 동안 그는 살의를 누르기 위해, 성급해지는 자신을 막기에 온 힘을 쏟느라, 어쩌면 자신의 마음에 불쑥불쑥 머리를 내미는 살의를 다스리는 것이 상대의 공격을 막는 것보다 힘겨웠기에, 시간이 흐르는 것을 느낄 수 없었던 것이다. 그러자 이때부터 아즈나는 마음의 안정을 잃어갔다.

석양의 붉은빛 아래 그는 생각했다. 죽여야 한다. 눈앞에서 숨쉬고 존재하고 있는 저 아이를 죽이지 않으면 안 되는데…… 이렇게 바로 눈앞에 저 아이가 서 있는데, 어째서 죽일 수 없는 거지? 순간 이제껏 누르고 눌러두었던 분노가, 살의가 거대한 물의 흐름이 둑을 부수듯 온몸에 넘쳐 흘렀다.

죽여야 해.

더이상은 숨도 쉴 수 없어. 네가 살아 있는 한 이 괴로움에서 벗어날 수 없어. 죽어! 죽어!

하루 동안 쌓아둔 증오가 마침내 입 밖으로 터져나왔다. 아즈나는 생전 처음으로 미친 듯 타인을 향해 소리쳤다.

"죽으란 말야!"

악에 받친 소리가 경기장 안에 울렸다. 그 소리에는 엄청난 증오와 괴로움이 넘쳐 흘러 관중들 모두가 몸서리를 쳤다.

이유시크 왕은 오늘 하루 종일 불안한 마음으로 시합을 지켜보고 있었다. 이 시합은 그에게 큰 충격을 주었다. 그의 아들이 다칠 때마다 그 아픔은 마치 자신의 아픔인 것처럼, 고통이 그의 심장에 파고들었다. 아즈나의 외침을 들은 순간 왕은 본능적으로 생각했다.

'이 시합을 중지시켜야 한다.'

이 시합은 어느 한쪽이 다른 한쪽을 죽이지 않으면 끝나지 않을 것이다. 더이상 이것은 무예시합이 아니었다. 두 소년이 서로에게 가진 살기는 지켜보는 사람의 마음조차 서늘하게 만들었다. 하지만 어째서? 왕은 도저히 이해할 수 없었다. 나의 아비뉴아, 왜 그러느냐? 너와 저 소년 사이에는 도대체 무엇이 있는 거지?

왕은 또 생각했다. 시합이 시작되기 전에 그는 아들에게 자신의 옛 이야기를 들려주었다. 그것은 아비뉴아가 반드시 시합의 승자가 되기를 바라는 마음에서였다. 하지만 이건 아니다. 지금 이유시크 왕은 아비뉴아가 이기든 지든 상관없었다. 그는 태양을 바라보았다. 이제 조금만 있으면 태양이 지평선 아래로 사라질 것이다. 그는 태양이 어서 사라지기만을 기도했다. 본능적인 불길함이 마음을 채워, 몸이 소리 없이 떨렸다. 태양이 진다면 이 시합은 끝이 난다.

그러나 그 순간, 아즈나가 아비뉴아에게 달려들었다. 소년의 마음
은 이미 확고했다.

'죽이겠어.'

더이상은 숨을 쉴 수가 없다. 죽이지 못한다면 자신이 죽을 거다.
어찌 되어도 좋다. 나는 저 아이의 심장에 검을 꽂을 거다.

아즈나가 땅을 박찬 순간, 아비뉴아는 아즈나와 똑같은 감정을 느
끼고 있었다. 상대가 이성을 잃은 순간 자신도 잃어버렸다. 그 역시
이제는 피하거나 막으려 하지 않았다. 그 역시 단검으로 아즈나의
심장을 노렸다. 저, 살아 움직이는 심장을 멈추게 해야만 했다. 더이
상 뛰지 못하도록, 더이상 저 아이가 이 세상에 존재하지 못하도록.
설령, 나의 심장 또한 멈춘다 해도!

'왜 네가 여기에 있지?'

마지막 순간 아비뉴아는 생각하고 있었다.

응? 아즈나? 왜 네가 여기에 있지? 내가 분명히 있는데. 내가 분명
히 여기에 있는데.

상대의 검이 자신의 심장에 닿는다. 그 서늘한 살기가 먼저 심장
을 찌른다. 아비뉴아 또한 그러려고 했다. 더이상 상대가 존재할 수
없도록 만들려 했다.

그러나 그 찰나, 자신을 향해 달려드는 아즈나의 모습 뒤로 갑자
기 눈에 들어오는 모습이 있었다. 그 모습을 알아본 순간, 아비뉴아
는 무거운 돌에 머리를, 아니 마음을 얻어맞은 듯했다.

그 찰나의 순간, 그는 결심했다.

태양이 완전히 져버리고 주위에는 어둠이 깔리고 있었다. 아즈나
는 아래를 내려다보았다. 그곳에는 아까까지 자신과 맞서 싸우던 소

년이 땅에 쓰러져 있었다. 모든 생기가 빠져나간 몸은 마치 커다란 인형인 듯 축 늘어져 있었다. 그의 왼쪽 가슴에서 검붉은 피가 거품을 일며 흘러나오고 있었다. 그 모습을 보며 아즈나는 저도 모르게 중얼거렸다.

“어째서?”

그는 도저히 이해할 수가 없었다. 아비뉴아, 어째서 너는 나를 찌르지 않은 거지? 아즈나는 방금 전 그 찰나의 순간, 아비뉴아가 왜, 자신의 심장을 노리던 검을 거두었는지 도저히 그 이유를 알 수 없었다. 분명 그 검은 자신의 심장을 찌를 수 있었다. 그것을 알면서도 공격을 거두고 막지 않은 것은 자기 자신이 더이상 스스로를 제어할 능력이 없었기 때문이었다. 괴로워서, 너무나도 괴로워서 그저 본능에 몸을 내맡겨버렸다. 그는 땅에 쓰러진 상대에게서 시선을 떼지 않았다. 마음이 어지러웠다. 의문에 가득 차 그는 다시 마음속으로 중얼거렸다.

'어째서 너는 나를 살려주었지?'

이상했다. 분명 너 역시 나와 똑같은 분노와 살의를 느꼈을 터인데, 어째서 너는 나를 살려주었지? 너 역시 나를 찌를 수 있었을 텐데. 너 역시 나의 심장에 검을 꽂을 수 있었을 텐데.

서서히 웅성거림이 사방에서 일어나고 있었다. 그 웅성거림을 헤치고 나선 것은 바로 이유시크 왕이었다. 왕 중의 왕, 천하에서 가장 강한 왕이 지금은 마치 쓰러질 듯 비틀거리며 앞으로 튀어나왔다. 아즈나는 왕이 쓰러진 소년에게 부들부들 떨리는 손을 대는 것을 보았다. 더이상 피가 솟구치지 않도록 상처를 막는 그의 눈에 눈물이 괴어 있었다. 동시에 사라마유의 신하들이 우르르 몰려왔다. 이곳저곳에서 비명이 울렸다.

"아비뉴아 왕자님! 아비뉴아 왕자님이!"

관중들의 대부분은 사라마유 인이었다. 그들의 왕자가 가슴에 칼을 맞고 쓰러진 순간 그들의 마음은 모두가 실망과 분노로 찢기는 듯했다. 그러나 그들 중 이유시크 왕보다 마음이 더 고통스러운 자가 있을까? 그는 쓰러진 아들을 보며 정신이 아득해졌다.

'내 탓이다.'

자신이 이 시합을 중지시키지 못한 탓이다. 태양을 지기만을 기다린 나의 어리석음 때문이다. 아니, 애당초 자신이 이 시합을 연 탓이다. 내가 이런 시합을 열지만 않았어도 네가 이렇게 되지 않았을 텐데. 나 때문이로구나. 내가 너를 이렇게 만들었구나, 나의 아들아…….

그러나 그는 왕이었다. 이유시크 왕은 초인적인 노력으로 모든 감정을 억눌렀다. 그의 신하들이 축 늘어진 아비뉴아를 들것에 실어 데려가는 걸 눈앞에서 지켜보아야만 했다. 그는 왕이기에, 이유시크는 경기장에 승자를 위한 고동 소리가 울려 퍼지는 것을 들어야만 했다.

탄타마사의 형제들은 모두 망연자실해 있었다. 이 사태는 뭐지? 잔드라가 멍하니 셋째에게 물었다.

"이게 어떻게 된 일이지?"

셋째라고 대답할 수 있는 것은 아니었다. 사바르니는 잔드라 형이 대답을 원해서 자신에게 물은 것은 아니라고 생각했다. 결국 셋째는 다른 방향으로 대꾸를 했다.

"이 경기장에서 나가자. 사라마유의 백성들이 흥분하고 있어. 흥분한 군중들이 모인 곳은 위험해. 서둘러 나가자."

사실, 탄타마사의 형제들이 서두를 필요는 없었다. 사라마유의 백성들이 분노하는 대상은 바로 그들의 왕자를 상처입힌, 이노아의 왕 자였기 때문이었다.

오늘 시합의 두 소년은 모두가 눈부신 무예 실력을 보여주었고, 아즈나는 정당하게 이겼다. 그가 군중들의 환호를 받는다면 모를까, 분노를 받을 이유는 없었다. 그러나 아즈나가 쓰러뜨린 상대는 사라 마유의 단 하나뿐인, 이유시크 왕의 자랑이자 모든 국민들의 자랑인 왕자 아비뉴아였다. 더구나 아즈나는 전부터 사라마유와는 사이가 나쁜 이노아의 왕자가 아니던가. 아니, 아즈나가 어느 나라의 왕자 이건 간에 이 시합이 그저 다른 시합들처럼 평범하게 끝나만 주었더 라도 군중들이 이렇게 분노하지는 않았을 것이다. 가슴에 검을 맞고 쓰러진 자신들의 왕자가 어찌 살 수 있을까. 사라마유의 국민 모두 가 애통함을 금치 못했다. 군중들은 비통함으로 분노했고 움직임이 격해졌다.

이유시크 왕 또한 그것을 느낄 수 있었다. 아들이 들것에 실려 사 라진 이후, 계속 땅에 꿇어앉은 채 애통함을 삭히고 있던 그에게 군 중들의 소리는 더없는 유혹이 아닐 수 없었다. 그는 아즈나를 바라 보았다. 이대로 이 소년을 군중들 틈에 던져버린다면. 그러나 그는 눈을 감으며 신하들에게 명했다.

"병사들을 배치하라. 군중들이 소란을 피우지 못하도록 막아라. 그리고……."

이를 악물며 그는 말을 이었다.

"이노아의 아즈나 왕자가 이곳을 무사히 나갈 수 있도록 호위하 라."

아즈나는 이 모든 장면을 그저 무심히 바라보고 있었다. 승자를 위한 고동 소리도, 군중들의 함성, 그리고 더 큰 분노의 물결도, 눈앞에서 아들의 피 위에 엎드린 왕 중의 왕의 모습도. 그저 그는 자신이 아직도 쥐고 있는 검에만 시선을 던졌다. 무수한 의문이 아직 그의 가슴에 그대로 남아 있는 상태였다. 상대의 행동에 대한 의구심이, 아니 자기 자신에 대한 의구심도 남아 있었다.

'왜 나는 그 녀석의 심장을 꿰뚫어버리지 못했을까.'

이 단검이 한 치라도 더 길었다면, 아니 자신이 조금이라도 더 깊게 찔렀다면 아비뉴아는 즉사했을 것이다. 하지만 그 순간, 넘치는 살의 속에서도 자신은 생각해버리고 말았다. 자신이 찌른 순간 상대의 검 역시 자신을 찔러야만 했다. 그런데도 상대는 그러지 않았다. 어째서 상대가 자신을 찌르지 않는지에 대한 의문, 그것이 자신도 모르게 손의 힘을 늦추게 하고 말았다. 아즈나는 가슴의 심장에 손을 대었다.

어째서 아직도 이것이 뛸 수 있는 걸까. 그는 궁금해서 견딜 수 없었다.

아비뉴아는 죽지 않았다. 그러나 그의 부상은 깊었다. 이유시크 왕이 아비뉴아를 찾아갔을 때 그의 아들은 의식을 잃은 채 침상에 누워 있었다. 항상 얼굴에 어려 있던 생기는 온데간데없고 안색은 죽음 그 자체처럼 창백했다. 상처에서는 더이상 피가 흘러내리지 않았으나, 이미 모든 생명력은 그 몸에서 빠져나간 것처럼 보였다. 그 모습을 보며 이유시크 왕은 애통에 잠겼다. 침상에 누운 아들의 얼굴을 쓰다듬었다. 어린 시절 자신이 손수 목에 걸어주었던 금 목걸이도 만져보았다. 지독한 슬픔이 마음에 가득 차 눈물조차 나오지 않았다.

　그때 아들의 소식을 듣고 그의 부인 소마사가 달려왔다. 그녀가 자신의 아내이고, 또한 아비뉴아의 어머니임에도 불구하고 이유시크 왕은 아내의 얼굴을 대하고 싶지 않았다. 이 사태를 본 아내가 도대체 어떤 슬픔을 드러낼까. 그는 여자의 울음 소리를 듣고 싶지 않았다. 그는 그저 혼자 조용히 슬픔에 젖기를 원했다.

　그러나 아내는 생각 외로 너무나도 침착했다. 들어서자마자 그녀는 아들에게 다가가 상태를 살펴보았다. 한 신하가 왕비에게 왕자의 상태를 자세히 아뢰었다. 그리고 할 수 있는 모든 조치는 다 취했으니 이제 왕자가 깨어나 주기만을 바랄 수밖에 없다는 그 이야기를, 소마사 왕비는 침착하게 끝까지 들었다. 땀에 흥건한 아들의 이마를 몇 번이고 수건으로 닦아준 후, 마침내 왕비는 왕에게 고개를 돌렸다.

　"왕이시여, 어째서 그런 표정을 짓고 계십니까?"

　왕비의 표정이 너무나도 엄숙하여 이유시크 왕조차 놀랐다. 분명 놀라서 호들갑을 떨며 눈물을 흘리려니 생각하였는데 왕비의 태도는 의외로 침착했다. 아들이 사경을 헤매는 지금 이 순간 어머니는 세상 그 누구보다도 굳건했고, 믿음을 갖고 있었다. 그녀는 또다시 남편을 꾸짖었다. 아내의 날카로운 목소리가 이유시크 왕의 머리를 울렸다.

　"그런 표정을 지우세요! 당신은 마치 우리 아비뉴아가 금방이라도 죽을 듯 애통해하고 계시는군요! 죽음의 신 야마에게 금방이라도 매달려 애원할 듯, 비통한 표정을 짓고 계십니다! 우리 아비뉴아는 죽지 않습니다!"

　더이상 단호할 수 없을 정도로 단호하게 왕비는 말을 맺고 아들에게 시선을 던졌다. 그녀는 아들의 손을 잡고 침상 옆에 앉았다. 만일 죽음의 신이 찾아온다면 신과도 싸우겠다는 의지가 뚜렷했다. 아내의 이런 태도에 놀라긴 했지만, 이유시크 왕의 슬픔도 다소 가벼워졌다.

'그래. 우리 아비뉴아가 죽을 리 없다. 이 아이는 선택받은 아이가 아닌가.'

믿음이 확신으로 변했다. 일단 슬픔이 어느 정도 가라앉자 이유시크 왕의 가슴을 채운 것은 분노였다.

'아즈나!'

그 이름과 얼굴을 떠올리며 왕은 자신의 슬픔과 애통함을 분노로 바꾸어버렸다.

왕 중의 왕이라 하나 그 역시 인간이었다. 아들이 다쳐서 사경을 헤매는 것에서 비롯된 비탄이 아들을 다치게 한 자에 대한 분노로 전이되었다. 정당한 무예시합에서 벌어진 일이라는 건 자신도 잘 알고 있었다. 그러나 그것이 어쨌다는 것이지? 그에게 있는 현실은 단 하나, 그의 사랑스러운 아들이 사경을 헤매고 있다는 것일 뿐이다. 이유시크 왕은 아들을 그의 아내에게 맡겨두고 자리에서 일어섰다. 분노로 바뀌어진 슬픔은 아까보다 훨씬 참을 만했다. 그에겐 비탄과 분노를 쏟아부울 복수의 대상이 필요했다.

이날 사라마유 왕궁은 밤새도록 대낮처럼 환한 횃불이 밝혀졌다. 모두가 잠을 이루지 못했다. 말소리는 들리지 않을 정도로 조용히 오고갔고, 발걸음 소리 또한 나직했다. 그렇게 밤이 깊어갈 무렵 이노아의 왕자들이 또다시 이유시크 왕을 찾았다. 그들의 심정은 어제와 같았으나, 그들을 대하는 이유시크 왕의 심경에는 큰 변화가 있었다. 가가는 왕의 표정을 대한 순간 자신의 바람이 이루어질 것을 알았다. 이노아의 왕자들은 서로 눈짓을 보내며 기뻐했다.

그들이 생각하기에 아즈나는 제 무덤을 판 것이나 다름없었다. 시합이 끝나고 가가는 동생들에게 이렇게 말했다.

"아즈나의 어리석음이 우리를 구한 거다. 사라마유에서 사라마유의 왕자와 싸워 이길 생각을 하다니 그렇게 어리석을 데가 있나. 오늘이야말로 이유시크 왕은 우리와 손을 잡게 될 거다. 단 하나뿐인 아들을 잃을 뻔한 아버지의 심정이 오죽하겠어."

어제와 똑같이 공손하게 그는 다시 이유시크 왕에게 같은 청을 했다. 그의 동생 아즈나를 죽이는 데 협조해달라는 내용이었다.

"왕이시여. 그저 눈감아주시기만 청할 뿐입니다."

그가 말을 맺고 고개를 들었을 때 이유시크 왕은 너무나도 냉소적인 시선을 그에게 던지고 있었다.

"그대들은 아즈나의 죽음에 대해 나에게 책임을 묻지 않겠다는 뜻인가?"

이노아의 왕자들이 이유시크 왕의 말뜻이 무엇인지를 몰라 머뭇거리고 있자 왕이 내뱉듯 말했다.

"그렇다면 그대들은 무사히 이노아에 돌려보내도록 하겠소. 난 지금 당장 이노아와 분쟁이 생기는 걸 원치 않으니. 그대들이 나와 싸우고 싶지 않거든 그대들의 부왕을 잘 납득시켜야 할 것이오."

왕자들은 서로의 얼굴을 바라보았다. 상황은 그들의 예상 이상으로 급전되고 있었다. 가가는 침을 삼키고 조용히 입을 열었다.

"그렇다면 그 방법은……?"

무예시합의 마지막 날에는 늦도록 잠들지 못하는 사람들이 많았다. 탄타마사의 형제들도 그 중 하나였다. 그들은 모닥불을 피워놓고 계속해서 이야기를 나누었다. 마호다니와 아디토야는 아비뉴아가 죽기 일보 직전으로 다쳤다는 이야기를 듣고 매우 놀랐다. 서로의 얼굴만을 쳐다보고 있다가 아디토야가 가까스로 입을 열었다.

"결국은 아즈나가 더 세었다는 이야기?"

그로서는 도저히 믿을 수가 없는 이야기였다. 물론 아즈나의 강함은 자신의 눈으로 직접 본 터였다. 그러나 아비뉴아의 강함은 직접 자신이 온몸으로 체험한 것이 아니던가. 그런 소년이 패했다고?

막내의 물음에 다나와 아반티가 약속이나 한 듯, 부정하고 나섰다.

"그렇다고 볼 수만은 없어."

그들은 분명히 보았다. 아즈나와 아비뉴아는 분명 동시에 서로의 심장에 검을 겨누었던 것이다. 그런데 서로를 찌르기 바로 직전, 분명히 아비뉴아는 검을 치워버렸다. 아디토야는 그 이야기를 듣자 더욱 놀라 물었다.

"그는 왜 그랬던 것일까?"

그러나 쌍둥이들은 대답할 수 없었다. 잔드라, 사바르니도 그 자리에 있었건만 둘 다 뭐라고 대답하기가 난감했다. 계속해서 의문만이 터져나왔다. 사바르니가 입을 열었다.

"이상한 건 그뿐만 아니라 아비뉴아 역시 그 자리에서 즉사하지 않았다는 거야. 아즈나답지 않아. 그 실력으로 볼 때 그것 또한 이상해."

마호다니는 눈살을 찌푸렸다. 그는 아즈나와 붙어본지라 그의 검 놀림을 지금도 생생하게 기억하고 있었다. 유연하면서도 매섭고, 전혀 틈을 보이지 않았다. 그렇게 치열하게 싸운 그의 검이 상대를 즉사시키지 못한 것은 확실히 이상했다. 누구도 입을 열지 않는 가운데 한참 동안 모닥불만이 타올랐다. 이윽고 침묵을 깬 것은 잔드라였다.

"왠지 불길하다."

생각에 잠긴 눈으로 잔드라가 말을 이었다.

"이유시크 왕이 과연 자신의 아들을 저렇게 만든 아즈나를 용서할까?"

"용서하지 않으면?"

마호다니의 물음에 사바르니가 잔드라 대신 대답했다.

"아무리 이성으로는 정당한 무예시합에서의 일을 따질 수 없다는 걸 알아도 감정도 그러란 법은 없지. 사라마유와 이노아는 원래가 적대국이야. 이노아의 왕자 한 명이 사라마유에서 죽는다 해도 문제가 될 수는 있겠지만 전혀 납득할 수 없는 일은 아니야."

사바르니의 말에 모두들 심상치 않은 얼굴이 되었다. 그러다 쌍둥이 중 하나가 입을 열었다.

"알고 있어? 리무는 아비뉴아와 생일, 태어난 시간이 같아. 그런데 아비뉴아와 아즈나도 생일과 태어난 시간이 똑같아."

이 이야기에 모두들 서로의 얼굴을 바라보는데 갑자기 아디토야가 걱정스러운 얼굴로 입을 열었다.

"오늘 누나 경기장에 오지 않았어?"

모두들 리무는 보지 못했다. 아디토야는 다시 한번 확인했다.

"정말 오지 않았어?"

잔드라가 확신하지는 못하나 애매하게 고개를 끄덕였다.

"응. 왔으면 우리에게 왔겠지."

그러자 아디토야는 한숨을 쉬며 말을 이었다.

"하긴, 왔거나 안 왔거나 이제 곧 알게 되겠네. 아비뉴아가 다쳤다는 사실을."

그러고 보니 다른 형제들도 마음에 걸렸다. 리무는 그 소년을 쉬카르데라 부르며 친하게 지냈고 그들 형제말고는 처음 사귄 친구였다. 막내는 특히 아비뉴아에게 조금은 호감을 가지고 있었다. 그는 속으로 아비뉴아가 죽지 않기를 바랐다. 누나 또한 몹시 슬퍼할 테니까.

그러나 잔인하게 들릴 수도 있는 소리를 입에 담은 것은 사바르니였다.

"오늘 이유시크 왕은 정말로 애통해하던데 만일 아비뉴아가 죽는다면 그의 야망조차 죽어버릴지 모르겠다."

잔드라가 가볍게 꾸짖었다.

"그런 소리는 하지 마라."

그러나 셋째는 물러서지 않고 말했다.

"이유시크 왕이 야망을 버리게 된다면 리무는 우리에게 돌아오게 될 텐데?"

이 소리에는 모두가 입을 다물고 서로를 바라보았다. 잠시 뒤 누군가 이렇게 입을 열었다.

"그래, 그럴지도 모르겠다."

그 목소리는 나직했다.

소마사 왕비는 밤새도록 아들 곁에서 자리를 지켰다. 시녀들이 그녀에게 조금이라도 쉬기를 간청하였으나 아들이 죽어가는 어머니의 귀에 그런 권유가 들릴 리 만무했다. 그녀는 헛소리처럼 같은 말만 되풀이할 뿐이었다.

"오늘밤이 고비라고 하였다. 아비뉴아, 오늘밤만 넘기렴. 그러면 내일은 오늘보다 훨씬 좋아져 있을 거야. 그리고 눈을 떠. 꼭 그래야 한다. 응?"

그녀는 아들의 가슴에 귀를 대어보았다. 아들의 심장이 이토록 약하게 뛰다니 이런 날이 오리라고는 상상도 못했다. 밤새도록 왕비는 아들의 손을 잡고 말을 걸었다. 자신이 손을 놓기라도 하면 아들이 곧 멀리 달아날 듯싶었다. 멀리 달아나 영영 돌아오지 못할 것만 같았다.

"아비뉴아, 내일이 바로 너의 열네번째 생일이 되는 날이란다. 내가 너의 생일을 축하하기 위해 얼마나 즐겁게 준비했는데……"

그 생각을 하니 어쩔 수 없이 눈시울이 뜨거워졌다. 그러나 그녀는 곧 눈을 닦고 신에게 기도를 올렸다. 밤은 점점 깊어갔고, 아비뉴아는 한 번도 의식을 차리지 못했다. 그저 죽은 듯 누워 미동조차 하지 않았다. 그러나 결코 죽은 것은 아니었다.

소년은 긴 꿈을 꾸고 있었다.

꿈속에서 자신은 좁은 나룻배에 누워 있었다. 어째서인지 하늘은 어둠이 가득하고 어디에도 빛은 없었다. 너무나도 짙은 어두움이 자신을 무겁게 짓눌렀다. 무서웠다. 이 어둠은 무엇일까. 나는 어디로 가고 있는 것일까. 말을 하고 싶었으나 말이 나오지 않았다. 아니, 지금 나는 말을 하는 법을 모른다. 외마디 울음이 전부이다.

소리내어 울어보려 했다. 그러나 아무것도 바뀌지 않는다. 시간이 지난다. 시간이 지날수록 고통스럽다. 발버둥도 쳐보았다. 하지만 아무리 시간이 지나도 이 어둠에서 벗어날 수 없다. 결국은 지쳐 포기했다. 동시에 무력함에 마음이 찢어질 듯했다.

나에겐 이 어둠에서 벗어날 힘이 없어.

스스로 벗어날 힘이 없다면 영원히 이곳에 있어야 하는 걸까. 그러한 공포보다도 무서운 절망감에 싸여 있을 때였다.

갑자기 밝은 빛이 눈앞에 퍼졌다. 무서운 죽음의 느낌 속에서 간신히 벗어나 겨우 숨을 쉬게 되었다. 그로 인한 기쁨일까, 슬픔일까? 눈물이 난다. 눈이 아프다. 눈을 감아도 눈이 부시다.

갑자기 몹시도 청명하고 아름다운 목소리가 귀에 울렸다. 인간의 목소리가 아닌 듯, 숨막힐 듯한 고귀함이 넘쳐 흘렀다. 그러면서도 어머니처럼 상냥하고 부드러운 목소리였다.

"아아, 몹시도 귀여운 아기입니다. 인드라를 비롯하여 모든 천신들이 이 귀여운 아기를 그토록 두려워하였다니, 어쩐지 놀려주고 싶은 기분이 되는군요. 귀여운 아가야, 울지 마렴. 하루 종일 어두컴컴한 요람 안에 있었더니 눈이 아픈 모양이구나.

시바여, 저는 이 아기의 전생을 볼 수 있답니다. 모든 일을 혼자 짊어지려던 사람이었군요. 아아, 아가야. 괜찮단다. 너의 힘이 사실 별거 아니라는 사실을 알겠니? 또 스스로 벗어날 힘이 없으면 어떠니? 이제껏 너는 수천 수만 번 이런 모습으로 남이 보살펴주기만을 기다린 때가 있었고, 앞으로도 그렇단다. 숨밖에 쉴 줄 모르고 우는 것밖에 모르는 존재로 살아야 할 시간은 항상 존재한단다. 그러나 어떠니. 누구나 혼자 살아갈 수는 없어. 그러기에 부모를 갖고, 짝을 찾고, 아이를 낳지. 네 곁에는 항상 누군가가 있을 텐데 무엇이 그리 슬프겠니. 가장 어려운 순간에도 길은 있고, 엄청난 슬픔에도 눈물을 닦아줄 사람이 있을 거야."

그러자 이번에는 머리 위로 신처럼 장중한 목소리가 울려 퍼졌다. 목소리만으로 몸이 눌릴 듯한, 엄청난 존재감은 히말라야조차 뒤흔들어놓을 듯했다. 이제껏 이런 존재감은 처음이었다. 도저히 눈을 뜰 수가 없었다.

"이상합니다. 내가 볼 때 이 아이는 결코 인드라를 이길 정도로 강해 보이지 않는데요. 이 연약한 팔로 활이나 제대로 들지 어떨지 모르겠군요."

이에 아까의 부드러운 목소리가 다시 울렸다.

"본래는 지금보다 강했을 것입니다. 제 남편 브라흐마가 이 아이를 총애했던 시절과 비교할 때, 그 힘이 반으로 줄어들었군요. 영혼의 무게도 반으로 줄어든 걸 보니 마음이 아픕니다. 시바여, 그대는 이 아이의 아버지로 연을 맺으셨으니 이 아이는 이제 당신의 보호 아래 있습니다. 저는 비슈누께서 인계에 강림하려 하신다는 이야기를 듣고 이유를 몰라 의아해했습니다. 비슈누께서는 나머지 영혼에게 기회를 주시려 하나 봅니다. 그러나 신의 정의는 인간의 그것과 일치하지 않으니, 고통과 슬픔은 누구도 피하기 어렵겠군요."

부드러운 목소리는 다시 이어졌다.

"아아, 애야. 울지 마렴. 고통을 느끼더라도, 슬픔을 느끼더라도. 영원히 지속되진 않는단다. 영원히 지속되는 어둠은 없어. 울지 말고 햇빛이 눈을 아프게 하지 않는다면 이제는 눈을 떠보렴."

순간 아비뉴아는 눈을 떴다. 어렴풋한 빛이 눈에 들어왔다. 그 희미한 빛에도 눈이 아파 견딜 수 없었다. 다시 눈을 감았다. 격렬한 아픔이 온몸에 파고들어왔다. 잠시 동안 그는 그 고통을 참고만 있었다. 이윽고 힘이 없는 손을 움직여보려 할 때 그는 자신의 손이 누군가에게 붙잡혀 있음을 깨달았다. 아비뉴아는 드디어 완전히 눈을 떴다. 고개를 옆으로 돌렸을 때 눈물이 흘러내렸다. 눈물 때문에 희미한 시야에 언뜻 어머니의 모습이 보였다. 어머니는 한 손으로 자신의 손을 잡은 채, 눈을 감고 기도를 올리고 있었다. 아비뉴아는 다시 눈을 감았다. 입을 열려 했으나 목소리가 나와주지 않았다. 아니,

그보다는 눈물이 멈추지 않았다. 그는 생각했다.

'아픈 건 눈이야.'

그래, 눈이 아파서 눈물이 흘러내리는 거다.

그대로 시간이 흘렀다. 도저히 움직일 수 없어 그저 눈을 감고 미동 없이 한참을 누워 있었다. 그 시간 동안 아비뉴아는 그저 생각만 했다. 자신이 꾼 이상한 꿈, 그리고 다른 많은 것에 대해.

그대로 시간이 흘러갔다. 몸이 점점 더 마비되어가는 느낌이 들었다. 이제는 뜨고 싶어도 눈이 떠지지 않았다. 저도 모르게 소년은 의심했다.

난 이러다 죽는 걸까?

그때 귀에 익은 목소리가 들렸다.

"아비뉴아는 깨어났소?"

목소리만으로 알 수 있었다. 아버지 이유시크 왕이었다. 그에 답하는 어머니의 목소리 또한 힘없이 들려왔다.

"아니오."

"아비뉴아와 잠시 단둘이 있고 싶소."

왕의 말에 모두가 순종하여 물러나는 소리가 들려왔다. 아비뉴아는 커다란 손이 자신의 머리를 쓰다듬는 것을 느꼈다.

"아들아, 용서해다오."

아버지는 무엇에 대한 용서를 구하는 걸까. 아비뉴아는 이상하게 여겼다. 오히려 그가 용서를 구해야 했다. 자신은 시합에 짐으로써 아버지의 기대를 저버리지 않았던가.

"내가 시합을 조금만 더 빨리 중단시켰다면, 애당초 이런 시합을 열지 않았다면 네가 이렇게 되지는 않았겠지. 그러나 이제 너는 한 가지만 더 나를 용서해야 한다. 나는 이제 나가서 널 이렇게 만든 녀

석을 죽일 거란다. 자신의 마음을 만족시키기 위해서 다르마에 어긋
난 행동을 하는 이 못난 아비를 용서해라."

　아비뉴아는 처음에는 아버지의 말이 무슨 뜻인지 제대로 이해하
지 못했다. 아버지가 그의 옆에 있는 동안 소년은 천천히 입을 열 만
한 힘을 모으려 애썼다. 그러나 몸은 마치 가위에 눌린 양 움직일 수
가 없었다. 자유롭게 움직여주는 건 생각밖에 없었다. 결국 아버지
가 떠나는 것이 느껴졌다. 아비뉴아는 생각했다. 과연 아버지는 누
구를 죽이려 하는가?

　한순간 답이 선명히 떠올랐다. 아비뉴아의 손에 움찔 힘이 들어갔
다. 그리곤 바로 눈을 떴다.

12장 유년기의 끝

아즈나는 피로에 지쳐, 곤히 잠들어 있었다. 소년은 줄곧 악몽을 꾸었다. 꿈속의 자신은 스스로 가슴에 검을 찌르고 있었다. 그의 몸이 어두운 강물 속으로 굴러떨어졌다. 미칠 듯한 그리움, 터질 듯한 감정으로 몸이 산산이 부서져내릴 것만 같았다.

갑자기 아즈나는 누군가의 손이 자신의 뺨에 닿는 것을 느끼고 벌떡 몸을 일으켰다. 순간적으로 온몸의 세포가 긴장으로 팽창했다. 그 상대가 카르타임을 알고서야 그는 긴장을 늦추었다. 카르타는 말없이 손을 뻗어 동생의 얼굴을 닦아주었다. 그제서야 아즈나 역시 자신의 얼굴에서 식은땀이 흘러내리고 있음을 깨달았다. 온몸이 땀으로 축축했다. 소년은 쓰러지듯 다시 잠자리로 누웠다. 그때 카르타가 나지막하게 입을 열었다.

"아즈나. 이유시크 왕이 너를 부른다. 가겠느냐?"

잠시 아즈나에게는 자신의 안정되지 못한 숨소리만이 귀에 들렸다. 이유시크 왕이 자신을 부른다. 쓰러진 아비뉴아를 안아들던 그 왕 중의 왕. 그가 이 새벽에 자신을 부른다.

"가겠느냐?"

카르타가 부드럽게 다시 한번 자신의 대답을 재촉한 후에야 아즈나는 본래의 자신으로 돌아왔다. 그는 옆에 놓여진 활과 전통을 확인했다.

"응."

아즈나가 일어서려 하자 카르타도 역시 따라 일어서며 말했다.

"그가 이런 새벽에 너를 부른다는 데는 이유가 있을 거다. 그렇지?"

"내가 이곳에 있든, 그가 부르는 곳으로 가든, 모두가 사라마유의 땅 안이야."

아즈나의 대답에 카르타는 부드러운 눈으로 동생을 보며 자신 역시 전통을 메며 활을 들었다.

"나 역시 너와 함께 가마. 네가 어디를 가든 난 너의 뒤에 서 있다."

아즈나는 일어서다 말고 동작을 멈추었다. 잠시 그의 형을 올려다보았다. 천막 안을 비추는 촛불의 붉은빛 아래 이 등 굽은 꼽추는 마치 히말라야 산맥 같은 위엄을 띠고 있었다.

"내가 너의 뒤에 있을 동안 그 누구도 등 뒤에서 너를 공격할 수는 없을 거다."

카르타는 빙긋 웃었다.

"그러나 너의 앞에 선 모든 적들은 네가 상대해야 한다. 아즈나."

소년은 그의 전통을 끌어당기며 짤막하게나마 힘있게 대꾸했다.

"응."

이날 새벽, 해가 뜨기 전 깊은 고요에 잠겨 있는 사라마유 왕성의 침묵을 깬 것은 바로 이유시크 왕의 신하들이었다. 그들은 각 나라에서 온 왕자들의 임시 거처를 돌아다니며 이유시크 왕의 급한 전갈을 알렸다. 오늘 아침 동이 뜨는 순간을 맞추어 모두가 왕궁의 광장으로 모여달라는 것이었다. 이유는 알 수 없지만 왕 중의 왕의 명을 거역할 수 있는 사람은 없었다. 모든 왕자들은 잠에서 깨자마자 채비를 갖추어 모여야만 했다.

이유시크 왕이 그들을 부른 곳은 왕성의 광장이었다. 광장은 세 개의 신전으로 둘러싸여 있었다. 왼쪽이 브라흐마, 중앙이 비슈누, 오른쪽이 시바였다. 신전은 뾰족한 탑 모양으로, 탑 하나하나가 세 부분으로 이루어져 있었다. 기단은 인간계, 탑신은 인간과 신이 공존하는 세계, 첨탑 부분은 신들이 사는 천상계를 각각 상징하는 것이다. 세 개의 신전으로 둘러싸인 광장에 왕자들이 도착했을 때 이제 막 떠오르는 태양이 신전에 눈부시게 빛을 뿌리고 있었다.

이 세 개의 신전으로 둘러싸인 광장은 왕 중의 왕 이유시크가 아침마다 신하들의 하례를 받는 장소였다. 지금도 왕은 그가 매일 아침 서는 단상 위에 신과 같은 위엄 있는 태도로 서 있었다. 그의 주위에 수많은 병사들이 줄을 지어 서 있었다. 삼백여 명의 왕자들은 광장에 도착하여, 왕 중의 왕의 당당한 모습을 보았다. 그들은 모두 입 밖에 내지는 않았지만 어제 쓰러진 아들을 부둥켜안았던 아버지의 모습을 동시에 떠올렸다.

아즈나는 모두가 모인 후 가장 마지막으로 광장에 도착했다. 그곳에 도착한 순간 수천의 무장한 군사들이 그의 눈에 들어왔다. 줄지어 선 군사들이 들고 있는 창에서 반사된 햇빛이 눈부셨다. 그와 카르타는 아무 말 없이 모여 있는 왕자들 틈에 섰다. 아즈나를 끝으로 모든 왕자들이 모이자 이유시크 왕은 입을 열었다.

"오늘 그대들을 모이게 한 것은 어젯밤, 나에게 청이 하나 들어왔기 때문이오."

왕자들은 웅성거렸다. 모두가 왜 이유시크 왕이 해가 뜨자마자 그들을 모이게 했는지 그 이유를 몹시 궁금해하고 있었다. 그들 중에는 수천의 군사들을 보고 마음속으로 암암리에 경계를 늦추지 않는 소년들도 있었다. 탄타마사의 형제들이 특히 그러했다. 그들 형제들은 의심 어린 눈으로 왕 중의 왕을 바라보았다. 그는 도대체 무슨 생각을 하고 있는 것일까?

이유시크 왕은 이윽고 한 사람을 앞으로 나오게 시켰다. 이노아의 왕자 가가였다. 그는 앞으로 나와 모인 왕자들에게 공손히 합장해 인사하고 입을 열었다.

"어제 저희 형제 중 한 명이 심한 부상을 입었습니다. 하마터면 죽을 뻔했지요. 바로 저희의 동생 아즈나가 한 짓입니다. 아즈나는 천성이 냉혹한 아이로서 전부터 형제들과 우애 있게 지내지 못했습니다. 여기에 오는 도중에도 저희 형제들에게는 위험한 일이 많았지요. 모두가 아즈나 때문이었습니다. 이제 무예시합도 끝나고 며칠 후 모두가 귀향하게 될 텐데, 또다시 아즈나가 형을 해치려 해서 결국 우리 모두는 왕 중의 왕 이유시크 왕에게 동생의 처벌을 부탁드리게 되었습니다. 그리고 왕께서는 그것을 승낙하셨지요."

순간 대부분의 소년들은 눈에 띄게 안심했다. 그들은 오늘의 모임이 그들과는 아무 상관없는 일이라는 것을 안 것이다. 타국에서 수많은 병사들에 둘러싸인 곳에 불려진 사실은 불안한 일이 아닐 수 없다. 그렇기에 그들의 안심은 어쩌면 당연한 것이었다. 탄타마사의 형제들은 이노아의 왕자 가가의 말이 떨어지기가 무섭게 서로의 얼굴을 마주보았다. 아디토야는 형들에게 물었다.

"왕 중의 왕이라도 타국의 왕자를 처벌할 권리가 있나?"

사바르니는 마음이 초조한 나머지 동생의 말을 듣는 둥 마는 둥 했다. 그는 잔드라와 나직히 말을 주고받았다.

"이유시크 왕이 이노아의 왕자들하고 손을 잡은 것 같은데."

잔드라 역시 언짢게 생각하며 대꾸했다.

"그래."

맏이는 동생들에게 주의를 주었다.

"이제부터 어떤 일이 일어나도 너희들 중 아무도 나서지 말아라. 알았지?"

탄타마사의 형제들 중 맏이의 말에 거역하는 사람은 없었다. 동생들은 고개를 끄덕였다. 잔드라는 불편한 마음으로 아즈나를 바라보았다.

'저 녀석이 죽는 건가.'

어제 그토록 뛰어난 무예를 보여준 소년이 죽을 것이라 생각하니 마음이 편치 않았다. 아니, 그보다 이제부터 자신이 취하려는 태도가 철저한 방관이라는 것도 마음에 걸렸다. 하지만 별다른 방법이 없다. 잔드라는 아예 고개를 돌려버렸다.

그때 아즈나는 자신의 이름이 호명되는 것을 듣고 있었다. 그는 각오했던 일이 눈앞으로 다가왔음을 알았다. 소년은 조금도 당황하지 않고 걸어나가려 했다. 그때 등 뒤에서 카르타의 목소리가 들렸다.

"반드시 돌아와야 한다."

아즈나는 돌아보지 않고 그대로 고개를 끄덕이고 천천히 앞으로 걸어나갔다. 이유시크 왕과 서로 말소리가 들릴 만큼의 거리에 이르자, 그는 걸음을 멈추고 왕 중의 왕을 바라보았다. 이유시크 왕은 겨우 열네 살밖에 되지 않은 소년이 수천의 군사들에 의해 둘러싸인 가운데, 조금도 기죽지 않고 똑바로 자신에게 시선을 던지는 당당한 태도에 감탄했다. 아무리 보아도 뛰어난 소년이었다. 그림처럼 아름다운 외모에, 겁을 모르는 눈동자, 그 눈에 자신에 대한 싸늘한 분노까지 담겨 있음을 깨닫고 왕은 이상한 감정이 솟구쳤다. 뛰어난 재능과 높은 긍지까지 대단한 소년이었다.

'만일 저 소년이 나의 아들이라면.'

문득 그런 생각마저 들었다. 만일 저 소년이 아비뉴아의 형제라면 저 소년을 죽이지 않아도 될 텐데. 저토록 뛰어난 소년을 죽여야 한다는 것이 한편으로는 괴로웠다. 그러나 이유시크 왕은 아들을 생각했다.

'아비뉴아.'

나의 소중한 아들. 나에게 손을 뻗어준 나의 아이. 그 아들이 지금 사경을 헤매고 있다. 그 힘차던 팔다리가 힘을 잃고 쓰러져 있다. 이 생각이 들자 왕의 마음은 싸늘하게 식었다. 감탄의 마음이 증오로 바뀌었다. 호랑이 새끼는 새끼일 때 죽여야 한다. 자라면 자랄수록 위험해진다.

"왕 중의 왕 이유시크가 묻는다. 그대가 그대의 혈육을 해쳤다는 것이 사실인가? 그렇다면 나는 나의 땅 내에서, 나의 지도권이 미치는 내에서 이곳의 모든 자들에게 포상과 처벌을 할 권리와 의무를 가지고 있다. 네가 너의 혈육을 해친 것이 사실이라면 그 죄는 죽음에 해당한다."

아즈나는 침묵을 지킨 채 대꾸하지 않았다. 예상했던 사태에 그는 조금도 놀라지 않았다.

"나의 사절이 이노아의 그대의 아버지에게 나의 판결을 통보할 것이다."

'동시에 왕자를 초청하여 죽인 나의 명예는 땅에 떨어질 것이고, 신들도 나를 용서하지 않을 것이다. 그러나 나는 조금도 후회하지 않는다.'

이유시크 왕은 마음속으로 중얼거렸다.

그때였다. 아즈나는 눈깜짝할 사이에 자신의 활에 시위를 메겼다. 그 화살 끝은 정확하게 이유시크 왕을 향했다. 왕은 조금도 당황하지 않았다. 그 역시 활을 들었다. 주위의 모든 사라마유의 병사들 역시 일제히 활을 들었다. 수천의 화살이 아즈나를 겨누었다. 이 일련의 사태가 단 한순간에 일어났다. 모여 있던 왕자들은 모두 숨을 들이쉬며 몸을 떨었다. 감히 왕 중의 왕에게 활을 겨누다니, 다른 것은 몰라도 그 죄는 용서받을 수 없는 것이다.

이유시크 왕은 날카로운 화살이 자신을 겨누고 있음에도 침착했다. 자신의 화살 역시 눈앞의 소년을 겨누고 있다. 그의 부하 또한 왕의 조그마한 일성에도 곧 수천의 화살을 아즈나에게 날릴 것이었다. 자신의 말 한 마디에 저 소년은 피를 흘리며 쓰러질 수밖에 없었다. 그의 눈에 소년의 행동은 마지막 발광으로 보일 뿐이었다. 그러나 아즈나의 행동은 발광 따위가 아니었다. 자신이 하는 행동에는 철저한 확신이 있었다. 소년의 눈이 갑작스러운 생명감으로 빛났다. 그는 자신의 활에 화살이 걸린 순간 입을 열었다.

"질서를 유지케 하는 생명, 그 자체의 힘이여. 천 개의 눈을 가진 당신의 이름을 나에게 부여하소서!"

아즈나의 목소리를 그 자리의 모든 사람들이 듣기는 들었다. 이유시크 왕 또한 들었다. 그러나 그 의미를 알아들은 사람은 그 자리에서 단 한 명뿐이었다. 모여 있던 왕의 신하들 중 누군가가 구르듯 달려나와 왕의 앞을 막아섰다. 그는 바로 아비뉴아 왕자의 스승 라아크리였다.

"멈추어주십시오. 제발 잠시 멈추어주십시오. 내가 나의 주인을 설득하겠습니다."

그의 말은 아즈나를 향한 것이었다. 아즈나의 눈은 싸늘한 분노로 타오르고 있었다. 수천의 화살이 자신을 노리고 있는 이 상황 따위 그는 조금도 두렵지 않았다. 그러나 이성을 잃지 않았기에, 그는 이 상황을 벗어나기가 어려울 것이라는 사실을 알고 있었다. 그는 다시 한번 등 뒤의 카르타를 떠올렸다. 형은 자신에게 돌아오라 말했다. 아즈나는 입을 다물었다. 그러나 그의 활은 여전히 팽팽히 시위가 당겨진 채였다.

라아크리는 그 사이 얼른 이유시크 왕을 돌아보았다. 당대의 용사로, 왕자의 스승인 그의 얼굴이 지금은 경악에 질려 있었다.

"왕이시여, 모든 것을 멈추십시오."

이유시크 왕은 라아크리가 이토록 당황하는 이유를 몰랐다. 그는 싸늘하게 명했다.

"비키시오. 난 저 소년을 죽일 것이오."

그러나 라아크리는 물러서지 않았다. 그의 얼굴은 창백했다.

"왕이시여. 저 소년이 외우는 것이 무엇인지 아시옵니까?"

"아스트라의 주문이 아니오."

이유시크 왕의 입에서 싸늘한 대꾸가 흘러나오자 그 자리의 모든 사람들이 놀람의 소리를 흘렸다. 오늘 막 열네 살이 된 소년이 아스트라의 주문을 다루다니. 왕자들 사이에서 '헉!' 하는 소리가 울렸다. 그러나 이유시크 왕은 태연했다. 그 자신도 여러 아스트라 주문을 외우고 있다.

"나 역시 불의 신 아그니의 아스트라를 사용할 것이오. 아스트라 대 아스트라라면 동등하지 않소."

그러나 라아크리는 몸을 덜덜 떨고 있었다.

"왕이시여. 저 소년이 외우는 주문이 어느 신의 아스트라인 줄 아십니까?"

이유시크 왕은 아무래도 신하의 태도가 이상했다.

"그것이 무엇이길래 당신 같은 전사를 떨게 만드는 것이오?"

왕의 말에 라아크리는 갑자기 그 자리에 엎드렸다.

"비슈누 신의 아스트라이옵니다."

그의 말이 떨어진 순간 마치 차가운 파도가 한차례 그 자리를 쓸고 간 듯, 모든 사람들이 한순간 숨을 멈췄다. 이유시크 왕조차 얼굴이 새파래졌다. 그는 도저히 믿을 수 없다는 얼굴로 되물었다.

"비슈누 신의?"

신 중의 신 비슈누. 수백 년간 그 누구도 사용한 적이 없는 최고신의 아스트라를 저 소년이 사용한단 말인가.

'그럴 리가 없다.'

거짓말 같은 상황이었으나 라아크리의 얼굴은 분명 농담을 하는 얼굴이 아니었다. 왕은 라아크리가 결코 농담을 할 사람은 아니라는 걸 잘 알고 있었다.

잠시 후 왕은 정신을 가다듬고 입을 열었다.

"비록 저것이 틀림없는 비슈누의 아스트라라 해도 성공할지 어떨지는 모르는 것 아니오. 주문을 안다 해도 그것을 사용할 수 있는 것은 아니지 않소."

"왕이시여."

라아크리는 절박하게 외쳤으나 그보다 큰 목소리로 왕은 신하의 간청을 눌러버렸다.

"듣기 싫소."

이 순간, 이유시크 왕은 빼도 박도 못할 상황에서 도박을 할 수밖에 없었다. 만에 하나 저 소년이 정말로 신 중의 신 비슈누의 아스트라를 사용한다면 자신은 죽을 것이다. 자신이 사용할 수 있는 아스트라 중 가장 강력한 것은 불의 신 아그니의 아스트라. 그 아스트라가 비슈누의 아스트라를 막아낼 리 만무한 것이다. 저 소년의 뛰어난 궁술 실력을 볼 때 화살이 자신을 빗맞히기를 바랄 수도 없다. 수천의 병사들이 자신의 방패가 된다 해도 비슈누의 아스트라는 결국 자신의 목숨을 앗아갈 것이다. 그러나 이유시크 왕은 또한 이렇게 생각했다.

'저 소년은 그저 주문을 외우고 있을 뿐이다.'

그렇게 생각하는 것이 아무리 생각해도 타당했다. 신 중의 신 비슈누가 어찌 저런 어린 소년에게 자신의 힘을 빌려줄까. 그것은 어쩌면 지극히 타당한 계산이었다. 왕은 자신의 활을 들었다.

아즈나의 눈에 순간 싸늘한 냉기가 돌았다. 소년으로서도 수천의 화살이 자신을 겨눈 이상, 이곳에서 살아 돌아가기는 힘들 것이라 생각했다. 소년은 맘을 굳혔다. 이유시크 왕을 쏘아보는 그의 눈은 싸늘했다. 아즈나는 마침내 주문의 마지막을 입 밖에 내었다.

"우유의 바다에 잠긴 나라야나, 연꽃의 눈을 가진 신 중의 신 비슈누의 이름으로 나는 명하니, 신의 권위에 반하는 모두에게 다르마의 정의로서!"

아즈나의 활에서 시위가 놓여진 순간, 마치 벼락이 치는 듯한 굉음이 울렸다. 마치 리무 강물의 거대한 흐름이 땅을 가르듯, 비슈누의 아스트라는 공기를 찢으며 공중을 날았다. 모두가 큰 낫에 베어지기를 기다리는 보릿단마냥 움직이지도, 숨도 쉬지 못했다. 눈앞에 날아드는 최고신의 아스트라의 위력은 죽음의 공포보다도 강했다.

이유시크 왕은 자신이 도박에서 졌음을, 또한 자신의 최후가 왔음을 깨달았다. 아스트라와 함께 죽음의 신 야마의 검은 그림자가 자신을 집어삼킬 것이다. 그 찰나의 순간, 그의 머릿속에 그의 지난 생이 마치 물결처럼 흘러갔다.

아버지 라바 왕. 한 번도 자신을 봐주지 않은 냉정한 눈. 아버지가 살아 있을 동안 누구의 눈에도 띄지 않기 위해, 오직 살아남기 위해 모래인 듯 잡초인 듯 자신을 억누르며 살아온 세월. 그리고 나머지 절반의 생. 왕 중의 왕만이 지낼 수 있는 라자수야 제사를 지내던 순간 순간들. 꽃같이 가냘프고 아름다운 아내 소마사. 아아, 그리고 밤하늘처럼 까만 눈을 하고, 조그만 손을 자신에게 뻗어온 아비뉴아. 나의 아들…….

그는 기도했다. 다시 한 번만 아비뉴아를 품에 안아볼 수 있기를.

거대한 아스트라가 왕 중의 왕 이유시크의 가슴에 박히려는 순간이었다. 그 찰나 어디선가 또다른 눈부신 아스트라가 날아들었다. 그 아스트라는 아즈나의 아스트라와 정면으로 충돌했다. 갑자기 날아든 그것은 태양의 광휘를 내뿜고 있었다. 맹렬하게 타오르는 불처럼, 땅을 뚫고 솟아나오는 용암처럼, 힘을 빌린 신의 본성을 그대로 보여주는 엄청난 파괴력을 지닌 아스트라였다.

두 개의 아스트라가 공중에서 부딪친 순간 커다란 파열이 생겨났다. 찢어진 공기가 마치 소리 없는 비명을 쏟는 듯했다. 그 충격에 모든 사람이 눈을 감아버렸다.

비슈누의 아스트라를 쏘아낸 아즈나조차 두 아스트라가 부딪치는 순간 충격을 느끼고 비틀거렸다. 다음 순간 그는 피가 거꾸로 솟는 듯한 분노를 느끼며 홱 고개를 돌렸다. 그의 눈이 일순 작은 불꽃처럼 빛났다.

'그 녀석이다.'

분노가 아즈나의 온몸에서 솟구쳤다. 그 녀석이다. 모든 것을 방해하는 그 자식. 너는 언제까지 날 방해할 셈이지? 조금도 망설이지 않고 아즈나는 다시 화살을 하나 꺼내 시위에 메겼다. 시위가 당겨지기까지 눈꺼풀이 한 번 닫혀졌다가 열리는 시간도 채 걸리지 않았다.

그때 다른 사람들도 서서히 눈을 떴다. 놀라움의 탄성이 이곳저곳에서 흘러나왔다.

"어찌 된 일인가. 도대체 무슨 일인가."

모두가 웅성거리는 사이 충격에 비틀거리고 있던 이유시크 왕이 간신히 정신을 가다듬었다. 그때 라아크리의 놀라움과 기쁨이 섞인 탄성이 울렸다.

"파괴의 신 시바의 아스트라. 이 아스트라를 쏘신 것은 분명……."

다음 순간 모두가 저 멀리 서 있는 누군가의 모습을 발견했다. 왼손에 활을 든 소년. 그는 바로 이유시크 왕의 아들, 아비뉴아였다.

아비뉴아는 천천히 걸어나왔다. 한 걸음, 한 걸음이 마치 칼날 위를 딛는 듯 힘겨웠으나 그는 신음을 내지 않았다. 흐려지는 정신을 간신히 추스렸다. 중요하다, 이 순간은 정말로 중요하다. 이 순간 자신이 정신을 차리지 않는다면 모든 것은 끝장이 나버린다.

마침내 아비뉴아는 아즈나의 눈앞까지 걸어나왔다. 두 소년은 열 걸음 정도 떨어진 채 서로 마주서게 되었다. 마치 어제 무예시합 때의 상황과 흡사했다. 아즈나의 화살 끝은 털끝만큼의 흔들림도 없이 상대를 똑바로 겨눈 채였다. 활을 든 소년의 눈빛은 싸늘했다. 그에 비해 활에 겨누어진 소년은 오히려 담담했다.

찰나이지만 영원 같은 정적이 잠시 두 소년 사이에 흘렀다. 바산타의 햇살은 너무나도 부드러워서 이 정적마저 부드럽게 녹아들 듯했다. 그러나 누구도 햇빛 따위에는 관심이 없었다. 모두의 마음은 시위가 당겨진 활만큼이나 팽팽한 긴장으로 가득 차, 금방이라도 툭 끊어질 듯했다. 광장은 살기와 증오, 한치 앞을 내다볼 수 없는 긴장으로 팽배했다. 모두가 숨을 죽인 채 기다렸다.

과연 이유시크 왕의 아들은 무엇을 하려 하는가.

그러나 그때 단 두 사람, 아이러니하게도 아비뉴아와 아즈나 두 소년만은 바산타의 햇살을 느끼고 있었다. 그 따스함과 부드러움, 마음을 나른하게 만드는 봄의 햇살을 느끼고 있었다. 그것은 이 순간이 지나면 영영 다시는 느껴보지 못할지도 모르는 따스함이기에. 아비뉴아는 생각했다.

'그래. 나는 다시 한번 이 태양빛을 느껴보고 싶어.'

그러기 위해서는 살아야 했다. 소년은 입을 열었다.

"약속을 하자."

아즈나는 대꾸하지 않았다. 그의 시위는 팽팽하게 당겨진 채 조금도 늦춰지지 않았다. 아비뉴아는 상대의 대답을 기다리지 않고 말을 이었다.

"지금 너는 나를 죽일 수 있어. 나의 생명은 너에게 달렸다. 날 죽이고…… 너의 소망을 이룰 수 있을지도 모른다."

아비뉴아의 표정이 어두워졌다. 소년은 이 순간 참담하리만치 슬펐다. 누구인가. 누가 저 아이와 나를 동시에 태어나게 만들었는가. 상대의 존재만으로 생겨나는 질투와 증오, 참을 수 없는 괴로움. 그래, 누군가의 고의였다. 나에게 그리고 저 아이에게 미칠 것 같은 질투와 시기를 느끼게 하기 위한 누군가의 계략이다.

"그러나 아즈나! 지금 내가 죽은 다음엔 너도 죽는다. 이곳은 사라마유, 왕 중의 왕 이유시크는 나의 아버지이다. 수천의 화살이 너를 겨누고 있고 너 역시 이곳에서 살아날 수 없어. 내가 죽고 그리고 네가 죽는다.”

“……그래서?”

아즈나의 입에서 차가운 일갈이 터져나왔다. 싸늘한 눈길로 그는 아비뉴아를 쏘아보았다. 아비뉴아는 갑자기 땅이 솟아오르는가 싶더니 어지러움과 동시에 정신이 흐려지는 것을 느꼈다. 잠시 비틀거렸다. 다음 순간 그는 손으로 무릎을 짚으며 간신히 균형을 잡았다.

‘정신차려. 아비뉴아.’

이 순간을 넘기지 않으면 안 된다. 아비뉴아는 자신의 육체에 명령했다. 눈을 떠. 똑바로 일어서. 너는 이 순간을 넘기지 않으면 안 돼.

잠시 후, 후들후들 떨리는 몸으로 소년은 간신히 일어섰다. 그는 말라붙은 입술을 간신히 떼었다.

“약속을 하자. 3년 후에, 3년 후에 다시 만나자. 그때야말로 서로가 최선을 다해 서로를 죽이자. 넌 나를 죽이고 난 너를 죽이는 거야. 선택받은 자만이 살아날 수 있도록.”

아즈나는 여전히 시위를 당긴 채였다. 그러나 그는 일순 눈을 내리깔았다. 자신은 상대를 겨누고 있다. 그러나 자신 역시 수천의 화살에 겨누어져 있다. 아즈나는 침묵 끝에 돌연 상관없는 물음을 던졌다.

“너, 왜 날 죽이지 않았지?”

아비뉴아는 숨을 간신히 내쉬었다. 지독한 고통을 참으며 그는 입을 열었다.

“그때 그애를 보았어. 내가 아니면 너라도 있어야 해. 너도 알잖아.”

순간 아즈나의 눈썹 끝이 흔들렸다. 처음으로 그의 얼굴에 동요가 나타났다. 그는 짙은 괴로움이 극약처럼 몸에 퍼져나가는 걸 느꼈다. 그의 시위가 가볍게 떨렸다. 시위를 당긴 팔에 힘을 풀지 않고 아즈나가 물었다.

"무엇을 걸고 약속하지?"

아비뉴아는 자신이 대답을 했다고 생각했다. 그러나 말은 소리가 되어 나와주지 않았다. 그는 입술을 조금 움직였을 뿐이었다. 하지만 아즈나는 그 소리를 알아들었다.

'너에게 소중하고 나에게 소중한 것, 그 이름을 걸고!'

마침내 아즈나는 활을 내렸다. 순간 아비뉴아는 쓰러졌다. 아즈나는 그 육체를 가볍게 받아들었다. 평소에는 자신과 똑같이 힘있고 날렵했던 육체가 마치 인형인 양 힘없이 축 늘어졌다. 그것은 확실히 이상한 느낌이었다. 한순간 소년의 마음에 이런 생각이 들었다.

'나는 지금 이 녀석을 죽여야 하는 것이 아닐까.'

그렇지 않으면 나중에는 자신이, 지금의 이 녀석과 똑같은 모습으로 쓰러지는 건 아닐까. 지금 목을 졸라 죽여버릴까. 아직 움직이고 있는 저 심장을 끄집어내어 찢을까. 아니면 머리를 부수어버릴까. 죽이고 싶은 열망이 너무나도 강했다. 아즈나는 머리를 든 살기를 힘겹게 죽였다.

'아니. 난 살고 싶어.'

이 소년을 죽이지 않는 것은 내가 살고 싶기 때문이다. 살고 싶다는 열망. 그것 때문에 나 자신을 위해서, 지금 이 아이를 죽일 수 없는 거다.

아비뉴아는 아즈나의 품 안에서 정신을 차렸다. 그는 끊어질 듯 이어질 듯한 정신을 가다듬고 몸을 돌려 그의 아버지 이유시크를 바라보았다.

"아버지. 저는 약속을 했습니다."

소년의 목소리는 꺼질 듯 나직해, 모두가 숨소리조차 죽였다. 사방이 고요해진 가운데 아비뉴아는 말을 이었다.

"아즈나와 저는 3년 뒤 다시 만나 승부를 낼 것입니다. 우리 둘은 오늘 이 자리에서 동시에 죽는 일은 피하기로 했습니다. 아버지. 아즈나를 그의 나라로 보내주십시오. 이 약속에 저는 리무의 이름을 걸었으니……."

채 말을 잇지 못하고 아비뉴아는 의식을 잃었다.

그때 이유시크 왕은 부들부들 떨고 있었다. 당장이라도 아즈나에게 수천의 화살을 꽂고 싶었다. 증오스런 소년에게 왕은 노한 시선을 던졌다. 나중에 반드시, 반드시 뼈를 갈아버리리라. 왕 중의 왕 이유시크 왕 앞에서 시위를 메긴 벌을 내리리라. 능지처참하여 피투성이의 한 점의 고깃덩이로 만들어 그 시체의 조각을 리무 강에 뿌리리라, 반드시! 왕 중의 왕의 이름을 걸고. 그러나 지금 이 순간 왕은 아즈나를 보내는 것 외에 다른 방법이 없음을 깨달았다. 무엇보다 소중한 아들 아비뉴아를 위해서.

그때, 아즈나는 아비뉴아의 몸을 땅에 내려놓았다. 그는 한 번 주위를 둘러보았다. 그의 시선이 닿은 모든 사람들이 한기를 느꼈다. 이윽고 아즈나는 망설임 없이 뒤를 돌아 뚜벅뚜벅 걸어 그의 형 카르타가 기다리고 있는 곳으로 향했다. 카르타는 아즈나가 그의 곁으로 돌아오자마자 아즈나의 뒤로 돌아섰다. 아즈나의 등 뒤로 날아올 화살이 있다면 자신의 몸으로 막겠다는 무언의 의사였다. 사방은 조용했다. 누구도 감히 입을 열지 못했다. 고요함 속에 바산타의 햇살만이 모든 이를 똑같이 내리쬐었다. 그 햇살 아래, 아즈나와 카르타는 그 자리를 떠났다.

아즈나가 떠난 뒤 잠시 무거운 침묵만이 넓은 광장을 채웠다. 잠시 뒤 이유시크 왕이 달려나와 쓰러진 아비뉴아를 안아들었고, 사라마유 신하들이 그 뒤를 따를 때에야 사방은 부산해졌다. 뒤늦은 웅성거림이 그 장소를 채우기 시작했다. 대부분은 얼빠진 얼굴을 한 채 눈앞에서 일어난 일에 채 실감을 못하는 얼굴이었다. 비슈누의, 그리고 시바의 아스트라. 이 몇백 년간 누구도 사용한 적이 없는 아스트라였다. 최고의 강함을 지녀, 그리하여 최고신의 총애를 입은 자만이 사용할 수 있는, 그것이 동시에 모두의 눈앞에서 부딪쳤다. 그 파열의 순간이 아직도 생생했다.

이유시크 왕과, 그를 따라 사라마유의 병사들이 모두 사라진 후에도 삼백여 명의 소년들은 대부분 그 자리에 그대로 남았다. 그들은 이 대사건에 대해 이야기할 상대가 필요했던 것이다. 모두가 입에 침이 마르도록 이야기하고 또 이야기했다. 비슈누의 아스트라를 사용한 아즈나와 시바의 아스트라를 사용한 아비뉴아에 대해서.

놀람과 경탄은 경외의 감정이 되어, 둘의 이야기는 끝없이 되풀이되고 또 되풀이되어졌다. 이제 여러 왕자들이 이 자리에서 본 일은 리무 강 주위의 모든 왕국에 널리 퍼지리라. 그러기 위해 필요한 것은 단지 시간뿐이었다.

탄타마사 형제들은 그 자리에 남아 있지 않았다. 머리를 강타한 충격이 사라지자 그들은 곧 서둘러 자신들의 거처로 돌아갔다. 둘째 마호다니는 흥분한 형제들에게서 어떤 일이 일어났는지를 전해들었다. 처음 그는 놀라움을 접지 못했으나 끝까지 이야기를 들은 후 둘째는 고개를 끄덕였다.

"그래. 그들이라면 그럴 수 있을 거야."

자신이 싸웠던 상대에 대한, 그리고 그 상대와 동등하게 싸운 또 다른 소년에 대한 진심 어린 승복에서 나오는 말이었다. 둘째는 이렇게도 말했다.

"하지만 그들은 어째서 시합에서는 아스트라를 사용하지 않았을까. 그토록 서로를 죽이고 싶어했다면서."

아무도 대꾸하지 않았다. 한참만에야 사바르니가 입을 열었다.

"그들은 정말로 서로를 죽이고 싶어했어. 하지만 그들 자신의 힘으로 그렇게 되기를, 아니 마치 그들 자신의 힘이 아니면 의미가 없는 듯 보였어. 신의 힘을 빌리는 아스트라는 그러니까 사용하지 않은 거겠지."

마호다니는 고개를 끄덕였다.

"그들은 왕이 되겠구나."

마호다니의 말은 이번 일로 진행될 방향의 본질을 꿰뚫고 있었다. 형제들은 모두 서로의 얼굴을 바라보았다. 우선, 아비뉴아. 사라마유의 단 하나뿐인 왕자를 떠올렸다. 그리고 이노아의 왕자 아즈나를 떠올렸다. 둘째의 말이 옳았다. 왕의 하나뿐인 왕자는 당연히 왕이 된다. 그만큼이나 당연한 것은 무예시합에서 승리한, 비슈누의 아스트라를 사용한 왕자가 왕이 될 것이란 예측이다. 비슈누 신의 아스트라를 사용한다는 건 그가 비슈누의 가호를 받는다는 의미이다. 그런 왕자를 누가 왕으로 떠받들지 않을까.

잔드라가 무겁게 입을 열었다.

"전쟁이 일어나겠지. 그러나 시간은 있어. 우리는 신중히 생각해야 할 거다."

동생들은 형의 말에 수긍했다. 그날 하루 종일 그들은 앞으로 닥쳐올 많은 일들에 대해 오랫동안 이야기를 나누었다. 이야기는 좀처럼 끊이지 않았다. 그러다가 석양의 시간이 다가올 때쯤에야 그들 모두는 지금 당장 해야 할 일을 머릿속에 떠올렸다.

형제들이 누이를 만나러 갔을 때, 리무는 해가 지는 호숫가에서 석양을 바라보고 있었다. 잔드라들이 오늘 있었던 일을 들려주는 사이, 소녀는 침착하게 그 이야기를 들었다. 아비뉴아가 죽음에 이를 만큼 심하게 다친 이야기에 조금도 놀라지 않았고, 이유시크 왕이 아즈나를 죽이려 한 일을 들었을 때도 그저 눈을 내리깔았을 뿐이었다. 마치, 슬픈 일이 있어도 그것이 슬프다는 것을 모르던 옛날처럼 감정이 보이지 않는 얼굴에 형제들은 이상한 기분을 느끼며 어쩐지 섭섭해했다. 모두, 잘 울고 잘 슬퍼하던 리무에게 어느덧 익숙해져 버린 것이다.

그러다 그들이 준비해간 선물을 건네주며 열네번째 생일을 축하해주었을 때 리무가 기쁜 얼굴을 하며 환하게 미소짓자 모두가 놀라면서도 기뻐했다. 형제들은 서로 얼굴을 마주보고 미소를 던지며 그대로 누이를 바라보았다. 그들이 기억하는 한, 리무가 무엇인가에 지금처럼 기쁜 얼굴을 지어 보인 일은 없었다. 이상하지만 분명히 기쁜 일이었다. 해가 뜸과 동시에 엄청난 일이 일어났던 하루였건만, 해가 지는 석양의 시간은 평온했다. 형제들은 그날, 함께 조용하고 평화로운 시간을 보냈다.

그날 이후, 무예시합에 참여했던 모든 왕자들이 하나 둘 사라마유를 떠나갔다. 며칠 뒤, 탄타마사의 형제들 또한 사라마유를 떠났다. 잔드라가 눈물을 참으며 누이에게 작별 인사를 했을 때 소녀는 부드러운 눈으로 말했다.

"나는 이곳에 남습니다. 이곳에서 소중한 사람들과 인연을 맺었습니다. 이곳에서 돌봐주어야 할 사람과 만났고, 기다려주어야 할 사람도 만났습니다."

형제들은 누이를 남기고 떠나는 일에 마음 아파했다. 한편으로는 리무의 미소에 위안하며, 또 누이의 말뜻이 과연 무엇일까 곰곰이 생각하며, 탄타마사의 형제들은 사라마유를 떠나갔다.

아즈나와 카르타는 광장에서 물러난 뒤 말과 무기와 식량, 그 외 최소한의 물품만을 갖추고 바로 사라마유의 왕성을 떠났다. 둘은 내내 말이 없었다. 왕성을 나서서 카리유 숲에 들어설 무렵에야 카르타는 부드러운 목소리로 동생을 불렀다.

"아즈나. 무엇을 기대하고 있는 거지?"

그 소리에야 아즈나는 정신을 차렸다. 고개를 저으며 그는 손을 놀려 말을 재촉했다. 그는 자신이 뭘 기대하는지, 무얼 바라고 있는지 알고 있었다. 한 번만 더 만나고 싶다. 그러나 소원은 이루어지지 않을 거다.

리무, 자신에게 화관을 준 소녀. 이상한, 아주 이상한 소녀. 아즈나는 뒤를 돌아보았다. 사라마유의 왕성이 멀어져갔다. 그 왕성에 리무가 있다고 생각하니 기분이 이상해졌다. 그는 계속해서 여러 일을 떠올렸다. 이 숲에서 그와 아비뉴아는 처음 만났다.

그때 새가 우는 소리가 귀에 들려왔다. 아즈나가 무심코 고개를 들었을 때였다. 바람이, 스치며 눈앞이 마치 붉은 베일에 싸인 듯 환해졌다. 꽃이었다. 붉은 꽃잎이 마치 피가 흩뿌려지듯이, 햇살 아래 눈부신 붉은빛으로 빛났다. 아즈나는 잠시 공기의 흐름을 느꼈다. 눈앞의 붉은빛은 그에게 기묘한 감상을 자아냈다. 붉게 물든 강물,

널려 있는 시체가 눈앞에 스쳐 지나갔다.

"나는 왕이 되겠어."

갑자기 아즈나의 입에서 나온 소리에 카르타는 동생에게 부드러운 시선을 던졌다. 아즈나는 여전히 꽃을 보고 있었다. 조용하게 막 열네 살이 된 소년은 말을 이었다.

"그러기 위해, 얼마의 피가 흘러도 상관없어."

카르타는 그저 웃었다. 웃으면서 그는 어린 동생을 가볍게 나무랐다.

"너는 너무나 쉽게 말하는구나. 무어라 해도 여리디여린 마음을 가진 네가."

아즈나는 머리를 흔들었다. 붉은 꽃잎이 그의 검은 머리카락 사이에서 흘러내렸다.

"처음부터야. 신은 나에게 불공평했어. 형도 알듯이 난 많이 울었지. 그러나 이제는 어린아이가 아니야. 더이상 웃지도 울지도 않겠어."

카르타는 웃는 표정을 지우지 않은 채, 한숨처럼 들리는 숨소리와 함께 입을 열었다.

"너는 아직 너무 어려서 그런 생각을 하는 거야. 사람은 행복해지기 위해 태어나는 거란다. 웃지도 울지도 않게 되면 그게 좋은 일인 것처럼 생각하는구나. 그리고 신은 널 버리지 않았단다. 비록 너에게 안 좋은 일이 많았다 해도."

고국으로 돌아가는 여정 내내, 카르타는 여러 이야기들을 동생에게 들려주었다. 대부분 신의 은총과 다르마에 대한 이야기였다. 아즈나는 잠자코 형의 이야기를 들었으나, 그저 들을 뿐이었다. 소년은 어릴 적과 같았다. 도발적인 우울에 빠진 그때와 같았다. 단지 어릴 적에는 눈물로, 지금은 냉혹하게 마음을 굳힘으로써 슬픔을 덮는 다는 것이 차이일 뿐이었다.

그렇게 며칠이 흘러갔다.

어느 날 카르타는 웃으면서 잠에서 깨어났다. 길을 가면서 동생에게 꿈 이야기를 들려주는 내내, 그는 얼굴에 즐거운 빛을 띠고 있었다.

"어제 꿈에 한 위대한 신이 나타났단다. 그는 세 개의 눈을 가진 위대한 파멸의 신이었어. 그의 이마 위에 있는 세번째 눈의 눈꺼풀이 열리면 모든 것이 불타 없어진단다. 그는 항상 커다란 삼지창을 들어 그의 권위에 반하는 모든 것을 쓸어버리지. 그런 그의 발 밑에는 한 웅큼의 흙더미가 가엾게도 오들오들 떨고 있더구나. 위대한 신은 그 흙더미에게 노해 부르짖었다.

'네 마음에 교만함이 넘친다는 소문을 들었다. 봄의 신 바산타의 발길을 거부하다니 네가 감히 그럴 수가 있느냐. 내가 나의 삼지창으로 네 뿌리를 파헤쳐 너를 벌하겠노라. 아니면 나의 세번째 눈으로 너를 보아 존재치 못하도록 태워버리겠노라."

그 흙더미는 원래 꽁꽁 얼어 있었는데 신의 노여움 앞에 오들오들 떨며 식은땀을 흘리느라 온몸이 다 녹아버렸어. 흙더미는 열심히 애원했지.

'위대한 신이시여. 노여움을 푸시옵소서. 제가 저의 교만함을 뉘우치노니 제발 용서해주십시오. 제가 처음 이리 된 데에는 이유가 있었습니다.'

흙더미는 차근차근 자초지정을 설명했지. 예전에 어떤 신이 아들을 지상으로 던져버린 일이 있었어. 그때 던지는 힘이 너무 세서 그 아들은 지하세계, 땅을 떠받치고 있는 코끼리들이 있는 곳까지 떨어져버린 거야. 아들은 화가 나서 마침 옆에 있던 흙더미를 발로 찼지. 이후, 흙더미는 너무나 아파서 몇날 며칠이고 계속 울었어. 그러다 보니 주위의 천신들은 너무도 시끄러워서 참지 못하고 신들의 왕 인드라에게 찾아가 하소연을 했지. 이에 인드라는 겨울의 신으로 하여금 흙더미를 얼려버리도록 한 거야. 일단 한 번 얼게 되자 흙더미의 마음에서 교만함이 생겨나 봄의 신 바산타의 발길을 거부하게 되었어. 흙더미가 이런 연유를 설명하자 파멸의 신은 물었단다.

'그래. 그 신이 누구였더냐.'

흙더미는 열심히 대답했지.

'바로 당신이셨습니다. 위대한 파멸의 신 시바여.'

흙더미는 이제 파멸의 신이 자신을 용서해줄 거라 생각했으나 결과는 그게 아니었지. 파멸의 신은 크게 노해 그의 삼지창을 들었단다.

'그래. 네 말은 그게 나의 잘못이란 거로구나.'

흙더미의 운명은 그만 바람 앞의 촛불이 되었단다. 그때 놀라서 벌벌 떨고 있는 그를 구해준 것은 다름 아닌 봄의 신이었어. 몹시도 온화하고 느긋한 성품을 가진 봄의 신은 느릿느릿하고 부드러운 목소리로 입을 열었지.

'아아, 마슈데하야. 네 몸이 이미 다 녹았구나. 염려하지 말아라. 시바께서는 일부러 네가 스스로 몸을 녹일 수 있도록 기회를 주신 거란다. 너는 시바 님의 깊은 뜻을 그리도 모른단 말이냐. 그래, 네가 비록 어리석어도 위대한 시바께서는 하찮은 미물조차 아끼시는 성품이니.'

위대한 파멸의 신은 잠시 생각 끝에 그의 삼지창을 거두었지. 엄숙하게 위대한 신은 조그만 흙더미를 용서해주었고, 흙더미는 신의 은총에 눈물을 흘렸지. 이제 그 흙더미는 더이상 싸늘한 몸을 가지지 않을 것 같구나."

그는 이야기를 마치며 손으로 정면을 가리켰다.

"보아라, 아즈나. 저기 푸른 마슈데하 산이 보이는구나. 올해는 이노아의 봄이 일찍 오려나 보다."

아즈나가 고개를 들었을 때 푸르디푸른 산이 그의 눈앞에 나타났다. 바산타의 햇살이 마슈데하 산을 눈부시게 드리우고 있었다. 그는 한참 동안 멍하니 그 모습을 바라보았다.

마슈데하, 그의 탄생과 동시에 얼어버린 산. 때문에 그에게 마슈데하를 얼리고 이노아의 봄을 늦춘 아이라는 악의 어린 소문을 듣게 한 산. 바로 그 산이 지금 눈앞에서 푸른빛을 자랑하고 있었다. 십여 년 만에 처음으로 마슈데하 산에 봄이 온 것이다.

한참만에야 아즈나는 고개를 떨어뜨렸다. 그의 얼굴에서 뜨거운 물이 떨어졌다. 꼽추는 손을 뻗어 동생의 얼굴에 갖다 대고 웃었다.

그는 단지 생각하고 또 생각했다.

'약속할게요, 아즈나. 마슈데하 산은 반드시 예전대로 푸르른 산으로 되돌아갈 거예요. 이노아의 봄도 예전처럼 빨리 오게 될 거예요. 꼭 그렇게 될 거예요.'

소녀의 목소리가 마치 지금 귀에서 울려 퍼지는 듯했다. 아즈나는 말에서 내려 고삐를 잡은 채 뒤를 돌아보았다. 마슈데하 산을 넘으면 이제 곧 이노아의 땅. 이노아와 사라마유의 경계에 선 채, 소년은 한참이나 사라마유를 뒤돌아보았다.

'돌아오자.'

확신은 조용하게 퍼져나갔다. 그 느낌이 기쁨이란 걸 알기에는 시간이 흘렀다. 처음으로 아즈나는 생각했다.

'신은 나를 버리지 않았어.'

자신은 이제껏 그 누구에게도 사랑받지 못할 것이라 생각하며 자라났다. 이제껏 인생이란 막다른 길이라 생각했다. 그러나 그 모두에는 신이 함께 있던 것이다. 나를 위해 준비된 삶. 행복해지기 위해 태어난 나의 생.

그는 이곳으로 돌아온다. 반드시 그렇게 된다. 모든 것이 그렇게 되기 위해 준비되어 있다. 이것은 신이 그를 위하여 준비해둔 생이기에.

'그래서 나는 너를 만났지. 리무.'

언젠가는 다시 만난다. 아즈나는 확신했다. 짙은 햇살 아래 그 소녀를 처음 보았을 때 느낀 어렴풋한 감정, 행복인지도 몰랐던 그 감정을 다시 느낄 것이란 사실을.

아즈나는 그렇게 오랫동안 사라마유의 땅을 바라보았다.

그의 뜻대로 아즈나는 3년 뒤 다시 이 마슈데하 산을 밟게 된다. 더이상 왕자의 신분이 아닌, 이노아의 왕으로서. 그리고 그가 이곳에 되돌아오는 그날, 성스러운 리무의 권위를 둘러싼 대전쟁 아즈나가 비로소 그 위용을 드러내게 되는 것이다.

제2권으로 이어집니다

심사평

이인환 | 소설가

『리무』는 온라인 투고작이었으므로, 온라인 투고란의 '심사위원 회비평'을 통해서도 부분적인 격찬이 있었지만, 전형적인 판타지 형식에서 한 발 벗어나 있으면서도 훌륭하게 판타지의 세계를 형상화했다는 점에 아낌 없는 찬사를 보내며, 인도 신화라고 하는 소재에 대한 높은 수준의 지식과 고찰, 특히 신화에 대한 그 지식을 상당한 통찰력으로 재구성했다는 점, 호흡이 긴 설화체의 문장을 무리 없이 구사했다는 점 등에서 단연 돋보이는 작품이다. 특히 단편적이긴 하지만 군데군데서 번득이는 문학적인 감수성과, 보편적이고 전통적인 가치관에 뿌리를 두고 있는 주제의식에서 신뢰를 갖게 한다.

아쉬운 점이라면, 위닝 샷이라고 하는 결정력의 부족을 들 수 있다. 나름대로 충분히 재미있게 읽히는 글이지만, 타자 앞에서 변하는 공의 각도가 좀더 예리했으면 하는 욕심이며, 이 점이 대상작으로 천거하지 못한 이유였다.

서영채 │ **문학평론가**

2차에 걸친 심사 과정 중에서 끝까지 논란의 대상이 되었던 작품은『리무』,『강철의 도시, 진홍의 장막』,『소울 메이트』,『스키마』등 넷이었다. 네 작품 모두 판타지의 문법을 독특한 방식으로 소화해낸 개성 있는 작품들이었으나, 오랜 논의 끝에『리무』한 작품만을 우수작으로 선정하게 되었다.

『리무』는 인도 신화를 배경으로 세 명의 신화적 인물들이 지니고 있는 운명의 모습을 포착해낸 기품 있는 작품이었다.

『리무』는 판타지 소설들이 왕왕 빠지곤 하는 선악의 단순한 이분법이라는 함정을 멀리 우회하고 있었고, 다양한 인물들을 다루면서도 서사 전체를 유연하게 이끌어가는 서사시적인 힘을 보여주고 있다는 점도 돋보였다. 또한 산만하게 풀어져 있던 이야기를, 작품의 후반부에서 신화적 힘들 사이의 운명적인 대면으로 자연스럽게 초점화시키는 솜씨도 높은 평가를 받기에 족했으며, 특히 시바 신의 힘을 대변하는 아비뷰아와 비슈누 신의 힘의 화신인 아즈나의 대결이 벌어지는 장면은 압권이었다.

『리무』는, 현재의 형태로 일차적인 단락이 맺어졌지만 아직 완결된 작품은 아니다. 주인공들의 나이나 서사의 구성을 보면 이제부터가 시작이라는 느낌이 강하다.『리무』가 좀더 좋은 작품으로 완성되기를 기대한다.

마지막으로, 장래의 응모자들을 위해 두 가지 점을 지적해두고 싶다. 바야흐로 비약기를 앞두고 있는 한국의 판타지 문학이 단순한 서브 장르에 머물지 않기 위해 필요한 것은 무엇보다도 단단한 문장력과 사유의 깊이다.

거칠고 정제되지 않은 문장은 많은 응모작들의 공통적인 결점이었다. 『리무』는 이런 점에서 상대적으로 나아 보였지만, 어디까지나 상대적으로만 그러했을 뿐이다. 사유의 깊이도 마찬가지였다. 이것은 단순히 소재의 차원에서 획득될 수 있는 것은 아니다.

인간과 신과 역사의 운명에 대한 깊이 있는 응시와 그것의 적절한 서사적 구현은, 판타지뿐 아니라 모든 뛰어난 서사 예술작품에 요구되는 일반적인 요소이다. 우리의 판타지 문학이 서사 예술의 당당한 시민권을 획득하고자 한다면 이러한 요구에 진지하게 응답할 수 있어야 할 것이다. 판타지이기 전에 훌륭한 서사 문학이어야 한다는 것이다. 이 점에 대해, 판타지의 세계를 꿈꾸는 젊은 신예들의 숙고가 있기를 바란다.

박상준 | SF평론가

문학상의 심사 과정에서 가장 중시해야 할 덕목은 무엇일까? 완숙미? 독창성? 문장력? 주제의식?

만일 최종 결선에 두 작품이 올라왔다고 가정해보자. 하나는 정돈된 문장과 깔끔한 구성으로 어느 한 군데 크게 흠 잡을 곳이 없는 무난한 작품이다. 마치 기성 작가가 쓴 것이 아닐까 싶을 정도로 전반적인 완성도가 일정 수준에 올라 있다.

반면에 다른 한 작품은 문장도 좀 거칠고 설정도 어딘가 엉성하다. 그러나 처음부터 끝까지 독자로 하여금 눈을 떼지 못하게 하는 묘한 카리스마가 있다. 일독을 마치고 난 다음에도 미숙함보다는 강렬한 인상이 더 기억에 남는다.

여러분이라면 과연 이 둘 중에 어느 쪽을 최종 당선작으로 선택하겠는가?

필자는 이번 심사과정에서 항상 후자 쪽의 경우에 점수를 더 준다는 기준을 견지했다. 기성 작가와 같은 세련미는 달리 표현하자면 패스트푸드나 붕어빵 같은 것이다. 우리가 이런 식품들을 구입할 때는 이미 그 맛을 알고 그 맛을 기대하며 사 먹는다. 그러나 거기엔 현상유지 내지는 답보의 의미만 있을 뿐, 불안정하지만 새로운 가능성을 품은 진보와는 거리가 멀다.

이번 심사에서는 아쉽게도 대상 수상작을 내지 못했다.

우수상 수상작으로 정한 『리무』는 무엇보다도 작가의 충실한 기본기가 모범적이었다. 먼저 배경이 되는 인도 신화에 대해 폭넓은 지식과 이해를 쌓은 점이 돋보인다. 독자가 인도 신화에 대해 사전지식이 있다면 더욱더 재미있게 음미할 수 있을 것이다. 여러 캐릭터들의 성격, 그리고 인명이나 지명의 어원 등등.

그리고 문장이나 묘사도 수준급이어서 자기만의 스타일을 뚜렷하게 창출해내는 경지에까지 이르렀다. 작가는 『리무』에서 새로운 문체를 시도했다고 밝힌 바 있는데, 그렇다면 이 작품만 놓고 볼 때 성공적인 실험인 듯하다.

송경아 | 소설가

이번 심사에서 아쉬웠던 것은, 본심에 올라온 네 작품이 모두 미완 상태라는 것이었다.

『리무』는 1부 완결, 『강철의 도시, 진홍의 장막』은 작가가 〈마야 연대기〉라는 거대한 작품의 일부로 구상한 것이라고 밝히고 있었고, 『소울 메이트』와 『스키마』는 아예 이야기의 한 단락을 내리지도 못한 상태였다. 다음 심사 때는 모두 완결된 작품으로 만나볼 수 있기를 바란다.

응모작 중 『리무』가 가장 뛰어나다는 점에는 모든 심사위원들의 의견이 일치했다. 문제는 얼마나 뛰어난가였는데, 나는 인도 신화의 맥락을 따른 판타지인 이 작품이 충분히 대상을 받을 만한 주제의식과 극적인 서사 전개, 신비스러움과 몽환적 분위기를 획득했다고 생각한다.

판타지의 원류라 할 수 있는 신화와 영웅 서사시의 웅장한 맛이 간결한 문체 속에 살아 있는 훌륭한 작품이었다. 그러나 다른 심사위원들은 『리무』에 소설적 재현의 기법과 흡인력이 부족하다는 평가를 내렸다.

어떤 평가가 맞느냐가 문제가 아니라, 대상을 받을 정도의 작품이라면 이론의 여지 없이 독자를 압도하고 흡인할 수 있어야 한다는 합의 아래 대상 없는 우수상으로 『리무』를 선정하기로 합의했다.

뚜렷한 자기 색깔을 가진 새로운 작가의 출발을 축하하며, 하루빨리 완성되고 다듬어진 모습으로 『리무』를 선보이기를 바란다.

작가의 말

과연 무어라 써야 좋을지…….

우선 『리무』가 생명을 얻게 되어 얼마나 기쁜지 모르겠습니다. 고등학교 2학년 여름방학 때 처음으로 『리무』를 구상했을 때, 물론 책으로 내고 싶다는 어렴풋한 소망은 있었습니다. 그러나 그 소망을 이룰 수 있을지에 대해서는 자신의 능력에 대한 불안감이 항상 따랐습니다. 제가 생각한 『리무』는 너무나도 방대한 양이었기에 그것을 끝까지 쓸 수 있는 기회가 과연 주어질지 몰랐습니다. 지금 그 기회가 저에게 주어져서 너무나도 행복합니다.

『리무』는 총2부로 이루어진 작품입니다. 이 작품은 기본적으로는 고대 인도를 배경으로, 인도 신화를 바탕으로 쓴 글입니다. 그러나 사실상, 제가 만들어낸 대륙, 만들어낸 시대, 만들어낸 왕국과 사람들이 나오는 이야기입니다. 이 작품의 심장과도 같은 리무 강은 이 세상에는 없는 강입니다.

저는 처음 이 작품을 구상할 때 신화를 써보겠노라 생각하였습니다. 어린 시절 처음으로 접한 신화는 우리나라의 단군 왕검 신화였습니다. 이후 널리 알려져 있는 그리스 로마 신화를 시작으로 북유럽 신화, 이집트 신화, 메소포타미아 신화를 읽으며 재미를 느꼈고 고등학교 때 인도 신화를 처음으로 접하면서 큰 기쁨을 느꼈습니다. 그러나 인도 신화는 너무나도, 사실 너무나도 어려웠기에 깊이 공부하기에는 한계가 있었습니다. 그 시점에서 저는 '재미'를 느낄 수 있는 신화를 창작해보자, 라는 사실 엉뚱한 생각을 하게 된 것입니다. 어느 나라에나 다 존재하는 신화, 그러나 신화는 기본적으로 개인이 쓰는 것이 아닙니다. 그럼에도 불구하고 저는 혼자 신화를 써보겠다는 꿈에 부풀게 되었습니다.

그리고 저는 이 신화를 어떻게 쓸까 고민하였습니다. 처음에는 서사시의 형식으로 써볼까도 생각하였습니다. 실제로 처음 원고지 100매 정도의 분량은 서사시로 써본 적이 있습니다. 그러나 능력의 한계를 깨닫고서야 이야기를 쓰기 시작했습니다. 마치 동화와 같은 이야기를요.

저는 동화를 좋아합니다. 어린아이들이 이해할 수 있는 색채로 써놓은 글들을 읽는 것은 즐거운 일입니다. 누구나 알기 쉬운 부드러운 문장. 그것을 쓴다는 것은 대단한 일이라고 생각합니다. 그러나 동화는 결코 내용이 가볍지는 않습니다. 어린 시절 수없이 읽었던 동화들을 다시금 들춰보면 그 은유와 함축성에 가끔 숨이 막힐 것 같은 글들이 새록새록 보입니다. 그것이 제게 큰 기쁨이었습니다. 그래서 다시금 목표를 잡았습니다. 『리무』를 동화와 같은 색채로 쓰겠다는 목표였습니다.

『리무』를 쓸 때 응원해주신 모든 분들께 감사를 드립니다. 한국판타지문학상 게시판에 연재를 하면서 받은 모든 비평은 저에게 큰 힘이 되어주었습니다. 글을 쓰면서 누군가로부터 '관심'을 받는다는 것이 얼마나 큰 기쁨인지를 처음으로 알게 되었습니다.

　마지막으로 이 지면을 빌려 감사를 표하고 싶은 사람이 있습니다. 항상 옆에서 구상을 도와주고, 열렬히 응원을 해준 저의 소중한 야리 언니. 언니가 없었다면 아마『리무』는 절대 세상에 나오지 못했을 것입니다.

　『리무』를 읽어주신 모두에게 감사를 표하며.

리무 1 — 리무, 영원의 소녀

ⓒ 정해리 2002

| 초판인쇄 | 2002년 8월 10일 |
| 초판발행 | 2002년 8월 20일 |

지 은 이	정해리
펴 낸 이	김정순
펴 낸 곳	(주)북하우스
출판등록	1997년 9월 23일 제1-2228호

주　　소	110-795 서울시 종로구 운니동 98-78 가든타워빌딩 802호
전자메일	editor@bookhouse.co.kr
홈페이지	www.bookhouse.co.kr
전화번호	741-4145~7
팩　　스	741-4149

ISBN　89-5605-021-X　04810
　　　　89-5605-022-8　(세트)

* 잘못된 책은 바꿔드립니다.